U0903240

一个人的生活

童仝是中国70后最具实力作家之一
她以婚姻和爱情题材见长
贴近生活，关注现实始终是她创作的原则

YI GE REN DE SHENGHUO

目　录 Contents

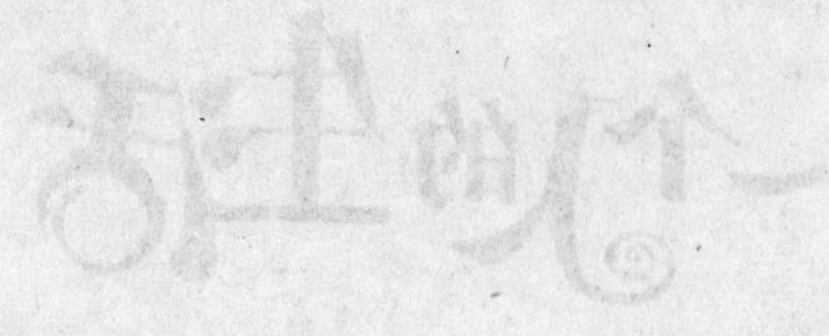

1st：开始或者结束

为自己的日子，在自己的脸上留下伤口，因为没有别的一切为我们作证。

——*海子《我、以及其他证人》*

葛葛走出宾馆的时候，天还没有亮透，太阳好像隐藏在东边的某个地方，一跳一跳地向外挣扎着，所触之处弥漫上了一层金色。此时大街上没有什么人，一阵冷风吹来，葛葛不由自主地缩了一下脖子。

葛葛忍不住回头，看了一眼四楼上的某一个窗户。她以为施大宇会像以前那样打开窗户，默默地目送着她远走。施大宇的这个动作曾经让葛葛非常感动，虽然她嘴里一遍又一遍地让施大宇不要这样了，可是心里还是希望施大宇能站在窗前，看着她一步一步地离开。

葛葛上出租车的时候，手机里的短信响了一下，葛葛以为是施大宇的短信，打开才知道是一个不熟悉的手机号发来的无聊短信。无非说这是什

么幸运咒语，你要在什么时间发给多少个人。这样的短信葛葛收得太多了,起初的时候她还信以为真地发了出去,结果呢,她还是挣扎在一场没有结果的感情中间。

已经三年了,葛葛和施大宇好了三年,可是这三年来他们除了缠绵的肉体和无聊的情话,其实什么也没有留下。施大宇每次来到这个城市,总是匆匆忙忙。葛葛在心中已经和施大宇分过很多次手了,可是每次一见到施大宇,葛葛就像丢了魂似的,什么也想不起来了。

他们都是生活在新时代的男女,有着新时代的思想。他们在不经意中走到一起,然后不顾一切地恋爱。有时候是葛葛跑到施大宇的城市,有时候是施大宇跑到葛葛的城市。葛葛起初的时候也像施大宇希望的那样,不求天长地久,只求曾经拥有。可是随着葛葛与施大宇的约会,葛葛发现自己已经无法离开施大宇,而且在内心深处有想要携手一生的念头。

这个问题两个人曾经模模糊糊地谈过,但施大宇的态度非常明确,他不是不想离婚，而是现在离不了婚。不是因为自己有一个仅仅两岁的孩子,而是妻子根本不同意。每次一提出离婚,她都会拿菜刀跨阳台寻死觅活。施大宇觉得妻子再不好,他也不能让她自杀。施大宇搂着葛葛说,我们这样不是挺好的吗？真正结了婚就不会这么好了。我在家就像个死人一样,在你这儿还忍心让我痛苦吗?

葛葛看到施大宇的表情,失落,绝望,渴求,还有一种漠然。这种表情出现在一个30多岁的男人脸上,葛葛觉得特别心疼。她想真正的爱只有付出没有回报,只要施大宇真心真意爱她就够了。葛葛在冲动的时候曾经表示,如果施大宇对她好,她一辈子就这样了。

可是能这样下去吗?

葛葛回到家里,母亲已经做好了早餐。母亲的早餐做的特别丰富,牛奶、鸡蛋、腌黄瓜,还有一小碟青菜。母亲摆了两副碗筷。葛葛觉得奇怪极了,母亲怎么会知道她要回来吃饭呢?

葛葛像往常一样回屋子里换了衣服，边走边说我不吃了，马上要上班了。

母亲说你没吃饭吧？你们同学没请你吃饭？

葛葛说吃了，我只是奇怪你为什么摆两副碗筷？

母亲冷冷地说我哪天不是摆两副碗筷？

葛葛说摆给父亲吗？可惜他没有机会看到。

母亲怒发冲冠地扬起手来扑打葛葛。葛葛无心和母亲打架，躲开拎上包跑出去。母亲气喘吁吁地追上来喊你去哪儿？

葛葛头也不回地说上班。

母亲喊今天不是周日吗？

葛葛愣了愣，是吗？今天是周日吗？

母亲很奇怪地看着葛葛说，你怎么了？今天是周日呀。

葛葛赶紧掩饰说，我加班，临时知道的。葛葛怕母亲不信又画蛇添足地说，我最近记忆力不好，好多事情都忘了。

母亲突然走到葛葛的面前怀疑地问你哭了吗？

葛葛马上转过头说什么呀，我没事哭什么呀？

母亲不高兴地说你还不承认，去照照你的眼睛，都肿成什么样子了。葛葛打掉了母亲的手说，什么呀，是昨天喝水喝多了，喝水一多就肿了。

葛葛摆脱母亲，就像只仓皇的鸟儿一样奔下去了。昨天折腾了一个晚上，葛葛回来的意思是想好好睡一觉的。看来这觉睡不成了。葛葛感觉自己有点儿可怜，一个伤心的女孩大清早的从情人那儿伤心地回来，然后却又为了圆谎而置身于寒风里。

这个城市正慢慢地进入冬天。树上的叶子啪啦啪啦地落下来，然后被风一吹在路边堆成了一团。葛葛在街头徘徊了一会儿，碰到了几个跳舞回来的老太太。她们见到葛葛，非常兴奋地追问她母亲怎么没出来跳舞？是不是又和葛葛吵架了？在这帮老太太眼里，葛葛不是一个好女孩子，她们

经常看到葛葛的母亲哭哭啼啼地下楼，她们也曾经看到葛葛当着许多人的面让母亲下不了台。老太太们一看见葛葛就想灌输一些大道理，葛葛听得耳朵都要爆炸了，见了老太太们恨不得马上变成隐形人，哗啦一下子从她们眼里消失。

葛葛听到一个老太太对另一个老太太说，生孩子有个鬼用啊，要是能后退40年，我一个孩子都不要。另一个老太太说对呀对呀，生个好孩子给自己争气，生个不好的孩子真的要气死了。

葛葛感觉自己的泪都要淌下来了，但她怕被老太太看见，努力睁大眼睛。

司机是一个很富态的中年女人，她一边开车一边问葛葛要到哪儿？葛葛不知道自己要到哪儿，就靠在后面装出没有听见的样子。女人就没有再问，而是调转方向盘沿着马路慢慢驶去。

从这儿到珠海路，再到三环，从三环出去就到了皮球经营的电脑店。如果再往前走呢？沿着皮球的电脑店一直下去，就到了东湖边上，那儿有成群的鸟儿，有碧绿的湖水。

这条路线葛葛已经走得很多了，也走得很熟了。她心情不好的时候，总是坐着的士，从自己家到皮球家，如果皮球不在呢，葛葛就无处可去，只好跑到东湖的边上，对着碧绿的湖水哭上一场。

这些眼泪有时候是因为施大宇，有时候是因为母亲。自从父亲出国以后，母亲和葛葛之间就像燃烧的火碰到冰冷的水一样，两个人只要一张嘴，语言就像毒草一样，哗啦啦地在她们中间滋长。母亲说的意思也是为了葛葛好，可是葛葛受不了母亲那样的表情，好像自己做了杀人放火的事情一样。

葛葛经常为了逃避母亲的责问而选择谎言，可是精练的母亲却常常毫不留情地把葛葛的谎言揭开。直到葛葛露出自己伤痕累累的心灵，母亲脸上才浮起胜利者的表情。有时候葛葛想自己是不是母亲的女儿，如果是她怎么会这样残忍地对待自己。

葛葛和施大宇好的时候，母亲骂葛葛是狐狸精；葛葛失业的时候，母亲骂葛葛没有用；葛葛准备考研究生的时候，母亲竟然甩出考了也没有用，我有钱扔到水里还听个响呢。

葛葛有时候真想搬出去住，就像皮球那样，哪怕和别人合租，只要能够摆脱母亲，摆脱那些打着关心的旗号来窥视她的亲朋好友左邻右舍。

女司机的声音打断了葛葛的想法，她看到的士已经停在紫园小区门口了。葛葛有些惊讶地看着女司机。女司机一边找她零钱一边说我拉了你好几次了。

葛葛觉得自己是特别普通的女孩，用皮球的话说就是放在人群里就找不到的那种。可是这个女司机却记住了她，并知道她来的地方是紫园小区。葛葛想想自己来皮球这儿的次数可能不下20次了，每次来的时候都是伤心欲绝，人家对她印象深刻也是非常正常的事情。

手腕上的表指上9点，葛葛怕皮球没有起床，就在楼下吃了早餐，然后又带了一包上去。皮球果然没有起来，她穿着睡衣过来开门的时候，特别不高兴地从桌子上拿过一把钥匙说，以后来自己开门得了，再这样下去我都被你折腾死了。

葛葛不好意思地进了屋，然后就安安静静地坐在沙发上。皮球见葛葛这样安静，心里倒生出几分奇怪来，她披着睡衣走过来，摇着葛葛的腿说，你们谈好了？

葛葛摇摇头。

皮球说他不愿意？

葛葛还是摇摇头。

皮球一下子跳起来说，你根本没有谈，对吧？一看你这个样子就知道。你好不容易把他哄过来，你为什么不谈啊？你现在不谈什么时候谈啊？你是不是不忍心，你有什么不忍心的？他有难处你没有难处吗？像他这样的

男人就是玩玩而已，如果他真的爱你早就离婚了。离不了婚只是男人的一种借口，我比你了解男人。

葛葛显然被皮球的语言击中，好久好久都没有反应过来。后来葛葛小声地叹息着，皮球，我心里也是这样想的，可是一见到他我却什么也说不出来了。

皮球不屑地说是不想说吧？我一看施大宇就不是什么好男人。

葛葛辩解说你也没有见过他，也许你见了他之后就会改变对他的看法。

皮球坚决地说我不想见他，像他这种男人不用见也知道是什么样的男人。我真搞不懂你葛葛，天下的男人这么多，你怎么就偏偏看上他了呢？我并不是说施大宇不给你钱，如果他真爱你钱不钱的无所谓，我是说他的心里从来没有你，如果有你一丁点儿的话也得为你想一想。你一个 30 多岁的女孩，他都不为你想一想吗？

葛葛说我不想给他压力。他过得并没有你想的那样快乐，爱一个人就是让他幸福对吧？我不管他怎么样对我，只要我能让他幸福就好了。

皮球焦急地说葛葛，爱一个人是要他幸福，但爱一个人也得分担痛苦呀。我告诉你葛葛，不要相信什么爱情，我认为爱字说一万遍也不抵一块钱。葛葛，你得好好想一想。

皮球看到葛葛的眼泪正哗哗地淌下来，马上把后面的一些话吞到肚子里。皮球不说了，葛葛也不哭了。两个人僵在那儿，后来葛葛拎起包说，皮球，我可以睡一会儿吗？我好困。葛葛来不及等皮球答应，已经爬到皮球的床上蒙起了头。

有好长一段日子，葛葛喜欢走盲道。这种专门为盲人设制的盲道有着黄色的色彩，窄长的竖条，走到一个拐弯的地方或者说到了该上天桥的时候，黄色的竖条就变成了圆点，那些密密麻麻的圆点提醒着盲人，让他们停步，摸索着拐弯。

每一个城市的马路上都有盲道，走在盲道上的葛葛闭着眼睛，但她却不能像盲人那样顺利地走过盲道。葛葛闭着眼睛的时候，眼前是一片黑暗的，她感觉自己真的像个盲人一样，如果不是施大宇的手拉着她，葛葛可能会不由自主地偏离盲道，也许还会撞到别人的身上。

每一次走在盲道上，葛葛喜欢把手放在施大宇的手里问他，如果我有一天看不见了呢？

施大宇握紧她的手说，我就是你的眼睛。

葛葛又问如果我一辈子都看不见了呢？

施大宇搂过她说不会的，你这样漂亮善良的姑娘怎么会看不见呢？

葛葛停下脚步，如果我看不见呢？我说如果。

施大宇搂着她说，我就是你的眼睛啊。

葛葛没有听到想听的话，她为了能让施大宇说出这样的话，已经努力了上百次了，每一次约会之后，葛葛就会想方设法地把话题转到这方面来，希望施大宇能像别的男人那样，搂着她的肩膀，真诚平静地说上一次，我会娶你，我要一辈子和你在一起！

这句话再多也不会超过20个字，施大宇只要轻轻一张嘴它们就会脱口而出。就算是假的，就算是施大宇为了安慰葛葛而随意说的一句话，那么葛葛也会感动，也会觉得自己这样跟着施大宇一辈子也不亏。

可是，每次努力之后，都没有达到葛葛想要的效果。施大宇有时候被葛葛逼到了墙角，还是重复着说了几百次的话，葛葛，你得理解我的难处。

施大宇的难处是什么呢？

葛葛不知道他的妻子为什么这么害怕离婚，施大宇说他们已经分居好几年了，她为什么还不离婚呢？是不是这是施大宇的一种借口，就像皮球说的那样。

每次想到这儿，葛葛就会控制自己不要再想下去。虽然葛葛早就在心

里意识到，如果让施大宇在她和家庭之间选择，施大宇一定会把她淘汰出局。也许在淘汰的过程中，施大宇会像他所说的那样伤心，可能真的会过一段极度堕落的生活，但葛葛相信施大宇还是施大宇，他根本不可能像追求皮球的男人那样，为了得到皮球的爱情，不惜从南到北，物质和感情像鲜花那样盛开在皮球的周围。

葛葛有时候挺羡慕皮球的生活，如果自己能像皮球那样，可能她也不会这样痛苦了。

葛葛想这些的时候又站在盲道上，只是身边没有了施大宇。施大宇不来陪她的理由是因为孩子感冒了，他不能来了。葛葛放下电话的时候就想起了皮球的话，男人经常拿着孩子做拒绝的理由，也许他现在真的像皮球说的那样，坐在家里高高兴兴地陪着妻子孩子玩呢。

正因为这样，葛葛才答应一个男人的约会。和施大宇交往的几年里，以前对葛葛不错的男人都被她甩在了脑后，要不是还有网络，葛葛手里竟连一张候补牌也没有。葛葛想想皮球说的话还是有些道理的，自己不应该吊死在施大宇身上，而是像皮球说的那样与施大宇分手，找一个爱自己的男人嫁掉。

葛葛也想这样，可是轮到动真格的时候她总是说服不了自己。在与这个男人见面的时候，葛葛的脑子里为对与错打了一路的架。她想万一施大宇没有陪在老婆孩子身边，她和别的男人约会等于背叛了施大宇，那样子她自己都不能原谅自己。可是又一想，如果施大宇真的像皮球说的那样，自己是不是亏大发了？葛葛心里一百个想到后者，可是有一个理由让她更愿意相信前者。

她想如果施大宇不爱自己，何苦把关系延续到现在？葛葛还记得施大宇听说要分手的时候，眼中竟然有了泪花。葛葛的弱点就是不能看到别人难过，别人一难过她就手足无措。葛葛一直坚守着一个理念，爱一个人就要让他幸福。

可是，自己在施大宇的爱情中真的幸福了吗？

此时的葛葛没有走动，而是闭着眼睛站在那儿。葛葛站的这条盲道离电影院已经很近了，进进出出的人看到葛葛闭着眼睛站在黄色的盲道上。此时的她穿着白色的风衣，黑色的长筒靴，大冬天的穿着格子的短裙，一头长发披散下来，有几缕还粘在了嘴角。大家都不知道葛葛在做什么，好些人刻意地走过来，其中有一个走的太近的男人还看到了葛葛的泪水，那滴泪水在眼眶里泡了很久，终于忍不住从眼角慢慢坠落。

这是一条呈S型的街道，宾馆位于这个S型的中间。葛葛站在窗前，足可以看到远处的山和近处的湖。山很大，也很荒凉。葛葛不知道这座山叫什么名字，只是每次一推开窗户就能看到。

很久以前，葛葛曾经约着皮球一起爬过。因为天热的原因，皮球爬到一半就不爬了，葛葛自己爬了上去。山顶没有她想的那样美丽，一块平地，几块石头，因为没有人修理，那山上的荒草近乎一人多高。葛葛一个人走下山的时候，她的心情无比的低落，她甚至有些后悔，如果自己不爬上去就好了，最起码还有一个幻想。

还有那湖，那湖就在宾馆的前面。如果从山上下来，就会经过那片湖。湖没有具体的形状，也没有具体的名字，反正是一个湖而已。湖水已经没有前几年绿了，湖面上常年漂着一些垃圾，还有一种说不清楚的味道。

葛葛和施大宇刚认识的时候，经常去这个湖边。施大宇拉着葛葛的手，从湖边的这头走到那头，走累的时候，他们会坐在湖边的情人林里。

现在想想，葛葛已经有两年没有去这个湖边了。他们每次的见面也没有一年前的浪漫与热情了，施大宇每次来，好像都是为了做爱一样。葛葛每次都在这个宾馆里开了房等他，两个人亲热一番后施大宇就从这儿走掉了。葛葛开了房就喜欢站在窗前看着施大宇走过来，然后再站在窗前看着他离开。

每次看到施大宇从街角或者说的士里钻出来的时候，葛葛的眼睛就会有短暂的模糊。等到施大宇坐着的士或者说消失在街角的时候,葛葛的眼里就有泪水淌下来了。

手腕上的表已经指向了五点,街头仍然没有施大宇的影子。葛葛就有些奇怪,她正想打施大宇的手机的时候,门口传来了脚步声,接着门锁扭动,施大宇像鬼一样闪了进来。

葛葛接过施大宇的外衣,她知道施大宇不会像以前那样拥抱她了。以前施大宇进来的时候,总是迫不及待地把她拥在怀里。而现在,施大宇进来的时候就是先洗澡,然后再出来搂一搂她,对,搂一搂,就像各国领导在电视镜头前作秀的拥抱一样。

因为这件小事,葛葛想到了婚姻,她想偷情都禁不住岁月的考验,更何况厮守一生的爱人。施大宇经常在葛葛埋怨他的时候为自己辩解,他说自己天生就不是一个浪漫的男人,在这儿他还觉得自己浪漫了很多,要是在家里,他连这点浪漫的心都没有了。

施大宇对着葛葛扯了扯嘴角,把手中的包往床上一扔,就套了拖鞋进去洗澡。

葛葛趁他洗澡的功夫把施大宇的行李箱打开，然后把她准备好的东西放进去。葛葛为施大宇买了两条内裤,一件黑色的衬衫。施大宇因为皮肤稍白,所以喜欢穿黑色的衬衫。葛葛在放东西的时候,突然看到施大宇的手机落在床上了。

这是一件很让人奇怪的事情,施大宇的手机就像他的护身符一样,不管做什么事情都会带在身边。比如他吃饭,会把手机放在饭桌上,比如他玩牌,会把手机放在牌桌上,再比如他上厕所,也会把手机带进去。葛葛知道施大宇为什么带着手机,还不是怕葛葛看了他的手机。

他的手机好像有着不可告人的秘密，葛葛很想知道这里面都装了些什么。

现在这个手机就摆在葛葛的眼皮子底下，她听着哗啦啦的水声突然有一种冲动。葛葛刚摸到手机，手机竟然响了。尖锐的铃声吓得葛葛倒退一步，这时候施大宇用浴巾捂着身子跑出来，他一边拿手机一边对葛葛说你把我的衣服洗了。

葛葛顺从地摸到卫生间里，她看到卫生间里还弥漫着淋浴过后的气息，这股气息在葛葛一拉开卫生间的房门就冲进了她的鼻子。葛葛突然感觉到这股气息里还有一点别的东西，淡淡的，香香的，好像不是淋浴露，也好像不是洗发水。葛葛看到施大宇把换下来的衣裤卷巴卷巴窝在了洗脸台上，葛葛就把这些衣服拿下来，准备分门别类后再洗出来。施大宇和别的男人不一样，他喜欢穿有品位的衣服，而且就爱两种色彩，黑或者说白。这两种色彩搭配起来好看，但洗的时候就不那么容易了。

葛葛把衣服分门别类地泡了起来，在泡施大宇的那件白色的衬衫的时候，葛葛突然发现那领子上竟然印着一个淡淡的唇印。葛葛脑子轰的一下子燃起来了，怎么回事？怎么会有女人的唇印？葛葛马上猜想到施大宇肯定有了别的女人，他之所以不愿意拥抱自己就是想把这些证据消灭掉。

怪不得每次来他都是匆匆忙忙，怪不得他在自己这儿呆的时间越来越短，原来他另有新欢了。葛葛想到上次他说自己的孩子生病不来，也是为了陪另外一个情人而找的理由吧？

这样一想，葛葛死的心都有了。她蹲在卫生间里，忍不住泪流满面。施大宇接完了电话，就在外面喊葛葛，他以为葛葛会像以前那样走出去，然后搂着他的脖子诉说思念之情。可是没有，葛葛不仅没有出来，还狠狠地把洗手间的门给关死了。施大宇走过来敲门喊，亲爱的，你怎么了？

洗手间里传来了葛葛有气无力的声音，我在洗澡。

施大宇着急地看看手表说你刚才怎么不洗啊？我的时间不是太多。

葛葛没有吱声。施大宇一边推门一边说亲爱的，你让我进去嘛，我给你搓搓背行不？我最会搓背了。亲爱的，我很想你呀，真的想呀。要不我们

俩一起洗个鸳鸯浴怎么样？

施大宇把门推开以后，看到了蹲在地板上泪流满面的葛葛。此时的施大宇显得非常吃惊，他一边蹲下身子一边用手抚摸着葛葛，亲爱的，你怎么了？谁欺负你了？

葛葛抬起头看着施大宇，你爱我吗？

施大宇说爱。怎么不爱呢？

葛葛问你真爱我吗？

施大宇不耐烦地说当然，我不爱你为什么和你在一起，我又不是牲口！

葛葛刷的一下子把那件带有唇印的衬衣甩过来问这是什么？你今天要是不给我解释清楚，我和你没完。葛葛喊着，然后虎视眈眈地看着施大宇。葛葛已经想好了，如果他能坦白的承认，她也许会原谅他的，如果他想入非非的推脱，葛葛一定得和他分道扬镳。

施大宇很平静地说就这点事呀，我以为什么大事呢。我老婆的，今天我出来的时候她搞上的。

葛葛瞪大眼睛说以前怎么没有呢？

施大宇说我哪儿知道呀，你们女人就是这样，比云彩变的还快，我搞不清你们脑子里一天到晚的在想些什么。你是怀疑我有情人了对吧？妈的，我一个都搞不定呢。说着施大宇一把抱起葛葛，向床上走去。

葛葛说放开我，我不想理你。

施大宇说亲爱的，我都想死你了，你难道不想我吗？

葛葛说我不想当情人了。

施大宇说我也不想让你当情人。亲爱的，我好不容易来一次，你就这样对我吗？施大宇把脸贴在葛葛的胸前，有点儿像受伤的孩子。葛葛被施大宇抱着，虽然动作上仍然在挣扎，但那只不过是装腔作势的动了动而已。

葛葛有什么理由生气？人家已经堂堂正正地告诉她了，这唇印是他老婆的。他老婆是光明正大，明媒正娶的，就算他对她一点儿也没有感觉，但面对她的爱情总不能拒之门外吧，谁让他还是这个女人的丈夫呢？葛葛搂着施大宇的时候，心里突然想到，如果自己在他的衣领上留下一个唇印，他会不会向老婆解释，这是情人的呢。

葛葛上楼的时候，正好撞上了跳舞回来的母亲。母亲好像没有看到葛葛，她一边走一边和四楼的男人聊天。四楼的男人是一个大学老师，挑挑拣拣到现在也没有结婚。他长得一表人才，而且为人礼貌，喜欢早出晚归，一般的情况下很难撞到他。葛葛的母亲退休后混到了居委会，现在搞了一个楼长当当。她跟在男人后面追问电费的事情，葛葛的母亲普通话非常标准，穿了一件鲜黄色的毛衣，下面是一条宝蓝色的裤裙。如果不是她头顶上的白发，谁也不会相信她已经 60 多岁了。

葛葛把脚步慢了下来，随着楼顶的感应灯一盏盏的亮起又熄灭，葛葛看到母亲已经走向四楼，正和四楼的男人说着再见。那个男人说了再见准备开门的时候，突然葛葛听到母亲说，王老师，不是阿姨说你呀，什么事情都得趁年轻，不然一转眼就老了。要是你到了我这个年龄还孤苦伶仃的就不太好了。王老师，凑合着快找一个吧，人年轻显不着，到老了后悔也晚了。

王老师说我有女朋友了。

葛葛听到母亲惊奇的声音，啊！什么时候有了？怎么没见她过来找你？

王老师说她在英国。

葛葛的母亲长长地应了一声，英国哪？那你可抓紧点，这人一出去啊心就活络了。

王老师也应了一声，我明年就去英国了。

葛葛的母亲没有吱声，根据葛葛对母亲的了解，此时的她肯定站在那儿目瞪口呆了,要不她不可能这么久都没有说话。

后来,葛葛听到母亲有些孤独的脚步声,一步一步地往楼上走去。葛葛又听到铁门撞击的声音,先是四楼的,后来又撞击了两声,不用看葛葛也知道是母亲进屋了。葛葛家的防盗门还是父亲没有离开的时候装的,因为岁月的原因,那弹簧锁已经不好使了,母亲每次进门都要当当地撞两下才能关上门。

葛葛听到铁门关上后，她也没有上楼，而是站在三楼呆了好长的时间。如果不是因为楼道里人来人往,葛葛宁可在楼道里呆下去,也不愿意马上回到家里。

母亲在沙发上拨打电话,见葛葛进门她没好气地说你的手机老关机,干脆扔了算了。葛葛疑惑地拿出手机看了看说我没关呀。母亲不相信葛葛说的话,夺过葛葛的手机很认真地看着。葛葛一边脱衣服一边说怎么样?没关吧?

母亲还是嘴硬反正我刚才打了是关机,不信你重新听听,母亲说完就重拨了一次手机,手机里显示的是机械的女声:对不起,您拨打的用户已关机,请稍候再拨。葛葛觉得奇怪极了,她亲自拨了一遍自己的手机,也是关机。母亲这会儿却拿着葛葛的手机说，你的手机什么时候变成蓝色的啦？这个色是男人用的呀。

葛葛这才发现自己拿的手机竟然是施大宇的，可能是他们分手的时候拿错了。好在他们俩的手机是一个型号,而且也是一起买的。只不过葛葛的是白色,施大宇的是蓝色。葛葛抢过施大宇的手机说我可能拿错手机了,这是我们同事的。

母亲怀疑地说这手机是你们同事的？你们同事有用这样的手机的吗?

母亲没等葛葛说话,马上肯定地说你和那个小子还没断对吧？这是他的手机对不对?

葛葛心里惊异母亲的敏感,但嘴里还是坚持着,这是同事的手机,你不信我现在马上打电话让他来拿。

葛葛看到母亲眼里涌出一种兴奋又特别疑惑的光芒，好像她已经看穿了她的谎言。葛葛不敢正视母亲的眼睛，她觉得母亲越来越像个巫婆，什么事情都甭想瞒过她的眼睛。葛葛不想和母亲纠缠下去，就跑到洗手间准备洗昨天的衣服。

葛葛昨天换下来的衣服一直泡在桶里，家里的洗衣机好像是个摆设，母亲为了省水省电小件衣服从来不让用洗衣机，而且她也不给葛葛洗衣服，葛葛洗的衣服总是不合她的意。她曾经无数次当着许多人的面批评葛葛的懒惰，这懒惰的原因肯定会拿着衣服说事。母亲会盯住葛葛洗好的衣服说，看看，刚和水亲了亲嘴就捞出来了！

葛葛起初的时候会找出很多理由与母亲辩解，后来就懒得理她了。所以葛葛看到母亲走过来的时候，以为她又要挑衅她的衣服，就把手从桶里捞出来，准备不洗了。

母亲看着葛葛，看着葛葛拿着毛巾擦手，她慢慢地说你洗吧，洗得干净也好不干净也好，我都不会说了。反正是穿在你身上，不是穿在我身上。

葛葛有些难堪地看了看母亲，然后又把手伸到桶里。

母亲站在洗手间门口装出不经意的样子说，男人都会说谎话，所以你不能相信男人。

葛葛嗯了一声。

母亲说女人得学会识破男人的谎言，要不女人就吃亏了。

葛葛搞不懂母亲到底要说什么，就不耐烦地说谁也不是小孩子。

母亲看出了葛葛的不耐烦，停了一会儿说，我说的是实话，比如我们楼下的王老师，前几天还让人家给他介绍女朋友呢，其实他早就有了女朋友。你说这人看起来那么老实，其实心眼多坏呀，明明有了女朋友还要别人介绍。

葛葛说哪个王老师呀？

母亲说你不认识他吗？住在我们四楼的王老师，就是40多岁还没有结婚的那个？

葛葛嗯了一声。

母亲说因为王老师这件事，所以我总结出一条经验，越是表面上老实的人其实不一定老实。就像那个楼下的老姑娘，50多岁了也没有嫁出去，光说自己没有毛病，谁信呢，要是正正常常的姑娘，不缺胳膊不缺腿的怎么能嫁不出去？

葛葛说，你没事就少操点闲心吧，你不用拐着弯的骂我，我不是老姑娘，我会嫁得出去。如果能随便找一个男人嫁掉，我现在可能孩子都有了。

母亲见葛葛识破了她的心思，马上不悦地说你以为我愿意瞎操心啊？张三李四我怎么不操操心去？

葛葛生气地说那我也没有到了老姑娘的分上！

母亲说你以为不老啊？过年都30了，不是老姑娘是什么？

葛葛说30就是老姑娘啊？人家深圳上海北京40岁没结婚的女人多的是。我们这个城市也不是没有。

母亲冷笑着说你数数呀，谁家的姑娘等到30岁了？

葛葛说我不和你说了，我懒得和你吵架。

母亲声音高了起来，我想和你吵啊？

葛葛感觉自己的眼泪马上要奔涌而出，马上低下头，希望用沉默来结束与母亲的争吵。她们俩也不知道怎么了，只要一回到家里，说不上两句就会争执起来。就算话题有时候并不因为葛葛，但总是以母亲的愤怒、葛葛的眼泪而告终。葛葛回到屋子里，眼泪就吧嗒吧嗒地砸了下来，她开始想念父亲，如果父亲能在她的身边就好了。她会像小时候那样，在母亲打骂她的时候，扑进父亲的怀里。

可是，父亲在哪儿？父亲还记得葛葛吗？

父亲离开家已经快15年了，葛葛已经记不清父亲的样子了。

葛葛想了一阵父亲又开始想念施大宇，可是施大宇的手机就在她的手里，她无法在这个时候听到施大宇的声音。

如果能有施大宇家的电话就好了，可是有了电话葛葛敢打过去吗？

在葛葛没有看到那个男人之前，她以为是施大宇过来了，所以下楼的时候心情特别激动，竟然一下子跨了两个台阶，因为跨度较大，她的前脚差一点踏空，要不是左手及时抓住了扶栏，可能葛葛会像皮球一样骨碌碌地滚下去。

葛葛好笑之后便是极度的悲伤，要是她真的摔死在楼梯上，不知道施大宇会不会悲伤。葛葛跑出去，却没有看到施大宇，只见一个戴眼镜的小伙子站在那儿东张西望。葛葛愣了一下，小伙子却迎上来问你是葛葛小姐吗？

葛葛说对呀，你是谁呀？

男人说我是施大宇的同事，我把你的手机带来了，施大宇的手机也在你那儿吧？

葛葛心里沉了沉说在呢。说着葛葛就把施大宇的手机拿出来，小伙子也把葛葛的手机递了过来。小伙子递了手机说他最近太忙了，正好我来这儿出差。

葛葛心里愤恨表面却特别平静地说，都一样呀，我都快忙死了，好几天没有好好休息了，现在闭上眼睛就想睡觉。

男人嘿嘿一笑说那你还有什么要捎带的吗？

葛葛说没有呀。

男人说那我就得走了，希望有空到我们那儿去玩。

葛葛说吃饭吧，好不容易来一次，我请你吃饭。

男人说不必客气，我女朋友还在等我呢。再见葛葛小姐。

葛葛看到门口站着一个长发的女子，不时地向这儿张望，所以就不再挽留，送男人出门，而且还希望男人再次来的时候一定找她。男人笑了笑与葛葛握别，然后搂着女子慢慢远去。

看着别人幸福的样子，葛葛的眼泪竟然控制不住地哗哗而落。可能是因为自己抱的希望过大，所以才接受不了失望的结果。葛葛本以为施大宇会利用送手机的机会来看看她的，这也是他在电话里答应好的，谁知等到的却是他的同事。

葛葛记得非常清楚，三天前，他们俩在电话里缠绵的时候，施大宇还坚定地表示要过来，一定要飞过来看葛葛。施大宇说这句话的时候，虽然声音像蚊子一样小，但口气却非常坚决，葛葛觉得自己无比感动。在这三天里，她被施大宇即将到来的事实给折腾得幸福无比，又是做美容，又是理发，还特地去买了两套衣服。葛葛不喜欢在施大宇面前穿同一套衣服，也不喜欢同一种发型。葛葛希望自己每次出现在施大宇面前，都是崭新的，漂亮的，无与伦比的。

可是，他却没有来。

葛葛觉得整个人都灰了起来。

如果此时她的身边能有一个男人，就像电影或者说小说里说的那样，有一个死心塌地爱着自己的男人在这个时候出现在她的身边，她相信自己也会像电影或者说小说里的女主人公那样一下子扑到他的怀里，不管这个男人是否是她喜欢的，或者说一点儿也不喜欢。只要他能在这个时候出现在她的身边，她一定会毫不犹豫地嫁给他。

这只是想象而已。在葛葛心情低落最需要安慰的时候，不仅没有英雄救美的男人，连替代品也没有一个。葛葛虽然在这个城市长大，但因为某些原因，葛葛和谁的关系都是看起来亲亲热热，其实在心里却隔着千山万水。在她受伤的时候除了皮球能够接纳她以外，其他的时间她只能把泪水吞到肚子里。

而在皮球那儿，总是因为施大宇的事情两个人不欢而散。皮球比葛葛现实，她曾经鼓动葛葛找一个给予她物质生活的情人，也不要与施大宇谈什么狗屁爱情。皮球不相信爱情，她觉得爱情有时候连一分钱也不如。

葛葛心情不好，就以身体不舒服为由请了病假。她走出办公室的时候，给皮球打了一个电话，可是皮球却没有接。葛葛摁了电话悲伤地想，皮球也不理她了，她今天没有地方可去。

街头仍然如昨天一样繁华，随着树上仅有的几片叶子的落掉，人们都穿得像个大熊猫一样笨拙。男人的衣着是深色，女人的衣着也是深色。好像夏日里亮丽的色彩一下子被寒冷吓跑了，映入眼帘的除了黑就是灰，有时候也会有一两个穿着红或者说蓝，但也是一种被寒冷冻过的色彩，怎么看都不如夏天的色彩亮丽养眼了。

路边的小食店里，还是那对夫妻，男的做面，女的扎了围裙招呼客人；镶着玻璃的橱窗内摆着各种款式的婚纱，有许多亲密的情侣在那儿向镜子展示他们的爱情；而街上那些无所事事的孩子也打闹着，从葛葛身边像泥鳅一样钻过。

而在前面，在一处公共汽车路牌前，有一对亲亲密密的情侣，搂抱着，并旁若无人地亲吻。男的比女的高了一头，男的衣着干净，头上扣了一顶帽子，女的穿了裙子，因为没有围巾，耳朵都冻红了。女的缩在男的怀里，幸福地并害羞地躲着，不时发出轻轻的笑声。

这一切，是那么的幸福，那么的让人感动。而葛葛感觉自己的心完完全全地碎了。葛葛步子散乱，也不管路边急驶过来的汽车或者说自行车，她在路面上像一个不顾死活的孩子，走着，撞着，有一个男人躲过葛葛之后，打开车窗骂了一句粗话。

葛葛听不到了，现在她的脑子，不，每一寸肌肤每一个毛孔都被怨恨给塞满了，她想如果此时施大宇能出现在她的面前，她肯定不会像以前那样温柔，肯定会扑上去又哭又骂，然后与他分手。

是的，分手，一定要坚决地分手！

其实，他们曾经说过分手，好像还不止一次。

那不是正式的提出分手，而是像一种开玩笑的样子。

施大宇躺在床上，葛葛枕在他的胳膊上。好像他们找不到话说了，葛葛突发奇想地起身，扳过施大宇的脸说我们分手吧？

好。

我说的是真的！

如果你愿意，我们就分。

你愿意分了？

不，我希望你能幸福。施大宇把身子让了出去，眼睛看着天花板说我不能太自私，你给我的爱够我储存并回味一辈子了。

葛葛也躺了下来，眼睛看着天花板说，那么你也是想分手了？

我希望你幸福，过得比我幸福。

你以为我们分手后我就会过得比现在幸福吗？

我不知道。

葛葛揪着施大宇的耳朵说你怎么不知道？

施大宇不说话，葛葛张嘴往施大宇耳朵里哈气，后来葛葛就有些生气地坐起来，拿了包准备要走的样子。施大宇一下子跳起来，把葛葛重新搂在怀里，一边吻她一边说你不能走，你走了我怎么办？

葛葛学着施大宇的样子，开始不理他，无论他说了多少好话，无论他吻了多少次，葛葛都把嘴咬得紧紧的，感觉这一次自己真的要生气了，要与施大宇崩解了。可是最后的结果却是，两个人又重归于好，搂在床上翻来覆去。好像刚才说的话已经忘掉了，好像他们就是光明正大的夫妇，连窗帘都顾不得拉，就向对方表示自己的爱情。施大宇会搂着葛葛说，如果你再说分手，我就从楼上跳下去。葛葛也搂着施大宇说，我不说了，永远都不说了。

有时候两个人还会说些酸掉牙的情话，比如施大宇会说亲爱的，你不知道我多爱你,我恨不得把你变成我的手表,天天戴到我的手腕上。

葛葛就会被这话感动,说我多想变成你的衬衣,被你天天穿在身上。就算你们睡觉的时候,我也会穿在你的身上。

施大宇刮了一下她的鼻子,傻瓜!

葛葛把头钻到他的怀里说我是傻瓜你是什么?

施大宇说我是大傻瓜,你是小傻瓜。

这些话说够了的时候,他们还会吵吵架。比如葛葛会搂着施大宇的脖子威胁他,不许你有别的女人,不然我杀了你。

施大宇说没有。

葛葛说如果有了呢?

施大宇说不会,我有你就够了。

葛葛说那她呢?

施大宇说她只是一个名义上的妻子。在心里全是你。

这些场景已经储存在葛葛的大脑里,不管是快乐还是伤心,只要稍有触动,这些记忆就像开了闸的自来水,哗啦啦地一下子淌了出来。葛葛把这些场景和语言从头到尾地回忆完了之后, 她才发现自己不知道走到哪儿来了,马路还是马路,人群也是人群,可是这马路和人群却让葛葛感到陌生。

这时候,葛葛的手机响了起来。

红笺小字,说尽平生意。

鸿雁在云鱼在水,惆怅此情难寄。

母亲回来的时候,葛葛正窝在被子里与施大宇吟诗,这首诗的作者和朝代她已经记不清了,反正觉得这首诗特别能表达她的意思,所以她就趁打电话的机会吟诗给施大宇听。施大宇因为是在自己家里,所以声音特别的小，有一句话施大宇重复了三遍葛葛都没有听清楚。她正想再问的时候,突然听到防盗门很响地撞了两下,她知道母亲回来了。

葛葛说我妈回来了。

施大宇说什么?

葛葛说我妈回来了。

施大宇说你身边也没有人,你不能大点声吗?

葛葛反问你怎么知道我这儿没有人?你不能大点声吗?

施大宇为难地说我在家里。

施大宇说你身边有谁?

葛葛不吱声了。电话因为长时间贴着耳朵,已经变得黏糊糊的。葛葛感觉到自己的后背全是汗水,她摸了摸对着电话说,好热呀。

施大宇说我这儿好冻,都穿羽绒服了。

葛葛说我当你的羽绒服行吗?

施大宇说你就是我的羽绒服,不,小棉袄,贴身的小棉袄。

葛葛停了一会儿说你想我了吗?

施大宇说当然想了。你想我吗?

葛葛说我想听你的心跳,想听你的呼吸。

施大宇就在电话那边喘粗气给她听。

后来,一个女人的声音一下子击中了葛葛的耳朵:每个月都有一次不舒服。

葛葛说怎么有女人?

施大宇说是电视,卫生巾的广告。

葛葛说不准三心二意。施大宇就关了电视。可能是他挪动了一下椅子,葛葛听到木头擦地的声音。葛葛说你干吗?

施大宇说想你呀。

葛葛说我也想你。

施大宇又挪动了一下椅子说，我们离得太远了。

葛葛没有吱声。

施大宇说我想抱你。

葛葛感觉眼睛湿湿的，她刚想说一些亲热的话的时候，突然听到电话被人拿了起来，虽然很轻，但葛葛还是感觉到了。她根本没有来得及与施大宇说再见，就轻轻地挂了电话。

葛葛看到了客厅里的母亲，按照以前的这个时间，她应该在下面跳舞才对。怎么今天就这么早回来了？没等葛葛开口，母亲就不高兴地说，你给谁打电话呀？你以为打电话不花钱啊？比马拉松都长。

葛葛说是别人打过来的。

母亲看了葛葛一眼，打开了电视。

电视里演的是一部很俗套的电视剧，大意是说一个女人爱上了女朋友的老公。母亲特别喜欢看这些电视剧，尤其碰到控诉第三者的电视剧，她就好像找到了知音。母亲现在还执著地认为，父亲之所以离开她都是那个第三者的原因，如果没有第三者父亲不可能变心的。

母亲常说的一句话是男人是禁不住引诱的。

葛葛不同意母亲的看法，她曾经在心里想过父母的事情。如果父亲真的爱着母亲，怎么可能被人勾走呢？记忆中的父亲是一个风度翩翩的男人，像母亲这样的女人其实配不上父亲的。有时候葛葛想着想着竟然把父亲和施大宇相提并论。她想施大宇与她相爱，大部分的原因是他的妻子也和母亲一样，固执、刻薄，还有一种目中无人。虽然葛葛根本没有见过施大宇的妻子，但在她的心里是这样认为的。

母亲这种女人太多了，她们之所以婚姻不幸福，最主要的是她们过于专制、霸道。就像母亲无论她做什么，做错了什么，在她眼里都是对的，所以她从来没有检讨自己。比如每次她和葛葛吵架，都是因为她不习惯葛葛的某个动作或者说语言。她也不管葛葛能不能接受，就不顾一切地沿着这个话题揭了，一直揭到葛葛举手投降，一直揭到葛葛伤心欲绝。完了，她还换上一副我之所以说你是因为你是我的女儿，人家张三李四王二麻子怎么不说你呢？

比如现在。

母亲本是骂电视中的小妖精，第三者的，可是竟然连葛葛也扯上来了。她说你们这些小妖精，专门勾引男人。这句话如果是别人说出来也许葛葛还不会在意，可是这句话竟然是自己的母亲说出来的。她坐在沙发上，顶着一头白发，穿着鲜艳的衣服。她根本没有意识到自己说错了什么，说完还在后面跟了一句，你得结婚，你再不结婚我的脸都让你丢光了。

葛葛生气地说我不结婚就丢你的脸吗？

母亲理直气壮地说当然丢脸了，自家的姑娘不瞎不哑不残疾，为什么快 30 了还没有人要？你自己晚上睡不着的时候也不想想？你不为我想也得为自己打算啊？人家的姑娘哪一个和你一样？

葛葛硬邦邦地说我的事不用你操心了。

母亲说你不让我操心让谁操心？母亲站起来，挥着手说你得去相亲，明天就去。我给你物色了一个男人。对方虽然离过婚，但整体条件还不错。有房有车的，你以后不会像我过得这样凄凉。

母亲还意识到自己生活过得凄凉？

葛葛没有心情和母亲争执下去，好不容易休个周日，葛葛希望自己过得开心一点。所以她装着没有听到，低着头准备从母亲面前过去。

母亲拦着她，我给你说话你没有听到吗？

葛葛烦躁地说你说什么啦？我快累死了，你不能让我清静清静？

母亲生气地说当然不能清静，你真有心思呀，到什么时候了还像没事一样。你不知道外面的人怎么样说你，那些话打死我我都学不出来。

葛葛走进自己的屋子，咣当一声把门关死了。母亲已经习惯了葛葛的关门，她站在门外说，要什么小姐脾气呀？我他妈的还不能说你了？你自己好好想想，你就这样一辈子吗？一辈子当别人的情人，当别人的二奶奶？人家当二奶奶还有钱花呢，你呢，倒贴！

葛葛愤怒地在门里喊，我愿意，你管得着吗？我就倒贴，我就做别人的情人，做别人的二奶奶，你管得着吗？

门外好久没有动静，葛葛觉得奇怪极了，如果按照以前的模式，母亲不会这样罢手的，她会坐在门外，找出以前陈谷子烂芝麻的事情，以便让葛葛相信她是多么的爱她，为了她自己放弃了多少东西，受了多少苦，挨了多少白眼和眼泪。说到最后，母亲还会像老牛大憋气一样呼吸困难，好像因为伤心过度要死过去一样。

葛葛偷偷地拉开门，发现母亲竟然走掉了。葛葛心里缩了缩，她怕母亲想不开出事，就穿了大衣出来。在小区的广场上，葛葛看到母亲正混在一帮老头老太太里面跳舞，也不知道跳的是什么舞，反正葛葛看见母亲正双手叉腰，正抬腿弯腰地跟着晃动。母亲一边跳一边和身边的老头说着什么，脸上也没有葛葛想象的悲伤。

葛葛没有想到施大宇会来看自己，她以为是上午约好的客户来了。葛葛一边应着一边在桌子边磨磨蹭蹭，此时的时间正是午睡的时间，葛葛趴在办公桌上睡觉的时候，就被同事给喊醒了，同事说外面有人找你。

葛葛说谁？

同事说不知道。

葛葛想到了下午约的客户，心里就不高兴起来了。说好的三点以后来，他不到两点就过来了。葛葛本想把他放在那儿睡自己的觉，后来想想还是不忍心。

葛葛打着哈欠下楼。下到一半的时候她看到了施大宇，施大宇没有看到她，他正侧着身子看宣传栏上的文章。葛葛吃惊地捂着嘴巴，然后小心地退了回去。

她不想让施大宇看到她现在的样子，穿着工作服，头发也因为睡了一觉而乱七八糟的，而且这几天她的皮肤过敏，脸上莫名其妙地长了一些小疙瘩。葛葛不可能就这样子出现在施大宇的面前，她一边上楼一边担心地想，幸亏施大宇没有看到她，如果看到她这个模样可怎么得了。

一个女人之所以在一个男人面前打扮，就是爱情。如果没有爱情，她又何苦打扮？葛葛借了同事的风衣，然后又跑到卫生间里收拾了一番。她感觉镜子中的自己比刚才精神多了，就是头发没办法收拾了，早知道施大宇过来，她也得收拾一下头发啊。

葛葛在没有认识施大宇之前，理发没有什么规律性的。自从认识了施大宇，理发就规律起来了。每次在施大宇来之前，她都会到理发店好好做一下头发。做头发的时候，葛葛想着施大宇，觉得特别幸福。

虽然皮球尖锐地指出，她为施大宇理发的动机和小姐为了讨好嫖客一样。葛葛理解皮球，她之所以这样尖锐是因为她没有真正的爱上一个男人，如果真的爱上了，说不定比自己还要疯狂呢。

人生那么短暂，为什么要拒绝一场刻骨铭心的爱情呢？哪怕这爱情没有结果。

葛葛再次下楼的时候，施大宇已经等得不耐烦了，所以看到葛葛后脸上也没有所谓的喜悦。葛葛当然不能说明晚下来的原因，只说自己刚才有客户下不来。

窗外的街道如画，行人匆匆。葛葛把手放在施大宇的手里，沿着铺满法国梧桐树叶的马路走着。施大宇的手心里渗出了汗水，葛葛把手伸出来说你发烧吗？

施大宇搂过了葛葛，说一见你就发烧。

马路上有很多卖东西的小贩，他们面前摆着形形色色的商品，眼睛盯着每一个路过的行人。有一个用脸盆端着一盆小鱼的男人凑到葛葛的身边，说小姐要鱼吗？接吻鱼。

葛葛拉着施大宇停下脚步。

男人把脸盆放在马路上，脸盆里有一群五彩缤纷的小鱼，它们正心宽体胖地在脸盆里游来游去。男人看着葛葛说这叫接吻鱼，它们可以在深夜里发出接吻的声音。这种鱼一上市就特别好卖。

施大宇蹲下来，仔细地看着脸盆里的接吻鱼。

多少钱一只？

30元一只，50元一对。

葛葛看着鱼，一时有些爱不释手。它们现在可以接吻吗？

男人笑嘻嘻地说不能，它们怕羞呢。小姐，拿回去养吧，这个鱼缸10元钱拿走，正好放下一对儿。男人看到葛葛感兴趣，就顺手把一只普通的玻璃鱼缸拿了过来，鱼缸做得非常粗糙，而且小小的，两只鱼放进去，空间就有点儿委屈。好在玻璃鱼缸造型特别，葛葛非常喜欢。

施大宇付了钱。接吻鱼加鱼缸鱼食一共花了86元。如果葛葛没有记错，他们相好这么久以来，这是施大宇第一次送给她礼物。一对接吻鱼被葛葛捧在手里，如获至宝一般。这期间施大宇伸手过来动手动脚，也被葛葛挡了回去。

施大宇的醋意就涌上来了。他搂着葛葛的肩膀说，不就是一对鱼嘛，难道它们比我还可爱么？施大宇讨好地把脸凑过来，但葛葛却视而不见。葛葛眼睛转向窗外，一副若有所思的模样。

施大宇碰了碰她，想什么呢？

葛葛答想接吻鱼。

施大宇说接吻鱼？是不是以前有人给你送过啊？

葛葛说对，但他没有买到。为了寻找接吻鱼，他在这个城市跑了一个晚上，但却没有找到。葛葛说的这些是从小说上看来的，她今天之所以把这个故事编在自己身上，就是为了试探一下施大宇。皮球说一个男人如果真爱着一个女人，他也会像女人一样醋意满怀。

施大宇果然上当，他脸上的热情和爱意被葛葛的故事给冲淡光了。他的身子僵硬地转向窗外，脸上是心事重重的样子。葛葛说想谁呢？

施大宇说想情人。

葛葛没有说话。施大宇也没有说话。葛葛心里有些幸福，又有些难过。她情愿看到施大宇怒发冲冠的样子，也不希望他利用沉默来掩饰自己的情感。面对沉默的施大宇，葛葛猜测不透他的真正想法。

到了酒店，施大宇却没有下来。他告诉葛葛自己的行李在飞机场，再有两个小时就得起飞了。葛葛一下子愣在那儿，她以为他真的不远千里地过来看她，没想到人家只是路过，而且在飞机快要起飞的时候来了。

那一时，葛葛甚至联想到，施大宇是不是早就来了这个城市，是不是和别的女人约会之后才想起她来。要不为什么不能提前打个招呼，她不仅可以去机场接他，也可以省却了路上的时间好在一起诉说思念。葛葛想到这儿，脸上立时像挂了霜一样。施大宇一边指挥着司机往机场开一边安慰葛葛，下个月我还有个会。

葛葛的手指一点点僵硬，她把身子抽出来靠在座位上。施大宇又把她搂进怀里，小声说着他的思念。到了机场之后，施大宇带葛葛到了一个休息间。那是临时性的休息间，费用以小时计算。葛葛在施大宇关门的那一时，心里特别想逃跑，她也想到施大宇带她来这儿的目的。施大宇感觉到了葛葛的冷漠，就没有解开她的衣服，他叹息着把她搂在怀里。葛葛的身体僵硬着，趴在施大宇的肩上淌着泪水。

施大宇说这种日子快要结束了，快结束了。

葛葛没有吱声。她不知道施大宇是什么意思，结束什么？是他们之间的关系，还是他们现在的这种状态。

施大宇说下个月的会对我很重要，可能的话我就在你的身边工作了。到时候我们就不用住宾馆了，我们可以有自己的一个小窝。亲爱的，为了你我拼命地工作，就是能够争取到你身边来啊。亲爱的，你高兴吗？施大宇那些最终会把你陷进去的东西，一开始感觉总是很舒服的……

说着想掰过葛葛的头，葛葛抵抗着，仍然趴在他的肩上。

葛葛已经想好了，她不会再和施大宇继续了，这一次她一定要和施大宇分手。既然想好了分手，葛葛就不想把最后的相会搞得哭哭泣泣，凄凄惨惨。葛葛僵硬的身子瞬间活跃起来，施大宇一边喘息一边说，时间太紧张了，下次再来我一定陪你好好呆着。

这话施大宇说了很多次了，可能他自己不记得，但葛葛记得。每一次分手的时候，施大宇总是给葛葛这样的承诺，等到下次真正到来的时候，施大宇却总记不清自己的承诺，每次都像打仗一样。

在临时的休息室里，葛葛主动而热烈地配合着施大宇，施大宇兴奋极了。他帮葛葛拉上衣服的时候说，亲爱的，你真好。真的，你太好了。

后来，他们俩一前一后地走了出来，葛葛本来还想搂着施大宇的脖子，像电视里的那样来个吻别，可是施大宇好像怕晚了飞机一样，很早地从葛葛身边跑开，很早地过了通道。他站在通道上，向葛葛挥了挥手。

葛葛的泪水再也止不住了，哗啦啦地淌了下来。

施大宇的短信息过来的时候，葛葛真的没有回复。她不仅没回，还把自己的手机关了。葛葛关了手机，整个人都灰了起来。她一边想着故事的结束，一边又期待着施大宇会不会像她想的那样，以为自己出了什么事情，然后焦急，一次又一次地打着自己的手机。想到这儿，葛葛感觉施大宇真的在打自己的手机，在屋内焦急不安地走动着。所以她又把手机打开。

等了那么一会儿，葛葛又把手机关上。等一会儿又再次打开，如此反复过了一周，葛葛真的相信，她和施大宇的爱情根本没有她想的那样美好，也许真的像皮球说的那样，他们的爱情是建立在情人的角度上，虽然彼此爱着，可是只要触到现实的东西，就会像从来没有发生过一样，干净利落，没有痕迹。

葛葛心情灰暗，她走在街上，坐在公车里，工作或者说逛商店的时候，她的心情就是被这件事情纠缠着，根本不能像皮球说的那样勇敢解脱。葛葛多么希望自己的脑子能和皮球的换一换啊，那样自己就不会这样痛苦了。

葛葛放在裤袋里的手机震荡了起来，葛葛拿出手机，竟然是施大宇的短信过来了。这么久没有联系，葛葛还以为故事就此结束了呢，没想到施大宇还会想着她。短信上只有六个字：你好吗？我想你!!! 后面用了三个感叹号，葛葛的心里一下子疼痛起来，好像自己的心被一双手无形地揪着，好久好久都没有放下来。

葛葛没有回短信，也没有把手机关掉。她不时地把手机从裤袋里掏出来看，她以为施大宇没有收到她的短信会着急，也许会像以前那样打电话过来问她为什么不回短信。以前都是这样的，他们俩发短信的时间不会相隔一分钟，无论是谁发过去，没有不回的时候。尤其是施大宇的短信回得特别快，葛葛这边刚发过去，他就马上回复了，好像早就写好了短信就等着发似的。

喝完酒回到家里，葛葛也没有收到施大宇的短信，她只好回复了一下。虽然内容只有一个字：好。

很久很久之后，葛葛的手机还是沉默不语。葛葛怕施大宇收不到，就重发了一次，还是没有回。葛葛终于忍不住打了施大宇的电话，他却关机了。

施大宇是一个夜猫子，他的工作大部分是在晚上完成的，而且她还记得他的手机都是 24 小时开机的。以前葛葛半夜睡不着的时候给他发短信，他马上就回过来了。

葛葛觉得自己特别傻，为什么要给他回短信，为什么控制不了自己的感情。葛葛想了一个晚上，第二天，她故意把自己的手机搞丢了。

这样，她就收不到施大宇的短信；这样她就可以光明正大地不回信息；这样他们的故事就会结束了。

接吻鱼被葛葛放在阳台上,阳台上连着葛葛的房间。她起初为了看到接吻鱼接吻,曾经在阳台上站了一个晚上。结果接吻鱼让她失望极了,整个晚上,这对鱼别说接吻了,连亲热的动作也没有,它们游动的路线是一前一后,沿着小小的玻璃鱼缸不厌其烦地一圈又一圈。

皮球听说葛葛有了接吻鱼,就兴致勃勃地过来看。皮球就看了一眼接吻鱼,马上讽刺葛葛看走了眼。这根本不是接吻鱼,而是非常普通的金鱼。葛葛有些失望。

想念施大宇的时候,葛葛总会跑到阳台上看一会儿接吻鱼。看着接吻鱼,她就想起了他们在一起的那个下午,他的每一句话,每一个动作,都深深地印在葛葛的心里。想着想着,她的心都会疼痛得一塌糊涂。

有一天下午,葛葛想念施大宇的时候,就跑回家里看接吻鱼。她看到玻璃鱼缸碎了一地,水也七零八落地淌了出来。看那流水的痕迹,已经过了好久的时间。两条鱼一条在地上躺着,一条没有了影踪。葛葛把地上的那条捡起来,放到盛了水的盆子里。她以为那条鱼死了,谁知一会儿,那条鱼就游动起来。好像以前的空间太窄,它游不开似的。一到了大水盆里,游动得非常轻快。葛葛看着这条欢乐的鱼,想到了另一条鱼不知下落,她就伤心极了。可是看看这条鱼,看起来一点儿也不伤心。

那条鱼找不到了。葛葛把阳台上翻了一遍,她还跑到楼下的空地上去寻找鱼的尸体。葛葛一边找一边想,如果找到这条死去的鱼,她一定会把它埋葬起来,用一只小盒子,好好地把它埋葬起来。

母亲回来的时候,葛葛还在为那条找不到的鱼伤心不已。母亲白了葛葛一眼说,是我打碎的,我上去擦玻璃,一不小心把鱼缸踢了。母亲看到游在水盆里的那条鱼,惊讶地说,它还没死啊?那么久了,竟然没死。

葛葛像小时候一样号啕大哭起来,她一边哭一边说你赔我的鱼,你赔我的鱼!

女人经常把男人的调情当成爱情。

这句话被葛葛一直记在脑子里，时不时的这句话就会从脑海里蹦出来。葛葛想着与施大宇的开始和结束，想着自己身边的女人和男人，她越来越能明白这句话的意思，并觉得自己也是把施大宇的调情当成了爱情。

葛葛一直在想，如果在认识施大宇之前，自己能悟透这句话，也许就不会和施大宇发生故事了。那时候的她一味地被心中理想的爱情所蒙蔽，所以才会义无反顾地投身于这场爱情之中。如果说从一开始葛葛就不希望有什么结果，那是非常错误的，葛葛也希望能和施大宇携手一生白头偕老。可是经过这么久的纠缠，葛葛知道施大宇所谓离婚的话只不过是口头说说罢了，如果真的要离，肯定早就离婚了。

这样一想的时候，葛葛觉得自己特别傻，特别后悔。她想自己不缺胳膊也不缺腿，竟然做了别人好几年的地下情人。如果在这场感情中自己有什么目的倒也罢了，葛葛伤心就是因为跟着施大宇这几年，自己完全是真心真意的，差一点连生命都搭进去了。而结果呢？却这么不了了之了。

前些日子葛葛还恨着施大宇，还在心中幻想着种种可能，就算在手机丢了之后，葛葛还叮嘱同事们留意施大宇打来的电话。葛葛已经想好了，就算施大宇把电话打到单位来，或者说找到单位来，她都不会轻易妥协了。

事实在葛葛的等待和失望中越来越清晰了，施大宇别说来找她了连电话都没有打一个。以前好的时候，葛葛不听手机他都会把电话打到办公室里。现在倒好，他们已经快一个月没有联系了，他竟然像什么事情都没有发生一样。

葛葛灰头灰脸地坐在办公室里，她想所谓的爱情也就这么回事，正如书上说的那样，男人的爱情是在上床以后开始萎缩的，好在施大宇没有像书上说的那样，他们还保持了几年的情人之欢。

办公室的电话每天都会响起，每响一次葛葛的心就会狂跳一次。当她明白这些电话和施大宇无关的时候，葛葛的心又会狂疼一次。这么翻来覆去地一折腾，竟然把葛葛那颗柔软的心给折腾厚了。有时候触到和施大宇有关的东西，葛葛心里竟然平静如水了。葛葛伤感地想，如果再过几年，就算她在街头和施大宇相遇，可能真的会像小说里描写的那样，无所谓欢喜悲伤，再见如同路人了。

葛葛穿起了新衣服，也经常和男人一起出去吃饭约会。有时候还跟着皮球去迪吧喝酒，喝得迷迷糊糊的时候，她还会跟在皮球的后面，去高高的吧台上领舞。皮球跳舞没有葛葛地道，但皮球的胆子比葛葛大。她们在吧台上蹦跳着，狂叫着。葛葛觉得自己开心很多。

皮球一边和旁边的男人飞着媚眼一边说，男人嘛，就那样。你越把他当回事他就越不珍惜你。葛葛，我给你瞅了一个好男人，你好好处处，结婚算了。

葛葛有些感动。

皮球说我和你不一样，我这辈子不会谈什么狗屁爱情了。年轻的时候多玩玩，到老了就找一个地方做尼姑去。这社会其实对女人很不公平呢，男人能左拥右抱，女人为什么不能？男人能勾三搭四，女人为什么不能？不公平呀！

葛葛也喝得有些多了，她趴在桌子上说不公平！

皮球说我知道你现在有些疼痛，不过马上就会好的。你就把他当做一件穿过的衣服，丢了他，我，我们再搞新的！

葛葛说对，我也要天天莺歌燕舞，左拥右抱！

皮球手里拿着酒瓶说，葛葛，你知道情人有几种吗？你不知道吧？我告诉你所谓的情人只有三种，要么为钱，要么为名，要么就是为了爱情。你觉得这三类情人中哪一类比较长久？

葛葛口齿不清地说当然是第三种了。要么叫什么情人嘛！你不要笑我，虽然我在感情上走了一段不光明正大的路，但我还是相信爱情。没有爱的关系多么可怕。我都无法想象。

皮球摇摇头说，在我看来前两种是比较可行的，一个女人为了某种目的或者说金钱，去接近一个不喜欢的男人这没有什么不好。物质社会嘛，各有所需。所谓的爱情那都是小说里瞎编的，真正的爱情是什么？你能真正明白吗？

葛葛说当然知道了。

皮球说你不知道。真正的爱情不是肉体和精神上的结合，而是在你最需要的时候，他会全心全意地为你考虑。比如一个男人爱你不是呈现在嘴巴上面，别瞪我，我没有把你神圣的爱情往物质功利方面推。我想要证明的爱情非常简单，就是所谓的真不真心。

葛葛疑惑地看着皮球。

皮球说想要证明一份真爱，你只要做两件事情，一件是假设你生命走到了尽头，一件是假设你现在特需要钱。一个爱你的男人会怎么样呢？当他听到这个消息的时候，一定会痛不欲生，一定会想方设法地去帮你筹钱。就算这个男人一个月只有几百元钱，就算卖血他也会尽可能地筹钱。如果一个不爱你的男人呢？也许会痛苦一会儿，但却坚持不太久，他也许会说开什么玩笑，你是好人，你能活长命百岁，因为有我在你身边呀，有我爱着你啊。在金钱方面嘛，这个男人也许会大方也许会找借口溜之大吉。此时，你该怎么想呢？

缠绵的爱情会很浪漫，但这样的爱情往往经不起现实的考验。这是事实，葛葛。皮球伸手碰了一下葛葛，发现她已经泪流满面了。皮球的这些话她早就在心里想过了，尤其在晚上的时候，她一个人躺在床上，总会胡思乱想一番。她曾经想过如果自己真的病了，如果自己真的特需要一笔钱救命的时候，施大宇会像她想象的那样，不顾一切地赶过来吗？能守在她的病床上一直到她闭上眼睛吗？

葛葛回到家里，忍不住打了施大宇的手机，在打通手机的时候，葛葛还想着会不会关机或者说施大宇出了什么事情。但没有,手机是通着的,但一直没有人接。

这一个晚上,葛葛基本上没有睡觉。她想想哭哭,哭哭又想想。她觉得很奇怪,在自己的脑子里,竟然还在为施大宇找着开脱的理由,比如他的手机也丢了,她打电话的时候正好被小偷拿在手里,小偷看着电话却不敢接。

快天亮的时候,葛葛作出了一个决定,去 X 城。葛葛被这个念头吓了一跳,去 X 城干什么?找到他又怎么样?可是不找他怎么行?葛葛有一万个理由怀疑他们缘分的结束,但有一万零一个理由相信只要是她的电话,施大宇一定会打过来的。为了等施大宇的电话,葛葛还神经质地怀疑是不是电话坏掉了,电话坏了施大宇就打不进来了。再或者说,如果施大宇出了事情呢?比如病故,比如车祸,想到车祸,葛葛就想起了施大宇心情不好的时候特喜欢开快车。

葛葛为了决定自己去不去 X 城,特意写了两张纸条,一张是不去,一张是去。她把这两张纸条放在手心里揉了一番,拆开后却是不去。葛葛不相信,又试了一次,还是不去。葛葛把纸团扔到垃圾箱里,她想好了明天就去 X 城,不管碰到什么事情。

X 城是一个什么样的城市呢,在葛葛的眼里那是一个封闭的、古老的、铺着石板路的小城。十年前,葛葛曾经从杂志上看过 X 城的报道,那时候 X 城还没有成为旅游城市,记者用镜头和文字向读者描绘了一个幽静的、雅致的北方小城。

施大宇是 X 城人,所以 X 城在葛葛的心里不经意成了一个标记,每次看到或者说听到关于 X 城的东西和事物,葛葛的心里就会涌起幸福的、美好的感觉。她无数次在心里想象着,也许有一天,自己会和施大宇携手走在青石板路上,一起去看长满青苔的小屋。

施大宇不喜欢X城。他不止一次地表示自己一定要离开X城。施大宇说X城早就不是葛葛心中想象的样子,如果葛葛去了肯定会失望的。

葛葛坐在去X城的火车上,她要去亲眼看一看X城。

火车到X城需要两天的时间, 这两天里, 葛葛一直睡在床上胡思乱想。她不知道这次到X城能不能见到施大宇,能不能按她想的那样,可以找到施大宇的家,她要装出是施大宇的朋友,不,同学吧,就说是大学同学,来看一看他。葛葛想到自己马上就能走进施大宇的家,能马上见到那个誓死不离婚的女人,葛葛心里就特别的兴奋。

X城好像伸手可及,但实际的路程却是那么的遥远。葛葛一直躺在卧铺上,听着铁轨咯吱咯吱的声音,她睡不着,也不想睡。葛葛开始后悔自己为什么不坐飞机,如果坐了飞机,她现在早就到X城了。

在火车上的一夜,葛葛做了很多梦。梦中不是下雨就是刮风。有一次葛葛还觉得自己飞了起来,她好像长了翅膀一样,从这个树上飞到那个树上。施大宇呢,施大宇就在地面上跑着,他一边跑一边喊着什么。

葛葛很想停下来,或者说喊一声施大宇的名字,可是不行。她好几次觉得自己已经停在树枝上了,她也感觉到自己已经喊出施大宇的名字了,可是施大宇却像没有听到一样,还在地面上盲目地奔跑着。

葛葛感觉自己的身体被人晃动着, 感觉自己的身体突然像花瓣一样四处飘散,头也不是头了,脸也不是脸了。葛葛喊叫着坐起来的时候,发现车窗外已经大亮,火车不知道停到一个什么样的站,旅客们正大包小包地提着箱子下车。

旁边的一个女人从被窝里伸出头,关心地问葛葛:小姐,做噩梦了?

葛葛不好意思地一笑,问到什么地方了?

女人答:梁山,这是梁山站。

葛葛说没听说过这个站啊? 属于哪个省?

女人答:山东,你知道水浒吗? 就是宋江他们扎寨的梁山啊!

葛葛应了一声。

女人说你到哪儿下呢?

葛葛说:X 城。

女人欢喜地说我也是呢。

葛葛说家在 X 城?

女人点点头对呀,婆家。我这刚从娘家回来。小姐去 X 城做什么啊?

葛葛说玩。

女人说有什么可玩的,X 城是很小的一个城市呀。小姐到 X 城有人接吗?

火车开始轰隆隆起动了。葛葛听着铁轨滑动的声音很想睡觉。但女人好像已经睡不着了。她不仅向葛葛详细地描绘了 X 城,还增加了自己对 X 城的看法。女人告诉葛葛,X 城虽小,但开放着呢,尤其这几年,街上鸡呀鸭呀到处都是。害得 X 城的女人们都恨不得把老公拴到裤腰带上。女人拿出一包花生,一边吃一边说,现在男人花心太普遍了,吃着碗里的想着锅里的。我们女人呀,命苦,如果能像男人一样就好了。你说是吗?

葛葛应着。

女人说小姐,你结婚了吗?

葛葛说你看呢?

女人说肯定没有结婚吧?现在的女孩子都心高,一般的男人看不上。不像我们那阵,糊里糊涂地就结婚了。

葛葛把脸转向女人,感觉女人长得还挺秀丽的,只是下巴上长了一颗黑色的痦子,像毛主席的那样,感觉很有福气。葛葛问大姐,你觉得结婚好吗?你老公对你怎么样?

女人很平静地说还行吧,两个人过着总比一个人好。我那位对我还行,男人嘛,都不可能一辈子守着一个女人,他花就花点,我也知道。他再花也不会丢下我的,毕竟我们是夫妻啊。

葛葛心里咯噔一下子，她心里竟然想起了施大宇的老婆。她一边打量这个女人一边在心里想象，如果这个女人是施大宇的老婆才好玩呢。葛葛想到这儿，也不睡了，就想办法和女人套近乎，女人见葛葛主动与她说话，心里挺高兴的，所以就把自己陈谷子烂芝麻的事情全部端出来了，聊到下车的时候，葛葛才发现这个女人和施大宇的老婆根本对不上号，而且她也不是X城媳妇。葛葛下车的时候看到那个女人正和一个男人在站台上激情拥抱，那个女人没注意到拉着行李过去的葛葛，她一边搂着男人一边用四川方言说，你老婆什么时候回来？

酒吧里不仅有酒，还有很多种咖啡和饮料，小姐拿来的那两个厚厚的本子让葛葛来选，葛葛就认真地拿了本子，翻来翻去地看了一阵子，这儿的东西真的是太贵了，别处卖的红粉佳人一般的是35元左右，而这儿的却标了48元的价格。葛葛就装出不知道喝什么的样子，装出泡了很多的吧都泡得什么也不想喝了的样子，对小姐说推荐一下你们店里的特色吧？小姐说你来杯欲望之船吧？这是我们老板亲手做的，别的店里绝对没有。

女人说我也要一杯。

女人坐在葛葛的对面，穿了一套非常平常的衣服。她的脸色苍白，眼睛大而无神。她坐在那儿，好像椅子下面有什么扎人的东西，一会儿动一下，坐不住一样。

葛葛看着女人。

这个女人就是施大宇的老婆。她想了一千遍她的样子，但没有一个是对的。所以她到现在也不能接受，这个模样一般，性格木讷的女人，竟然是施大宇的老婆。

女人一点儿也没有怀疑葛葛的身份，把葛葛当成了施大宇众多同学中的一位。她因为丈夫不在家，而一脸歉意地陪着葛葛逛商店，吃X城小吃。葛葛在女人陪自己的过程中，思想在激烈地斗争。

这个女人根本不可能与葛葛相提并论。外表,年龄,言谈举止。葛葛想不明白,这样如此普通的一个女人,怎么会与施大宇结婚,而且能够缠着他过一辈子。在没有见到这个女人之前,葛葛有很多对付女人的语言和方法,但真正地见了她之后,葛葛的脑子空了。

好久的时间,两个人就坐在那儿,女人看着葛葛,葛葛看着窗外。葛葛知道女人在看她,但她不敢回头。本来她来X城,是怀了很多念头很多想法,但现实让她显得慌不择路,手足无措。

葛葛坐在那儿,她把手机一次又一次地从皮包里拿出来,每次她都好像听到了手机的响声,可是每次拿出来后她都不得不再放回去,因为没有人打她手机。

酒吧里此时的人不多,除了她们还有几个散坐着的人,三女二男。女人衣着时尚,发型前卫,男人穿着名牌的白衣衬衫,都在嘴边叼了一支烟,仅仅是叼,因为葛葛没有看见他们吸。

有个服务生进门的时候还摔了一跤。她四脚朝天地倒在那儿,手里的盘子摔得粉碎。酒吧里的两个服务生“哏”的一下子笑了起来。那个小男服务生说走光了走光了。葛葛突然有点儿恨,人家不就是摔一跤嘛,看你们幸灾乐祸的。葛葛用食指敲了敲桌子说:喂?我的咖啡呢?那个女服务生颠颠地跑了进去,然后又颠颠地跑了过来,说不好意思,马上就好。葛葛哼了一声,给我来盒摩尔。

女服务生就跑进柜台里拿了一盒摩尔。在递给她的时候女服务生小心地问:要不要火机?葛葛说你说呢?女服务生就从围裙兜里掏出打火机,麻利地“啪”的一下子打着,葛葛就点着了烟。

女人讨好地笑了一下。

葛葛把烟递过去,有些恨意地问你不抽烟吗?

女人摇摇头。

葛葛说是施大宇不让你抽烟?

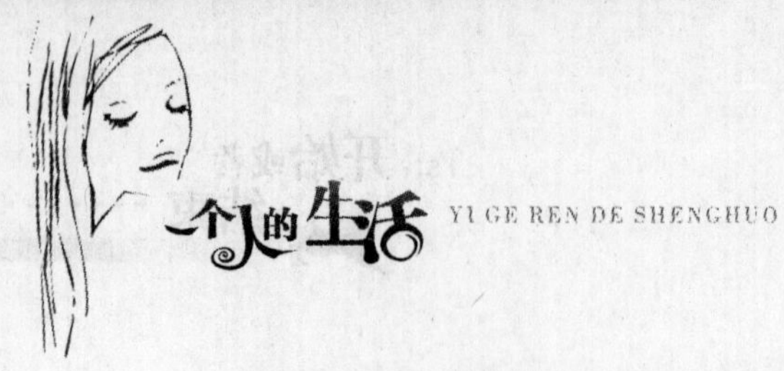

女人说不是，是我不抽。

葛葛哈哈大笑着说，施大宇很大男人主义的吧？在学校就是。

女人低垂下眼皮说，两个人过日子，让一让就过去了。

葛葛的心疼了一下。

女人喝了一口咖啡，问葛葛要不要给施大宇打个电话，这次出差他要好几天才回来。女人又问葛葛如果能等，不妨在X城多住几天。

葛葛抽了一口烟说，没什么好玩的。城市和城市都一样。

女人笑了笑，不再说话。她把手放在腿上，像个听话的小学生，看着葛葛抽烟。

女人身上的衣服不时髦，而且也不是名牌，手指纤细，瘦小，上面套了一枚小小的戒指。她的头发少而黄，但绝对没有染过，松松地披在肩上。皮肤白，但没有弹性，看起来好久没有做过美容了。好在她戴着一副黑边眼镜，这副眼镜让人感觉有点女博士的感觉。葛葛一问，果然，女人读的是经济博士，现在一家学校当老师。

两个人坐在那儿，有一句没一句地谈着。话题多以施大宇展开，但却没有深入下去。每次谈到关键时刻，女人就打住不说了。葛葛很想通过这次聊天，探听到一些往日想知道的秘密。比如他们的爱情，他们的婚姻，再比如女人有没有怀疑她和施大宇等等。但女人是一个言语极少的人，葛葛也不好过于追问。所以谈了一会儿，葛葛就和女人握手再见。

葛葛把脸贴在玻璃窗上，看着女人。

女人过了马路，然后把包从左手倒到右手，再然后，她就上了一辆公车。公车已经很破了，车皮都脱了油漆，葛葛看到女人在窗边坐了下来，公共汽车慢吞吞地开走了。

酒吧里的人渐渐多了起来，钢琴换成了小提琴，一个披着长发的男人歪着脖子拉着那首让人伤感的《梁祝》，丝丝缕缕的，如泣如诉，让人觉得嗓子里堵得要命，很想大声哭出来或者说叫起来。

一盒摩尔差不多都快抽完了，葛葛看了看表，走出了酒吧。

此时 X 城已是华灯初上了。葛葛感觉到现实中的 X 城和她想象中的的确不一样。眼中的 X 城真的像施大宇形容的那样，充满了喧嚣与繁华，街头开着一家家流金泻银的商场、饭店、歌厅，穿着大红旗袍的小姐们站在装饰不同的门口，职业性地微笑着。

葛葛站在 X 城的街头，埋藏在心底的失落哗啦一下子涌了上来。她不知道自己去哪儿？在这个完全陌生的城市里，葛葛感觉自己孤单极了。

2nd：暧昧不清的夜晚

AIMEI BU QING DE YEWAN

程军是一个非常害怕交际的男人，从小到大他最怕的就是和陌生人打交道。以前在江城锅炉厂的时候，程军总是背着他的维修工具满厂溜达，有时候远远地见到了一个熟人程军就发怵，能躲的他就拐个弯给躲开了。好在维修的活也用不着高谈阔论的，谁有活打个招呼程军就颠颠地跑去了。在锅炉厂近 20 年的时间里，程军说的话绝对没有他干的活多，有时候同事们提到他，有理解的就说这个人内向，有不理解的就认为程军酷，再大也就是个修锅炉的，用得着这么摆架子么？

所以，对于程军的突然下岗，衣美丽的意思就是程军太死板了，要是像吴方明那样也不至于下岗。吴方明是衣美丽的初恋情人，一个靠投机倒把发起来的暴发户。原来的时候两个人谈过一阵子，后来吴方明为了一个女秘书就把衣美丽给甩了。那时候衣美丽已经是 28 岁的大姑娘了，衣美丽一气之下就嫁给了程军。

程军知道自己娶了衣美丽是因为他自己命好，这么一个被人们称做市花的女孩子能心甘情愿地嫁给一个修锅炉的。程军感谢老天的时候精神上活得还是蛮痛苦的。虽然他表面上不承认,但事实是衣美丽还在想着那个吴方明。那个比自己能干又比自己有钱的花花公子。两个人吵架的起因差不多都是以吴方明开始的,衣美丽每次都是哭哭泣泣地数落程军:你看看你,你看看人家吴方明。程军知道自己比不上吴方明,尤其在金钱方面。所以他就忍着,实在忍不住了才蹦出一句:你等着吧,我将来要比他好一百倍!

程军在结婚后的日子里,除了努力地工作,就是四处找钱的路子。北方人都爱摆大架子,就算日子快过不下去了,他们也不肯丢下面子。程军没有认识衣美丽的时候是这样的,一天到晚抱着个膀子埋怨着钱不长眼儿,和那帮哥儿们过着眼高手低的消极生活。但是程军结婚了,而且找了一个鲜花一样的媳妇儿。不管别人说什么鲜花插在牛粪上还是牛粪插到了鲜花上,反正生米已经煮成了熟饭,程军就要尽一个丈夫的责任了。程军就放下男人的架子与面子,在业余时间想方设法地挣外快。他扛过包,修过车,还曾经背着个袋子捡酒瓶儿。后来他听说买彩票能中大奖,就雷打不动地买彩票,自己把每天的早饭票省下来,中午再省上一点点,然后转卖给同事就去买彩票。

程军睡不着的时候就想:吴方明不就是有钱么?要说长相或者说学历,吴方明并不比他强多少。两个人都是在县一中读的初中,而且吴方明光着脚还比程军矮一指头。还有吴方明眼睛没有自己的好看,他好像一只眼小一只眼大,说起话来仔细听还有些结巴。原来的时候程军是看不上吴方明的,吴方明曾经讨好过程军,希望程军能教自己练练拳击,好让自己的瘦弱身板儿能壮实一点儿。可是程军压根儿没把吴方明当碟菜,头不回眼不睁地走开了。

程军还记得自己在锅炉厂转正的时候,吴方明还在街上晃着膀子混。等到自己到了该结婚的时候,人家吴方明已经是正大公司的总经理了。天天坐着桑塔纳出入于大小酒楼。那是1993年。那一年程军27岁。

在这一年里程军认识了衣美丽，那天她穿了一身白色的连衣裙，清水挂面的黑发，白嫩的肌肤好像能掐出水来。衣美丽的身高最多也就一米六二，但她穿的高跟鞋有程军的四个手指头那么宽。所以，程军第一眼见她的时候，第一个感觉就是眼前的女孩子太亭亭玉立了，太漂亮了。吴方明知道程军的想法后，当时就要把衣美丽介绍给他。吴方明站在他的车前，摇晃着膀子说如何？看好了哥们儿给你们当红娘。程军以为吴方明涮他，吴方明很认真地凑在程军的耳边说，真的，她不是我的女朋友。

衣美丽当时一心一意地想嫁给吴方明，她当然不知道吴方明的真正想法。两个人不清不白地黏糊了一阵子后，吴方明就和一个女秘书办了结婚手续。程军拿着请柬的时候简直不敢相信，他的心情和衣美丽哭喊着要死要活的心情是有共同含义的。程军就觉得衣美丽好可怜，吴方明太不是个玩意了。程军承认他当初接近衣美丽的时候并没有想入非非，他是抱着同情的态度来接近衣美丽的。谁知道这一来二往竟把衣美丽给感动了。她在程军又来看她的时候突然说了一句：你愿意娶我吗？

程军的工资在锅炉厂里是不低的，但他的钱包在锅炉厂里却是最瘪的。结婚后的衣美丽不工作，天天坐在家里抱着个电视看。程军的工资一分不留地交到了衣美丽的手里，而且他还积极地做饭洗衣收拾家务。衣美丽的地位就像一个女王。被程军惯得不行了。衣美丽并没有为此感动，一直为自己嫁给了程军而闷闷不乐，尽管程军一直忍让着，两个人也是争吵不断。程军思来想去，把吵架的原因都归在自己没钱上了。他不止一次地想，如果自己像吴方明那样有钱的话，衣美丽会这样对自己么？结论是肯定的。程军就握着拳头一次一次地发誓：一定要有钱，一定要超过吴方明！

就在程军雄心壮志地做着发财梦的时候，锅炉厂却安排他下岗了。

做司机和做锅炉工是不一样的，程军在下决心做司机前他的朋友就曾经打击过他，毕竟开的士属于服务行业。但程军没有办法，在江城像他

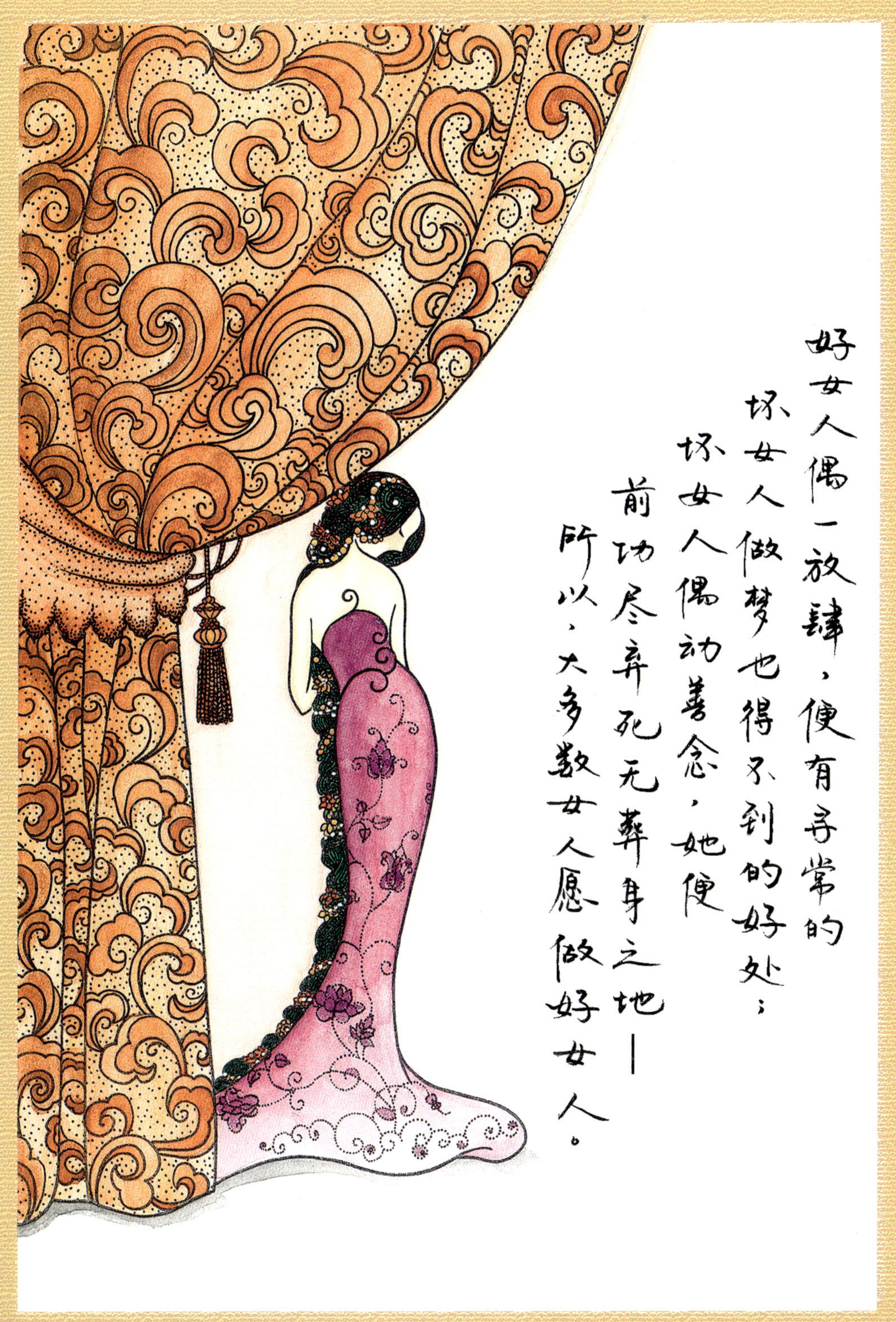
好女人偶一放肆，便有异常的
坏女人做梦也得不到的好处；
坏女人偶动善念，她便
前功尽弃死无葬身之地——
所以，大多数女人愿做好女人。

们这样没有文凭和技术的人要想挣钱多一点只能开的士。程军想来想去最适合他的还是开的士，虽然他话不多，但程军观察过了，开的士的司机有些人是很会说，有些人也像他这样一般的不说话，毕竟拉的客人也有喜欢说的和不喜欢说的，说多了还招别人的讨厌。程军把想法给衣美丽说了，衣美丽表现得很不以为然，在她的心中一个锅炉工再拼搏又能好到哪儿去。

程军最恨妻子的这种表情，事不关己的样儿。不管怎么说我还是你的男人啊。你越看不起我我就越做给你看看。程军就没有再征求衣美丽的意见，拿了钱去学了。三个月的时间程军学得非常的用功，但找工作时人家对他的驾龄和技术仍不敢认同。后来，还是程军的姐姐托了人给他找了一份开夜班车的工作。

一开始的时候程军有点儿不习惯，他觉得自己的笑特别的不自然，后来练久了，程军就摸索出道儿来了。他知道什么时候该说什么时候不该说。对于那些单身坐车的女孩子，她们努力地和他套近乎是为了壮胆子，生怕碰上流氓司机把自己拉到一个地方强奸了或者抢劫了。所以她们就会主动和他说话，问一问他是哪儿人啊，问一问他老婆在哪儿啊，问一问生意好不好做啊。程军就是在这些女孩子的一问一答中把嘴皮子练出来的。对于那些成双成对的客人，他们是不喜欢听他说话的，最好他也没有听觉和视觉。两个人往车里一坐就搞出了许多小动作，有一对儿在车里搞得太过分了，男的就递给程军一张票子。程军看了看手中的钱就把车停在了一个没人的地方，自己下车抽烟去了。

金城娱乐城在江城是最有名的，不仅仅是指这儿的小姐漂亮，还有这儿的服务。小姐们都是老板从全国各地挑过来的，都一样的个儿，一样的笑容。她们齐刷刷地站在金城门口，把江城男人的眼睛都看疼了。

程军来的时候已经是晚上两点十分，金城娱乐城门口的的士已经排起了长龙，几个穿着制服的保安在那儿和几个司机争着什么，司机们为了多跑几趟生意，就死命地把车往门口靠。这个时间对于司机来说是非常的关键，如果在这个时间内赚不到钱，那就要等到天亮了。而那些保安因为站了一天的岗心情也就好不起来，看到这些像苍蝇一样的司机没有什么好感，不时地找出种种理由过来干涉。程军停下车看到那几个司机里面有老王，他在那儿手舞足蹈地说着什么。

程军要在这儿等一个客人，人家包了他半年的车。程军坐在车里，不由自主地想到了衣美丽，此时她睡了吗？儿子的作业做好了吗？衣美丽最近不知为什么突然想工作了，她说自己呆在家里太没有意思了。程军想想也是这个道理，就四处托人为衣美丽找工作。程军把该找的人全找了，还是没有一个可以接受衣美丽的单位。现在江城的大学生满地都是，虽然衣美丽有多年的出纳经验，但就凭她那一张高中文凭就被人家挡了回来。程军曾经给她找了一个售票员的工作，衣美丽做了不到一个月便跑了回来。衣美丽虽然没有多大本事，但她还挑三拣四的，一般的工作她还看不上。

衣美丽一闲下来，程军的日子就不好过了。开了一晚上的车白天他还不能安安稳稳地睡觉，衣美丽想起来的时候就开始唠叨，说一些让程军上火的话。有一次，衣美丽竟然说出了要去找吴方明的话来，她试探着对正在睡觉的程军说，吴方明那儿招人呢。程军最受不了的就是衣美丽拿吴方明来激他，两个人就开始吵。衣美丽哭道：我的命怎么这么苦啊，人家小巧也下岗了，但人家的老公一个月给她 2 000 块啊。我是没有文凭，但在这个社会里文凭有时候没有关系重要，我们单位的某某初中还没有毕业呢，可人家现在是市府二办的会计。程军看不得衣美丽哭，她一哭自己再大的火气也没有了。程军想自己真他妈的笨蛋，连老婆的工作也解决不了。

程军总结自己给衣美丽找不到工作的原因是因为自己认识的人太少了，认识的有权人太少了。除了自己以前锅炉厂的同事就是现在同事，一个的士公司里倒有几百个人，但都是和他一样穷开车的。后来程军又一想，不对啊，也许他们有能帮忙的亲戚或者说朋友呢？反正现在认识一个人总比不认识要好。这样一来，程军的话就多了起来，尤其在别人问他的时候，程军就很自然地提到了他的老婆。老王看不习惯程军这样，他觉得程军活得好窝囊，他不止一次地说你什么都干了要你老婆做什么？对女人不能太娇惯，你越对她好她越不在乎。

老王的老婆挣钱比老王还多，人家在东城的集市上卖鸡杂，一个女人家起早贪黑地忙活着不算，回来还要给老王做饭洗衣带儿子。程军见过老王的老婆，一个胖得和猪一样的女人，身上穿的始终是那件沾满鸡杂的衣服，两只乱抖的大奶子在胸前晃着。她总会在中午的时候带着饭，站在东城的集市边上等老王。所以公司里的人都见过她。程军承认老王的女人长得很难看，很难让男人动起心来，但一想到人家这么贤惠地尽着做妻子的义务，程军心里就不是味儿。要是衣美丽有人家一半也好啊。可是衣美丽能卖得了鸡杂么？程军曾经提过一次，衣美丽没等他说完就跳了起来：你让我去卖鸡杂？你干脆杀了我得了。程军把这话学给老王听的时候，老王就非常看不起程军，他说再美能当饭吃么？程军，不管你承不承认，我老婆虽然长得难看了点，但我活得比你快乐。

女孩子好像喝了酒，抱着那个大提琴脚步踉踉跄跄地向着车走过来了。程军推开门说陈小姐，你喝酒了么？女孩子很响地笑了一声说喝了，我他妈的喝了五瓶子，五瓶啤酒！

衣美丽是在肯德基碰见吴方明的。那天儿子吵吵着要去吃肯德基，衣美丽带着儿子走进肯德基的时候，吴方明正从肯德基的里面走出来，他的后面跟着两位小姐，一个拿着他的包，一个拿着他的外衣。就在两个人快擦肩而过的时候两个人同时站住了，然后异口同声地叫出了对方的名字。

10 年了，自从两个人分手之后已经 10 年没有见面了，这 10 年里衣美丽不止一次地想过吴方明，虽然当初他甩了自己，但衣美丽不恨他，她尝试着恨但怎么也恨不起来。衣美丽觉得自己命不好，所以老天才会让她嫁

给一个不喜欢的人。在痛苦的时候衣美丽就想着吴方明,想当初如果嫁给吴方明会过一种什么样的生活。可是衣美丽也只不过是想想而已,她没勇气去找吴方明。虽然他们生活在同一个城市,虽然吴方明住得离她也不远,坐二路公车就能看到吴方明家的阳台,但衣美丽不敢,自从和吴方明分手后,这么多年了,她都不坐二路公车,宁可拐个大弯子她也不从吴方明的门前过。

虽然没有见面但衣美丽却时时不忘打听吴方明的消息,她以前的同事小巧就能满足她这个愿望。小巧的男人和吴方明是朋友,每过一阵子关于吴方明的消息就从小巧嘴里说了出来。小巧并不知道衣美丽曾经和吴方明有过关系,她只不过把吴方明的事当做日常作料拿过来嚼一下而已。所以小巧说的吴方明大多是如何的精明,如何的自私,还有吴方明坑她男人20万的事情。这些并不是衣美丽想要知道的,她想知道吴方明现在过得好不好,生活中有没有什么变化,但她又不能让小巧觉得自己是在打听吴方明。她总是装出很不经意的样子听着,费尽心机地套小巧。后来当她终于从小巧嘴里套出来吴方明和他老婆关系不好的时候,衣美丽恨不得多生出几只耳朵来。小巧说吴方明现在很会生活啊,天天出入于各种娱乐场所,左拥右抱的。他还在江城娱乐城包了一个小姐,那个女孩子是拉什么琴的。

小巧说吴方明是一个堕落的男人!

衣美丽并不觉得吴方明堕落,她想:吴方明肯定过得不开心才这样的,男人如果身边有一个爱着的女人就不会胡乱找小姐了。就像她那男人,别说没有钱,就是有了钱他也不会看上那些小姐。每天忙碌完了第一件事就是跑回家里,守着她逗她开心。衣美丽想到这儿就想见吴方明了,她想和他谈谈,以一个普通朋友的身份,现在的小姐那病都很多,万一染上了这辈子都完了。衣美丽为了见到吴方明就天天到市里去,到他住的地方去,装作遛弯儿一样。但可惜的是衣美丽并没有如愿地碰见吴方明,在她失望的时候准备放弃的时候,竟然又碰到了。

衣美丽站在那儿,心里后悔得不行了。要是早知道能碰见吴方明自己出来的时候也该打扮打扮。肯德基里面没有镜子,但衣美丽却从两位小姐的眼睛里看到了自己。一个面色忧郁的女人站在那儿,嘴巴那么灰,笑容那么牵强,还有那衣服、那鞋,衣美丽恨不得地下能裂一条缝来,自己好钻进去。吴方明一定看出了她的难堪,他拿出一张散发香味的名片来递给她说,以后有什么事就找我吧。老程在做什么?衣美丽把脸色一拉说他能做什么?

衣美丽不知道自己是怎么回到家的,她回到家里的第一件事就是跑到洗手间里。她摸索了好半天才从洗手台上找到了一管口红。记不起自己什么时候买的,黑色的外壳上蒙着一层灰,打开来朱红色的口红已经用得差不多了。衣美丽没有洗面奶,用洗面奶好像是上辈子的事了。记得以前做姑娘的时候,衣美丽自己还有一个化妆盒。眉笔啦,眼影啦,眼霜啦一应俱全。后来嫁给了程军后,自己就很少用这些东西了。程军不喜欢她化妆的样子,他说衣美丽化了妆就不像他的妻子,像路边的小姐了。衣美丽起初不听,后来是她自己不化了。把自己打扮那么漂亮给谁看?

这个下午衣美丽一直坐在镜子边上,她越来越发现自己老了,你看看脸色这么灰,皮肤没有一点儿弹性,眼睛也失去了原有的光芒,还有这眉毛,长的那么杂乱无章。好在自己的身子还没有这么老,乳房依然挺着,腰也不是太粗。还有自己的腿,自己圆润的肩膀。衣美丽看着看着就忍不住捏了自己一把,肚子上的肉丰满而滑润,不像那些瘦得和棍儿一样的小姐们,摸哪儿没哪儿。这一下子衣美丽好像又重新拾回了自信,她想自己还不算老,30多岁的女人正是充满魅力的时候,只不过自己没有打扮自己罢了。

接下来,衣美丽便打算着什么时候约吴方明合适。依她现在的心思想马上见到吴方明,马上扑到吴方明的怀里。他的肩膀是那么的壮实,他的怀里是那么的温暖。哪像自己的男人,就和性冷淡一样,摸哪儿都打不起

精神来。衣美丽被自己的想法搞得浑身发热。自从男人开了夜班车，已经好久没有过夫妻生活了。现在衣美丽看着自己丰满的身体显得无比的焦渴。她正坐在那儿想着，就听见程军回来了。衣美丽把自己埋在被子里装着睡熟了。

程军开车的过程中，眼前突然浮现出与陈炎相识的情景来了。

那天晚上程军是不想停车的，他最讨厌喝酒的女孩子了。那个女孩子摇晃着在路边拦车，程军起初的时候没有停就开了过去。开过去后他突然又停下来了，原因不仅仅因为那个女孩子追他的车，而是他突然想到现在他打的是空车的牌子，拒载是要被人投诉的。女孩子嬉笑着上了他的车说师傅你长得真酷啊，和阿杜差不多了。

程军没心思管阿杜是谁，他现在最怕女孩子吐在车上了，所以坚决让女孩子打开车窗。女孩子说你放心吧你，我要是吐在了你车上我赔你一辆车，一辆大奔！程军没有说话，他从心里讨厌喝酒的女孩子，尤其是这么晚才回家的女孩子。好女孩能这么晚回去么？

女孩子是醉了，但醉后的她话却特别地多，她把头伸过来说师傅，你是不是哑巴啊？不是哑巴你就给我说话。不然我要闷死了。程军说我这人就不爱说话，不过我可以当个听众。女孩子说你开车累不累？程军没好气地说当然累了，哪有你们挣钱舒服。女孩子一下子听出程军的话来了，她说我可不是做小姐的，我是拉琴的。就在江城娱乐城，一个小时50块。师傅你有时间去听听我的琴。

女孩子住在江城的王子宫，一个周围环境非常优雅的小区。女孩子住在王子宫的最后一幢，如果从大门口走过去还得要五分钟的时间，于是女孩子就和程军商量能不能开进去，自己走过去有点儿害怕。程军想了想就答应了。女孩子在下车的时候问程军能不能每天晚上来接她，她可以先付一个月的包车费。程军说行，他写了一个呼机给女孩子，说小姐你什么时候要车就尽管呼我。现在社会这么乱，一个女孩子要小心点儿。女孩子说我姓陈，你叫我陈炎行了，小姐小姐的我不习惯。

说实话陈炎长得并不是很漂亮的那种，在程军眼里她还没有衣美丽漂亮，但人家年轻啊，看那皮肤、那嘴巴，皮肤白得自然，嘴巴也红得健康。只是头发染了点黄色。看起来就不那么自然了。程军最看不习惯女人化妆了，尤其是女人的嘴上，一抹上那种叫口红的东西程军就反胃。所以，他就不让自己的女人化妆，他觉得女人自然就是最美丽的时候。在开车的时候，程军拉过不少化妆的女人，她们把自己的脸用厚厚的脂粉包着，眼睛上抹了浓浓的眼影，还有嘴巴，像吃了死孩子一样。她们坐在程军的身边，那刺鼻的香水味不仅没有让程军想入非非，而是让他连看她们一眼的勇气都没有了。

陈炎在程军眼里是另一种美丽，一种清纯年轻的美丽。他不知道这样美丽的女孩子会嫁给谁呢？

程军坐在车里等陈炎，现在已经是两点半了，江城娱乐城的人也走得差不多了。但他并没有看见陈炎，程军就决定进去找一找。

江城娱乐城的门口程军再熟悉不过了，但走进来还真的是第一次，门口的保安显然知道他的身份，就伸手拦住他说已经下班了。程军说我找陈小姐，陈炎。就是那个拉大提琴的女孩子。保安不相信地看了他一眼说你是她什么人？程军说我是她哥哥。

厅里的大灯熄了，只留下桌子上的红烛在摇晃。三三两两的客人正坐在那儿聊着。几个服务员打着哈欠在收拾着盘子。角落里的男男女女已经搂抱着难舍难分了。程军在昏暗的厅内摸索着走了好久，也没有见到陈炎。后来还是那个门口的保安告诉他，陈小姐被人接走了，她告诉你以后不要来接她了。

程军第一个念头就是有人抢了他的生意，要不怎么拉得好好的就不让拉了呢？程军坐在车里好一阵子恢复不过来。现在的人怎么能这样呢？

拉了陈炎那么久了，自己对她就像对妹妹一样。无论多晚程军都会等她，她怎么能不声不吭的就把他给炒了呢？

整整一个晚上，程军就被这个问题给困扰着，精神上就是集中不起来。从北海路到明方路最慢只要一个小时，程军却开了一个半小时也没有到。原来自己走错路线了。程军一边给客人说着对不起一边把车掉过了头。坐在后面的一个男人就骂程军：你他妈的想死啊，你绕来绕去要我们啊？另一个女的说就是，不给他钱。他们的士司机就是这么缺德，我上次去火车站，本来该 20 块的那司机给我要了 50 块。女人这么一说车里的人立马声讨起来，好像这一切都是程军干的一样。程军知道自己走错了路，就主动提出他们只付一半的车钱就行了，谁想到这帮人一分钱也不给，那个长头发的男人对着程军晃了晃拳头威胁说，你最好给我识相点。否则……

自从和吴方明在咖啡厅见了面，衣美丽的生活就变得不平静起来了。

吴方明看起来并没有忘记衣美丽，他见到衣美丽表现得非常的热情。两个人坐在咖啡厅里聊了好几个小时，如果不是吴方明那张胖得有些过分的脸，衣美丽有好几次就像回到了以前。这一个晚上，衣美丽像刚谈恋爱的小女孩子一样，坐立不安的。在这个晚上，吴方明谈了很多，但衣美丽一句话也没有听得进去，她的眼里全是梦幻一样的幸福。尤其是最后说的那几句话更让衣美丽感动。吴方明说自己身边的女人很多，但却都是逢场作戏的。自己白天要在生意场上周旋，回到家里还要听老婆的唠叨。所以自己就活得很累，活得没有意思。美丽，那些女人都是冲着我的钱去的，我明白。一旦我没有了钱，她们都会离我远远的。美丽，你会不会有一天也会这样呢？衣美丽的手被吴方明握着，她激动得声音都哆嗦了。她说方明，我不会，你是你，钱是钱，这两者之间并没有直接的关系。我们的爱情并不是建立在金钱上，以前不是现在也不是。吴方明感叹地说，老天在 10 年前就安排我们做夫妻了，只是我没有珍惜。美丽，如果还有机会我决不会再放弃你了。

吴方明开车送衣美丽回去的时候已经是一点多了，衣美丽在下车的那一瞬间就控制不住地扑进了吴方明的怀里。吴方明搂着衣美丽就有些激动，两个人站在树下，身子贴得紧紧的。留留恋恋地缠绵了一阵子，吴方明粗重的呼吸把衣美丽搞得意乱情迷的。衣美丽甚至能感受到吴方明下体的硬度，衣美丽陶醉了，她搂着吴方明说你亲亲我，你亲亲我。吴方明这时候却把手松开了，他说太晚了，你快点回去吧，要不你爱人要担心了。

衣美丽一下子僵在了那儿说你不爱我么？吴方明说爱，但现在我们已经不是当年了，你有男人，我也有女人。美丽，让我们冷静一阵子好吗，现在我心里好乱好乱。吴方明象征性地弯下身子吻了吻衣美丽就走了。

衣美丽辗转了一晚上，临天亮的时候她好像明白了吴方明的意思，如果她离婚了呢？离了婚吴方明是不是就会像以前那样爱她？衣美丽兴奋过后又想这样好像不好，程军这么一心一意地对她，还有那个年幼的儿子，离了婚他们该怎么过？周围的人该如何看她？

衣美丽本以为吴方明会打电话给她的，她满怀希望地等着，一天、两天，衣美丽等到第三天的时候终于等不下去了。两种念头一直在她脑海里挣扎着：这个说不要打，自己主动多没面子啊，如果他真的在乎你肯定会打给你的。那个说不行，我不打电话我受不了，我只不过打个电话，就像普通朋友一样问候一下罢了。两种念头在衣美丽的心里挣扎着翻腾着，好久好久，衣美丽还是挡不住自己了。她一边拨着电话一边在心里说：亲娘啊，我挡不住我。我挡不住我了。

电话响了很久很久，电话里才传出了吴方明的声音，他说自己正在开会呢，晚一会儿打给你行吧？衣美丽连忙说好好，我等你。

衣美丽第一次踏进吴方明的房子的时候，她就敏感地嗅到了女人的味道。衣美丽就搂着吴方明的脖子说我是来这儿的第几个女人？吴方明一边含糊着一边脱衣美丽的衣服。衣美丽起初的时候还觉得对不起程军，后

来她实在控制不住自己，就在最幸福的时候她还对吴方明提出要搬到这儿来住。正在动作的吴方明愣了一下说为什么？衣美丽说我要天天和你在一起。吴方明想也没想地说不可能，我还有老婆呢！衣美丽把吴方明的手从自己肚子上推下去说，那你就要你的老婆算了。吴方明隐隐地感觉到不好，看起来衣美丽还是想着和他重归于好。吴方明一边哄着衣美丽一边想：这不行，我吴方明怎么能被一个女人控制呢？吴方明不喜欢长久地吃一样菜也不喜欢长久地看一个女人。所以，他就不能答应衣美丽。

在这方面衣美丽没有吴方明洒脱，每次吴方明给她钱的时候，衣美丽就能控制住自己。她哭着说我和你好并不是为了你的钱，如果为了钱我和哪一个男人不行？吴方明讪笑着把钱放回钱包，做出万分感动的样子搂着衣美丽说了一大堆好听的话。衣美丽就幸福得不知东南西北了，她要与程军离婚了。

程军听衣美丽说出这两个字的时候，他手里的碗一下子掉在地上摔得粉碎。程军对衣美丽说为什么？我对你还不够好么？一辈子过了半辈子了离的哪门子婚啊？衣美丽说是真的，因为我不爱你了。程军觉得衣美丽可能是疯了，要不她怎么能够说出这句话呢？

衣美丽是认真的，而且是经过深思熟虑的。她对程军说我们不吵也不闹，夫妻不成我们还是朋友。程军抖动着手迟迟不肯在离婚协议书上签字。他不知道自己哪地方做错了。自从结婚后，他一直努力做个好男人，白天在努力工作，晚上回到家里还要做饭，洗衣。有时候衣美丽来好事，她的内裤都是程军洗的。还有衣美丽生儿子的时候，程军就承包了所有的家务。别的男人下了班还一起喝个酒聊会儿天的，程军却一到下班就往家赶，像个家庭主妇一样在厨房里忙活着。就算儿子长大后，就算程军开了的士后，他也没有比以前少干。这一年 365 天，你衣美丽拍拍心口想一想，你做了几次饭？洗了几次衣？程军知道衣美丽跟了自己心不甘，也知道自己没吴方明那本事。但他一直努力着啊，因为怕妻子跟着自己受委屈，就想方设法地逗她开心。衣美丽不愿意工作，行，程军省吃俭用也满足她的各种欲望。后来衣美丽又想工作了，行，程军又马不停蹄地为她托关系，找门子。虽然到现在也没有找到合适的，但能光怨他么？程军前前后后反反复复地想了三四遍，也想不出自己到底哪一点做错了。但没有做错妻子怎么会提出离婚呢？肯定是他做错了什么。

程军尝试着与妻子沟通，但往往没说几句两个人就吵起来了。衣美丽一边化妆一边说反正要离了，老程，你有什么要求就说吧。程军说美丽，你能不能说说为什么要离婚？我哪儿做错了？咱们都做了这么久的夫妻啦，我对你怎么样你应该明白吧？现在的男人哪一个不在外面花花，洗头洗脚找小姐的，我有过么？别的男人一下了班就往饭店舞厅里钻，我钻过么？美丽，你再考虑一下行么？这个家没有了你我过得还有什么意思？程军说着说着就说到了伤心处，衣美丽看到两行泪竟然从程军的眼里涌了出来。

衣美丽突然觉得程军好可怜，这么老实的一个男人自己不应该这么伤他。可是不离怎么办呢？原来吴方明没有出现的时候自己也就闷着头过了，但现在吴方明却来了，而且和当初的感觉一样。衣美丽伤心地想：忘掉吴方明是不可能的事，但伤害程军自己又不太忍心。难道她要脚踏两只船么？不，不行。衣美丽痛苦地捂住眼睛坐在了沙发里。

程军对那辆银灰色的宝马车很熟悉，他知道这车是来接陈炎的。每当车停下来的时候，程军就想走过去看看车里坐着什么人，好判断一下是不是陈炎的男朋友。可是那辆车的车窗却挂着一种墨绿色的帘子，从来没有拉开过。所以程军就看不清楚车上的人。

这时候程军的呼叫器响了，这是公司统一配置的。那些司机无聊的时候就打开呼叫器，说一些黄色段子解闷。程军一般的情况下是不会主动聊的，都是他们呼他。大家都是开的夜班车，都是属于时间没处打发的人。他们愿意让车上有点儿声音，一是壮胆二是打发寂寞。所以一到晚上车里的呼叫器便闲不起来了,这个刚说完那个又呼上了。

老王说5号5号你在哪儿?程军说在江城娱乐城呢。老王说你又和哪个小姐勾上啦?那儿的小姐都挺厉害,哥们儿你要当心点儿啊。程军现在正在为离婚的事烦着,没有心情与老王斗嘴。就没有吱声。老王知道程军不开心的原因,就说要不要我找衣美丽谈谈。程军说算了吧,她现在什么也听不进去。老王说她这么突然的离婚,是不是外面早有人了。程军早就想到这个问题了,只是他不愿意承认而已。程军非常坚决地说没有,老王,我现在心里好难过,我实在想不出她离婚的理由,现在像我这样的好男人上哪儿找去。老王嘿地笑了起来,他说你没有听说么?男人不坏,女人不爱。我早说过你太在乎她会出事的。不过,老程,你也用不着愁眉苦脸的,不就是离婚么?现在不离婚的男人不算男人。话说完老王就发现自己打了自己的嘴巴,他说不是我不想离,我那个老婆甩不掉啊。程军说老王,我心里真的很难受,别说了。

因为老坐在车里程军就感到腰有些累,他走下车来活动的时候就习惯性地看了看左边,他发现今天的宝马车没有来。以前这个时候那辆宝马总会停在左边的位置上。程军仿佛又看到陈炎微笑着走来,她走过他身边的时候还笑了笑。宝马车的门就在程军的眼前打开,然后从他的面前滑了过去。程军正在那儿想着,就看到有个女孩子奔他车上去了,那个女孩子一边走一边打电话。程军突然觉得声音很熟,从后视镜里仔细看了看后面的客人。竟然发现是好久没有见到的陈炎。陈炎好像正在和手机里的人生气,她的声音由小慢慢地变大了:爱谁谁?我再也不想见到你了。你别在演戏了!我从来没有这么对一个男人,你让我太伤心了。行了行了,用不着解释了!陈炎说着说着就哭了起来。程军好心地说出了什么事么?陈炎也许没有认出程军来,硬硬地把程军的好心给顶了回去:你管得着么?

程军默默地把陈炎送到一处住宅楼下,然后默默地离开。

这个地方并不是陈炎以前居住的地方,是不是陈炎搬家了?还是和男友闹翻了?程军一边开车一边想,后来他自嘲地摇摇头,自己瞎操什么心哪,真是!

城市已经完全地睡了,整个大街上空荡荡的,显得格外的寂静。程军开着车突然间就有点儿寂寞,他好想听到声音,哪怕一点儿。程军把收音机拧开,但里面除了嗞嗞啦啦的声音外,已经收不到一个台了。此时已是凌晨四点,基本上没有客人了。程军决定到火车站去,也许还有几个赶夜车的客人。

到火车站的路有两条,一条是沿海大道,一条是三联路。沿海大道好走但远;三联路是近一点但不太安全,经常有抢劫的出没。程军后来想了想,还是把车开上了沿海大道。远就远吧,总比提心吊胆的好。

那两个人是在程军快到火车站时上的车,其中的一个人好像病了,那个高个儿男人一只手拎着皮箱一只手半抱着另一个男人。程军把车停下来的时候,高个男人感动得不行了,一个劲地说着道谢的话。另一个男人好像病得很厉害,躺在后面一个劲地哼哼着。程军当时也没有多想,本来离火车站不远就有一家医院的,但男人说要去大医院,他信不过那些小医院的。男人所说的医院是在江城的最北面,就算最快的速度到那儿也得一个小时的时间。男人说从沿海立交桥上穿过去快的话40分钟就到了。那个医院我们有朋友。男人说着从皮包里掏出一叠钞票来,在程军眼前晃了晃说我们不少你那点钱。程军当时就大意了,再加上坐在前面的男人话挺多的,两个人客套了一阵子聊得还挺投机的。男人说他也是江城人,男人说自己在外面做生意,一年到头的在外面跑,所以江城的口音就基本上没有了。程军坦率地说那是,听你的口音北方人。

男人问程军开的士累不累?程军说当然累了,如果我有大哥的本事我早不开了。你不知道开的士这活儿又累又不挣钱,男人就笑着说那是,倒霉的话也许钱挣不到连命也没有呢!前几天不就是捅死了两个司机么?程军说这么一辆小破的士值得么?男人突然间轻笑了起来,他阴阳怪气地说当然值得。程军一下子明白过来了,他浑身哆嗦着说你们千万别……你们一过来警察就知道了……脚下有……程军的话还没有说完，就觉得脖子边上一凉,两把明晃晃的匕首一前一后地搭在程军的脖子上了。

那个电话打来的时候,衣美丽正躺在吴方明的怀里。吴方明拿过手机走到了客厅里。衣美丽知道肯定是女孩子打过来的,她装出上洗手间的样子支起耳朵听。吴方明把声音压得很低,但衣美丽听出来了电话绝对不是吴方明的老婆打过来的,吴方明对他老婆不会这么客气。衣美丽听见吴方明在解释,我真的在外地啊,不信你到我住的地方看嘛。好了好了,炎炎。别闹了啊听话啊!

衣美丽从洗手间出来的时候吴方明已经穿好了衣服。衣美丽问炎炎是谁?吴方明说一个朋友。衣美丽说女的吧?吴方明说当然,我找男的不就成同志了。衣美丽的脸色就有点不好看,吴方明笑着说你还真在意啊,我说过和她们只不过是逢场作戏罢了。哪一个男人没有几个女朋友呢?不过,在我的眼里她们都比不上你。真的!两个人黏糊了一会儿,吴方明像突然想起了什么一样,推开衣美丽说我送你回去吧。衣美丽冷笑着说如果我不呢?吴方明的脸色一下子变了,他说你不要这样啦,吴方明拥着衣美丽说我送你回家,我还不知道你住在哪儿呢!

衣美丽简单地收拾了自己的衣服,跟在吴方明后面下了楼。走到楼梯口的时候吴方明停住了脚步。他要衣美丽先走一步,等到衣美丽走远了吴方明才跟了上来。大堂的那个保安已经认识衣美丽了,见了她就笑了笑。

衣美丽脸就热了起来，她跑进吴方明的车里才发现自己的外衣扣错了扣子。她觉得分外的委屈,尤其看到吴方明那慌张的神色时,衣美丽的泪就忍不住淌了下来,这算什么?自己这样成了什么啦?

到了衣美丽家里，衣美丽却不肯下车，纠缠着吴方明把她送到门口去。衣美丽搂着吴方明的脖子撒娇地说,方明,你送送我好不好?楼道里好黑好黑的。吴方明说这不太好吧，万一被人撞见。衣美丽坚决地说不会，我们家没有人。儿子上他姥姥家去了，他不到七点是不会回来的。吴方明纠缠不过衣美丽就送她上去了，但到了门口衣美丽仍然不松手，衣美丽说，我想你，真的好想好想啊。吴方明搂着衣美丽火焰一样的身子说我也是。衣美丽有点儿撒娇地说不准你对别人好。吴方明这时候已经被衣美丽挑逗得热血沸腾了，他一弯身子把衣美丽抱到了床上，几把就把衣美丽的衣服给扒光了。

程军醒过来的时候发现自己已经躺在医院里了，老王正趴在他的身边瞌睡。程军第一个念头就是自己完了。他的脑海里又涌现出刚才的场面，一个男人用刀逼着他，另一个男人搜他身上的钱。程军身上根本没有多少钱，把所有的钱都算上也不到500块，他说我真的没有钱，我有钱的话还会给别人开的士么？这点钱你们先拿去，我也不报警，就算我们做朋友了行么？两个男人不信，弯着腰又仔细地在车里搜索了一遍。最后高个子男人对同伴说，真没有了，今天晚上算白干了。另一个同伴说，老三，这车不是还能值几个钱么？

程军本来是不想和他们打的，但他不能眼睁睁地看着歹徒把车开走，这的士再烂也得几十万啊，妻子本来就看不起自己了，要是车再被抢走的话还活得下去么？程军一边与歹徒厮打着一边求情着：哥们儿，行行好，这车不是我的，我只是给别人开夜班车的。你们知道我家里全靠我开车这点钱了。求你们了，你们放了我吧哥们儿。我一辈子都忘不了你们。程军竟然哽咽了。高个儿生气地说：你看你这窝囊样，哭什么哭。真他妈的丢男人的脸。另一个“嘿”的一下子笑了：还哭了呢？看你出息的样儿！老三别和他浪费时间了，不然就来不及了。

老王见程军醒过来就非常的高兴，他说哥们儿你可吓死我了，好点了没？程军痛苦地说老王车……车没了。老王说车算什么？比起车来命重要

多了。程军,别想那么多了。我已经报案了,相信很快就会破案的。程军,你要不要吃点东西?程军说老王,我是不是没事?老王说当然,是你小子命好。一点皮肉伤罢了。起来,起来,我们吃饭去。

衣美丽是送吴方明回来时看见程军的,她说你怎么这么早回来了?老王就给她说了抢车的事情。老王说已经报案了,过不了多久车就能回来了。衣美丽看了程军一眼想说什么但碍于老王的面子什么也没有说,她到街上买了油条豆浆,就推说自己不太舒服进屋睡去了。

衣美丽实在是太困了,昨天晚上折腾了一晚上。所以她躺下去就睡了七个小时。衣美丽起来的时候见到程军正坐在沙发上看电视,一部小孩子看的格格剧他倒看得津津有味的。衣美丽想:他可真行啊,出了这么大的事他还有心思看电视。衣美丽懒得理他,就自己到了厨房里找吃的。程军就对衣美丽说饭做好了,热一热就行。衣美丽也没有说话,找了半打饼干坐在沙发里吃。程军猜不到衣美丽在想什么,他起初以为衣美丽在心疼车,后来发现人家压根儿没把这件事放在心上。衣美丽对他说的第一句话就是你考虑好了没有?程军说什么?衣美丽说你不要给我装糊涂,这家里的东西我一件也不要,我只要儿子。程军说我不同意。除非你找出一个可以让我接受的理由。衣美丽说我不爱你了。程军说我还爱你啊,从结婚到现在我都没有变心。所以,我不能离婚。

在相当长的一段日子里,衣美丽就和程军为离婚的事纠缠着。程军为了说服衣美丽,就一直说着自己是多么的爱她,多么的在意这个家。衣美丽所有的缺点在程军眼里就是优点。程军越这样表白衣美丽就越觉得难过;就越觉得程军真的一点儿本事也没有。

衣美丽觉得自己已经离不开吴方明了,尤其和程军谈判的时候,她就特别想吴方明,特别想得到他的支持。而吴方明好像忙得不行了一样,每次没说几句就挂了。这样的吴方明让衣美丽特别的伤心,她一边想着吴方明是不是另有新欢一边想着吴方明曾经对她许诺的话。每到这个时候吴方明的电话就会来了，虽然只是说短短的几句话，衣美丽心里也是十二分的满意。她又觉得吴方明对自己是真的，她必须与程军离婚。所以，衣美丽一冲动就对程军说了吴方明的事情。程军愣了愣。衣美丽继续说是真的，我不想骗你。程军痛苦地说美丽，吴方明是一个什么样的人，你比我清楚。想当初是他甩了你。你怎么还……衣美丽说以前是以前，过去的事就不要提了。程军说他有好多女朋友。衣美丽说你见了吗？你亲眼见了没有？今天你说什么也没有用了，反正我已经不爱你了，这么多年来我一直没有忘记他。我们还是好合好散吧，这样拖下去对谁都没有好处。程军的愤怒就是在这一时刻给引爆了，就像一根点了火的炸药嗞嗞地往前燃烧。程军的脸在衣美丽面前由青变白然后就是狰狞。他一把抓着衣美丽的肩膀厉声说你别把我惹火了。衣美丽冷笑着说如何？你还能把我打死不成。程军说你以为我不敢？衣美丽并没有觉得程军的反常，她说有种你就打死我啊，打死我婚就离不成了。看你那哆嗦的样子，这也算个男人？衣美丽的这句话一下子戳到了程军的伤处，他慢慢地抱着头痛苦万分地说好，好。离吧，他妈的都离吧！

这是他们最后在一起吃饭了，两个人第一次一起到超市买了菜。然后两个人回到家里一起做饭。这是衣美丽最向往的离婚方式，就像人家老外一样，不吵不闹地分手了。程军扎着围裙，对着桌子上的鲤鱼划块，然后配上葱、姜、盐，放到高压锅里蒸着。衣美丽从来没有做过，就跟在程军后面打下手。在这个时候，衣美丽就觉得有点儿对不起程军，可是，不离又有什么办法呢？衣美丽一边择菜一边向程军说自己的种种缺点，并说自己是男人的话也不会喜欢像她这样的女人。你算算，结婚这么多年来，我真的没有尽一点儿做妻子的责任。程军像往常一样应着，他一心一意地炒着锅里的菜，并不看衣美丽，一眼也不看。

衣美丽就有些扫兴，如果不是怕伤程军的心，她巴不得马上离开这个家呢。衣美丽把电话拿到卫生间里，她本来想给吴方明一个惊喜的，但现在她实在等不及了。手机响了很久吴方明也没有接，衣美丽的心里咯噔了一下子，然后又拨。这时候吴方明就接了，他说自己在开会，等一会儿给她打去。衣美丽就走到自己的房间里收拾东西。原先的时候衣美丽准备叫儿子回来的，但程军不让，他怕自己控制不住感情。衣美丽把电话又拨到娘家，儿子好像正在吃饭。母亲悄悄地说你非得走这条路么？衣美丽本来想好好给母亲解释一下的，但不知为什么却委屈得像个孩子。母亲就在电话那边说行了行了，你自己爱怎么样就怎么样吧。

这顿饭他们吃得非常的艰难，离别的伤感弥漫了一桌子。有好几次衣美丽看见程军的泪都淌到了碗里。衣美丽一时不知道该说些什么，两个人就一杯一杯地喝着酒。这时候程军突然抬起头来说，美丽，你是不是从来没有爱过我？衣美丽为了不让程军伤心就说有，曾经有过。程军说那我哪一点比不上吴方明？除了他比我有钱外，他还有什么比我优秀吗？是不是他床上功夫特强？衣美丽没有想到老实的男人会说出这种话来，她扶着桌子想站起来的时候眼前就晃荡起来，脑子里好像有千百只虫子在咬，程军狰狞的脸一点点地逼了过来。衣美丽觉得自己的骨头都被程军晃散了，它们从自己的身子里剥离出来，一块又一块地摆到了餐桌上。

衣美丽想程军这个笨蛋，天这么热，他怎么把自己摆在桌子上呢？应该放在冰箱里才对啊。

3rd：寻找随心所欲的女人

XUNZHAO SUI XIN SUO YU DE NüREN

刘建军是个成功的男人，他在南方拥有一个40多人的小公司，有一个温柔的妻子和可爱的儿子，当然他还拥有一辆时下很显摆的银灰色宝马。刘建军经常开着车在南方各条马路上闲逛。对于公司刘建军的名言是这样的，作为一个老板如果什么事都要管的话是一件很失败的事情。他手下有副总，副总下面还有主管。刘建军一般情况下不会亲自和下面的工人打交道，什么事和小头头们一交代就行了。对于家庭刘建军更是一百个的放心，老婆是个很贤惠的女人，她除了爱去美容院外基本上没有别的坏毛病。这样的日子让刘建军过得很舒服，舒服的同时也让刘建军觉得有大把的时间没地方打发，所以，他每天起来的第一件事情就是今天到哪儿去玩。

刘建军把老婆送到美容院就呼大伟，大伟好久才回了电话，刘建军把身子舒服地半躺在车子里说今天上哪儿？大伟说我好像没空。刘建军说你老婆又生病了？大伟说你老婆才生病了呢，我在等一个人。刘建军说是女网友对吗？大伟正要说什么，手机就被摁死了。刘建军就觉得大伟特不够哥们儿意思，找女孩子也不叫着他。以前有什么风花雪月的故事刘建军第一个就想到了大伟，在他的朋友圈内也只有大伟能和他臭味相投，他们都是事业小有成就，他们都是能够把老婆哄得甘当贤妻良母，他们都是能够在女孩子中间混又不会让后院起火的那种男人。可是自从大伟迷上了网，刘建军就常常要一个人上前线了，大伟经常用多情却被无情伤和真诚男子汉来哄骗一些 MM 的眼泪。经常并肩作战的两个人突然走了一个，留下来的人就觉得有点儿孤苦伶仃了。

刘建军开着车很盲目地在大街上转悠，在转到一一路的时候，刘建军突然想起了一个女孩子，那是他和大伟在迪吧认识的，一个在某公司做文员的婉儿。婉儿曾经对刘建军一往情深，她曾经表示过做情人也无所谓。这对于逢场作戏的男人来说最怕的就是女人来真的了，女人一来真的他们就会有无形的压力，刘建军就不再找婉儿了。他和所有的自私男人想的一样，找情人太累，又费钱又费力的，而且要是搞不好，后院很快就会起火，他刘建军曾经温馨的小家马上就要风雨飘摇，小点儿闹得鸡犬不宁，大点儿可能走向离婚的道路。所以，刘建军不找情人，但像他这样的男人如果没有一点儿风花雪月的故事那就太难过了，情人从某种意义上代表着一种身份，男人没钱倒也罢了，如果有了钱又有了点儿事业，他就要寻找红颜知己，用大伟的话说白菜吃多了肯定要尝一尝菠菜的味道，尝了菠菜还得尝一尝芹菜的味道。一辈子只吃一种白菜多腻呀。

刘建军一边在心里编造着让婉儿感动的理由，一边拨通了婉儿的手机。婉儿的声音懒懒地说 Hello，刘建军心里一喜，说婉儿，我在你的楼下呢。婉儿的声音一下子变了，她冷冷地说你是谁呀？刘建军说我姓刘。婉儿说姓刘的多了，谁知道你是哪一位。你不吱声我就挂了？我还在等电话呢。刘建军先把电话摁死了。看来人家已经把他给忘了，那甜甜的一声 Hello 不是对他说的。刘建军有些伤心，看来不仅仅是男人绝情，女人狠起来比男人狠多了。刚才还温情万分，现在就犹如路人了。想想也不是人家的错，谁让他是一个不负责任的男人呢，他连虚假的承诺都不敢说。刘建军学不会大伟的那一套,虽然他们俩曾经坐在一起交流,虽然大伟曾慷慨地教给他许多对付女孩子的办法。但真的要承诺了,刘建军却说不出来,他不能睁着眼睛说瞎话:我给你名分,我要与那个黄脸婆离婚,我要给你办户口,我要……

这样刘建军的生活就没有大伟那样丰富多彩。大伟的真实生活比刘建军好不了哪儿去,他开的还是一辆国产云雀。但他在对付女孩子这件事上却比刘建军成功得多,他可能除了自己的白菜,已经品尝了许多许多的菜,而且这些菜还对他依依不舍,还和他很有情分的藕断丝连。刘建军有些不服气,无论从哪个角度他都比大伟要强,可为什么大伟能够在泡女孩子中屡战屡胜,他就不行呢。想来想去刘建军认为自己太过于诚实了,自己如果能够像大伟那样勇于对女孩子承诺,他的生活肯定也会丰富多彩的。

刘建军开着车有点儿提不起精神,他不知道下面的时间该如何打发,去公司转转,然后回家,然后看电视,然后再对老婆例行公事。没意思,没意思。刘建军想着此时的大伟正在和女网友一起甜蜜的时候,他心里就有一种说不出的滋味儿。这时候刘建军感到眼前一亮,一个亭亭玉立的女孩子正从他的车旁走了过去,穿着一套休闲的棉布白裙,长长的秀发如瀑布一样泻下来。刘建军立马儿断定,这是一个在办公室工作的女孩子,在这点上刘建军比大伟有经验。只要女孩子从他身边走过去,刘建军一眼就能断定她是做什么的。刘建军一般的情况下不会找小姐,第一他怕染上病,第二他觉得没档次。大小刘建军也是个老板, 也是个受过大学教育的男人。他再花心,他再想尝一尝别的菜,他也没有到滥交的那种地步。他希望能碰到和他一样寂寞的受过高等教育的女人,他们可以无所顾忌,随心所欲地做点什么事情。而且无论做什么事情都不会染上金钱的成分。

此时正是红灯,女孩子和刘建军的车一起停了下来,依照大伟传给他的经验,刘建军慢慢摇下了车窗。他笑着说你好,女孩子愣了一下马上回笑道你好。刘建军说我带你一程好不好?我愿意为漂亮的女孩子服务。女孩子的脸色一变,刘建军的心马上就要凉了,他知道女孩子一张口可能就是神经病,或者骂流氓!没想到女孩子拉开车门坐进来了,她把双腿一并,后身微弯,就坐到了刘建军的车里,标准的白领坐姿。刘建军放下心来,他说你要到哪儿去?女孩子笑了笑,很单纯很天真地微笑,她说不知道。刘建军就不太明白女孩子的意思了,他试探着说要不我们去咖啡厅坐坐?女孩子说好吧。我最喜欢去的就是咖啡厅了,最好有摇椅的。

一晚上,女孩子根本没吃什么东西,她坐在摇椅上摇晃。听刘建军滔滔不绝地说着,他的公司他的家庭,他在南方的朋友和故事。当然这故事中的大部分都是刘建军杜撰的,来骗一骗女孩子的感情。女孩子会跟着刘建军的故事轻轻一笑或者说你真行。两个人坐了很久聊了很久,按照经验刘建军想了两种结局,要不进一步发展,要不送女孩子回家。可是女孩子却提出能不能陪她去看夜场电影,看一场老电影。刘建军腕上的表已经指上了 12 点多了,他为难地说现在上哪儿看电影去,要不我们看影碟去?我那儿有很多好看的片子。女孩子说你老婆没在家?刘建军第一次骗了人家说我们正在离婚。女孩子摇了摇头。刘建军以为女孩子不愿意呢,可是他却很顺利地把她带到了家里。

刘建军还有一个房子,在离家里很远的一个花园里,刘建军买下这个房子没有别的意思,他不是给任何女人买的,他只是想除了自己的家还有一个完全属于自己的空间。这是大伟的经验,一个男人,一个成功的男人一定要有一个自己的空间。他们可以带着任何人来到这个空间,他们可以在这个空间里做任何事情。只是这个空间刘建军自己用得很少,大多数是大伟用了。大伟的那个空间被老婆发现了,所以就把战场转到了刘建军这儿来了。他们曾经约好,要为彼此圆谎。大伟有了故事就会给老婆说和刘建军在一起,刘建军有了故事就会和老婆说和大伟在一起。就算有一天刘建军的这个空间也被老婆发现了,大伟早就替他想好了对付的方法,就说是大伟弟弟的, 他们经常没事坐在一起打打拖拉机。只是打打拖拉机而已，又没有做什么犯法的事。当然，刘建军希望老婆一辈子都不要发现这个空间，希望他后院里一辈子都是风平浪静的。

刘建军和女孩子喝了一点酒，后来刘建军就把女孩子抱到了床上。初次的顺利让刘建军有点儿得意，他情真意切地对女孩子说你想要什么就说吧。女孩子冷漠地穿着衣服，她说从此，我们就是陌生人了。这一切就当是一场梦吧。刘建军说我会想你的。女孩子冷笑着说随便吧，这是你们男人喜欢对所有女孩子说的一句话。刘建军从后面抱住了女孩子说我不是那样的男人。女孩子挣开了他的手说我也不是你想的那种女孩子。刘建军说你上哪儿去？我能再找到你吗？女孩子不屑地说你找我做什么？想要的你已经得到了。女孩子"砰"的一声把门带上了。刘建军听着她咚咚的高跟鞋走远了，他的心里竟有了一种从来没有的失落。

美丽的一夜情让刘建军的生活有了太多的回味，他没事的时候都爱到碰见女孩子的那条路上逛逛，他希望有一天能够再看到她，可是老天却没给刘建军这个机会。大伟听完刘建军的故事也像女孩子不屑地一笑说这有什么，和我玩过的女孩子都是这样的，只是没有她那么绝情。刘建军说我感觉她很看不起我，尤其她临走时的眼神，好像在说我仅仅是个动物而已。大伟说别想了，别想了。我再给你介绍一个。明天我约两个漂亮的MM一块去海南。费用AA还能让你玩出感觉来。刘建军说网上的东西可靠吗？大伟说那要看你怎么看了。在网上很容易找到可心的女孩子。刘建军觉得网上的东西过于虚幻，他曾经有一阵子也掉到了网里，也多多少少见过几个MM，但每次都是见光死了。吃完喝完再约人家就不接手机了。这让刘建军感到很是失败，更为失败的是有一次，他和一个MM玩了半天，也吃了半天，在刘建军觉得时机差不多可以进一步发展的时候，MM却对他说你做我哥哥好吗？一声哥哥把所有的欲望都给堵住了。

刘建军给老婆说他要去海南出差，老婆正往脸上贴西瓜皮。一圈一圈的，她说我又不是不让你去。哎，我怎么发现你最近工作还挺忙的，不会是有了第三者吧？刘建军说你说哪儿去了，咱们老夫老妻的你还不放心？老婆说你们男人都口是心非的，你知道吗，老水前几天得了性病。刘建军说行了行了，人家得什么关我什么事，是不是又没有钱了。刘建军从皮夹里掏出几张钞票扔到床上，老婆说这还差不多。你去海南给我买套衣服回来。老婆贴着西瓜片的脸就挨了上来娇声说，我是不是老了？

刘建军做好了一切去海南的准备，可是大伟却放了他的鸽子。大伟说有个 MM 不能去了。现在我们是一对一，你来就不太好吧。刘建军说他妈的我都和老婆说好了。大伟想了想说我给你一个电话吧，那个女孩子也挺不错的。刘建军就生气地挂了电话。他把车开到一家网吧，上了某网站的交友天地。

此时的刘建军叫谢晓东，刘建军知道现在的女孩子都喜欢小帅哥。他微笑着对所有的人说大家好，能和我聊吗？网站上 MM 和 GG 正聊得欢喜，没有人来理他。刘建军不泄气，点击了一个刚进来的雪雪说你好，可以聊吗？雪雪肯定是个很温柔的女孩子，她说可以。聊了一会儿，刘建军说想请你喝茶可以吗？雪雪说你是不是有点无聊？刘建军说是的，感觉很孤独。雪雪说那好吧，我们在哪儿见面？刘建军说了地方又问我去接你还是你自己过来？雪雪说我自己来。刘建军开了车出来，他想故事就要开始了。

在咖啡厅里刘建军要了一间包房，这样的事情在大堂里总是不太好吧。刘建军刚把自己的状态调整到最佳，一个娇小的女孩子就被服务小姐带过来了。她问是谢先生吗？刘建军一愣马上热情地伸出手去说是我，是雪雪吧？雪雪笑了笑说你来得真早。刘建军说刚到。主要是我开车方便。雪雪说你自己开车？看来是个有钱人了。刘建军说算够吃的。雪雪，你家是不是北方的？雪雪说不是，我是上海人。刘建军说这样啊，我对上海的感情很深的，因为我老家就是上海。刘建军开始了入乡随俗，他知道了自己什么时候是哪儿的人。雪雪果然非常的惊喜，我们是老乡呀。谢先生来南方多长时间了？刘建军说别谢先生谢先生的，我比你也大不了几岁，叫我小谢或者谢大哥也行。雪雪笑笑说那就叫谢大哥吧。

刘建军承认，雪雪是他见过所有的女孩子中最让他心仪的一个，那黑黑的眸，那嫩嫩的肌肤。刘建军觉得有股火从里向外的燃烧，他想不出把这样的人儿抱在怀里是什么味儿。但刘建军还得制造气氛，他就给雪雪说起了当今的一些带点色又不伤大雅的笑话。他说外国人就是比我们开放，听说有个法国人在回家的时候，看到老婆正和一个男人在床上，就很有礼貌地弯了一下腰说你们继续工作，我一会儿再来。雪雪笑得喘不过气来，她说谢大哥，要是你碰到了这事怎么办？刘建军说我没老婆，假如这样的话我就杀了他。雪雪说你们男人都这样自私，巴不得所有的女人都对你们好，却不允许女人背叛你们。刘建军说那也不全是，总之我没有老外那样大方，男人嘛，要是用别人用过了的东西从心里就是不舒服。他觉得这是他自己的，别人是不能用的。刘建军看到雪雪的脸刷的一下子变得通红。刘建军得意地想离自己的目的快要不远了。

刘建军说雪雪你喜欢什么样的男孩子？刘建军那样子好像自己还是个未婚男孩儿似的。雪雪说不知道，可能就是一种感觉。我们女孩子没有你们男孩子理性，爱一个人是没有任何理由的，也许因为一句话也许因为一个动作。刘建军说是是，爱一个人是没有任何理由的，不知道怎么就爱上了。雪雪，我觉得人不要活得太累，想做什么就做什么。比如我们都感到寂寞，比如我们就想找一个人来说说，就找了，很自然也很坦然。雪雪，刘建军眯起他那双不太大的眼睛，色迷迷地看着身边的小可人儿说，你有男朋友吗？雪雪说没有，如果有我也不会来这儿了。刘建军说哎呀，这么漂亮的小女孩，怎么会没有男朋友呢？是雪雪眼光太高了吧？雪雪说谢大哥你忘了，在南方有两样东西不能谈，一个是感情一个是金钱。刘建军说也不是，我觉得是有真情存在的，只是我们没有碰到而已。比如说我们一见面就聊得这么投机，难道说不是一种感情吗？刘建军开始了循循善诱。

该说的都说了，该谈的也都谈了，雪雪还是没有按照刘建军想的那样

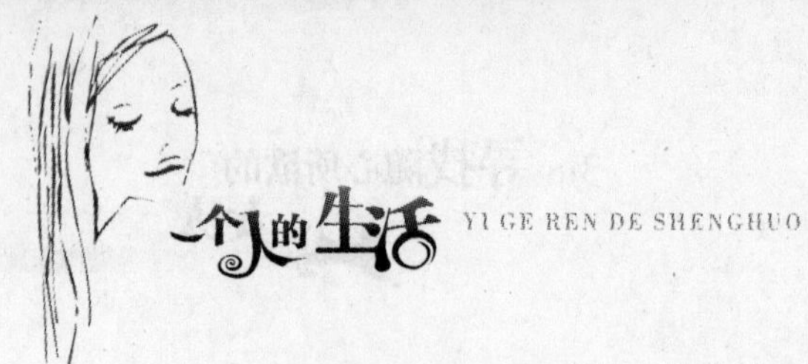

进一步表示。刘建军想这次又演砸了，看着近 300 元钱的账单刘建军有些不甘心。他约请雪雪看电影去。雪雪说谢大哥你是不是经常请女孩子看电影啊？刘建军愣了愣马上说没有，我只是想请你看，真的，从一见到你我就有了这种感觉。我说出来你也许不相信，你长得和我的女朋友真的很像，只是她却出国了。刘建军显得有些失意。雪雪说好吧。雪雪说谢大哥我给你讲个故事吧，是关于你们男人的故事。刘建军说好啊好啊，我最愿意听故事了。雪雪说我有一个女朋友，长得挺漂亮的。刘建军说有你漂亮吗？雪雪说你不要打断我，就有一些男人老给她送花老请她吃饭，其中有一个感觉还不错的，我女朋友就和他去了。那个男人在吃完饭后就对我女朋友说：我喜欢你，你做我的情人好吗？一个月我包你吃住还给 3 000 块。我女朋友拒绝了。那个男人就把我女朋友的名片掏出来了，他一边撕一边说好吧，从此我们谁也不认识谁。现在请你下车。刘建军说那男人也太差劲了。要是我最低也得把人家送回去。

两个人进了电影院，刘建军说现在我就像回到了十八九岁。雪雪，你没听说吗？雪雪说什么？刘建军说握着老婆的手就像左手握右手，握着同学的手后悔当年握错手，握着情人的手就像回到了十八九，刘建军说完就趁着黑暗勇敢而又坚决地握住了雪雪的手。雪雪打了他一下说这是哥哥握妹妹的手。放开，放开，你把我的手握疼了。

雪雪这样一说刘建军就有些失望，也不知道电影放的是什么了，满脑子就是怎么办？怎么办？到手的芹菜能让她就这样走了吗？刘建军借着上厕所的机会给大伟打电话，大伟埋怨他不够勇敢，大伟说这事得你主动。一个女孩子愿意和你这么晚了还在一起就是有故事。刘建军回到座位上，趁着男女主人公接吻的时候用手摸了摸雪雪的头发说，雪雪你真漂亮，尤其是你的嘴。雪雪看了他一眼说谢大哥我有点渴了，给我买冰淇淋吃好不好？刘建军只好跟着雪雪从电影院里出来了，从刚营造好的气氛中走出来了。

雪雪吃着冰淇淋说谢大哥你真好。谢大哥你有妹妹吗？刘建军说没有。雪雪说那我做你的妹妹吧。真的，你给我的感觉真的好好呀，我从小没有哥哥。刘建军说不做哥哥行不行？雪雪说为什么？刘建军说我做哥哥都做怕了。雪雪说我明白了，你的妹妹太多了。刘建军说也不是，我不想和你做兄妹。雪雪说你不会是和我谈感情吧？刘建军说也不是，我只是想我们都随心所欲一点。雪雪说我们不够随心所欲吗？刘建军说不是，我想这肯定不是我们最初想要的结果。刘建军低下了头。雪雪说你不高兴是吗？刘建军说我觉得我很失败，为什么每一个女人都愿意把我当哥哥而不把我当朋友。雪雪说这样啊，你可以追我。如果能够追到我就把你当成男朋友。刘建军想没意思，我哪儿有时间去追你。

刘建军不肯这样撤退，他对雪雪说我现在明白了，你们女人要的是感情，男人要的是欲望。雪雪说不对，也要有感觉在里面，要不就成了动物了。刘建军说不对，如果女人要的是感觉，我敢说你对我也不反感对吧？那我们……雪雪说哎呀！你想哪儿去了？我现在明白了，你想找的不是一个网友，而是一个一夜情的女人对吗？雪雪的脸上有了一种愤怒。刘建军一下子被说到了痛处，他说不是，真的不是，我只是随便说说的，因为人活得太累了，所以就想找个陌生人说说话，随便说说，真的。雪雪说你们男人都挺累的。看着碗里的还想着锅里的，当然这想着锅里的也没有什么不对，可是你们又偏偏不愿意负责任。刘建军勉强地笑笑说是，男人都是自私的，男人希望所有的女人都是妓女，自己的老婆除外。雪雪说你很坦诚。刘建军说还可以，我不是那种太坏的男人但又控制不住自己想入非非。我是那种过过嘴瘾的男人，光说不做的。雪雪说还挺高尚，是不是都没有成功？刘建军说当然也有成功的时候，那次是那个女的主动的。你知道女的一主动事情就好办了。

雪雪说你的车开得好慢，是不是没油了？要不我下去坐车吧。刘建军说有，只是想和你多呆一会儿而已。雪雪，你放心，我不会伤害你的，像你这样的好女孩子我舍不得伤害。雪雪说谢谢，谢大哥一看就是个好人。这

是我的电话，这是我第一次留给别人电话，没别的，我觉得你人坦诚，和你在一起会有安全感。雪雪装出很亲热的样子搂了搂刘建军的胳膊说再见，谢大哥。刘建军看着雪雪飘然离去，他就把雪雪的电话给扔了，既然不能做爱这电话留着又有什么意思呢？

刘建军开着那辆银灰色的宝马很快消失在夜色里了。

4th：一个人的生活

我从单位到我住的地方需要一个多小时的时间，我从家里坐车在儿童公园下车，然后再转二路车到单位。下了班我再坐二路车到儿童公园，从那儿再转车到我住的花园。这辆从火车站开往布布影的中巴能把我安全地送到家门口。

在我坐的这辆中巴里，最少有五个人是住在龙门花园的或者说是住在龙门花园附近的，因为每次快到龙门花园时，还没等我想好是说要落还是有落或者说请您停一下车时，就有人在我前面叫要落了，声音拖得长长的。有时是一个地地道道的南方男人或者女人；有时是一个来南方的北方男人或者女人，后者叫起来就没有那一种软调，听起来硬邦邦的。我来A城有一年的时间了，却不会说一句A城话，我是地道的北方人，虽然刘红一个劲地让我学白话，但从心里还是不那么愿意。

我骨子里有一种北方人的优越感，我们那个城市虽然没有A城好，但我们却深爱着我们的城市。而且我喜欢听标准的国语，如果一个人连普通话都说不好我以为是很不好的事情。

我今天坐的这辆车没有在龙门花园下的，我才明白这是上午十点钟，一般的人都还在上班呢。我等了半天只能清脆地说：请停车，在前面路口那儿。一句话就把北方人的特征给暴露出来了。

我和往常一样下了车并没有直接进去，我到对面的菜市场里去了，近几天特想吃饺子。我就买了韭菜和鸡蛋，绕到买饺子皮的摊位上时，那个卖饺子皮的男人正在一处案板上睡觉，身子呈大字状，脸上不时地有苍蝇飞来飞去的。我记得这个案板上以前曾经放过米粉，那白花花的米粉放在那儿，旁边放了一些调料。在外面卖的米粉最少是五块钱一份，在他这儿卖的却是四块钱一份。那些打工仔打工妹们把他的生意照顾得很是红火。

我没买过。虽然我不是什么有钱的人，但我从小对吃的东西特讲究。我宁肯少吃一次也不会在那些看起来脏兮兮的小摊子上去吃饭。我怕吃到肚里会生病的。所以我要自己做饭。

我叫了一声，男人没动。我就提高了声音说：买饺子皮。你卖不卖呀？这时候就有一个男人走过来了，他一把揪住男人的耳朵说起来起来，有人买东西啦。男人很不情愿地起来了，他一边提着裤子一边问我你买什么？我感到胃里有东西急剧地翻腾上来了，我逃也似的离开了那儿。

我住的地方没有大点的超市，有几家都是一些当地农民开的，要什么没什么。而离我最近的万佳也得坐三个站的车。我家里还没有冰箱，我每次买那么一点东西特意去一趟大超市不太合算。我多想有一台冰箱啊。我想这个月赶快多写点文章，看能不能先搞一台冰箱。小池总让我住到市里去，他说你住这么远一点儿都不合算，你看着便宜几百块钱，如果你加上车费和时间，和市里差不了多少，赛格的房子才1 000多块钱。我也想搬，但一是经济上不是太允许二是嫌市里太吵。我这人就受不了车水马龙的繁华。迪厅另当别论。所以我就住在了龙门花园，这里不仅有24小时的保安还有清新的花草和空气。而且我一个月900块的房租竟租了两室一厅的房子。

我从菜市场出来，又往前走了几百米去买了我爱吃的馒头。当我拎着菜和馒头进了龙门花园时，一个高个的保安就拦住了我。他说你是不是606房的孙好小姐。我说是啊。他就冲另一个保安笑了笑说：你的汇款单来了。还是稿费呢。听说孙小姐是记者对吧。我说滥竽充数的。保安就笑了说你们文化人就是谦虚。我漫不经心地扫了一眼稿费单，还不少，才写了2 000字的文章就给了600块。我的心情一下子好起来了，我想这个月的生活费又有着落了。

我听见电话在响。我一手提着菜一手在包里乱摸，前几天刚在华强北买了一个包才用了几天就被我掏碎了。那一些小的东西都跑到了包里子里去了。我歪着头，吃力地寻找着钥匙。我的手越过钱包，笔记本，名片夹，口红，面霜，终于摸到了钥匙。在我快将它掏出来时我的头就碰在了一个人身上，抬头看竟是奇异。刘红的男朋友。我说了对不起后问刘红呢？奇异竟一反常态地对我说死了。

我把电话回拨过去。是我前几天采访的一个刘老板。他研究了一种能让人快乐的药丸，我供职的报社要给他发软性文章，讲好了5000字两万块。我因为刚进去所以主任就把这个费力不讨好的活交给我了。

他问我写得怎么样了？我说没写呢。他就有些急了，他说你怎么还没有写呢？这稿子星期一我们老总要看呢。我说知道了。我会在星期一拿给你的。我做过两年记者。怕他不放心我又补了一句，新闻记者。他就笑了说你们做记者的嘴皮子都很厉害的。尤其是女的。孙小姐，今天晚上我请你吃饭好不好？我说用不着那么客气。我会用心写的。再见了刘老板。

我的晚饭是一个鸡腿外加一包方便面。虽然我买了很多菜，但今晚我却不想做了，刚做的时候很高兴，觉得再也不用在外面饥一顿饱一顿的了。无论回来得多晚我也要做饭，但是日子一长我就有些烦了。加上每天都是一个人吃，感到很没意思。所以就经常一包方便面外加一个火腿就凑合了。我把饭风卷残云一般地扒拉到肚子里，然后坐在床上写稿子。

在我的房间里有一间我自己的书房。里面放了一张桌子一张软皮转椅，但我很少去里面坐着写。自从爱上了电脑后我就不喜欢桌子了。我情愿到处找电脑也不愿用桌子了。一般情况下我会坐在床上打一遍草稿，然后到单位或者是小池那儿打出来，反正小池那台电脑除了玩游戏外他也没别的用处，他曾经说过把电脑搬到我这儿来。我拒绝了。我不是没能力买自己的电脑，而是我的生活一直没有固定下来，我害怕搬家的时候还要搬一台电脑。而且说不定哪天我就回内地了呢。我希望不久的将来我能有自己的一台笔记本电脑，市场上的卖价最便宜的是16 000。我看了好几次了。

厂家的产品说明书和各大报刊的宣传摆在我的床上，我东看一眼西看一眼地让大脑迅速地对这个产品熟悉，然后变成美丽感人的句子出来。折腾了大半天我才写了两千多字，这让我有些失望，以我原先写诗的速度5 000字早写完了。可这是商业新闻不是诗。主任来电话了，显然刘老板找过他了。他让我一定好好写这篇文章，主任说先不说人家给那两万块吧，就凭这个刘老板对我们报纸这么重视你也得好好写，不然，A城那么多媒体人家为什么找咱们呢。主任还说写完后给我4 000块的稿费。我说没感觉，真的，要是写诗的话我早写完了。主任说可别提诗了，中国的诗人现在都改写小说了。你发一首诗才多少钱啊？你这5 000字写下来就是几千块啊。好好写吧，年轻人。

4 000块？我一下子吃惊了。写了这么多年的诗我最多的稿费才拿了800块。4 000块是什么概念？我可以买一台冰箱？我可以一个月不用工作？我可以买几套漂亮的衣服？我心里被这4 000块给搞得热血沸腾的，我重新梳理了一下思路，把写好的稿子删了一些加了一些，然后又删。这5 000字的文章折腾了我大半夜，当我写完最后一个字的时候已经是夜里两点半了，我伸了伸酸疼的腰和脖子一下子倒在了床上，虚脱了。

我脸上已经有了30岁女人的痕迹，皮肤也没有了以前的弹性。虽然

整个生命，其实
不过就是那样的
一夜……
或者两夜。

我每天都在做着面膜;虽然我极力地控制住自己不能大笑,但我还是发现我老了。我一个人躺在床上,手里揽一面镜子,从上到下地看着自己。看一遍我伤心一次,看两遍我就觉得自己老得不行了。尤其在 A 城这样一个年轻的城市里,我近 30 岁的女人还没有结婚,我的心里就有了一种灰灰的感觉。我经常穿着一件灰色的毛衣,下面是一条灰色的裙。我脸上因为没有化妆而显得毫无生气。

这让一直很爱我的小池很是恼怒,他到商场给我买了好几套色彩鲜明、款式时髦的时装。其中有一套是绿色的皮裙,上配一件粉红的毛衣,下面是一双很时尚的小皮靴。他强迫我穿上这些衣服,不然他就不理我了。当我换上这些衣服像模特儿一样从房间里走出来时,我看到小池的眼睛一下子亮了。他摇着我的肩膀说:你不老啊,天!你不知道你现在有多么的漂亮。来,看一看。小池说着就把我推到了镜子前面。我看到了镜子里的女人;看到了一个穿着时髦衣服的女人。小池的眼里含了电,他轻吻着我的耳朵说:嫁给我好吗?

我有些恍惚,我记得没来 A 城的时候,大伟也经常这样对我说,可是他现在却成了别人的老公。我和大伟谈了近五年的恋爱,在我们快要结婚的时候有个女孩子就缠上他了,她哭哭泣泣地找到我说她已经有了他的孩子。我就和大伟分手了。然后我就一个人来了 A 城。

A 城是一个什么样的城市呢?在我眼里她是个前卫的开放的,能够让人失望也能给人希望的一个年轻的城市。我还喜欢她的冬天不是那么的明显,我希望自己能在这样的一个城市里忘记大伟,忘记曾经不愉快的一切一切。

我来 A 城了,一个人。在这个城市里没有一个我认识的人。我天天泡在酒吧里麻醉自己,和一些陌生的男人说着一些很无聊但能让我开心的话。他们说小姐你愿意做我的女朋友吗?我说可以。他们又说我可以给你买房,可以把你的户口调到 A 城来,我还可以让你不上班就生活得很好。

我就像所有的坏女孩子一样大笑起来，在他们神醉情迷自以为我上钩了的时候，我就打击他们。我说可惜我已经结婚了。我儿子都有八岁了。他们就像受到了捉弄，愤愤地离开了。

刘红在一家夜总会工作。她经常到我这儿借这借那的，刘红不知道我的故事，她可能把我当成了和她一样职业的人了。在A城这种地方，除了特别有钱的人或者说是那种职业的女人才会租一套大大的房子，像一般的打工者，就算是白领，只要她没有结婚就不会单独地住一个大房子，何况像我这样还住着两室一厅。我所以住这么大是因为我来A城的时候有一个女同学也想来，至于后来她为什么不来我就不太清楚了。

刘红第一次来我家里借东西的时候，她就吃惊地叫了起来：她说姐姐，你一个人住这么大的房子啊？我说晚几天有朋友要来。刘红就说那你是不是很有钱？要不你就是嫁了个香港老公。姐姐，你能不能给我介绍一个香港人呢，除了给我买房一个月给我2 000块就行了。你知道我也不想坐台的，只不过我吃不了上班的那种苦头。我笑了笑说我男朋友和我是同学，但现在他却成了别人的老公。刘红说他负了你吗？姐姐，你长这么好，没必要嫁一个内地人呀。告诉你吧，A城的有钱人特别多，我给你哪天找一个。

刘红和一个叫奇异的男人在同居。

奇异扎着一个马尾巴，耳朵上戴着一个金耳环，打扮得十分前卫。他在一家歌厅做，经常跟刘红要钱。他经常去买彩票，他说迟早有一天他会中个500万的。他说这话时总是显得神采奕奕，好像500万已经到手了一样。我觉得他要是把长头发理掉，把金耳环摘掉，他可能是一个很帅的小伙子。我不能接受男人这样，这简直比男人穿着拖鞋进办公室还差。但我看着刘红的面子还不能不理他。虽然刘红从事的是我所看不起的职业，但我并没有因此而冷落她，只要我有的她张了口我都会给。不管怎么说大家也是住在一幢楼里，我还是有内地人的那种远亲不如近邻的观念。

小池是我来 A 城后认识的，他在一家电脑公司工作。在我第一次在深南路上被小偷盯上时，是他一句话把我的钱包保住了。我们就认识了。小池是地道的南方人，他的个子还没有我高，我不穿鞋是一米六八，穿上鞋我是一米七二，我的每双鞋子最低也有两公分高，不然我就觉得走路不舒服。而小池穿上鞋才有一米七。这在南方已经不算矮了，可和我走在一起就显得很不协调。小池曾经劝我穿平跟鞋，他说你已经这么高了，再穿高跟鞋就不好看了。再说穿平跟鞋会很舒服的。你看结了婚的女人都穿平跟鞋，这样对下一代有好处。小池说这话就好像我已经嫁给他了一样，好像我已经快做母亲了一样。我不能接受。从很小的时候，我就喜欢穿高跟鞋，喜欢挺着胸走路。我觉得穿高跟鞋走路的声音是世界上最好听的音乐，那富有节奏的嗒嗒声给人一种自信一种力量。我的高跟鞋整齐地放在我的鞋柜里，我爱高跟鞋！

有时候和小池走路的时候，我总会想起大伟，他喜欢我穿高跟鞋，只有我穿了高跟鞋我们俩才觉得协调。因为大伟的个子比我高了整整十公分。但是大伟不会做菜，他和所有的北方男人一样，不屑进厨房。记得有次我过生日的时候，大伟为了让我高兴给我做了一个糖醋排骨，却把盐当糖放到锅里了。我们就吃了一顿盐醋排骨。小池却不会这样糊涂。他能在几分钟的时间内搞一桌子菜出来，而且盘盘都是好吃得不行。所以在小池家里总是他做饭。他说我将来有的是机会做。从这方面看，我觉得还是找个南方男孩子好一些，他们都比北方男孩勤快。

星期一的时候 A 城下了雨，这地方就是雨多。我从小就烦下雨，一下雨我再好的心情也能变得很坏。所以，我拿着稿子到刘老板的单位找了一会儿我就烦了。我用手机大声地说让他们下来个人接我。这时候一辆白色的丰田开过来了，走到我面前突然的加速把我的裙子弄了好多泥水。我说了一句神经病，那人就把车子停下来了。我以为他听见了，结果是他进商店买烟去了。我就一下子坐到了没有关的车子里。想着怎么样出出气。

男人吓了一跳,他迟疑地说这是你的车吗?我说不是,但你把我的裙子给搞脏了。没见过你这么开车的!我是你老板早把你开了。男人松了一口气,说原来这样呀。你说吧多少钱?我皱了一下眉说你以为这是多少钱能解决的吗?你以为我就缺这几个钱?实话告诉你吧,我动动笔就是几千块。你以为啊?我朝他晃了晃手里的稿子,昂首挺胸地走了。

刘老板是个很胖的中年男人,他胖乎乎的手握住我的手一个劲地摇晃。他说孙小姐,我们还是老乡呢,你山东我河南,咱们能在这么远的地方见面真是缘分啊。

客套了一阵子,他就看稿子。他说孙小姐的文笔太好了,我都感动了。但有一点我怕通不过王载的手,王载你不知道吧?他是我的老总。我虽然不是写这个的,但有一点我觉得不太好,那就是我们要的是商业新闻不是小说。孙小姐,你能不能再改一下呢。

我有点儿羞愧难当。说实话,我一点儿也不喜欢写新闻,虽然我曾经在报社呆了两年,但我对新闻尤其是对这种商业性的新闻很有偏见。我宁可去编我那永远挣不了多少钱的诗,也不愿意写这种文章。

我来到A城的目的有两个,第一个是为了忘掉大伟,第二个就是想在这个城市里创造一个奇迹。我希望我用一年的时间来出一本诗集。

你知道我喜欢写诗,我最大的梦想就想当一个诗人。

可是A城却把一个诗人的梦想给枪毙了,我委委屈屈地跑到一家报社,表面上是社会部的新闻记者,其实是一个打杂的料子,只要别人不愿意做的事情老总就把我折腾出来。

王载让我把稿子送到他的办公室去。然后他签字后给我拿支票。我本来不想去的,但为了那几千块钱的稿费我还是去了。王载的办公楼在宝安。我来A城这么久了,对A城还很陌生。除了知道一个东门一个华强北外,去得最多的就是肯德基和麦当劳了。刘老板说好了送我去的,后来他又没时间了，抱歉地往我手里塞了100块钱。我没要。刘老板的脸色就不好看了。这让我想起在香格里拉吃饭的事。那天，刘红过生日，她死活硬把我拉去了。席间，桌子上的男人喝了酒就有些不知道姓啥了。说了一些在我看来很是过火的话，一个瘦瘦的男人还摸了我一把。我就坐不住了，坚决要回去，刘红的一个男朋友就从屁股后面掏出一叠钱出来，在我眼前炫耀地甩了甩，从中抽出两张让我坐的士回去。我的思想还没有接受A城的这种礼节。我鼻子不是鼻子脸不是脸的拒绝了。后来，刘红就埋怨我不懂事。她说A城的有钱人就是这样，你不接他以为你看不起他。那天我男朋友好生气哟。他们都很绅士。有钱的绅士！

我心不甘情不愿意地跑到那儿。

推开门的瞬间我愣住了。这不就是那天开车溅我泥水的男人吗？难道他就是王载？王载却没有我表现得那样吃惊，他淡淡地伸出手说很高兴我们又见面了。我心里说这世界怎么这么小啊。

王载看了一遍文章就在后面签了字。正当我庆幸的时候，有一个男人来找王载。他抱歉地看了我一眼说：你等我一会儿。

我坐在那儿，我生平最不愿意做的事就是等人。尤其在别人的办公室等人。我就那样一本正经地坐着，桌子上有报纸还有一些书刊，我很想把它们拿过来看一看。可我明白这是在别人的办公室里。从小母亲就让我知道了没经过别人的允许是不能动别人的东西的。所以我只能坐着。所以我就等得很不耐烦。我希望办什么事都和我吃饭一样飞快地完成，飞快地走人。但在快拿到支票的节骨眼上却有人来找他了。人家就说了句抱歉就把我扔在这里了。我觉得他是不是故意这样的，因为我觉得他有足够的时间把我打发走。他只要一句话我就能从会计那儿拿到支票，我就不用在这儿傻乎乎地坐着了。

这时候已经是上午11点多了，会议室的门还紧紧地关着。他们已经进去快一个小时了，我不知道什么事能谈一个小时。我想他是不是把我忘了。我的左腿搭在右腿上,然后右腿又放到左腿上。我等得都快急出心脏病来了,我等得眼皮都快合上了,他还是没有出来。他们的员工一次次地走到办公室来,不是拿一个笔就是拿一本资料。搞得我放松一会儿紧张一会儿。我脸上已经有了很明显的不耐烦。一张小脸儿绷得紧紧的,嘴角往下耷拉着。

小秘书进来给我加了一杯水对我说了一声对不起,我的脸色还是没有缓和下来。这是我的缺点。我这个人就是凡事表现得太明显了。我心里一会儿想他是不是不想给钱,一会儿又想他是不是对我的稿子不感兴趣。我听说A城有很多人让人家给写了稿子都不那么愿意给钱,拖来拖去的。一想到他不给钱我的计划就得泡汤的时候,我的脸色更加难看了。不是我这人功利,而是在A城没有钱真的是寸步难行啊。

如果说我刚才对王载还有点好印象的话,现在已经没有了。我对着他桌子上的照片吹胡子瞪眼睛。讨厌!讨厌!什么样的人啊。你以为这样就可以不给钱了吗?你以为这样我就不战而退了吗?告诉你吧,今天拿不到钱我就不走了。王载倚在一处断壁上朝我微笑,一副胸有成竹的模样。我在他身后突然发现了泰山两个小小的字,我就把照片拿过来细看。他真的去过泰山!

门锁转动的声音吓了我一跳。我下意识地把照片放在身后的沙发里。王载不好意思地说:对不起,让你久等了。我勉强笑了笑说没事。如果王总对稿子没什么意见我就回去了。请把支票开给我行吗?王载说我们先去吃饭吧。我拒绝了。我说王总用不着那么客气。王载说脾气上来了。我请你吃饭就算我向你赔不是了行吧。我不是故意让你等的,是那个客人太难缠了。我摇了摇头说没有王总。哪来的气啊。王载说不要叫我王总,叫我王载。我偏着头固执地说:王总。王载大笑了起来。他说有个性。好吧。先吃饭行不行?我说真的不吃。王载拉了我一把说走吧,小傻瓜。

他转身拿公文包时肯定是发现照片了。他把照片拿过来冲我意味深长地一笑说,我照的还可以吧?我的脸刷的一下子红了。

吃饭的时候王载的手机响了,我听见有人让他去机场。王载说我这儿有事呢,你让别人送你吧。我说那你就去吧,我们又没有什么事,你让会计下午把支票拿给我就是了。真的。你忙你的吧,我知道做领导的都很忙的。王载笑了一下说是我们单位的会计,去上海要款去了。我说那下午支票是不是就拿不成了?王载说你看你?那么功利干嘛?我说过给的一定会给,下个星期我亲自给你送去。我一下子愣了。没想到会是这样。我到洗手间给主任打了电话。主任让我吃完饭就回去。他说王载是个说话算话的男人。

我在等二路车的时候,一场雨就突然而至了。我包里没有带伞,来A城这么久了,我什么都适应了就是没适应两件事,一是白话二是出门带雨伞。在A城生活的女人,除了一些必备的行头外,包里一定要放一把雨伞的,白天可以遮阳,雨天可以避雨。我不习惯。总觉得包里放一把伞是很不方便的事情,掏个东西也掏不出来。这么晴朗的一个天竟突然下起了雨,而且这雨有越下越大之势。我在电话亭子里躲了一会儿,实在坚持不住叫了一辆的士走了。从二路车到龙门花园这一趟就坐了100多块,回到家我淋得像个落汤鸡一样了。

我不知道自己睡了多久,全身一直在发着低烧。我把头埋在枕头里,一会儿鼻涕一会儿眼泪的。我好像是找了一把感冒药给吃下去了,可是还是好不起来。大夏天的竟感冒了,我脑子里一塌糊涂。电话响了,手机也响了。我的手机就放在离我不远的桌子上,平时我一伸手就够着了,可现在我用了很大的劲也没有起来。潜意识里我伸过无数次手了,我也听过好几次电话了。可现实里的我仍躺在枕头上。

屋子里静得有点怕人,我再一次醒来时已经是白天了。明亮的阳光透过窗帘照在我的被子上,我的身上热出了一身的汗水。我的嗓子里干得要命,我的头像裂开了一样。我好像站起来了,我去客厅里给自己倒了一杯水。然后我就给小池打电话，我说我不行了。我还觉得自己已经死了，好多人抬着我，下了好大好大的雨啊！

我的手机再次响起来了，不屈不挠地响着。我的眼睛就睁开了，我看到了现实中的自己仍然虚虚地躺在床上，我的双手紧紧地压在我的胸口上，我的嗓子仍干得要命。我这是怎么了？这一点小小的感冒我就起不来了吗？我是不是要死了？不然我刚才怎么做那样的梦呢？我的手是这么的凉，我的身子是这么的软。我究竟得了什么样的病？要不我怎么连伸手这么一个简单的动作都完不成了呢？我伤心地想：如果就这样死了，要多少天才能被别人发现呢？我就这样死了，死在一个别人的城市！我开始后悔，开始想家，开始想大伟，想小池，想刘红，就连那个刚认识的王载我也想到了。我的泪淌下来了。

这时候，我听到有人在叫我，隔着两道门我听见有人在叫我。我张了张嘴却什么也没有叫出来。接着我就听到了敲门声，后来，我就听见门"咣"的一声被人撞开了。我看到了两张惊惶失措的脸。我叫了声小池我就晕了过去。

我在医院里住了一个星期。我们单位的同事一个接一个地来看我，他们拿来了鲜花，水果，还有一些叫不上名字的营养品。小池就坐在我的床边，一会儿给我倒杯水，一会儿给我剥一只香蕉。我心里就有了一种幸福，觉得生病真的是好啊！只有生了病我才发现还有这么多人在关心我。如果仅仅因为生了病才会有这么多人关心我的话，我情愿就这样病下去。我住了一个星期的院，小池陪了我一个星期。他像我爱人一样在我眼前忙来忙去的，让病房里的人都无比的羡慕。我很感动，这样好的男人到哪儿找去？

我们在医院的草坪上慢慢散步。我的手被他握着，我的头靠在他的肩膀上。我病的这一个星期，小池就如愿以偿地走近了我，他成为我最亲近的人。他给我买饭，给我洗衣，他还让我穿平跟鞋。他的右手握着我的左手，我的头靠着他的肩。小池说你穿平跟鞋也比我高不了多少啊？我笑了笑。他就得寸进尺地说你以后不要穿高跟鞋了好不好？

我们坐在了石凳上，小池坚持让我坐到他的腿上，他说你还病着呢。

我生病的时候变得非常的乖，一点儿也不像这么大的女人。我偎在小池的怀里，像个小女孩子似的吊着他的脖子。小池说这样的我才有女人味。他指着远处的一个学步的小孩子对我说，将来我们的孩子比这个还要好，还要乖。他继承了我们的全部优点。他是世界上最可爱最聪明的小孩子。我打击他，我说要是我不要孩子呢？小池顿了顿说那咱们就到孤儿院去要一个。我突然觉得这话说来说去的很没有意思，他一直在说这方面的事情。我就站起来了，我说我就不喜欢小孩子，我就不喜欢做母亲！小池从后面抱住我说你看你？你还病着呢。小池说他这辈子没别的理想，他就希望和所爱的人生几个孩子。那样的生活是多么的幸福。

我知道这样很幸福。我也想和他说的一样生活，有一个幸福的家，一个听话的孩子。我和所有的妇女一样，匆匆地上班、匆匆地下班、去超市、进厨房，一家人围着亲亲热热地吃一顿饭。然后再向所爱的人撒一下娇，磨一下嘴皮子。

有一些日子，我特想有一个自己的家。我经常去一些大的超市，去看那些家庭用品。那闪着白瓷的小盘子，那明亮光滑的厨具，那电饭煲、电子琴、床、床被、枕头、刀、筷子，还有许多的家庭用品，我每一次看都想把它们统统搬回家去。我想到这些我就自然地想到了大伟，如果没有那件事，我们肯定结婚了。那么这些我想要的东西一定全都摆到了我的家里。可是，这一切却让另一个女人抢跑了，她在我们快要结婚的时候抢在我的前面。我第一次输在了一个同性手里。

小池在厨房里给我包饺子。我最喜欢吃的就是北方的饺子了，尤其是韭菜鸡蛋的饺子。我一提出来小池就进了厨房，他吹着口哨，自来水欢快地流着。他不让我动手，他说你病刚好，你明天还要上班呢，以后结了婚有你表现的时候。我就躺在了床上，看林白的小说。这时我妈就打电话来了。

小池在客厅里叫我,他说咱妈找你。我瞪了他一眼。我妈显然听见了小池的话,她高兴地问我是个什么样的小伙子?我妈说过年你带他回来吧。这么大的人了,你什么时候才不让我操心啊。

小池用筷子夹着一个饺子让我尝,他发现了我的脸上爬满了泪。他惊惶失措地说:你又怎么啦?亲爱的,发生什么事啦?你说呀。他的脸贴到了我的脸上,他的嘴在寻找着我的嘴。我再也忍不住,扑在他的怀里哭得呜呜咽咽的。我说小池,我们结婚吧。小池一下子愣了。他激动地吻着我说,你说什么?宝贝,你再说一遍?

我们第一次挨这么近,我能听到小池粗重的喘气声,他的手伸进了我的衣服,由于紧张他的手心全是汗。我想我不应该拒绝的,但我看到小池因为兴奋而变形的脸,我就想起了大伟,想起他和那个女孩子在一起的情景。我的泪轰然而落。我说对不起,小池。小池帮我把衣服整好,一言不发地走到阳台上抽烟。

那个女人仍趴在天桥上,她的两条腿不知道为什么没有了。她的面前是一个扔了几枚硬币的破碗,长长的头发遮住了她的脸。在她的后面,有一个老头儿,衣服褴褛,全身抖动的厉害。他弯着腰点着头:小姐,先生,行行好吧。我已经一天没有吃饭了。我的心里酸酸的,虽然我听说有一些人专门以此为生;虽然我听说他们的钱比谁的都要多,但是我还是忍不住给他们钱。我把钱放到老头儿碗里的时候我都快要哭出来了,我想起了我的爷爷、奶奶、姥姥,我的姥爷在五年前就去世了。他去世的时候我和大伟还没有认识,我姥爷,这个让谁都不讨厌的好老头儿,临走时拉着我的手哭了,他说我等不到你成家了。还有我姥姥,两年前她瘫痪了。每次打电话她都要在床上唠叨几句,她说你快成家吧,不然我也等不到了。还有我爷爷、奶奶。他们每一次都说我,牵挂我。我一直有个心愿,如果有一天我有钱了,我一定在全国最好的城市买一幢最漂亮的房子。把我的爷爷、奶奶、姥姥，还有许多的老人接到那儿去，让他们过上最幸福的生活。小池说我这人还是很有孝心的。我认为如果一个人连起码的孝心都没有了的话，这个人也就不能叫人了。

Good morning

Good morning

同事们和往常一样和我打着招呼。他们说你恢复得不错啊？脸色也比以前红润了。我笑笑说还好。主任叫我去办公室时，我还以为给我稿费呢，没想到他让我再去王载那儿要钱，我说上个星期我不是叫李会计去了吗？没要回来？主任说王载不给，说是你写的就得让你去拿。我说不去！我又不是讨债的。主任低了声音说你就去一趟吧，人家喜欢你去呢。我打了他一拳，什么事啊？主任说小孙是个好同志，为了大家你就去一趟吧。我坚决地说不去，我打电话给他行不行？主任笑了一下说行啊，只要能把钱拿回来就行。

心情一下子坏透了，我把书夸张地翻腾着。然后，给王载拨了一个电话。

我说王总你好？王载说不好。你连我的电话都不接我好什么？我说我的手机坏了。我没必要把我生病的事情告诉他。他说是不是呀？一接我的电话就坏了？我笑了笑说王总你在忙什么呢？王载笑了说，忙什么呢？忙忙东忙忙西忙东西罢。我说看来你的心情挺不错的，怎么样支票？王载说早准备好了，你们也不来拿。我说上次我们李会计不是去了吗？王载说我不知道啊。你现在过来拿吧。我想了一会儿说让李会计去拿吧，我这边忙得要死。怕他生气我又补了一句，哪天我请你吃饭。王载追了一句今天晚上？我说行。晚上。

我带上了刘红。王载也带了个小帅哥。不愧是老将，有备而来。我那可爱的刘红不仅没有拖住王载,倒被人家的小帅哥给哄得一塌糊涂。也不顾得我的脸色了,跟在小帅哥后面就走了。我冲王载举了举杯:王总,佩服。王载说什么?他换了个位子,和我面对面地坐了。目光灼灼地看着我说,你为什么不想见我?我笑了说没有啊,你看我们现在不是在一起吗?王载说打你电话你也不接,我实在想不通哪儿得罪孙小姐了?我说没有,真的。前几天我病了。别说电话,我起都起不来了。实话告诉你吧,要不是小池撞开门,我真的见上帝去了。王载说真的?我说当然。我还住了一个星期的院呢,在人民医院。你可以去查。

王载的脸色就好看了点,他说你刚才说的小池是谁?你们同事吗?我说我老公啊。我明白王载想知道什么,我也知道该怎么做,否则我白活了这么大了。我说你没见过他?哪天我给你们介绍一下。王载低声说你别这么折磨我好不好?你在骗我。小池是你老公?我说是啊。王载说那他为什么还要撞开门?我无语,好一会儿才说是我男朋友。王载松了口气说我还有机会吧?我哈哈地笑了说你没机会了。你舍得把你老婆休了吗?

好一会儿,我们都没有说话。两个人像两只老虎一样对峙着。他眼里有我,我眼里有他。两双眼睛互相打架,谁都不想先退。好久,我听到王载轻叹了一声说,你要是个男孩子就好了。我说那我们可能是很好的哥们儿。你就把我当成男孩子好了。来,王总。不,王载。不,王哥。我们喝酒。我卷起袖子,与王载面对面地喝上了。他咕咚一杯,我咕咚一杯。王载心里难受,我心里也好不了哪儿去。如果他没结婚的话,也许我们还真能走到一起。他毕竟是个不错的男人。但他结婚了。

有一段日子我过得很糟糕。

自从我们原来的老总调走之后,我就从社会新闻部调到了特稿部。特稿部从某一方面来说在我们单位里是收入最高的一个部门,但这儿的实际意义是,我从一个社会新闻部的记者变成了一个广告员,就是打着记者的旗号专门写软性文章要钱的那一种。

当然从客观的角度来说,我和以前的老总也没有什么关系,曾经我还吵着要调到特稿部去,因为我的同事李小仝自从调到特稿部后,他的腰包就比我们鼓了很多。每次出去他总是一掷千金的暴发户形象,让我们这些过着清苦日子的同事羡慕不已。但那时我们老总是这样说的,他说你不适合做的,你还是把你的文章好好写一写吧。我们老总这样说的原因就是因为我刚在一本很纯很权威的文学刊物上发了一篇文章, 是关于男人花心为主题的文章。当时被我们老总看到了,他就很感慨地说在如此物质的南方竟然还有这么爱写的女孩子,难得啊,难得啊! 接着他又在会上让我们的同事们向我看齐,他说你看看人家,你看看你们,时间不等人啊同志们。

我们同事可能就对我有了一些想法,他们经常在我面前叽叽咕咕的,然后又大笑着走开。这样的我很困惑,每天进办公室之前我都要吸几口长气,但走进去之后我还是受不了他们的排挤,一个人伤伤心心地到大街上瞎逛。你知道我们单位是一个很严格的单位,我们必须早上九点到办公室打卡,晚一秒也要扣当月的奖金。所以我不得给自己的逃避找个理由,我对老总说最近有一个客户想在我们报做广告,100 多万呢。老总听了很高兴,因为发行量的原因,我们报的广告一直做不上去,一年 300 万的任务快把特稿部的兄弟们给愁死了。

我自己吹牛的 100 多万广告纯粹是杜撰的, 所以在过去了一个多月后, 在我自己都快忘记这事的时候, 没想到我们老总竟然在会上提了出来。他得意洋洋地说我如果签了这 100 万,就给我放一个月的长假,还给我百分之十的奖金。我一下子傻了,如果自己不按老总说的那样,不仅我的饭碗保不住了,我在老总眼里的价值也完蛋了。

这时候小池救了我一命,他打电话说他有一个同学准备做广告。

他是一个在感情上非常执著的男人,虽然从上次提到结婚的事情后,不论他如何努力,我都没有进一步的举动。但他一直坚定不移地向我表达

着他的爱意。

因为小池的原因,我的这个广告就做得非常的容易,虽然在这之前,人家公司对我们报纸并不感兴趣，但他们老总还是一挥笔就给我们签了12万的合同。我是这样对我们老总说的,我说人家听说我们发行量不大,所以先签12万试试。我们老总就挥了挥手说,哪天我请他们吃饭,银光酒楼还有餐券呢。

银光酒楼去年在我们报做了50万的广告,但我们全报社的人拼上命吃也就吃掉了三分之一,原因是银光酒楼离我们报社太远了,光车都要跑上一个小时,用我们李小仝的话就是,如果把客户带到那儿吃饭,本来该签的合同也黄了。我就劝老总不要去银光酒楼,也不要请他们吃饭,要做的他们就会做的。我的意思就怕露了马脚,可是老总仍在坚持,他说你要是觉得银光不好的话,就去别的地方也行。正在我愁肠百结的时候,我们老总却调离了。

我的心情一下子就好了起来，但这个时候我们新来的老总却把我调到了特稿部,他把我叫到办公室里说,我觉得你还是比较适合做广告的,再说做广告一来自由二来钱多。孙好同志,你愿意去吗?

特稿部的人特别多,反正大家也不坐班。大大的办公室就显得空空落落的。我坐在一个角落里上网,我上了一个征婚网站,那儿有很多的靓女很多的老外。

我的女朋友刘红就是在这儿找了一个大胡子，她终于把小白脸奇异甩掉，准备过上幸福的日子了。那个大胡子万里遥远地过来看了几次刘红,然后就给刘红汇了美金,让她做嫁过去的准备。

我的女朋友刘红就再三鼓动我,她说那个小池对你好是好,但他没有什么钱啦,而且你也不爱他,如果你爱他也不会拖到现在嘛。你还是趁年轻多打算打算吧,女孩子如果过了30岁就成了黄花菜啦。

她还建议我把自己的照片放到网上,她满有把握地说我保证,不用一个星期，你的信箱里就塞满了信。

刘红让我到她那儿吃饭，她说亲爱的，我买了你最爱吃的火龙果。刘红就是这样一个女孩子，她对谁都爱叫人家亲爱的，刘红恨你的时候就会说亲爱的你这是怎么啦？她要是爱你的时候就会说亲爱的我们去哪儿哪儿好吗？这人还没到美国呢，行为上早已西式化了。小池很看不惯刘红，两个人一见面鼻子不是鼻子脸不是脸的。

我握着话筒说我不太舒服。刘红说亲爱的你病了吗？我说没有，就是不想动，可能是南方的天气太热了吧。刘红想了一会儿说那就坐车来吧，我给你报。我可不做这种傻事儿，我能一边吃着人家的一边把的士票往人家手里塞吗？我说不太舒服的原因就是不想到刘红那儿去，我希望她能拿着好吃的火龙果到我这儿来，然后去吃日本料理。刘红果然上当，她说亲爱的我拿你真没有办法，算了，我去看看你吧，要不要我从药店给你买点药吃？我说我已经吃过了，现在头上正冒虚汗呢。

刘红气喘吁吁地来了，她的手里提着一小袋子火龙果，有点儿发胖的身子一扭一摆的。让我的单位的同事都伸长了脖子看。刘红不只一次来我们单位了，大家也不是第一次吃刘红拿来的东西了。可是这帮死人还是不能原谅刘红找了一个老外的事实，不是说人家崇洋媚外，就是说我们俩是同性恋。尤其是那个李小仝，他吃了人家刘红的东西还造人家的谣。一会儿说这个一会儿又说那个，有一次他正在兴高采烈地说刘红的时候，我一巴掌就甩了过去。李小仝捂起脸叫得鬼哭狼嚎的。他说你疯了？我老婆我情人我姐姐我妹妹都没有打过我的脸，你却打我了。

看到刘红来了我就把头趴在桌子上，做出一种病得不轻的模样来，刘红一边摸我的额头一边说这么烫啊，亲爱的我们还是上医院吧？我勉强地抬起头来说没事了，你的手里全是汗。刘红就去洗手间里洗了手，然后又摸了一会儿我的额头，她才如释重负地坐到我对面的沙发上说，亲爱的！你吓死我了。这时候我们同事就在门外伸脖子勾脑袋的，一个小子还装腔

作势地问我:孙好,这是你的朋友吗?刘红又上人家的当了,她一边拿出火龙果一边热情万分地说,我是刘红,吃一个火龙果吧。你知道,火龙果在南方很贵,一个就得五六块。我自从喜欢上火龙果之后,我的工资每个月都紧紧巴巴的。要不是刘红,我哪儿能吃这么多火龙果呢。可是现在刘红却拿着火龙果站在门边,一个又一个地分了出去,后来,她竟然一个没留地分完了。刘红还为自己买少了而不好意思起来,因为分到最后一个的时候,我们的老总正好过来了,刘红就非常抱歉地说,我买少了,下次再多买点。

刘红回过头来看到我正坐在那儿瞪眼睛,就笑了说一点水果罢了,等会儿我再给你买。我一下子恼了,低声说你是我什么人啊?你来这儿发什么慈善啊?你是不是有钱没地方花啊?然后我说你走吧,我晚上还有事呢。我抢在刘红面前冲下楼去。

我先在深北路上游荡了一阵子,然后就到一家日本店里吃了日式鳗鱼饭,吃饭的时候我的手机就响了,我一看是刘红就马上关了。我的手机是语音信箱,就是不论我的手机是一种什么样的状态,或关机或充电或占线,拨打我手机的人都会进入我的语音信箱。我关了手机一点也耽搁不了事情,我只需要每隔一个小时或者说半个小时的查看一下信箱就行了。这时候已是华灯初上了,我觉得自己今晚无处可去,我知道此时小池一定着急地拨打我的电话,我也知道刘红此时一定还在我住的地方守着。我可不想让他们看到我,我边走边想象他们找不到我的样子,这样一想我的火气似乎就小了一些。然后我钻到了路边的一家网吧。

网吧里全是清一色的小孩子,他们坐在电脑旁正聊得起劲,我以前也用 QQ 聊过天,聊得废寝忘食的,还差点陷入一场网恋不能自拔。后来,我就把 QQ 从我的生活中彻底抹掉了。所以,我在网上也就是看看新闻,到榕树下看看文章。

来了特稿部两个月了,我一个软性广告也没有做,特稿部的主任已经瞪我好几次了。我就开始像耗子一样四处出动了。反正自己在办公室呆着已经呆得够够的了,不如出来走走,说不定能碰上一个什么好事儿。比如钱,比如美丽的邂逅之类的。在街上转到第三天的时候,我就碰上了好医生,他正在那儿宣传自己治疗性病的最佳方法。当他听说我是特稿部的时候,就问我能不能给他写点文章,他说你们做记者的都知道的,就是那种以采访的形式写的文章。我吓了一跳,说这种好像不允许写吧?好医生说没关系,我有正规批文,而且我可以多出点钱。你知道我一年的广告费就是100万。我说多大版面?好医生说5 000字文章,你说收多少钱?我记得我们的报价是一万,我就给他报了两万。因为有的客户还要讲价呢。可令我想不到的是,好医生一下子答应了,他说两万就两万。爽快得比山东人还山东人。

我回去给主任说了,主任说做。为什么不做,性病也是病啊,尤其现在得性病的人这么多,我们报纸肯定要在这方面好好宣传一下。这么好的事情,别说两万,一万也做啊。主任这一句话差点没让我悔青肠子,早知道这样我给他报一万不好吗?

这种文章一般不会用自己的真名,好在客户也没有要求,我就把自己的名字抹掉换上了"原谅"这个笔名。以便让读者或者说在好医生那儿治不好的患者找不到我,名字的意思就是让大家原谅,因为我自己都怀疑这篇文章的真实性。现在的医疗多如牛毛,而且都是那种江湖游医。虽然我看了好医生的毕业证,也看到了他治愈了那么多患者,但我的心还是忐忑不安的,生怕有人说我写的是假新闻,生怕有人找我算账。可是,可是等到报纸出来的时候,我竟然发现文章下面正是我的名字,而且还是本报记者孙好报道。

我把报纸摔到校对的桌子上,校对是一个女孩子,好像是关系进来的。她漫不经心地扫了一眼说现在还没有上班呢?我压住火气指着我的名字说是你改的吗?女孩子说我?我有毛病啊,出来小样就是这样的。而且

你原稿上也是这样的。我一下子泄气了,我换上笑脸说,可是我明明改过的。最后的小样呢?女孩子说小样也是这样的,你不相信就算了。再说了这文章本来就是你写的呀!我摔了门出来,正碰上主任走过来,他打着哈哈说孙好,什么时候到财务室拿提成吧?2 000 块呢。李小仝就不知道从哪儿钻出来了,他笑嘻嘻地说那你要请客的喔。我白了他一眼说你是猪啊?光想着吃!

我趴在办公桌上,把昨天交稿的细节一点一点地回想,我记得自己是亲手改的,而且特意叮嘱李小仝帮我盯着点,因为广告方面的最后定稿归李小仝管。是他忘了吗?不会,我走的时候小样都出来了。可是,是谁又把我的名字换了呢?是校对说谎了吗?还是有人故意和我过不去?

我想啊想啊,想得自己的头都大了,还是没有想出来一个头绪。好在口袋里多了 2 000 块钱,我的心情还不至于那么不好。天黑下来的时候,我打电话给小池说,我请你吃饭。

这是我第一次主动约小池,而且是我请他吃饭。小池脸上就有了那种受宠若惊的样子。那是一家情人吧,小池的一个朋友开的,当时他执意要来的时候我并不知道这些,在我们走进去后,小池的那个朋友就过来了,他不时地冲着我对小池做手势。然后就问起了我们什么时候请他吃喜糖的事情。我马上明白了小池带我来这儿的用意,我就很冲动地对小池的朋友说,你搞错了,我们只不过是朋友而已。朋友!

小池说你怎么能这样?你一点也不照顾我的面子。我低着头吃面,泪水已经淌到面里去了。这时候我想起了我以前的男朋友,想起了我们曾经也这样坐着吃面。我一边吃一边淌泪,也许小池是看不见的,因为我的长发披下来盖住了我的悲伤。他一直坐在那儿说着我不理解他的话。

我吃完面的时候,我的泪水也淌得差不多了,我就趁上洗手间的机会买了单。就一个人走了。城市里此时正是灯红酒绿,街头到处是喝得东倒西歪的男人,他们在那儿挣扎着说:我没有醉,真的。我还能喝。

这条马路我从来没有来过,是自己走着走着就走到这儿来了。她两头是两条大大的马路,只是中间这一段像鸡脖子一样突然细了起来,两旁全是那些没有完工的建筑。路面泥泞,灯光暗淡。

我突然止住了步，因为对面正有三个男人唱着粗俗的歌向我一步步走来。我觉得全身的血一下子止住了,然后惊醒过来就是转头跑去。身后的那三个男人一边叫着一边踢踢踏踏地追上来了。

小店处在建筑物的凹处,不仔细看的情况下很难发现,店里是一间半的房子,一半摆了日常用品,一半放了两张半桌子,墙壁上写着快餐五元,米粉五元。在我来的过程中和跑的过程中我都没有注意到这个小店,她缩在那儿太不起眼了。在我快要跑过去的时候,我恍惚中就听到了有人在叫妈妈。

我转头的时候就看到了那个小店。女主人正系着围裙擦桌子,男主人正盘点着木架上的货物。

我看到缩在暗影里的一个小男孩儿,他一边玩着积木一边叫着妈妈。

这时候女主人就看见了我，她一边用围裙擦着手一边说你想吃点什么?然后她又说我们这儿的荷叶鸡挺好吃的。我疲惫地坐在椅子上说先给我来一杯冰水好吗？女主人抱歉地说我们这儿没有冰箱，白开水倒是有的。那个小男孩儿一下子从角落里蹿出来,手里拿着两瓶酸奶,说我这儿有奶。这时候小男孩儿就站在我的面前了,我才发现这个孩子的脸一半被烫伤了,整个脸肿着,而且左脸比右脸明显大了很多,眼睛挤成了一条细缝。猛然看上去还挺吓人的。这时候女人注意到了我的神色,一边把孩子往屋子里推一边低喝道:谁让你出来啦？睡觉去!

我明知道此时自己一点东西也吃不下去的，但我还是按着女主人的意思要了荷叶鸡,还要了猪肝瘦肉粥。在我坐着的功夫,男主人一直没有转过脸来,倒是那个小男孩儿不安分地站在远处打量着我。看到他的样子我的心里就折腾得厉害,泪水窝在眼里打着圈圈。硬着头皮吃了几口,然后就付钱出来了。刚走出几步,小男孩儿就叫我,他很认真地把10元钱放到我的手里,说谢谢阿姨。

我拿着钥匙上楼的时候,就看到了小池,他正靠在我的门上,脸上全写满了怨恨。他一把揪住我说你为什么要这样对我?我觉得自己伤感得不能自已,话没出口倒是泪水先淌出来了。小池说你差点没把我急死,我恨不得把全市全翻开了。孙好,你是不是有什么心事?我说对不起,我累了。小池拉住我的手说你肯定是有心事,孙好,你说出来好吗?这样我看着心里难受。小池的手从背后圈住了我说孙好,你不知道我有多爱你。我的眼里已经没有泪水了,脸上紧绷绷的。我推开了他说可是我并不爱你。小池说孙好,你肯定是发烧了。我说真的,因为不爱你,所以才不能面对你的好。因为……小池一下子明白了,他发疯一样摇晃着我说,你把我当成了别人?你一直都把我当成了别人的替代品?

好医生的电话快被人打爆了。他一边接着电话一边对我说,你们报纸的效果真的是太好了太好了,才一天的时间我就看了三个病号。现在除了广告费我还赚了点钱。我们主任说那是,我们报发行二十几万份呢。实际上我们的报纸发行量还不到50 000,全是我们特稿部的人给吹出来的。好医生高兴地说我再做二期,你们再给我好好写一写。主任就笑着指了指我说,你就让孙好写吧,她的文笔好得不得了。

这时候我的名气就出来了,随着好医生的那篇专访出来了,好多同行业的人打来电话找我,让我也给他们写一写专访。一个男人还厚着脸皮说好医生自己都有性病呢。吹得那么神乎为什么不给自己治一治呢?那个男人还说孙好小姐,我是某某医科大学毕业的,我给某某红星治过病。只是这病不好说所以就不能把他的名字说出来。还有除了广告费我肯定还要给你一些润笔费的。你们做记者的其实也挺累的。

随着找我的电话不断，我们同事也都像兔子一样红了眼睛，一时大家都向医院进攻，什么湿疣、什么乙肝、什么糖尿病啊，一些乱七八糟的医疗广告一下子充满了我们的报纸版面。每当打开我们的报纸，除了这些医疗就没有别的广告了。而这些同事们一个比一个会写，把那些江湖游医吹得天花乱坠的。这个写一疗程治疗湿疣最好最快。那个写治不好性病不要钱。反正大家都是这样写的，写的语言不突出就难以吸引患者；不吸引患者就难以达到广告效果；一没有效果就意味着没有了客户。没有了客户我们吃什么？毕竟医疗广告比工商广告来钱来得快，谁会拒绝钱往自己的腰包里淌啊。

后来，那些曾经和我们合作过的工商广告，因为嫌我们报纸的广告太烂，都想方设法地停止了合同。这正合我们的心意，医疗广告这么挣钱，我们恨不得把所有的广告都拿掉，换成医疗的呢。省得因为版面少，大家为了上谁的不上谁的争得面红耳赤的，医疗广告这么挣钱，不做才是傻瓜。要不开一个医疗专版得了。李小仝建议说。主任自嘲地说那还不如改为医疗报或者说性病报算了。

正在我们雄心壮志地为医疗广告奔走的时候，一个电话就把我们推到了工商局。工商局的同志大中午的就跑过来查我们的广告。结果全是没有批文的虚假广告。我们被叫到会议室里，一个当官样子的男人说，看看这就是你们记者写的东西，谁叫孙好？你看你写的这篇破文章，可是坑了无数个人啊。这样的人也配做记者？

我们报社停报整顿，我和特稿部的同志们全都失业了。

1999 年的冬天 A 城有些冷，冷空气一次次地袭击了这个温暖如春的城市。我穿上了在内地才穿的棉衣，捧着一个热水杯在屋子里看书。

我们这幢楼里有两个人不用上班，一个是我们的女房东，她一天到晚地坐在家里，等着人家来看房子或者交房租。一个就是我，我打着写作的名义住在这里，其实我什么都没有干。我从新华书店里买来了一大捆的书，有通俗的，也有纯文学的，我天天蜷缩在大班椅里，穿一件白色的睡袍，光着脚看书。有时候我也写一些莫名其妙的东西。

我一本正经地坐在电脑旁，这是我用了一半的积蓄买的电脑。我经常看书看累了的时候就打开电脑，我很小心地把它表面上的灰尘擦掉，我的手敲打键盘的时候也特别轻，好像一不小心就会把键盘给敲哭了一样。在这个城市里，在我住的这个房子里，除了书和电脑外我一无所有。我写小说，有时候写得很顺，顺得我能看三遍都挑不出点儿毛病。有时候我又写得很艰难，脑子里空空的，像挤牙膏一样挤出来一点儿回头又都被我删掉了。所以折腾了一个多月我也没有写出一篇满意的东西。

早晨七点钟的时候我会被楼下嘈杂的人声吵醒，我住的楼下是一个很大很大的综合市场，有卖菜的、有卖衣服的，也有卖床卖老鼠药的，我咒骂着走到洗手间，洗脸、涮牙，往脸上抹润肤霜，然后到厨房里搞点粥吃。不知道为什么，自从我不上班了，食欲就增加了不少，老有一种饥饿感。我的早餐非常的丰盛，有牛奶、有包子，还有甜菜和面包。我吃吃停停，有时候把早餐吃到了九点多，我就不收拾，拿来昨天没有看完的书看。

我再次醒来已经是中午了，温暖的阳光正透过窗帘照射到我的床上。我伸了伸懒腰，感到肚子饿得厉害。我想要是能有一碗饺子就好了，像在龙门花园一样，小池给我做的那种韭菜鸡蛋的饺子。可自从我搬到一沙花园后，我竟一次饺子也没有吃过。我就觉得自己受了虐待，我想一定包顿饺子吃。快速地起床，换衣服，我准备去菜市场买菜。下楼的时候，我碰到了住在我隔壁的湖南夫妇。显然两个人刚吵了架，女的眼圈红红的，男的则在后面抽着闷烟。我侧了身并没有和他们说话。

在我的这一层里，除了这对湖南夫妇外，还住着一个小伙子，我不知道他做什么工作，每天都看他匆匆忙忙的。他穿着白色的休闲装，地道的南方男人。长得精精瘦瘦的，眼睛也没有北方人的明亮。我们仅仅打过两次招呼，一次是我刚来的时候，他帮我往楼上搬东西，开始我还以为是房东让他来的呢，后来我明白他住在我的右边。一次是我拎着一个空煤气罐下楼，正碰到他和一个打扮得花枝招展的女孩子从房里出来，他就抢过了煤气罐，蹬蹬地跑下楼了，他冲我笑了笑说再有这样的体力活你就吱声，一个女孩子很不容易的。我一下子被感动了。我说他女朋友很漂亮。没想到他嘴一咧说女朋友？像我们这样没钱没权的还谈什么女朋友？你以为这是内地啊！后来，我才发现他每天都往家里带女孩子，有时是一个很漂亮的，有时是个很差的，还有一次我竟看到他和一个很老很胖的妇女走在一起。他搂着她的腰，不知道两个人说了什么，那妇女笑得哈哈的。

上海的一个女编辑来 A 城组稿。她打通我的电话就嚷：孙好，你他妈的太不够哥们儿意思了，手机换了也不告诉我。要不是我把电话打到了你家里，我就找不到你了。我连忙道歉，说了一大堆的好话，她才高兴了。她问我现在忙吗？我说不忙，现在我是无业游民。她说太好了，你快来陪我逛商店吧。我对 A 城不熟。A 城的华强北和东门我都没有去过。她说我到女人世界等你吧。我穿了一件蓝色的裙子，个子高高的。

女人世界的人很多，我站了一会儿才想起今天是星期天。我看着一个穿蓝色裙子的女人在向我招手。她冲过来，急急地摇着我的手说，你就是孙好吧？我是艳欣。你看我一眼就把你认出来了。艳欣是我以前的发稿编辑。她在诗刊做编辑的时候发我了 20 多首诗，我们写过几封信也通过几次电话，虽然没曾谋面但我们已经很熟了。艳欣说她现在在一家妇女杂志社工作，发行量很大的。她们的稿费可以和《知音》相提并论。她说孙好，你不要再写诗了。你的诗集出了吗？我哑着嗓子说早不写了，我一个多月前就不写诗了。艳欣说也好现在是饿死诗人的时代。我这儿有一部描写女性婚外情的约稿，30 000 字，你写一半，稿费 30 000 你得 15 000。我心里突的跳了一下。看来诗真的没有市场了。诗是什么呢？原则上她是文学的最高境界，但现在还有谁会耐心地看一首诗呢？

我陪着艳欣，从女人世界到男人世界，再到儿童世界、华联、新大好，她一边夸着A城的衣服漂亮一边疯狂地购买。一个上午逛下来，我手里已经提不了啦。在我们吃饭的时候，艳欣全然没有我的疲惫，她兴高采烈地对我说着下午去东门，明天去中英街，后天去那儿这儿。

我有点受不了，我这人平时就不太爱逛街。想买什么都是直奔主题，我决不会像其他女人一样没事就爱东逛逛西逛逛的。就是不买也得试穿一下。我不行，我一逛街我的眼睛就受不了。虽然我看一天的书一天的电脑，我的眼睛一点事儿也没有。但多看几套衣服我的眼睛就受不了。这在女人里面算个优点吧。我以前的男朋友大伟就喜欢我这样。逛了一天，我心里就有些烦躁。我想要是艳欣是个男的就好了，这样我就不会这么受累，这样我就不会陪她逛街了。累了一天，我的脚都起泡了，艳欣却一点儿怜香惜玉的心都没有，躺在我的床上让我给她做饭吃。

那是一个很可爱的小男孩儿，可爱得让人直想咬他几口。他坐在我的对面，两条白嫩的小胳膊搂住他妈妈的脖子，黑黑的眸子里闪动着聪慧的光芒。我一眼就喜欢上他了。真的，我从来没有这么喜欢一个孩子。他胖乎乎的小手、小胳膊、小脚，他身上穿的小褂子、小裤子、小袜子、小鞋子，这些小东西因为穿在了他的身上而显得生动起来。我对着他微笑，他冲我甜甜地叫了一声阿姨。

我想这一定与我的年龄有关。前几年的时候，我看到孩子就烦，尤其是不听话当众大哭的孩子。我原先邻居家里的小宝宝一天到晚地哭，无论谁抱他都要大哭，拼命地挤着眼睛哭，我就很烦，他经常到我家里挤到我身边看我，我从来没有一次表现出喜欢他。我觉得生了这样的孩子做母亲的是很累的事，我想那些女人就是为了孩子才老的。记得原先有一个女朋友，她说爱一个人爱到发狂时就想跟他生一个孩子。我当时还小，对她的话有些不以为然。就算和大伟快结婚了我还明确地表示，坚决不要孩子。

可现在，我却喜欢小孩了。

晚上的时候，我一个人躺在床上，翻来覆去睡不着。我怀里抱着一个大布娃娃，那是我过生日时小池送给我的。我以前一直把它放在角落里，自从搬了家后我就把它放在了床上，我搂着它就像搂着我最爱的人。我想大伟，想小池，我想如果我和他们其中的一位结了婚，现在我可能就做妈妈了。可能我的孩子比我见到的那个小男孩儿还要漂亮，还要可爱。我想结婚，随着年龄的增长我想结婚，我想让漂泊的心停下来。只不过，已经30岁了的我却不知道该嫁给谁？

我又开始泡酒吧了。我突然发现自己是这么的孤独，我的精神一下子没有了支柱。我像漂在大海上的一叶浮萍，永远地漂着，没有根基。我就这样一个人坐在房子里，我的手机已经有好久好久没有响过了，我第一次觉得自己是这么的空虚。我心里希望有人能陪我说说话；我希望有人能来敲一下我的门，哪怕是那种我很不欢迎的人。比如刘红、奇异，还有那个王载。

龙胜吧、圣保罗、大富豪，我每天晚上都进出这些娱乐场所。我脱去那一身沉重与繁华，我穿波鞋、牛仔裤、很露的小上衣。我抽烟，我喝酒。我和陌生人瞎胡闹。我在强烈的迪斯科音乐中放纵着自己。我已经不再年轻了，我不再希望一个人生活。酒吧里像我这样的人不多，人们总是成双成对或者三三两两地凑在一起。他们喝酒、抽烟、玩色子、说胡话，只有我是一个人，我一个人每天都坐在那个小角落里。有时面前是一扎啤酒，有时面前是一杯咖啡。我的眸子扑闪着，好像在等人。这样坐一阵子就有了故事，一些男人走近我，坐下来，陪我喝酒，跳舞，然后各自坐的士在深夜里离去。

肖波是其中的一个，我第一眼看见他时差点没有惊叫起来。天！这不是大伟吗？那身材，那长相，那个头，就连抽烟的姿势都像。他穿了一套灰色的西服，当他从我的身边经过的时候碰倒了我的酒杯，酒水洒了我一身。他俯下身抱歉地对我说对不起。我不理他。在他转身的时候，我说能坐下来一块喝酒吗？他笑了。说北方的女孩子都挺能喝酒的。我说你怎么知道我是北方人？你知道现在的我除了个头像北方人以外，其他的我都和南方人没什么两样了。我曾经白嫩的肌肤因为强烈的紫外线而变得黝黑、粗糙，我的声音也没有了北方人的明亮、清脆，我经常用很小很小的声音说话，好像有气无力似的。走在街上，一些促销小姐总对我说着白话，她们叽里咕哝地说了半天，我只好抱歉地请她们说普通话。搞得小姐一个劲儿地对我说不好意思。肖波笑了一下说凭感觉，我老家是烟台的。

肖波在一家公司做设计。他没事的时候就跑到我家里来，我们一块做饭一块玩北方的扑克。我玩着玩着就把他当成了大伟。以前我们俩在一起时总喜欢玩这种扑克，谁输了就往谁脸上贴纸条儿。我没有完全地忘记大伟，虽然他曾经背叛了我的感情，虽然我一直在心里记恨着他，可我并没有忘了他。尤其认识肖波以来，我想大伟的时间就多了起来。

有一天，我喝多了酒，肖波送我回家后就没有走，他说想看海牛队赢了没有。回家的话就播完了。我就让他在客厅里看，在我去给他倒水的时候他从背后抱住了我。我挣扎着，请他不要这样。肖波一边压住我挣扎的双手一边轻吻着我的耳朵，他说你害怕什么呢？我们都这么大了。他把我推倒在床上，他一边剥我衣服一边说，一个人是很苦的事情，你干吗要压抑自己呢？平时找我的那些人不一定都是小姐，大家生理需要嘛。有一次，我和一个女的做完后她还给了我500块钱呢。

我不知道哪儿来的力气，我一把把他从我身上掀下来，我情绪激动地说，你走，我不想再见到你了。

大伟来A城了，他在电话里说他来A城出差。突然想到你在这个城市。你能见见我吗？

我换上了最漂亮的衣服，精心地化了妆。我不想让别人看到我心里的伤。更何况是曾经很欣赏我的人。这时候，人们都穿上了厚厚的衣服。习惯了温吞吞季节的人们对突然而至的寒冷显得不适应了。每个人都抱怨着天冷,每个人都在街上走得匆匆忙忙。我上了车,那辆挤满了人的公共汽车。快过年了,A 城的人还是这么多。真不敢想要是所有的外地人都离开 A 城了会是什么样子。

在上海宾馆那一站时,上来了一个挺着大肚子的孕妇。司机就摁响了车上的喇叭。请给老、幼、病残、孕妇让座。一个小伙子站起来了,一个男人扶着孕妇坐下,转头对着小伙子说了声谢谢。天! 这不是小池吗? 才不到一年的时间,他竟要做父亲了。我怕他看到我快速地扭过头去,可泪已经落下来了……

5th：不要爱我

BUYAO AI WO

吴小卫刚走进肯德基季季就来电话了，她问吴小卫在哪儿？吴小卫说在肯德基。季季就不高兴了，她说你在肯德基？你可真行啊。我都一个多月没有吃过肯德基了。你和哪个妹妹在一块呢？吴小卫一只手捂住耳朵低声说别闹，我在等客户呢。季季不相信，她不依不饶地说是不是啊？你谈业务谈到肯德基去啦？我怎么听到有个女孩子的声音。吴小卫一下子恼了，他说你别没事找事好不好？这个客户再搞不定，我这个月就喝西北风去了。季季软了下来。她委屈地说我的裙子不见了。就是那个在东门才买的裙子。昨天洗好了今天就不见了。吴小卫说你再找找吧，是不是刮到楼下去了。

吴小卫找了一个临街的位置把包放下，他去柜台里要了两杯可乐。热心的服务生说就要两杯可乐吗？要不要来个薯饼什么的？吴小卫被他的热情搞的不好意思，他就问有没有薯条呢？服务生说薯条要在11点以后才有。吴小卫说暂时就要这些吧。我等人。

现在是上午的9点13分，吴小卫坐在肯德基里吸一杯可乐，清凉的可乐一下子把他的胃给激活了，吴小卫才想起还没有吃早餐。看看周围的人都在喝着热咖啡或者热牛奶，还有一些面包小饼之类的。吴小卫面前的这杯可乐就显得很引人注目，现在已经是 11 月份了，深圳的天气虽然不是太冷，但也有了凉意。所以吴小卫大清早的喝两杯可乐显得特别的突出。吴小卫本来想要一个汉堡包的，想了想他又忍住了。现在他的口袋里已经不够 100 块钱了，万一客户来晚了，将不会是一杯可乐就能解决的问题了。最低也得请他吃一顿套餐吧，最便宜也得 60 多块钱啊！两个大男人吃一套女孩子的套餐肯定不行。他盘算着得要四个汉堡包、两盒鸡块，外加两大筒薯条才行。客户是从珠海来的，第一次见面吴小卫想给他留下一个好印象。

9 点 40 分的时候，客户还没有出现，吴小卫就拨通他的手机问他在哪儿？客户说马上就到。吴小卫说我坐在临窗的第三张桌子上，我平头，穿一套黑色的西服。客户说知道了，我穿灰色的西服。没等吴小卫问你多高，什么发型？客户已经把电话给挂了。

吴小卫有些不高兴了，但不高兴他也没有办法。谁让他是做业务的呢？谁让他从事这个受气的行业呢？吴小卫是 1992 年来的深圳，当时刚中专毕业的他不顾家人的反对辞掉了分好的工作，赤手空拳地来深圳打天下了。如果按时间来算，1992 年来深圳的人混到现在多少也能有点存款了。也能有自己的房子、车子。吴小卫的同学蒋明比他晚来深圳一年，但现在他已经是个小老板了。虽然他的成功多少让人有些不屑；虽然他为了让那个富婆投资而一次一次地拜倒在她的石榴裙下。但这又怎么样呢？吴小卫是个很现代的男人，他对任何行业都抱着理解的态度。就算对英英，他的第三个亲密的女朋友，一个在酒店里坐台的女孩子他都能理解。他还有什么不能理解的呢？如果说有那就是季季，这个在某公司做文员的女孩子和别的女孩子不一样。当时吴小卫把她带到床上绝没有想到会这么麻烦，季季从那天后就像粘皮糖一样粘上了他。她守在门口，进屋帮他收拾屋

肯德基就是一天的生活费啊！吴小卫答应着，一只手揽过季季在她怀里乱摸。季季躲闪着，她说吃完饭好不好？吴小卫没理她，像往常一样把她摁在了床上。没想到季季一反常态地不合作。吴小卫只能自己动手解决了。他恨恨地想，他妈的，什么事啊。他没心情带季季出去吃饭了。

正想不出去的理由，蒋明来电话了。吴小卫无奈地叹息了一声说改天吧。我今天晚上有事。季季停止了动作，一只脚在裙子外面，一只脚在裙子里面，她说是真的吗？吴小卫装作恼怒的样子说，他妈的，他妈的，我骗你干嘛！季季冷笑了一声，她说客户？去你妈的，是蒋明吧。他的声音我一听就知道了。吴小卫说你偷听我电话？季季说怎么啦？我是关心你呀。现在的女孩子都很厉害，骗色还骗钱的，弄不好小命也没有了。告诉你吧，前几天电视上说一个去泡小姐的人被抢劫后还被捅了好几刀呢。吴小卫说你??? 你说什么呀你?!

蒋明正一手搂一个小姐在吼：你总是心太软，心太软，所有问题都自己扛，相爱总是简单相处太难，不是你的就不要勉强。一个穿红衣的小姐把手伸到蒋明的脖子里撒娇地说，你勉强什么？蒋明正要和小姐亲热，一眼看见吴小卫就把小姐的手拿开，大步向吴小卫走来。他握着吴小卫的手说好久没见了。你好吗？吴小卫说哪有你妈的好啊，左拥右抱的，给咱哥们哪一个？蒋明坏笑着说你看上哪一个了，就要哪一个罢。吴小卫就真的扭过头去把脸贴到小姐的身上，挨个儿摸呀捏的，轮到白衣小姐了，她在吴小卫的脸刚凑上来时就敏捷地用嘴堵住了他的嘴，搞得吴小卫赶紧退了出来。他听说接吻也可以传染性病的，吴小卫虽然风流，但他却不愿意得病。白衣小姐脸色一下子不好看了，她说怎么啦？你不会是同性恋吧？蒋明赶紧来打圆场说你们俩到沙发上看电视去，我们有点正事要谈。两小姐对看了一眼很不情愿地走到外屋去了。

蒋明掩了门说我现在真的很不好。你知道我的工厂效益不好，妞妞又缠着我要房子，她又逼着我结婚。如果仅仅是结婚倒也算了，她还要和我

9282
真正的寂寞
不是没法说出，
而是没有
说出的欲望。

做婚前财产公证。你知道我的工厂资金全是她投的,一公证我什么也没有了。吴小卫说这女人是够精明的,那你就结婚吧,等到她死了,财产还不都是你的。蒋明冲动地打断了吴小卫的话说,要我和她过一辈子?你干脆杀了我吧。不是为了这点钱,不是为了不让自己半途而废,我早离开她了。谁会喜欢一个又老又没情调的女人啊。你能不能帮我想一个万全之策,我既不害怕绑在她的身上,又可以让她高高兴兴地把钱拿出来。我现在身上没有多少钱了。一万不嫌少,十万不嫌多。吴小卫说这就难办了。抢劫她不行,绑架你也不行,犯错误的事咱们绝对不能做。让我想想,让我好好想一想吧。

蒋明绕到吴小卫背后，像个小女人一样一边给他捶背一边说，好小吴,好小卫也,你那么聪明,一定会想一个好办法出来的。吴小卫说你家里还有奶奶吗?蒋明说我奶奶在十年前就死了。你提我奶奶做嘛?吴小卫说行了,你就说你奶奶得了重病,要一笔很大的手术费,你说你奶奶是个很好的奶奶,自从你父母离婚后是她一个人亲手把你拉扯大的,她现在病了你不能不管。蒋明打了吴小卫一拳骂道:你父母才离婚了呢。我第一次发现你小子是这么的损!吴小卫说不损也行,你能要过来钱就行。我说你是不是不想和她过了?要不她怎么一点钱也不给你呢。蒋明说是她发现了妞妞的事,要是你有一万先借给我也行。吴小卫说我要是有一万还好了。也不用这么没命地跑单了。这个月我的任务一点儿也没有完成。你朋友当中有没有做广告的?我给你五个点的信息费。蒋明烦躁地挥了一下手说来谈正事,你就帮我一把吧。不然我只有抢劫了。

聊到半夜,两个人才发现小姐早歪在沙发上睡了。两个人的大腿裸露着,引得吴小卫想去摸,但他还没有伸手就被蒋明拦住了,他用眼神示意他往外走。吴小卫就跟着他糊里糊涂地出来了。两个人巧妙地绕开大堂,从后面的小门翻了出去。跳上一个的士,蒋明才对吴小卫说我身上的钱不够。吴小卫说你没给人家钱?蒋明点点头说,花几百块钱泡她们不值的,万一染上病了呢。到我房子里去，我给你找一个小妹妹。吴小卫说你房子？她不在家呀？蒋明说是我自己租的小家，有时候妞妞在那住。男人没有一个属于自己的空间还行吗？

吴小卫迟到了。季季昨天晚上折腾了他一晚上，硬要他说出前天为什么不回家。吴小卫被她折腾得筋疲力尽，到了天快亮时才睡了。当他被手机吵醒时已是上午九点钟了，也就是说已经上班一个小时了。经理问他还来不来开会？吴小卫的声音立刻从慵懒中惊醒过来。他说在一个客户这儿，他说十分钟就到。

吴小卫坐的士赶到单位时，同事们正好从会议室走出来。经理黑着脸把他叫到了办公室说：你也太不像话了，这么多人在等着你，回不来不能打个电话吗？你不会说你的手机没电了吧？吴小卫说知道了，知道了，下次再不敢这样了。经理说还有下次？真真广告公司里的人和别的单位的人是不一样的，我们单位里没有第二次。真真公司是个大公司，我们这儿都是优秀的高学历的人。说到这里经理看了吴小卫一眼说，你别在意，我知道你是中专。我也是中专。但是我这个中专却当上了经理，手下有一帮比我学历高的人。我所以这么说是让你明白有学历有时候能代表什么有时候又代表不了什么，咱们国家有多少没学历却照样当作家、科学家的人呀。小吴，你这个月是没有业绩，但这个月没有并不能说以后就没有了呀？业绩上不去不能拿工作出气也不能怨声载道的，你多在自己身上找找毛病，为什么别人能做成了，你做不成呢？你并不比他们差呀。小吴，你今天晚来这么一会儿，就错过了和大家交流的机会，我们都在等着你的宝石的事呢。怎么样，能搞定吗？

吴小卫从来没有发现经理的嘴巴是这么的厉害，就这么一件小事他说了一大篇。他这么会说他做业务怎么样呢？吴小卫低着头说反正已经见了面也吃了饭了，我还把他灌醉了陪他去舞厅找了个小姐。经理说我不是

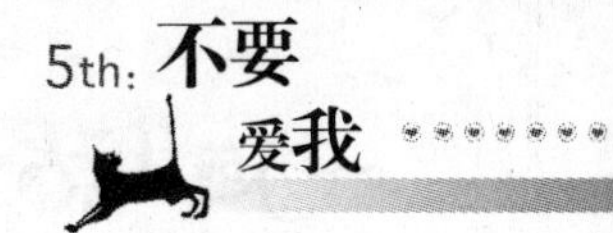

关心这个，我问谈得怎么样了，宝石的广告代理权拿过来没有？吴小卫说那人很滑头的，我给他报了八折他还嫌贵，他说别的广告公司给他的是七点八折。经理一下子跳了起来，你没有给他说我们是一级代理吗？八折已经是底价了。哪个广告公司都不可能一个点不挣地给他做。吴小卫说都讲了。人家对一级代理不感冒，他说深圳所有的广告公司都能拿到一级代理。经理说他放屁！他这是诈你，他是没有诚心。不过，他饭都吃了，不可能一点儿希望也没有了。不会是个虾米吧？吴小卫说不像，他说回去商量一下再说。经理说你跟一跟吧。做广告就这样，想给你做他怎么样也给你做，不给你做你怎么样也抢不来。

吴小卫从办公室里出来，正碰上叶子和小爱在议论着什么，她们冲吴小卫大笑了一阵又双双低了头，她们肩膀耸动，笑得狠狠的。吴小卫瞪了她们一眼说笑什么笑？有毛病哪？小爱终于忍不住拿来一面小镜子说你看看，你看看，这是让谁掐的吧？吴小卫就看到了他的左脸边上，挨耳朵的地方被手抓破了，细细的一道伤痕，还有明显的血丝。肯定是昨天季季的杰作，她一反常态地像个母老虎，骑在他的身上，两手掐着他的脖子恶狠狠地说：你要是再和别的女人来往，我杀了你！吴小卫脸上红了红说还有谁啊，我女朋友罢。小叶说第多少个女朋友啊？不会是小姐吧。吴小卫就恼怒了，他冲着她们说是小姐又怎么样，管你们吊事！她们俩没想到吴小卫会这么说，小爱对小叶说，看来我们的多情王子受打击了。

吴小卫坐到自己的格子里，全身呈大字歪在转椅上。他正在考虑着要不要给珠海的那个客户打个电话，电话就响了。吴小卫调好状态，用很标准的普通话说：你好，这里是真真广告。请问你找谁？对方是个女的，她试探着说这儿是纺织厂吗？有没有一个叫吴小卫的？吴小卫一下子没有反应过来，他说这儿是真真广告啊，我就是吴小卫。你要是有做广告的事尽管找我，我能在深圳所有的媒体上给你拿最好的价格。对方一下子笑了出来，她说你原来在广告公司啊，你他妈的骗我在纺织厂。我是倩倩啊。吴小

卫一激灵，猛地想起那天他和蒋明找的两位小姐好像有一个叫倩倩。对了,就是那个白衣小姐。吴小卫一下子失语,天！他怎么把这事给忘了。他们俩没付钱就跑了呀,她怎么找到他的电话啦？吴小卫惊出一身冷汗,但习惯于逢场作戏的他很快就稳定下来,他说是倩倩啊,我正想给你打电话呢,你就给我打来了。你是怎么知道我的电话的呢？倩倩说这对我来说太简单了,在深圳这地方,只有我想不到的没有我做不到的。吴先生,那天晚上很不够意思呀？吴小卫装腔作势地说什么？倩倩说你不知道,你们没有买单可就走了呀。吴小卫说是不是啊,蒋明没有买单吗？我问问他。说着就要挂电话。倩倩说你不用那么紧张,大家玩得开心,钱不钱的真的无所谓,我真的喜欢和你玩。吴小卫,什么时候你到我这儿来？

吴小卫把头埋在臂弯里,他第一次发现女人是真烦,他不知道今天为什么这样倒霉,先是上班迟到了被经理没鼻子没脸地训了一顿,现在又搞出来一个倩倩。这女的怎么知道他的电话和名字呢？他仔细地回想了一下那天的事,没有一点儿漏洞。是不是蒋明搞的鬼呢？吴小卫就把电话拨了过去,蒋明好像还在睡。他就劈头盖脸地骂上了,蒋明马上睡意全无,他说小姐找上门啦？吴小卫说你他妈的还幸灾乐祸？告诉你吧我把你的电话都给小姐了。蒋明就急了,他说你这人怎么这样啊,不就是小姐找去了吗？她又没有什么证据,你胆子怎么这样小啊,放心吧,季季不会知道的。吴小卫骂了一句,我他妈的我怕谁啊！

叶子在他后面敲了一下说,吴小卫同志,你能不能小一点嗓子,全公司的人都听见了。吴小卫垂头丧气地说,是我不对,我以后注意还不行吗？哟,叶子,你今天穿这么漂亮干嘛？叶子说给你看罢。吴小卫说我操！咱们天天见面。我说,你这个月的任务完成得怎么样了,能不能透露一点经验？我这个月他妈的完了。叶子说还能有什么经验,还不是死缠烂打的。吴小卫压低声音说你们女的好办事。叶子正色地说,吴小卫,这和性别长相都没有关系。做业务全部凭的是能力,你最好找一点自身的毛病。做业务看起来简单,其实难着呢,要不然这个行业淘汰率怎么那么高呢?你知道吗?咱们公司又去人才市场招兵买马去了。

两人正说着,小王抱了一些资料过来。他一边感叹一边说现在的靓女真是太多了,一上午就招了这么多。这么漂亮的女孩子能做得了这个吗?吴小卫说你还挺怜香惜玉的,你没听人家说,一等美女嫁老外,二等美女找港台,三等美女在深圳。深圳的美女太多了呀。小爱笑容可掬地问,你找的是几等美女?吴小卫也不示弱,他反过来问小爱你是几等美女?

深圳有多少广告公司吴小卫不知道,深圳有多少从业人员吴小卫也不知道,但在他们这个小小的公司,就有20个业务员。这20个人中除了吴小卫他们几个老的外都是新来的。他们公司有一个专职招人的马尾巴,他每一个月都要去人才市场一次,用他那滔滔不绝的嘴把一些刚来深圳的大学生哄来,但每次哄来一个月后都也走得差不多了。真真广告自开业以来人员就像走马灯一样,用经理的话说就是适者生存,深圳是一个人才的试验田,能者留庸者下。做业务就是这样,三个月如果一个单也没有,公司不淘汰你你自己也得淘汰自己。所以真真公司对所有的业务人员的试用期都是三个月,这试用期的工资是每月800块。符合劳动法。这800块除了房租和车费就没有了。吃饭还是自己掏。所以每个人的压力就很大。只要有了压力才会有动力啊,深圳是一个什么样的城市呢?一个充满奇迹的城市。你要是能搞定一个大单你就什么都有了。有些刚来深圳的一些人到真真广告后就把关系啦,保险金啦,福利啦提出来了。经理就拿吴小卫他们做例子,说他们在真真广告做了两年了,这两年公司除了提成什么都没有给他们。小伙子们,你们刚来深圳什么都不了解,在深圳你想端内地的铁饭碗?有没有搞错?

吴小卫自己也不知道为什么在真真广告做了两年,吴小卫是中专毕业的,又是学会计的,在深圳这么一个人才济济的地方,吴小卫的学历和

没上过学差不多嘛。如果吴小卫是个女孩子也好了,有哪个酒店或者说夜总会小企业也许会看上,给一个小文员或者说小出纳的做一做。可吴小卫是个男的,一个长相平平却很花心的一个男的。他在深圳找了两个月的工作,最后在钱花得差不多的情况下他就到了真真公司。真真公司那时还是一个刚开的公司,对业务员的要求也不像现在这样高,所以吴小卫就进来了。虽然在深圳从事广告的人多如牛毛,但这个行业对人的诱惑力还是挺大的。他们是所有行业中最自由也是最穷或者说最富的人群。经理经常拿着不做总统就做广告人来鼓励吴小卫。吴小卫就怀着一个美好的梦想在真真广告呆下来了。

吴小卫天天拎着资料夹,西装革履地在深圳的大街小巷奔波。在真真公司两年来,吴小卫手里有了一大批的客户,这些客户的名字和电话把一个 32 开的本子记得满满当当的。吴小卫曾细算了一下来真真广告的收入,两年也差不多有五万块了,这五万块分开来每个月也就是两千多一点儿,每次人家问吴小卫的收入时,他总是说快三千了。吴小卫很满足。这不比流水线上的工人要好得多?吴小卫记住经理那句话了,就算是身上没有一分钱他也会把皮鞋擦得一尘不染,他也会把身子挺得笔直。从事这份工作以来,吴小卫就变得很有经验,他能从容不迫地进入四星级大酒店去上厕所,他能从容不迫地进各大银行去大厅里喝免费的水等人。所以,吴小卫的表面给人不俗的感觉。这不俗的感觉迷惑了许多女孩子,这里面就有那个执迷不悟的季季。

小爱是和吴小卫一块来公司的,小爱人长得不漂亮但很耐看,有那种女人的味道。但小爱的业务却不比吴小卫强哪儿去,只不过她能天天被人请去吃饭,经常收到一些鲜花。小爱还住着一个免费的一室一厅的房子。吴小卫以前和小爱不错,两人经常合作,有男客户小爱就去搞定,有女客户吴小卫就行了。但自从季季住到家里以后,小爱就不太和他来往了。听说最近在傍一个港商。

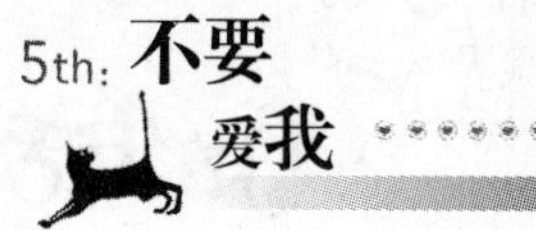

吴小卫故意走到小爱面前唱起了心太软，正在抹口红的小爱就抬起头来，她一反常态地对吴小卫说，你晚上有空吗？吴小卫心里一喜说你要请我吃饭？小爱说行啊，咱们俩谁和谁啊。说好了，八点半我在都都大酒楼等你。吴小卫说还真请啊，那么高档干嘛，吃顿火锅就行了。你是不是傍了一个有钱的？小爱脸色红了红说是港商。吴小卫心里就不那么乐意了，他就这么一个男人，他希望所有的女孩子都和他好。他目光灼灼地盯住小爱说，我没有机会了？比我有 FEEL 吗？小爱认真地说 NO，不如你有 FEEL 但比你有钱。

季季正好在这个时候打电话来，小王拿着话筒就叫吴小卫吴小卫。吴小卫一边说你他妈的叫魂啊？季季说晚上我有个同学要来，你回来的时候带点菜来，吴小卫说我回不去。季季不高兴了她说你请谁啊？吴小卫说是别人请我，在都都大酒楼。你知道吧，我们家的那个小爱最近傍了个有钱的，所以她说请我们。吴小卫没说就请他一个人，他怕季季伤心。季季叹息了一下，吴小卫就玩世不恭地笑着说，怎么了？你是不是眼馋了，你也该找一个，找一个比我有钱的，老一点怕什么呢，有钱就行了。季季骂了一声有毛病就摔了电话。吴小卫就有些后悔，他不应该这样伤季季，这个不缺胳膊不缺腿长得也不是太难看的女孩子，偏偏看上了他，一个没钱没稳定工作的业务员，这是他几辈子修来的福气啊。在深圳这样的女孩子不多了呀。

吴小卫开始工作了，他翻着名片夹给几个客户打了打问候电话，这其中有一个做口香糖的老孙。他说他的口香糖要在两年之内创世界名牌，要比绿箭白箭什么的还要出名。吴小卫就诚心诚意地给他拿了好几个策划案出来，谁知道这个老狐狸却总是以种种借口来推脱他，一会儿说他的报价太高，一会儿说公司没钱，搞得吴小卫很是上火。吴小卫把电话拨过去，没有像以前那样叫孙经理或者说孙总，他大声大气地让小姐找一下老孙。小姐说孙经理不在。吴小卫说死哪儿去了？小姐没有想到吴小卫会这么说，她说你？吴小卫说我怎么啦，我见了他还要揍他呢。小姐也不客气了说你谁啊？吴小卫说我是他哥。小姐说这样啊，他去高交会了，你去高交会找他吧。

吴小卫摔摔打打地正发着脾气，小爱走过来说你快去理一下头吧，看你的头发都乱成鸡窝了。吴小卫说又不是我相老婆。小爱说你啊？走走，我请客，理发去。一个小客户值得你生这么大气吗？

吴小卫他们赶到情人阁时，已经有一男一女在等他们了。那女的抹了一层厚厚的脂粉，一张脸画得和个大熊猫一样。她的身上手上脖子上都戴着金货，搞得整个人都是珠光宝气的。那个男的也是一种暴发户的样子，一手一个大绿宝石戒指。他的脸像个大白馒头一样，他握住吴小卫的手用不太标准的普通话说你好，你好。小爱给他们一一作了介绍，她说这是她表哥，清华的研究生。那个女的就说太好了，我就喜欢和有学问的人打交道。来，小卫，坐在我这儿。吴小卫不太愿意他低声对小爱说，你就介绍这么一个人？小爱捅了他一下说傻瓜，这是个富婆。

吴小卫现在是清华的研究生了。小爱一甩手就给他扣了一顶大帽子。而且还是清华的研究生，吴小卫长这么大连清华在哪儿都不清楚，却被小爱一句话就成了清华的研究生。这比深圳街头的造假公司还快啊。吴小卫有些慌张，生怕露了馅丢人，小爱用脚在下面踢他一下说，赖总很尊重文化人的。吴小卫这才放下心来，用他这几年学的知识拼命地吹捧自己。好在赖总的心思并不在他身上，他只顾着和小爱调情说爱。那个叫风姐的女人托着下巴听得津津有味。正说着呢，风姐的手机响了，她一听就脸色大变，说小卫，我家里出了点事，改天我约你。风姐匆忙地与他们打了个招呼就走了。

小爱在对赖总诉苦。她说在深圳一个亲人也没有；她说深圳的人都很势利；她说深圳的房子好贵好贵哟。小爱举起杯说，赖总，我自从认识了你就把你当成最亲近的人了，要是小爱有什么困难，你会不会帮我呀？赖总

说小爱的事就是我的事。对吧？还有你表哥嘛。小爱撒娇地说，不嘛，赖总，要是我有困难你帮不帮我？我就要你帮嘛。赖总！？小爱开始撒娇。吴小卫听不下去了，他装出去洗手间走了出来。他突然间没有了心情，小爱刚才的话一直回响在他的耳边。吴小卫恨恨地想，他妈的，有钱就是好啊。吴小卫在大堂里转了一会，和几个小姐吹了一会牛，回到包间他们已经不在了。

季季一夜没归。吴小卫回到家时已经是深夜了，他和往常一样轻手轻脚地回到屋子里。却发现季季不在。吴小卫打开灯，他先把屋子里扫了一圈，发现这屋子里只少了一个人外别的东西都在。吴小卫就放心了。这并不是说吴小卫对自己的女朋友不放心，而是深圳这地方悬乎的事情太多了，他刚来深圳就听说有一对同居了好几年的恋人，结果有一天男的就不声不响地把两个人的积蓄全部带走了。和季季同居这么久以来，他们在经济上一直是独立的，吴小卫有时也会甩给季季几百一千的，但季季总是用这些钱给吴小卫买回来他所需要的东西，有时是一条西裤，有时是一双皮鞋。季季从来没有向吴小卫要求过什么。两个人配合默契地生活着。吴小卫从心里觉得对不起季季，这么好的一个女孩子，不问回报地跟了他两三年。吴小卫想季季也许是不要他负责任的女孩子，但却是他必须负责的人。

吴小卫打了季季的呼机，没回。再打，却听见呼机在枕头下面按摩起来了。季季没有带呼机？吴小卫心里一凉，这只红色的呼机是吴小卫送给季季的，她平常的时候一直都带在身上。可今天她为什么不带呢？吴小卫不知道她去了哪儿，这么晚了她和谁在一起。吴小卫百思不得其解。他第一次为一个女孩子失眠了。

吴小卫想去季季的单位看看，可能是昨天生气到单位去睡了。她在这个城市里没有一个亲人，但她却在单位里有一些好的姐妹们。但在这个时候，珠海的客户来电话了，他说宝石 100 万的广告马上要投放。吴小卫急

忙坐的士赶到单位,然后和小爱一块去了珠海。签完单后已经到了晚上,吴小卫心里高兴就请小爱去大酒店吃饭。然后,两个人又在那儿住了一晚,小爱看着吴小卫说这次你能提不少吧?吴小卫还没有从兴奋中走出来,他说少不了你的,到账后我一定送你一件珍贵的礼物。小爱说是什么呀,是现钞吗?吴小卫说那多俗。你不是有一个赖总了吗?小爱就不高兴了,她嘟着小嘴说你这么小心眼啊,我还以为你会送给我钻石呢,东南那家钻石真的是好漂亮呀。吴小卫说钻石好像是送给爱人的吧,你又不是我的爱人。小爱打着哈哈说,不和你说了,我要睡觉去。吴小卫在后面追着说你不和我说你想和谁说?

吴小卫睡不着。他尽管很想睡觉,但他却睡不着了。他想跟了这么久的单终于拿到手了,在吴小卫想要放弃的时候却又拿到手了。生活就是这样的,有些事本来就有希望,等到头来却让你失望。有些事本来就没有希望,但到时候却又给你一个希望。吴小卫想拿到这笔提成他就可以喘口气了。他可以用这笔钱来炒股也可以用这笔钱买台电脑,或者给家里一点给季季买点什么。对了,季季前几天曾经给他说看中了一套肯思肯的套装。那是世界著名的牌子,好几千呢。当时,吴小卫对季季说这话很是反感。他说一套衣服好几千你干脆杀了我吧。要不你就找个大款。现在吴小卫想拿到这笔钱就先给季季买了这套裙子。吴小卫想有了这套裙子季季可能就会回来了,就会不生气了。

吴小卫一夜没睡。虽然在这之前他不停在数猫猫,不停在说两只老虎跑得快,跑得快,但他却一点儿也睡不着,总是在数得差不多快入睡的时候,脑海里就突然闯入了那一大笔的钱。吴小卫就坐了起来。在房间里来回地走动。吴小卫心里想有钱也不是什么好事啊,这么点钱就睡不着了,而且这点钱还没有到手呢。要是他有了几百万会怎么样呢?

英英打电话的时候,吴小卫刚一身酒气地回到家。他和同事们在酒店里喝了一打的白酒。吴小卫走路就有点儿轻飘飘的,他大着舌头对英英说

什么事？英英就笑了说吴小卫你是不是发财了？吴小卫说我他妈的怎么知道？英英说我怎么不知道，而且我还知道你现在喝了很多酒，在都都大酒店喝的。吴小卫吃惊了，他说真神了。你还知道什么？英英说你女朋友离开你了，你现在是一个人。吴小卫说操，你什么都知道啊。不过来吗？英英说过去做什么？吴小卫说做，做，你想做什么就做什么吧。反正季季不在。英英恨恨地说我想杀了你。吴小卫说好吧。你来吧。吴小卫放下电话就有些后悔，要是季季回来了怎么办？当他看到站在门口的英英是马上兴奋地把什么都忘在脑后了。

两个人忙活了一阵，然后就躺在床上闲聊。英英说张大海是你们公司的么？吴小卫说他是我们经理呀。你认识？英英轻轻地嗯了一声说原来如此。吴小卫说你说什么？你的话我怎么越来越听不懂了。英英说不明白好呀。太明白了会有思想负担的。小卫，你想不想换份工作？吴小卫说不想。我做得好好的为什么要换啊，再说我刚搞了一个大单。英英说你对真真这么有感情啊，你有没有想过，万一有一天真真不存在了呢？吴小卫说不可能，深圳所有的广告公司倒了我们的也不会倒。我们经理是谁啊？吴小卫还想说下去，英英堵住了他的嘴说但愿吧。小卫，你抱我一会儿。

现在回想起来，吴小卫后悔没有在意英英的话。任何一件事都有一定的暗示的。只不过他没有把暗示当回事。

英英在他这儿住了一个星期。两个人像刚结婚的夫妻一样生活着。一个星期后英英从吴小卫家里走了出来。她临走时对吴小卫说，你还是去找一下季季吧。现在像她这样的女孩子真的不多了。吴小卫做出一种很无所谓的样子说，人家都不要我了，我找去又有什么意思呢。像我这样的人，是不能谈爱情的。要钱没钱要权没权。英英一跺脚说，吴小卫，你一点儿也不了解女人，虽然你有过那么多女朋友。

吴小卫站在阳台上，看着英英钻进了一辆的士。也许英英说的是对的，他真的不了解女人。季季上哪儿去了？她为什么要一声不响地离开呢？

就算是那天晚上生气吧,也不会这么久不回来吧,她的衣服还在家里,洗手间里还有那没洗完的衣服。吴小卫有些烦躁。他坐车凭着记忆找到了季季的那家公司。一个很胖的女孩子说,季季不做了。一个多星期前她就辞职了。吴小卫心里一下子空了。空得他连走路的力气都没有了。吴小卫坐在街头,泪就涌了出来。

吴小卫想找经理说说,原先没有单他不好意思给经理谈薪水,现在有单了,他上两个月的薪水难道还不发吗?公司里的薪水是保密性的,吴小卫在真真做了这么久他除了知道自己的薪水外,别人的他都不知道,真真公司里的员工都知道这一点,所以就没有人会打听你这个月的薪水开了多少。这年头,问别人的收入和问女人的年龄一样很不礼貌。吴小卫找到经理室,发现有客人在和经理说事。一个瘦瘦的男人冲着经理瞪眼睛,他说要是这个月再不到的话,他做了个砍的手势。经理赔着笑说一定一定。刘先生你放心。我张大海就是……他看到了门口的吴小卫,他微笑着说有事吗?吴小卫说没事,我……经理马上明白了,他走到吴小卫身边小声地说,你去财务室吧。现在单位资金有些紧张,你先拿一部分好吗?

吴小卫没有多想,他到财务室拿了三分之一的提成。会计说等到所有的账都到了,再给他一次结清。吴小卫就叫了蒋明,准备请他出去吃饭。蒋明最近过得很不得意,可能要和那个女人黄了。他嘶哑着声音说好吧,我正想和你聊一聊。吴小卫被小爱、叶子堵到电梯里了,小爱和叶子说你想去哪儿?是不是要请我们吃饭?吴小卫说操!不是刚请了你们吗?小爱和叶子说那是上一次,今天你还没请我们呢。吴小卫说你们想去吗?我现在正好去都都大酒店。小爱和叶子就欢呼着要去。吴小卫坏坏地说,我请的可是个大色狼呀。小爱和叶子就扑上来扭他。三个人说笑着到了都都大酒店。

蒋明一脸的憔悴,他没有想到会有两个女孩子来。他有一肚子的话想对吴小卫说，但碍于两个女孩子他什么也说不了，他只好把想说的话都咽到肚子里。小爱和叶子两个人又偏偏不识趣，一个劲地叫着蒋哥哥蒋哥哥喝酒。蒋明也顾不了那么多了，挽起袖子就和小爱喝上了。两个人扭着头摆着手划拳。蒋明摇着脑袋拖长了声调说，人在江湖走啊，见面就拔刀啊，我一刀砍死你啊，小爱也摇晃着身子大喊，我二刀砍死你啊，我四刀砍死你啊。喝吧喝吧。蒋明就咕咚咕咚地喝下去了。吴小卫也来了兴趣，他伸出手要和叶子划拳。叶子摇摇头说，我不想。吴小卫不明白叶子怎么啦，他不知道她刚才还好好的，一转眼就晴转多云了。吴小卫想他是真的不了解女人啊。

蒋明喝得酩酊大醉，三个人把他送回家。吴小卫看了看表对小爱和叶子说太晚了，我送你们回去吧。叶子拦住了吴小卫拦车的手说，能不能到那边的咖啡厅坐一会儿呢？吴小卫看了小爱一眼说叶子，你是不是有什么心事？叶子也不说话，径直向前走了。小爱和吴小卫就跟了过去。小爱在后面偷偷地对吴小卫说，叶子是不是失恋了？她好像和咱们财务室的小李挺好的。吴小卫说那个马屁精。一天到晚跟在经理后面和个孙子一样。

三个人找一个地方坐了。吴小卫对叶子说你想喝点什么？叶子看了他们一眼说你以为我是想喝咖啡了吗？小爱说你有什么话就快点说嘛。我们都是直性子，你放心，我和吴小卫会把你的困难当成自己的困难一样的。叶子说你想哪儿去了？这不是我个人的事。吴小卫急了他说你说呀。叶子一字一句地说可能我们公司要倒了。听说我们经理被人骗了。小爱“啊”的一声说真的么？我的工资和提成还没有拿出来呢。吴小卫说你的工资多久没发了？小爱说两个月。吴小卫说不是发了么？叶子说什么呀，只不过发了基本工资。经理对我们说公司要扩大，引进新的项目，他还说给我股份呢。吴小卫说你怎么知道的。这消息可靠不？叶子说我听财务室的小李说的。他说我们公司账上一点钱都没有了。经理差点没有跳楼。吴小卫说那个马屁精。他会告诉你？他和经理好得和一个人似的。叶子脸上就不好看了。小爱推了吴小卫一把说,你这人?小李和经理再好也没有对叶子好啊,要不然,我们能知道么?吴小卫就开玩笑说,你们也真能保密。谈恋爱了也不告诉咱哥们一声。叶子说都什么时候了,你还开玩笑。实话说吧,咱们公司一点钱也没了。经理想把所有的欠款收回来就把公司卖了。我们肯定拿不到工资。小爱说那怎么办,找劳动局。吴小卫说那有什么用,我们想想办法,把工资拿到手再说。

三个人争论了一阵子。后来他们商量,在一个星期内他们轮流向经理借钱或者说辞职。如果这个办法不行,也只能从客户那儿拿了。吴小卫还有一个三万的欠款没有收回来。小爱说她昨天才收了十万,可已经交给经理了。叶子说她那儿还有二万,只不过那家经理和我们经理是好朋友。吴小卫说试一试吧。总比这样等死强。小爱有些害怕地问,不会出事吧?我怎么感觉像在演电影一样。叶子讥讽地说你害怕了?现在后悔也来得及。吴小卫说大家不要害怕,就算是被发现了也算不上犯法。我们只不过用不同的方法拿回自己的工资。只是,现在咱们决不能让别人看出什么。否则就乱套了。

吴小卫给经理说他家里出了事,能不能把提成早点给他。经理给吴小卫说了一个多小时,可能是因为他们三个都找过他,而且都是想要钱。经理就有些惊觉,他专门开了员工大会。在会上他再一次用鼓动人心的话说了公司未来发展的蓝图,并说每一个在真真做的人都会得到相应的股份,到那时我们都是老板了,不存在谁和谁打工的问题。吴小卫和小爱、叶子交流了一下意见,他们就按计划进行了。

这突然而至的事情让吴小卫一下子接受不了,他后悔没有听英英的话。可是英英是怎么知道的呢?吴小卫又百思不得其解了。快嘴的小爱说,她是做什么的呀?吴小卫立刻明白了小爱的意思。他请小爱不要这么说英英。小爱说不对吗?难道她不是做这个的吗?吴小卫一拳擂到了桌子上,他说不允许你这么说她!叶子说行了行了,现在都什么时候了?我真服你们了。两个敌视了一阵也就默默妥协了。

按他们想的应该是吴小卫先拿到钱,因为客户和他很好,又到了该给的时候了。谁知道那个经理却以广告做得不好为理由,要找经理打折,吓得吴小卫马上说经理去上海了。要不你等他回来再说吧。叶子那边倒是很顺利,人家只让叶子打了一个收条就把欠款给了,临走人家老总还特地跟到门口说不好意思。叶子拿了钱就把他们俩叫来了。三个人商量了一下就分了。考虑到是叶子拿来的,吴小卫和小爱一人拿了一少半,把多一些的留给了叶子。然后,他们像电影中演的那样,把自己的呼机和手机全都停了。吴小卫说,这一个月内你们哪儿都不要去。有什么事再联系吧。三个人就神色慌张地分了手。

真真公司倒闭了。在他们拿到钱的第四天,吴小卫坐在家里正心有余悸地看着电视,就看到他们公司的门被人封了。他曾经的同事都围在劳动局门口,诉说着有多少多少的工资没有拿到。吴小卫心里的石头终于落了地。他出去找到小爱和叶子,几个人在酒店里喝了半天。

吴小卫过了一阵失业的日子,这些日子他天天和一个女人混在一起,那个叫风姐的人教会了吴小卫炒股。季季仍然没有消息。吴小卫感觉季季这次是真的离开他了。

在没出那件事情之前，夏虹还挺喜欢这个卫生间。

卫生间缩在房子的一角。

因为时间的缘故，里面大部分的墙皮已经脱落，没有脱落的几块墙皮勉强地粘在那儿，那摇摇欲坠的样子，总是让夏虹有些担心。生怕某一块墙皮会在她洗澡的时候，突然掉下来砸在自己的身上。

墙不行了，地砖也不行了，这儿缺一角那儿缺一块的。好在主人比较爱干净，淡蓝色的地砖已经擦成了淡白色。地砖上摆放着大人小孩的拖鞋，拖鞋边上，放了一个储物箱，以便洗澡的时候把衣服放进去，以免被水淋湿。顺着储物箱往上看，是一个破损的大镜子，镜子下面放着各种洗发水和乳液。

卫生间很小，门也不行了。油漆脱落了，门也没有锁，原来的插销不知被谁搞坏了，主人就拿了一根弹簧绷上。这样一来，弹簧在人们进出卫生间的时候，总是发出响亮又有力的声音。

“砰，砰，砰砰。”

感动之于爱情，
就像镇痛药之于疾病，
缓解只是暂时的，
而且治标不治本。

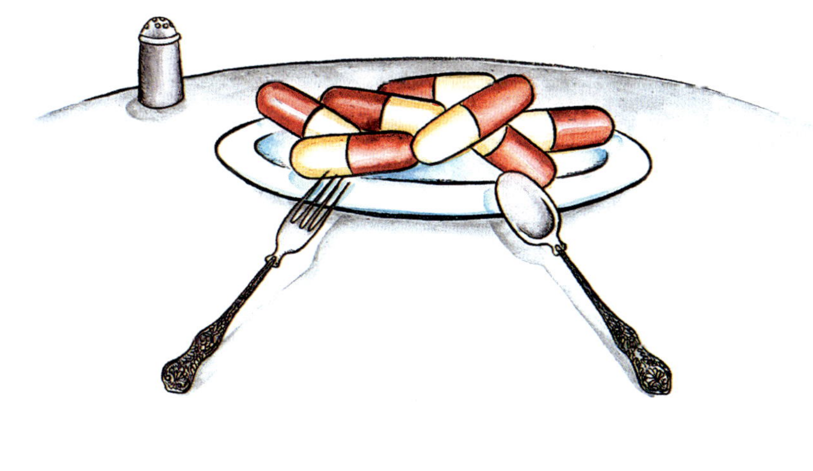

假若不是出了那件事情，夏虹还是挺喜欢这个卫生间的，还是渴望和老向夫妇和平相处的。这个不足60平方米的房子里，属于麻雀虽小但五脏俱全。洗手间，厨房，柚木地板，宽大的衣柜和时尚的梳妆台。这一切的一切都让这个生长在某一条胡同，住着小平房的女孩感到兴奋惊奇。她跪在地板上抹地板的感觉不亚于一个刚踏进城市的农民。

后来，随着日积月累又渐渐形成的生活规律，最初的兴奋露出了原本的无奈和尴尬。因为没有自己的房子，她在回到家后不能穿上睡衣光上脚丫；因为没有自己的房子，她不能随心所欲地对老公撒娇。每次的夫妻生活，都要做得小心翼翼。

由此种种，夏虹很想有一个自己的房子，为了这个房子，她从不死不活的内衣厂出来，成为一名靠提成吃饭的房地产经纪人。她以为这份职业好做，会像经理说的那样不出两年就可以挣个10万8万的。三年拼死拼活地做下来，除了日常开支，也不比在内衣厂的时候多几两纹银。

夏虹这边没希望，作为一家之主的向北京也好不了多少。向北京在一家饮料厂开车，工作倒是四平八稳的，但没有什么钱啊。以前没儿子的时候，他们多少还能存点，现在有了儿子，别说存了，每个月不借钱就算不错了。当然，借钱也借不到别人的，自己的父母还好一点，可是轮到公婆就不好办了。

想当初，向北京和夏虹恋爱的时候，老向夫妇拼命反对。夏虹之所以能成为向家的媳妇，全是因为固执的向北京。他为了能把夏虹娶回家，躺在床上不吃不喝搞绝食行动，吓得向夫人给夏虹打电话的时候，哭得一塌糊涂。

因为这样，夏虹才暗地里为自己打气，她做任何事情之前都要想着老向夫妇，希望某件事情会做得圆满，会讨得公公和婆婆的欢心。她手里再没钱，只要娘家有的，她决不会向婆婆伸手。就算婆婆拿钱给儿子，夏虹也会找机会还回去。结婚10年了，除了没给婆婆房租之外，夏虹基本上不欠

他们什么。

没事的时候，向北京的工资和她的工资，在脑子里加了又加，除了日常生活开支就算一个月存上1 000块，一年才12 000。10年存下来也许能交个首期。可是这10年太漫长了，谁知道会出什么事情。像去年他们存了一年的钱，一下子扔到了医院。大过年的儿子吃得好一点，结果吃成了急性肠炎。

这样一算，希望就成了虚无缥缈的东西。为了安慰自己，夏虹又凭着自身的条件制造了许多希望。比如突然中个500万，比如房子拆迁，比如她家或者向北京家有了一个富后归根的亲戚。不过最为实在的想法就是老向夫妇的离去，到时候房子就光明正大地属于她了。

因为工作需要，夏虹长年累月地带着不同的客户参观不同的房子。别墅，复式，四室二厅，三室一厅，塔楼，板楼，四合院等等。当她看到那些漂亮的房子时，总是身不由己地激动。

如果看的房子是三室一厅，夏虹就根据自己的实际情况审视这套房子。是把客厅打通呢，还是就保留这三室一厅，如果保留这三室一厅，除了他们住之外，还有一间书间兼做客房。如果不保留客房，就可以把客厅扩大，再增加一个卫生间。

如果是看的复式房子，夏虹就一边给客户讲解，一边在心里打如意算盘。这复式的房子如果买下来，可以把自己的父母接过来，自己一家住楼上，父母住楼下。当夏虹想到阳光洒满宽大的玻璃窗，她穿着乳白色的睡衣咯噔咯噔下楼的时候，那种感觉幸福极了。

不过，这种幸福，随着夏虹日复一日的工作，变成了一种遥不可及的梦想。当梦想变得越来越远，夏虹对于房子的感觉也慢慢麻木。要不是早上因为拉肚子跑卫生间，房子的问题也不会像个皮球一样弹跳出来。

时间停止在早上6点。

如果按照平时的规律，向北京一家还在沉睡之中。这个卫生间是属于老向夫妇的。他们俩养起了早睡早起的好习惯。每天早上六点，老向就会捅醒老婆子，两个人在卫生间洗漱一番后下楼晨练。老向夫妇的晨练时间特别长，等他们转回来的时候，上班的上班，上学的上学。只有天天晚上加班的儿子还窝在被窝沉睡。

而晚上，休闲了一天的老向夫妇，早早洗漱睡觉，把晚上 9 点以后的时间全部留给了向北京夫妇。夏虹因为工作的原因，也经常加班带客户看房子。而向北京每天晚上不到 12 点肯定回不了家。所以夏虹用卫生间的时候，老向夫妇和儿子早已睡下，夏虹可以自由自在地把公用卫生间当成自己的卫生间。

可是这一天，老向像平时一样拉开卫生间的门时，除了一团白乎乎的肉体还有儿媳夏虹的尖叫。老向被这突如其来的变故吓蒙了，拉着卫生间把手的左手不仅没有因为夏虹的尖叫而松开，反而像救命稻草一样抓着不放。等到老太太和向北京过来的时候，卫生间的门才“砰”的一声发出了巨大的闷响。

向北京马上明白了怎么回事，他冲着卫生间骂了一句，在他看来就算父亲不小心拉开了卫生间的门，作为儿媳的夏虹也不应该发出那样的叫声。长长的，凌厉的，惊慌的，恐怖的，好像谁要刺杀她一样。

老向因为儿子和老伴的出现，好像从呆滞中清醒过来一样。他没理儿子，一把甩开了老伴。老太太以为老头子会回去睡觉，哪想到他回房套上衣服，一言不发地下楼了。

向洋也被母亲的尖叫搞醒了，他揉着眼睛跑出来说，爸，怎么了？向北京有些恶狠狠地说，没你的事，上学去！向洋说，我妈呢？向北京说，听见没有，让你上学去！向洋看到向北京的黑脸，马上意识到出了事情，他一边套裤子一边说，爸，你的脸好难看噢！

向北京没说话，站在客厅里看向洋穿衣服。向洋很想搞明白是怎么回事,所以才把衣服穿得七零八落。向北京揪住向洋,胡乱地套完衣服,从口袋里掏出 10 块钱塞到向洋手里,然后像拎小鸡一样把向洋拎到门外。向洋从来没见过爸爸这样,一下子吓坏了,他站在门边哆嗦着,爸,我还没洗脸呢!

向北京瞪了儿子一眼,不用洗了。

向洋委屈地:爸!

向北京没有说话,而是站在门口看着向洋。小家伙抹了一把眼睛,把钱塞到裤袋里,满腹委屈地下楼了。

此时的夏虹,一直躲在卫生间里听着外面的动静,听到向北京在训斥儿子,马上从卫生间里冲出来,在冲到门口的时候,向北京一脚踢上房门,然后把夏虹扔到床上。夏虹马上坐起来喊,你干嘛?向北京说你说我干嘛?夏虹说我不知道你干嘛!向北京说你知道自己干嘛了吗?夏虹跳下床,像壮胆一样双手叉腰说我干嘛了?向北京说你真欠揍!夏虹挺着身子说你揍啊?借你两个胆!向北京示威地扬扬手说你以为我不敢吗?夏虹说你打呀?来啊,我好怕啊?夏虹把脸扬起来,挑衅地看着向北京。

向北京说真丢人,大清早的!夏虹说有什么丢人的?一家三代挤一个卫生间早是众所周知的事情。有什么丢人的?你要是嫌丢人你就买房子啊,自己没本事老婆孩子还跟着受委屈。夏虹说完最后一个字,窝在眼里的泪珠就像断了线的珠子一样,哗啦啦地掉了下来。向北京已经伸到半空的手又缩了回来,向北京什么都不怕,就害怕夏虹哭。

夏虹和别的女人不一样,人家伤心的时候,会号啕大哭,或者连哭带骂。可是夏虹哭起来,无声无息,只有泪水不停地在脸蛋上滚落。每次看到她一声不吭地流泪,向北京的心就柔软得一塌糊涂。

向北京说不管怎么样,你都不应该叫!夏虹说如果换成了你你不叫吗?向北京恨铁不成钢地,那也不应该那么大声!再说你上厕所为什么不锁门?你锁了门他还能拉开吗?夏虹狡辩说我记得锁了。向北京说锁了?

锁了怎么拉开了？夏虹说就算我忘了锁，你爸也应该敲敲门！向北京说你敲过门吗？我在厕所里的时候你敲过门吗？夏虹说那不一样，你是我老公！别说不敲门，你就是进去又怎么样？可是你爸不一样，如果换了你妈，我肯定不叫。

向北京气急败坏地，正因为这样，你才不应该叫呢。家丑不可外扬！夏虹说哟呵，活的真在意，还怕家丑！夏虹不屑于向北京理论，捡起自己的衣服穿。这下向北京看清楚了，夏虹穿了一件半透明的睡衣，因为没戴乳罩两只白嫩的乳房一览无余。向北京一下子愤怒了，这件招摇的睡衣不适合在家里穿，向北京早就警告过她。看她那样子，好像特地穿这套睡衣招摇一样。

夏虹下意识地捂住胸脯。

向北京再也忍无可忍，骂了声下贱。夏虹说你说什么？向北京你有种再说一遍！向北京说下贱！你下贱！我下贱！生活下贱！妈的！向北京一拳砸在了桌子上！

向北京！夏虹一下子愤怒了。我不应该叫对吧？你觉得我在你爸打开门之后应该对他说声谢谢对吧？向北京说胡说八道！向北京被夏虹激怒了，像拎只鸡一样拎起来，甩了一巴掌。夏虹捂着火辣辣的脸蛋儿，泪水淌得更多了。她抹了一把，又抹了一把，向北京，你打我，好，你有出息了，你敢打我了！向北京，夏虹睁着肿成桃子的一双眼睛，这个家我是不呆了，一天都不呆！说着，夏虹打开皮箱，胡乱地塞着自己的衣服。

这种场景自从他们结婚以后，已经出现了无数次了。贫贱夫妻百事哀，两个人经常为鸡毛蒜皮的小事大打出手，然后像真的一样吵吵着离婚。只是他们都属于动动嘴的主儿，虽然在嘴上早就离了几百回了，现实中两个人还是谁也离不开谁的夫妻。

以夏虹的经验，向北京会像以前那样在她提出离婚的时候妥协，可是向北京没有，他站在门口，看着夏虹往里面装衣服，看着夏虹把皮箱盖上，看着夏虹拎着箱子从自己身边走过。

出门的时候，夏虹满怀期待的心一下子碎了，向北京的沉默足以证明，他们10年的恩爱因为这件小事而土崩瓦解了。

许显达并没有看好西山的别墅，西山别墅被村庄包围，交通不便。虽然销售商承诺不出一年就会通上地铁。许显达看着那条明年地铁到我家的标语，觉得特别可笑。

许佳要购买西山别墅的主要原因，是看好了附近的自然环境和原生态果园。许佳的客户大多是老外，他们喜欢田园式的生活。许显达心里不快也不愿意阻止，别说这里面没有自己的钱，就算有他能阻止得了么？自从老伴去世，许佳就像一个男孩子一样雄心勃勃虎视眈眈。许佳借着自己的能力和许显达的社会关系，从美国回来后就创办了98度公司，除了做进出口的业务，公司旗下还汇聚了服装公司、软件公司、顾问咨询公司等等。最近，许佳又雄心勃勃地进军娱乐场所，要在最繁华的地段筹建影子大酒店。

许显达在女儿没发达之前，就对购置房地产升值有了很深的认识。他采用拆西补东的方法在市内购了好几套二手房出租。依照现在的实际情况，旧房子因为地理位置和价格的原因比新房子好租，再说谁把住都没有住过的新房子租出去？

算一算，在许佳没成气候之前，许显达已经悄悄地置办了三处房产。许佳成气候后，给许显达的零花钱，他也置办了房产。许显达手里可以没钱，但不能没有房产。他好像患上了购房症，只要手里有点钱，他第一个想到的就是房子。许佳做梦都不会想到，在她的名下已经有了近八处房产，这些房产有两处许佳知道，其他的五处都是位于繁华地段但破旧不堪的旧房。它们被许显达以极低的价格购买过来，装修一下就租了出去。来北京打工的人太多了，这些被当地人不屑一顾的房子很快被抢购一空。许显达租房子的时候看人看工作,定好了拿合同到公证处公证,每个月人家都往他的卡里存钱。

拥有无数房产的许显达,肯定体会不了没有房子的苦恼。他每次拿着不同的房地产证的时候,就好像看到了滚滚而来的钱财。北京的房价只升不跌是不争的事实,有多少人拼上命都想两次三次或四五次地置办房产。许显达看着越来越高的房价,不由为自己的英明感到骄傲。这些房产加一加许显达的身价也有几百万了。

当然,许显达知道,自己的这些钱在许佳那儿算不了什么。这个孩子好像被钱迷住了一样,不管如何折腾,她都能赚钱。国内国外的支票像雪花一样飞来。年仅 31 岁的许佳已是身价千万,她穿名牌,吃名牌,一个人住了一个跃层的房子,一个人开了一辆法拉利。许佳挣了钱也很会花钱,她经常呼朋携友,频频做东。刚买的衣服随手送人,刚置办的音响不几天就换了主人。

许佳的口头语就是,小气的人是赚不到大钱的!面对这个像男人一样洒脱大方又春风得意的女儿,许显达喜忧参半。许佳事业上的成功并不能掩盖她感情上的空白。许佳 20 岁的时候,一心一意喜欢向北京,被向北京拒绝后,许佳好像就变得没有感情起来,随着出国,随着事业,她竟然从一个羞涩内向的女孩转变成一个风风火火,大大咧咧的女人。经常与男人搭肩勾背称兄道弟。曾经有一段日子,许佳和一个男人双双对对,还无数次把手搭在人家的肩膀上。许显达暗自高兴了许久,结果许佳一句话打破了许显达的幻想,人家都结婚了,就是他没结婚我们也不可能走到一起,我们是哥们儿!

西山别墅按照许佳的意思装修,她出高价请了设计师设计,又请了一流的施工公司。许佳把钥匙扔给人家的时候,自信地对许显达一笑,爸,三个月后,Things will all be done!

话是这样说,许显达还是放不下心来。依他的经验看,没有一个施工队不拖泥带水偷工减料的。许显达宁可牺牲休息时间，也得来别墅里监监工。

西山别墅交通不便，要转好几次车才能到达。许显达怕女儿不让他来，就偷偷地坐了出租车。从市内到西山别墅，坐一块二的出租车也得160块钱。许显达一个星期下来，的士费已是上千。许显达开始后悔，如果知道这样，他就学开车了。他的那辆黑色本田一直放在车库里。女儿买来就是让他享受的，可是许显达因为身处媒体顾虑得太多，以自己不愿意学车而让本田躺在车库里睡大觉。他每天骑着自行车上班的时候，总会想到黑色的本田。依照许显达现在的位置，骑自行车会让他过得平静快乐！

许显达以前很讨厌开会和应酬，可是现在他经常借着开会和应酬的机会去看西山别墅。许显达有了足够的时间，就不浪费钱招的士了，而是拿着一张交通图纸，从这辆车转到那辆车，来来回回近5个小时的路程把许显达折腾得特别疲惫。他又一次站在公车前等车的时候，许显达还想着，要是有个贴心的人帮帮自己多好。最好是那种退休后没事做的，哪怕自己付点工钱也好啊。再说，西山别墅的楼上已经可以入住了，要不是因为工作，许显达完全可以和工人一样住在西山别墅。

出了这样的事情，老向夫妇觉得既惊讶又窝囊。老向也许因为自己的莽撞而产生悔意，而向夫人却以此觉得夏虹极没教养。夏虹的这声尖叫像一把刀子毫不留情地穿透了她的心脏。她不止一次地想，如果当初说服向北京娶了许佳，他们一家人的日子肯定不会落魄到现在这个地步。

许佳是许显达的女儿，许显达是老向一个部队当兵又一起发展的朋友。老向在周报当摄影记者的时候把许显达搞进了报社，后来许显达升官之后又处处照顾老向，因为这些因素，两家走动得分外频繁。尤其许显达的夫人去世以后，许佳就像老向夫妇的亲生女儿。所以，当他们得知许佳喜欢向北京时，老向夫妇又喜又忧，喜是许佳看中了向北京，忧是和许显达门不当户不对。许显达未必愿意把女儿下嫁。

许显达听了这事，并没有像老向夫妇想的一样大发雷霆，而是非常乐意地投了赞成票。许显达还在老向夫妇面前显摆，说向北京成为他家的女婿后，不仅会把他调到供电局，还会买一套复式的房子送给他们。老向夫妇受宠若惊又有些炫耀地给儿子一说，结果向北京鼻子不是鼻子脸不是脸地给拒绝了。

在没提亲事之前，许佳在向北京眼里还颇多优点，一提亲事向北京马上想到了人家的种种缺点，什么塌鼻梁呀，什么皮肤黑呀，什么眼睛小呀等等。挑完了毛病，向北京就对老向夫妇宣布了两个决定，第一坚决不娶许佳，第二他有了女朋友。

那时候的向北京的确是一个帅哥，他继承了老向夫妇的所有优点，每次带他出去，身后全是欣赏和赞扬。向北京因为长得帅，特讨女孩子喜欢。在初中时，就有女孩送礼物讨他开心了。

有一段日子，因为养了一个这么帅气又讨人喜欢的儿子老向夫妇倍感骄傲。每次出去，就像展览一样，有人摸他的头，有人亲他的脸，喜欢的不得了。

因为有了外表所带来的惊喜，向北京多少有些自恋的毛病。看人家这个女孩不顺眼，那一个女孩也有毛病。高中上完没考上大学的主要原因，就是围在向北京身边的女孩子太多了，她们给向北京写纸条，送电影票。有的女生知道向北京喜欢吃巧克力，宁可省下午饭钱，也要博得向北京一笑。

大学没考上，向北京也不愿意复读，而是缠着老向夫妇学开车，开了车之后又想工作。老向夫妇心疼儿子，以为他在社会上混一段时间，自然品得其中艰苦，自然会回到学校。于是，老向夫妇就托关系找门子，把向北京安排在了饮料厂。每天开着大解放拉货，不仅有饮料喝还有几百元钱拿。

这样的生活一过就是三年，三年后老向夫妇望子成龙的心态终于被

现实辗得粉碎。这时,向北京已经到了恋爱结婚的年龄。向北京身边的女孩并没有因为他是一个司机而有所减少,今天一个,明天一个。烦得老向夫妇恨不得马上定一个女人作为向北京的媳妇。这时,许佳出现了,这门亲事让老向夫妇在想不到之后也看到了希望。他们暗中为儿子以后的幸福生活做着安排,谁知向北京死活不干。有了女朋友也是好事,可是老向夫妇怎么也没想到,带回来的女孩不仅是一个普通工人,还有一对贩菜为生的父母。当时老向夫妇就翻脸了,苦口婆心地劝了又劝,向北京好像铁了心一样,不仅不妥协还寻死觅活的。老向夫妇心一软,向北京就把住在胡同里的夏虹娶了回来。

向北京没接着走进学校,已经让老向夫妇后悔得不行了,向北京娶回了胡同女孩夏虹,老向夫妇已经不止后悔,而是像一块酵母一样,随着向北京夫妇鸡犬不宁的生活而慢慢发酵慢慢变大。

老向夫妇在马路边拉拉扯扯的时候,一辆红色的法拉利停在了马路边。车窗摇下的时候,老向夫妇看到了笑容满面的许佳。一时,老向夫妇愣住了。

许佳穿了一条牛仔印花雪纺拼料短裙,一件V字领的黑色短衫,脚上是一双银色钻石高跟鞋。棕色的秀发烫成了小波浪,露出她高贵优雅的脖子。只是她的皮肤仍然像五年前一样黝黑。老向夫妇对许佳的印象还停留在10年前的那个晚上,扎了朝天辫的许佳为了讨得向北京的喜欢,而像路过一样站在向北京必经的路口。

向北京拒绝许佳后,老向夫妇觉得很对不起许显达。除去许佳的长相,向北京哪一条也配不上人家。许显达再来电话再送东西的时候,老向夫妇也会像以前一样,只是心里把这层关系按了又按,在许显达送东西或打电话来的时候,老向夫妇心里更像扎了碎玻璃。逢年过节时,打个问候电话,电话线就像会烧了手一样。

后来,许显达也摸不准老向夫妇的想法,加上诸多事务缠身,两家的

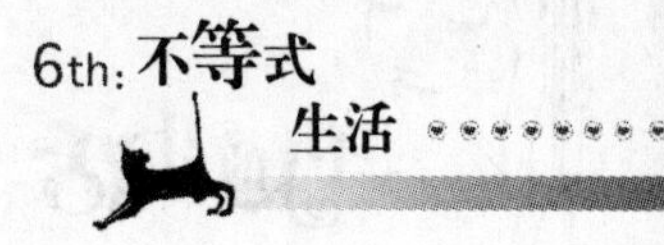

联系就慢慢地少了。

10 年前的许佳与现在的许佳有天壤之别，老向夫妇看着青春满面的许佳，一时竟说不出话来。

许佳摘下镶钻淡黄太阳镜冲老向夫妇一笑，叔叔阿姨，我是许佳呀！

许佳？啊，你变得让阿姨都认不出来了。向夫人抱着香气袭人的许佳，后悔得恨不得让时光倒流。

许显达窝在别墅里和工人争吵的时候，许佳带着老向夫妇走了进来。许显达看着老向夫妇，一时恍如梦境。

说到许显达与老向的最初关系，还要从 50 年前说起。50 年前，许显达和老向是某海军的战友，一个在司令部当卫生员，一个当通讯员。两个人复员后又一起分到了化肥厂。老向业余时间喜欢摄影，感觉好的照片经常被贴在宣传栏里。许显达是厂里的宣传员，每次都把老向的作品贴到最佳位置。后来，化肥厂倒闭，老向就跑到周报当摄影记者，他进报社后也把许显达搞进来做了编辑。

两个人在一个单位，来来往往的就多了起来。为了和老向有共同爱好，许显达还买了一个傻瓜相机跟着老向学摄影。在贫困山区采访的时候，许显达在老向的指导下拍一组照片。其中一张在全国性的摄影展上荣获二等奖，许显达就借着这个奖从编辑跃到了编辑部副主任。这件事对视摄影为职业的老向触动很大，他做了二十几年的摄影记者，拍了成千上万的照片，奖状和奖杯也存了不少，就是没有碰上人家许显达的运气。

许显达自从做了副主任，好运就像看上他一样，三年不到，就从副主任跳到了副主编。许显达的职位一高，薪水和外快就像洪水一样涌来。许显达春风得意之时，没有忘记老向夫妇。两家的关系因为许显达妻子的去世，因为许显达的升迁而变得微妙又亲密起来。许显达除了拉着退休的老向参加这个奖那个展的评选外，还隔三差五的让司机给老向夫妇送这送那，比如水果，比如香烟，比如保健品等，反正都是人家讨好许显达，而又被许显达转手送了人情的东西。

每次接受人家东西的时候，老向夫妇心里都特别不是味道。东西收下，心里不仅没感到快乐还有一种被人恩惠的窝囊，如果不收东西，那也太不给许显达面子。用人家的话来说就是，人家许显达把老向夫妇当个东西，你扮清高的后果就是不识抬举！

有很多次，老向夫妇恨自己没有许显达的运气和本事，也很多次说服自己不要许显达的东西，不和许显达来往。可是每当许显达的东西送过来的时候，每当许显达一口一个老哥老嫂子地叫着，老向夫妇原本滋生出来的想法就会不由自主地退去。

如果不是因为许佳喜欢上了向北京，也许他们的关系还会像小桥流水一样。可是向北京拒绝了许佳，拒绝了许佳许显达不生气，他生气老向夫妇的态度。他起初为了让老向夫妇解脱，伸出手来主动地拉近他们的距离，但随着老向夫妇的频繁沉默，许显达也不耐烦了。虽然他走到现在老向同志算功不可没，但再大的恩情也在送东送西中还得差不多了。

老向夫妇碰到许佳，当然不会把他们在马路边的真正原因说出来，而是以散步的理由堵住了许佳的追问。许佳已经不是10年前的许佳，10年前她曾经因为向北京拒绝了自己而心灰意冷，别说见老向夫妇，就是听到他们的声音和名字，许佳就会自卑。觉得自己长得难看，觉得向北京打击了自己。现在，许佳已经不这样想了，她能有这一天，第一个要感谢的人就是向北京。

这几年来，对于向北京的事许佳道听途说了一些，所以见到老向夫妇，埋藏在心中很久的念头像火苗一样燃了起来。能重新联系到老向夫妇，许佳就可以报10年前的一拒之仇！许佳怕老向夫妇不答应，特地编造了父亲想念他们的话来。老向夫妇正因为儿媳的事无处可去，听说许显达如此想念他们，不妨跟着车看看许显达。

许佳先是带老向夫妇参观了自己的公司，然后又拉他们到了西山别墅。许佳得意地向老向夫妇表示，这别墅是她买来送给许显达的。许显达以后的双休日就在西山别墅度过。

老向夫妇在没见到西山别墅之前，还对即将到来的相聚而激动万分。许佳比他们想象的有出息，肯定不把向北京当盘菜了。他们俩站在豪华的像童话一样的别墅里，一种失落从头到脚哗啦啦地蹿了上来。看看人家，比比自己，人家一个男人拉扯着女儿的艰难生活还过成了这样，他们不缺胳膊不少腿又带着一个人见人爱的儿子却过成了那样。

别墅里有四个卫生间，许佳为这些卫生间买了自动冲洗器。关于产品老向夫妇在电视里见过，就是上厕所时不用纸巾了，按下开关就可以冲洗温干。许佳站在卫生间里，为老向夫妇做着现代化的演示。后来，在意大利自动按摩浴缸前，老向提出了自己的意见。许显达马上想到，老向刚分到房子的时候，因为舍不得工钱，自己就买了书比着葫芦画瓢。画好的房子不仅让老向满意，也得到了很多人，包括许显达的喜欢。

当下，许佳也马上想到了老向，她手一拍说，哎呀，向叔叔，我们对装修都不太懂，你就帮我们指导一下吧。

明摆着要做一次义工，但老向夫妇还是有些高兴。别墅下面还没完工，上面已经装修完毕。向夫人拿着毛巾，像个清洁工一样抹着地板。老向则钻进卫生间，根据他的设想给卫生间添砖加瓦。老向夫妇干活的时候，因为怀了感恩和补偿，所以做得特别卖力。许显达也很感动，好像曾经停滞的友谊因为劳动而变得意义非凡起来。

中午的时候，许佳在海鲜城请了一桌。这一桌全是山珍海味，吃得老向夫妇心花怒放又手足无措。面对燕窝猴脑，鲍鱼鱼翅，许显达父女吃的轻车熟路津津有味，而老向夫妇却吃得生搬硬套笑话百出。当微黄的木瓜和通明的鱼翅上来，向夫人一边吃一边说，这粉丝还挺好吃的呀。

老向的脸“腾”的一下了红了。说实话，他也没吃过鱼翅，但他在菜单上刚刚看过。几百块的鱼翅几下扒到肚子里，让他感觉如鱼刺在哽。吃完饭，许佳又请他们到咖啡厅聊天。聊天的内容不外乎别墅和许佳，许显达说起女儿的时候，一脸幸福和骄傲。许佳还从皮包里变戏法一样变出一只戒指，那只周大福戒指带着不菲的发票推到向夫人的身边。向夫人很想拒绝，可是她还是伸出手去。在拿到戒指的时候，向夫人说，这房子，就让我们帮着盯盯吧。我们俩都退休了，也闲得无聊！

夏虹回家的时候，父母正拎着水桶往青菜上淋水。老夏夫妇看中了绿色无公害蔬菜的前景，特地从菜市场搬出来，租了两间门市搞绿色蔬菜专卖。这些蔬菜从河北或者郊区直接贩来，打上绿色的牌子出售。本来抱着试试看的心态，没想到生意好得不得了。

出于对女儿的疼爱，老夏夫妇对女儿的婚事没有什么功利和目的。只是老夏夫妇万万没有想到，女儿结婚后没有像别的女儿一样补贴娘家，而是年复一年日复一日地拼命搜刮。

每次回娘家，夏虹就像鬼子进村一样，店里的青菜，冰箱里的冻肉，小板凳，破桌子，夏虹只要看到了，就会找各种理由把它们据为已有。拿完了想要的东西，夏虹就开始掏父母的钱包，她掏钱包的时候不管多少，都有光明正大非拿不可的理由。以前没有向洋的时候，夏虹总是拿着向北京说事，等到有了儿子向洋，夏虹对父母要起钱来更是理直气壮。

妈，向洋要买一套衣服！

妈，向洋要交赞助费！

妈，向洋生病了！

在夏虹如愿以偿地离去的时候，老夏夫妇就觉得特别没意思。两个人累死累活赚的钱基本上全部归了女儿。不过话又说回来了，他们赚钱的目的不就是为了女儿么？虽然现在女儿已经出嫁了，已经属于人家的人了，可是他们的血缘并没有因为女儿的结婚而断掉呀，等到他们离开这个世

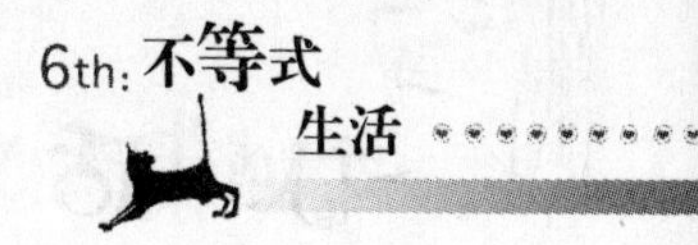

界,所有的一切不都理所当然地归了女儿么?这样一想,老夏夫妇的心情就舒服了许多。假若夏虹在很长的一段时间没有来家里搜刮,老夏夫妇反而倒不适应了。

老夏一边往青菜上淋水一边对夏虹说,又没钱了吧?夏虹说谁要钱!老夏说你不要钱会来看老爹老妈?我们家姑娘是无钱不登三宝殿!

夏夫人看到女儿脸色不对,马上拉了老夏一把。老夏说又怎么了?夏夫人说我哪知道啊?这时,屋子里传来了夏虹的叫声。

老夏夫妇纷纷放下手中的菜跑到屋内,见夏虹对着自己的屋子发愣,因为没有地方放,夏虹的屋子里堆了许多胡萝卜。

我的屋子为什么放了这么多胡萝卜!

老夏夫妇觉得女儿过于大惊小怪了,她没嫁出去的时候,屋子里也不是没有蔬菜。

夏虹没有吭声,忙着收拾自己的床铺。跟着客户跑了一天,累都累死了。为了怕父母起疑,夏虹没敢把皮箱带回家来,而是放到办公桌底下,把现用的衣服提了些回来。夏虹把衣柜打开,把自己的衣服往里面挂着。

一种不祥的感觉笼罩了老夏夫妇!

你这是怎么了?

你和向北京吵架了?

还是和你婆婆闹别扭了?

要不,是向洋出了事?

没有。你们别瞎想了。

没有你不回家啊?

这不是我的家吗?夏虹说着,往自己的头上拉被子。做母亲的一把抓住被子,有什么事你给爸妈说呀!

没事。

不对,你肯定是和向北京吵架了?

穷日子还过不完呢，哪有心思吵架！不过，话没说完，窝在夏虹眼眶里的泪水就忍不住掉了下来。

到底怎么了？

你快说啊？

你急死我们了！

夏虹不说话，只是一把又一把地抹着眼泪。

你哭什么呀？说话呀？父亲见此情景也急了。

没吵架！

那你哭什么呀？

是不是工作不顺心？他们知道女儿为了挣钱，自己把端得稳稳当当的饭碗给砸了。

行了行了，让我安静一会儿行不行？夏虹用力把被子从夏夫人手里夺回来，像只受伤的动物一样在床里面缩成一团。

因为早上的事情，夏虹没能如约带客户去看房子。夏虹像救火队员一样赶到公司的时候，客户竟然没有来。公司里的同事像往常一样抱着电话勾搭客户。夏虹放下包，看到老板正从办公室里出来。因为没有底薪，老板对于她的迟到早退并不在意。只是在看到她肿得像桃子一样的眼睛，才猫哭耗子地问她出了什么事情？

夏虹不想解释，而是忙着给客户打电话。这个客户看中了夏季园的一套房子，磨磨叽叽地看了很久时间，说好今天去签合同交定金的。夏虹以为客户忘了，或者说有事不能来了。谁知电话一通，对方就脆生生地告诉她，我不想买了，以后不要来电话了！

夏虹说怎么了？不是说好了吗？

客户说是说好了，可是我今天早上又变了。夏季园太远，我家先生上班不方便！

切，这个女人来找夏虹的时候，第一个条件就是要夏季园的房子。女

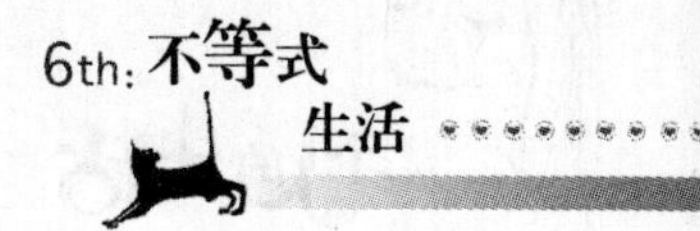

人怕夏虹看不起她,招招摇摇地表示,要不是为了老公上班,她才不会买夏季园的房子。现在,她却说老公上班远了。

夏季园是远了点,但离你先生上班近嘛。夏虹不想让自己努力了许久的事情不了了之。

谁说我要夏季园的房子了?女人一常反态地叫了起来。要不是隔着一条电话线,夏虹真想把手伸过去扇她几巴掌。

这个位于夏季园的三室一厅,房主因为儿子的病忍痛要了 38 万的价格,夏虹根据实际情况,认为这房子 42 万肯定能够售出。夏虹之所以把精力放到这个房子上面,就是为了拿到那 4 万元的差价。

其实,谁都知道夏季园距市区较远,要那儿的房子就是图个便宜。为了拿到这 4 万块钱,夏虹已经去了夏季园 N 次,房主也因为她的执著心生感动,把撒出去的大网收回来,只把房子委托给夏虹。摔了电话,夏虹还得想方设法地给房主解释,好在老头儿很好说话,三言二语就打发掉了。

4 万块钱曾经像一个在嘴边晃荡的肥肉, 连续三个多月挂在那儿,本来以为可以吃到嘴里,谁想到这块肥肉在她的嘴边滑了一下,就没有了。

对于这份工作,用夏虹的话说就是误入歧途。她当时应聘的是某房地产公司的售楼小姐,因为人家嫌她年龄过大,经不住她死缠烂磨就介绍她去一家房地产中介公司。公司主要从事楼盘销售和二手房买卖,天天像孙子一样到处撒网到处陪客户看楼。

夏虹在交了几百块的培训费后, 才明白了房地产经纪人和售楼小姐根本不能相提并论。售楼小姐是站在已经完工或者即将完工的楼房里,向每一个前来观看的客户介绍房型及结构,而房地产经纪人,就是持一个牌子拿一张名片,像保险业务员一样到处寻找客源。

明白了这些事情之后,夏虹很想撒手不干,可是想想那几百元的培训费,只好以病假的名义脚踏两只船。她在心里为自己打了如意算盘,她可以在这 10 天病假里面尝试新的职业,行就辞职,不行再回去工作。

只是，夏虹的如意算盘被一位客户给打破了，客户是夏虹单位会计的侄子，小伙子以为夏虹会看在他姑姑的面子上给予优惠，谁知房子买下来收的费用只多不少。他喝多后找姑姑诉说夏虹的不是，第二天，夏虹就接到了单位的电话，她被炒鱿鱼了！

炒就炒了，早炒晚不炒，夏虹憋着一口气在房地产公司扎了下来。她的皮包里第一次装了一盒属于自己的名片，江江房地产公司助理。夏虹就凭着这张名片，说服了向北京以骄傲的姿态从原单位出来，做了一名东跑西奔渴望高额提成的房产经纪人！

在没出这件事之前，向北京从来没有考虑过房子。在他看来，父母的一切都在不久的将来属于自己，而自己的一切都在不久的将来属于儿子。那么他像所有不求上进的男人一样，不喜欢把大笔的贷款押在头上，他也不喜欢为了物质拼命地工作。

向北京深受父母的影响，骨子里有知识分子加小市民的双重身份。他们也渴望有钱，也渴望住很大的房子，开豪华的汽车。但因为自身的环境造成了他们看不起农民，看不起小市民，看不起有钱人。

向北京从来不会因为自己是个司机而灰心丧气，他也从来没有因为自己一个月挣 1 600 块而忧心如焚。在他的眼里，父母就是他的整个天空，从小到大，他从来没有为钱发过愁，就算他结婚后，向北京向父母伸手讨钱的几率只多不少。

现在，因为卫生间这件小事，夏虹及她的父母给向北京指明了前进的道路，要么买房子要么离婚。这两件看起来毫不搭界的事情一下子涌到向北京的眼前。

夏虹父母的态度让向北京感到吃惊，贫穷的蔬菜贩子已经今非昔比了。岳母很明确地告诉向北京，房子的事情不解决，夏虹是不会回去了。向北京为了给妻子面子，已经拎着东西三下夏家。可是除了一屋子的蔬菜和

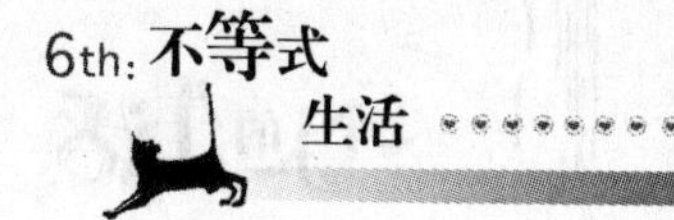

岳母岳父的冷脸，夏虹硬是挺着不与他见面。打电话过去，夏虹竟然像对付客户一样。向洋在电话这边哭得哇哇的，那边却硬着心肠扣了电话。

向北京从仇恨中冷静下来的时候，他第一次梳理自己的处境，儿子今年 9 岁了，等过了 10 岁的生日，11 岁，12 岁，一晃悠就到了十七八岁。9 岁的儿子可以和他们同住一个房间，10 岁也行，可是十七八岁呢？现在的小孩成熟的早，虽然为了避免给儿子造成不良的影响，他们的性生活从晚上改为儿子早上上学之后，但过程因为害怕儿子突然转回或者被父母察觉，总是草草结束。40 不到的年纪，向北京就已经厌倦了夫妻生活，要是不怕扣上一个性无能或者阳痿，向北京想做爱的几率几乎为零。

如果要买房子，四环以内的首期最少要付 10 多万，向北京的钱和妻子一样处于月月光的境地，就算手下留的几个加班费，加吧加吧也不会超过 3 000 块。3 000 块，一平方米都买不到。向北京以前觉得自己的父母有点小钱，但随着他们的日渐搜刮估计也差不多了，要是有钱，父母肯定不会放着钱让他们挤在一个屋子里。

父母和别的老人不一样，他们喜欢有自己的独立空间，为了这个空间，母亲经常在没事的时候唠叨，等到向洋大了就把这儿的房子租出去，到昌平那儿搞个四合院。父母没钱，他也没钱，夏虹及她父母的钱向北京也想过，不过他想不出一对以贩菜为生的夫妇会有多少钱？就算他们有钱，他们会把钱无条件地给向北京吗？

想来想去，向北京觉得唯一能改变的就是自己。饮料厂这几年效益还行，销售部门的效益像潮水一样，和向北京一起进厂的小路去年刚买了三室一厅的房子，一平方米达到了 8 000 元。还有小满，那个不善言谈，长得像土豆的女孩，到销售部两年不是也有了自己的富康么？销售部工资不多，但年底的奖金和从客户那儿得的回扣无疑是一笔不菲的数字。

有了这种想法，在送李总去天津的路上，向北京一直寻找开口的机会。李总并不是饮料厂的一把手，而是屈一人之下万人之上的执行经理。

他脾气温和，又长了一副笑眯眯的脸庞，无论身处何处人缘都好得不得了。向北京给他开车，也多多少少有些近水楼台先得月的样子。

向北京是李总的司机，但也是一位秘书。他经常把李总的日常事务记在脑海里，接到李总问也不问直奔目标而去。因此，李总也特别喜欢向北京，应酬的时候从来不把向北京当司机看。向北京的夜晚大多数是在饭桌上，在老总旁边消磨掉的。

此时，向北京正行驶在去天津的路上。他们单位想在天津搞一个分工厂，李总此次前去就是做最后的定论，成还是不成就在他的一句话了。为这事跑得有些厌倦的向北京已经从李总的脸上看到了成功的希望，向北京一时拿不定主意，该说还是不说。他怕现在说了破坏了李总的好心情，但他又害怕如果这次不说，可能以后就更难开口了。动物尚有感情，何况朝夕相处的人哪！

这时，李总的手机响了，李总接了一阵子电话，好像是为了天津分工厂的事情。李总接完电话好像是自言自语又好像是对向北京说，现在缺少优秀的营销人才！做营销的很多，但能够悟透并做得很优秀的人太少了！

我们销售部业绩不好吗？

李总笑了笑，问向北京，你觉得销售部做得好吗？向北京心里说，做得不好销售部的人能买房买车，但嘴上却说不太清楚，听说做业务挺苦的！

李总从鼻子里哼了哼。

憋了半天，向北京终于结结巴巴地说，李总，我有个事想给你说一说，不过你听了不管同不同意可不准生气！

李总想也没想地，你不说我也知道，说实话，对于一个有家有口的男人，这点工资是太少了。北京呀，我是心有余而力不足，虽然看起来我们单位效益不错，可是人多肉少呀。

向北京没等李总说完，马上打断他的话，李总，我不是那个意思。

那你？李总笑了笑又自作聪明地说，我也明白，北京，你在我的身边呢是我的荣幸，你不在我的身边呢我们仍然是朋友。人往高处走，水往低处流，我懂我懂！

向北京苦笑着摇了摇头，不是，李总，你误会我的意思了。我不是离开我们单位，我想换个工作。

为什么呢？

我家经济情况不好，孩子也一天天地长大。作为一个男人，我得想办法挣钱！

你想换什么工作呢？

销售部！

噢，去销售部？李总沉吟了一下，这倒是好事，你应该趁年轻的时候拼搏一下。回头，我给销售部说一声。不过，北京，销售部的前期是非常难做的，不光钱少而且折磨人。

没问题，我有思想准备。向北京感激地看了李总一眼。

北京呀，一个好的业务员，和喝酒跳舞搞回扣没有关系！好多人都认为业务好做，其实呢，业务可是一门大学问，难着呢。不过你有这种想法，也是为我们单位的销售做贡献嘛。我支持！

向北京心里有了一种说不清楚的味道，他很明白现在的处境，他从李总身边跳到销售部，假若一切顺利还好，如果不顺利呢？他还能回到李总的身边吗？

答案是已经没有退路，向北京想到自己端得好好的铁饭碗从此破碎时，他突然理解了夏虹辞职前的混乱。离开了李总就是离开了一份稳定的收入。他光想进销售部的种种好事，他没有想到做不下去的坏事，假若他做了三个月之后还没有业绩呢？销售部都是靠提成吃饭的，一个月 300 元的基本补贴连他自己都养活不了。

向北京再也无法想象下去，他摁开音响，成龙那富用感性富用力量的声音飘满了车厢：在我心中曾经有一个梦，要用歌声让你忘记所有的痛，灿烂星空谁是真的英雄……

向北京第二天就去了销售部，他一边为李总的办事效率惊讶，一边为自己即将踏进一个新的领域而忐忑不安。向北京走进销售部的时候，给父母打了一个电话。正在为西山别墅忙碌的老向夫妇被儿子的这个决定吓了一跳，不过他们听完向北京雄心勃勃的理想，老向夫妇也只好用鼓励结束这次通话。

对于夏虹的事情，向北京没说老向夫妇也不想问。这并不是因为他们不喜欢夏虹就盼望着儿子离婚。向北京现在的状况，已经不是当年讨人喜欢的帅小伙了。现在的他已经抛开青春和活力不知不觉地向中年男人迈进。面对现实，他们愿意顺其自然。用老向的话说就是，注定要发生的，谁也逃不过。夏虹的尖叫虽然是命中注定，不过老向还是没有办法再重新面对儿媳。他正好借许显达这个别墅，给自己找到不着家的理由。

因为这件事，夏虹和公公的心态一样，抱着过一天算一天的想法躲开了。一个躲到娘家，一个躲到西山别墅。可是躲能是个办法么？又不是一天两天，永远不见面。夏虹的父母已经劝好了女儿，只待向北京一句话了。可是向北京又因为工作的事情忙乱了头，他每天像只无头苍蝇一样出去，然后再像只无头苍蝇一样回来。向北京现在已经没有车了，他每天的交通工具不是那辆黑色的丰田，而是公共汽车。刚刚失去丰田的时候，向北京的心里难过得要命。每看到丰田或者说汽车从眼前驶过，向北京都会想念他以前开车的日子。

向北京突然转换了工作，让老向夫妇在西山别墅一起工作的计划打破了。向夫人为了孙子向洋只好从西山撤回来，像以前那样呆在家里做做饭，收拾一下房间。夏虹没回娘家之前，家里的事务也是向夫人操持。一是夏虹没时间，二是向夫人不愿意与她一起共事。那个奏响锅碗瓢盆充满爱情亲情的厨房里，那种婆媳相融母女相知的情景永远不会出现。向夫人宁可自己少休息一会儿，也不让夏虹和自己一起做晚饭。夏虹本来想尽其所能地讨好婆婆，试了几次之后，也就坦然地享受起来了。

向洋对于母亲的这次失踪，从最初的想念到最后的不以为然。母亲不回来，他就可以不用睡小床了，而是四仰八叉地躺在席梦思上。向北京回来的时候，为了不惊动儿子，只好屈身儿子的小铁床上。向洋不想念母亲的状况让向夫人忧郁不已，她仿佛看到了向北京和夏虹走向离婚处，她仿佛看到向北京带着儿子过着又当爸又当妈的双重生活。夏虹能这样不声不响地坚持，向北京不声不响地转了工作，向夫人不得不为儿子一家的将来忧心如焚。

向洋仍然是一个孩子，他并不知爷爷和妈妈的不回家有什么不幸。大人嘛，总会找很多理由忙的。向洋很讨厌那张小铁床的，他睡觉不老实，老也折腾不起来。现在好了，他可以睡爸爸妈妈的床了，那席梦思太舒服了，太宽大了，向洋睡在上面再也不想他的小铁床。向洋每天心满意足地从席梦思上爬起来，然后在向夫人的叮嘱下走进学校。

向北京这边没消息，夏虹已经支持不住了。她在娘家呆了近一个星期，心都快拧成麻花了。与蔬菜打了一辈子交道的父母在明白了事情的真相后，比夏虹想得要明白，他们不仅不支持夏虹离婚，还让她快速回去和公公和解。可是，向北京却不来了。自家的女儿有错，但也没有错到低三下四的状态。夏虹只好像个待嫁的丫头一样，坐在自己充满青菜味道的闺房里等着向北京。

夏虹虽然还没到风烛残年，但也到了青春不再皮肤松弛的时候。以前在家的时候，因为工作和孩子和老公的种种琐事，她连认真洗脸认真看自己的机会都没有。她像一个拧了发条的钟摆，匆匆忙忙地洗脸，匆匆忙忙地吃饭，匆匆忙忙上下班。现在回到娘家，夏虹有了足够的时间洗脸、刷牙，睡不着的时候她还坐在床上发一阵子的呆。

夏虹每天洗脸的时候，开始对着镜子审视自己。正因为有了这种长时

间的审视，夏虹才会为自己的现在的状态心慌意乱。那眼神，那嘴唇，那皮肤，都已经不像10年前那样耐看了。

这样一看，夏虹心中的那点骄傲和自信一去不复返了。10年，才10年的时间，把一个活力四射的女孩变成了一个庸俗的家庭妇女。

夏虹决定回家。为了说服自己回家，夏虹找了很多理由，有一条比较正当也难以抗拒的理由就是想念向洋。有天大的事情，谁能拒绝儿子想母亲，母亲想儿子呢。

向北京回来的时候，黑暗正慢慢地笼罩这个城市。下班的人们与车流在马路上流动，一辆挤得像沙丁鱼一样的公车内，向北京站在临近车门的地方。透过车门玻璃，向北京看着他熟悉已久的三环路，高架桥，红绿灯，斑马线。

向北京已经适应了没有车的日子，已经适应了挤各种拥挤的公车。他每天早上带着单位的资料来到客户的门口，然后再在下班的时间回到家里。向北京已经像一个普通的上班族一样了，他不再为了接李总而起早贪黑，他也不用为了讨好李总而在酒桌上频频买醉。向北京换了工作，这份工作只要有业绩就行了。像很庸俗的坐班打卡统统与他无关。向北京前两天还为这种自由而兴高采烈，后几天就成了一种无奈和负担。向北京再也没有机会坐在豪华的酒店里，向北京再也没有机会吃上螃蟹和对虾了。

想想，依他的生活水平，可能一年会吃上两次螃蟹，对虾想都不敢想了。这样一比较，向北京从头到脚的全是后悔。可是他不得不学会自我安慰，假若他在销售部做得不错呢？那么房子车子螃蟹对虾不是招手即来的东西么？

向北京跑了一家大型的娱乐城，但却被人家没皮没脸地拒绝了。拒绝了没有关系，可是那人还说单位的坏话，向北京心情马上不好起来。他踩着坏心情的时候就想搞点什么，比如喝酒，比如聊天，比如到KTV厅吼上

几嗓子。

向北京给几个朋友打了电话，人家还不知道向北京换了工作。所以一接电话就吵吵着，请客请客。向北京跟着李总的时候，多少也能搞点免单的机会。向北京不好意思把自己的事情说出来，只说想一起喝喝酒聊聊天。可是怎么去？向北京掏钱吗？还是人家请向北京？朋友在城里四处分散，如果有车向北京还可以接一下远的，带一下近的。反正是公家的车，用起来顺手也不心疼。

向北京七算八算，还是取消了喝酒聊天的念头。穷人的日子经不起算计，还是买点虾回去享受一番吧。小区门口，有一个挑着虾叫卖的小贩。一公斤虾才 25 块钱，听着都便宜。不过虾不是活的了，死就死吧，不管是刚死的还是死了很久的，只要是虾就行了。

向北京看到了儿子向洋。

向洋正歪戴着帽子，和几个小朋友在划大西瓜。这种大西瓜就是所谓的太极拳，向洋看过小区里的老人打的太极拳，就激发了他无限的想象力。他觉得太极拳特像分西瓜，你一半我一半的，很有意思。

向洋没有看到向北京，他正兴致勃勃地带着小朋友划大西瓜。一个大西瓜，中间切二半，一半分给你，一半分给他，剩下的分给我！几个小朋友跟在向洋的后面，一招一式颇具形象。向北京想笑，突然又沉下心来。按照这个时间向洋应该在家里做作业，怎么跑到这儿划大西瓜来了？

难道家里没有人了么？

果然，向洋看到爸爸，恶人先告状地说，爸，奶奶失踪了！

向北京说你说什么？向洋说奶奶不见了！向北京说怎么不见了？向洋说我回家时奶奶就不见了，屋子里没有，客厅里也没有，厕所里也没有。向北京说什么叫屋子里没有？客厅里没有？还有厕所？厕所和客厅不就是屋子吗？你们老师怎么教的你啊？净说废话！

向洋以为自己一连串的没有，会引起父亲的注意，现在看来没有，他很不服气地跟在向北京后面，过了一会儿，他又说，宠奶奶家也没有！奶奶肯定失踪了！

向北京一下子生气了，向北京往儿子脑袋上敲了一下说，你知道失踪是什么意思吗？奶奶只是不在家，也许她串门去了，也许买菜去了，这和失踪有什么关系？你知道失踪多严重吗？这话怎么可以随随便便地说出来呢？

向洋说，奶奶从来不会在这个时间串门，也不会在这个时间买菜！你一点儿也不关心奶奶，你无心无肺！

向北京拉着向洋往家里跑。向洋跟不上向北京，有些踉跄！向北京跑进家里，看到锅冷灶冰，空无一人！

向洋气喘吁吁地站在门口，没有吧？我也不会骗你！

母亲上哪去了？

依照向北京对母亲的了解，此时的她除了菜市场别无去处，因为日子的紧巴，母亲学会了傍晚时分到菜市场去，与那些累了一天的菜市贩子讨价还价。向北京跑到菜市场，挨个菜摊寻找母亲。他每经过一处菜摊，总是不由自主地想到夏虹，想到她以贩菜为生的父亲母亲。向北京拖着疲惫不堪的身子在菜市场转了又转，随着菜贩子收拾摊位，保安拿着门锁哗啦啦地落下大门，向北京的心里一时变得没有了主张。

昏黄的路灯一盏盏地亮了起来，向北京有些茫然地站在马路中间。怎么办？母亲去哪儿了呢？母亲在这个城市没有什么朋友，平常能走动的就是楼上的宠阿姨家里。宠阿姨年轻的时候和母亲是同事，去年得了中风瘫痪在床，闷得慌就打个电话叫母亲看她。向北京往王老太太家走的时候，却碰上了宠洁，宠阿姨家的女儿。她和向北京一年出生，人长得白白胖胖的，走起路来像个大冬瓜。宠洁像下命令一样说，向北京，回去告诉你妈，我妈想她了。

你妈想我妈，我妈想不想你妈呢？向北京心里有些恨。

向北京找不到母亲，只好回到了家里。他为了猜测母亲的去向，特地跑到父母的房间转了一圈。房间里还是像以前一样，干干净净，丝毫不乱。衣服挂衣柜里，鞋子放鞋架上，床头上有一本摊开的摄影画册，一把不知何时流传下来的紫砂壶里泡着龙井。向北京拿起壶，摇了摇，泡透的茶叶便在他的眼前招摇开来。

此时，向夫人正在西山别墅里。

老向自从住进了西山别墅，就把自己当成了别墅主人。他根据自己的经验和审美观点到处指点工人，不是嫌工人抹的灰不平，就是挑的材料不好。包工头是许显达请来的，人家根本不买老向的账。碰到老向不满的时候，他除了打哈哈外并不行动。老向见包工头不听，只好去吓唬工人，他像一个行家一样跟在工人后面指指画画，地砖该怎么铺，白灰该怎么抹，以至他不顾年老体弱，亲自爬上去演示。老向一手拿着泥板，一手拿着白灰，结果白灰没有抹上，人却摔了下来。

这一摔把许显达和向夫人都吓了过来。拉进医院拍了片子，除了小腿骨有些碎片之外，其他的部位一切良好。许显达显得特别过意不去，非得让老向在医院里住几天不行。老向连忙表示，这小腿骨的碎片是10年前的车祸留下来的，一点事都没有。老向不仅不在医院住，还马上要回到西山别墅。西山别墅的装修已经到了收尾阶段，可别小看收尾，精明的工人最会在收尾上动脑筋了。为了说服向夫人和许显达，老向还往上跳了一下。

老向夫妇吃完了许佳送来的意大利菜，他们怀着感恩和兴奋在别墅里转了又转，量了又量，哪儿摆放电视，哪儿摆放书架，精细的程度不亚于装修自己的房子。老向夫妇看许显达的书房里，竟然发现了笔记本电脑。这个黑色的笔记本电脑，放在乳白色的书桌上，这在电视里看到的东西，却出现在许显达的书房里。许显达热情地打开电脑，给他们示范收发邮信，查找资料。向夫人的手指僵硬地按在黑色的键盘上，当她看到电脑屏幕上显示出自己的名字时，坚守了很久的信心与清高立马土崩瓦解了。

向夫人得知这么偏远的别墅光装修就花了300万时，一下子叫了出

来。300万是什么概念,能买多少米多少肉?老向拉着老伴的手说,我们俩一辈子加儿子儿媳一辈子,就算加孙子一辈子也挣不了这么多钱。

向夫人不服气地说,我们这两代人是定型了,向洋可说不准。向洋现在是三年级,学习成绩中等偏上。如果能考上北大清华的,也不过是一个中产阶级,离许佳的奢华生活远之有远。向夫人嫌老向长别人志气,灭自己威风。她说向洋喜欢唱歌,也许能成为一个大歌星呢。

此时,向北京正在客厅里转圈圈。

能找的地方全部找遍了,就是没有母亲的影子。向北京倒是想到过西山别墅,因为手头没有许显达的电话,只好在屋子里一边转圈一边等待。

看着像困兽一样的父亲,向洋忍着饥饿趴在桌子上写作业。不过作业本上画的全是好吃的东西,肉松面包,沙拉,螃蟹。向洋虽然只吃过两次螃蟹,但他却记得特别清楚,他知道螃蟹有几条腿,他也知道什么是公螃蟹,什么是母螃蟹。

向洋很想再吃一次螃蟹,可是他知道家里没有钱。想到钱,向洋又在作业本上画了许多人民币。在向洋沉浸在人民币的喜悦中时,向北京看到趴在桌子上的儿子,就想摸下头表示爱意,没想到一下子看到了作业本上的那些东西。向北京一下子拉过向洋,对着屁股打了起来。

向洋"哇"的一下子哭了。

向北京一边打一边说,向洋,不是爸爸打你,是你自个儿太不争气!我和你妈累死累活地供你上学,不就是图你有个出息么?别像爸妈这样。啊,你就是不争气!

打了几下,向北京竟然有力不从心的感觉。向洋趁他愣神的功夫提着裤子跑了。向北京几步跟上去,像揪小鸡一样把他揪回来,上哪儿去?犯了错就得跑么?向洋,你已经九岁了!你应该懂点事了!最后一句话,向北京显得有些哽咽!

向洋哭着，爸，我饿！

向北京心里一酸，已经是八点多了，光着急了，忘了给孩子吃饭了。向北京马上跑进厨房，给儿子做饭。他虽然讨好地问儿子想吃什么，但向洋还是懂事地要了方便面。因为他知道向北京不会做饭，他从来没见过向北京做过饭。

向北京翻了翻冰箱，把肉啊菜呀拿出来又放了回去。他现在有事，根本没有心情给儿子做饭。对于厨房，向北京是比较陌生的。长这么大他已经习惯了衣来伸手，饭来张口的日子，平时都是父母给他做的。向北京打消了马上出去的念头，拿了一包方便面，又卧了两个鸡蛋，结果煮过头了。

在向北京做好饭的时候，向洋已经哭着睡着了。向洋睡意朦胧地被父亲揪起来，扒拉了一口面条，然后“哇”的一下吐了出来。

向北京说怎么了向洋？向洋说不好吃！向北京说不好吃就吐出来啊？向北京生气了。向洋也来劲了，翻了一下眼睛说就是不好吃！

怎么不好吃？向北京往嘴里塞了几口面条，面条粘粘的，一点味道都没有，向北京记得放过调料了，怎么会没有味道呢？

快吃！向北京眼一瞪！

我不吃，我不吃呀！向洋好像受了多大的委屈，一边喊着一边往门外跑去。向北京一下子急了，他忍无可忍地抓起扫帚，可是桌子上的电话却响了起来。

电话是许显达打过来的，向北京已经对许显达的声音有些陌生了，他根本没有心思想打电话的许叔叔是谁，只要父母平安就行了。许显达可不愿意放下电话，他从向北京敷衍的语气里已经断定，向北京根本没有想起许叔叔是谁。许显达只好作了自我介绍，这边的向北京声音马上软弱下去，最后他对许显达说再见的时候，竟然说成了谢谢！

谢什么？谢许显达的宽容大度？谢许显达报告了父母的影踪？向北京垂头丧气地坐在沙发上。

这时，夏虹拉着向洋狂风一样卷了进来，向北京，你他妈的还是男人吗？是男人能动手打孩子吗？你看看！看看！说着，夏虹把向洋的屁股扒开，白嫩的屁股蛋上青一块紫一块的。夏虹一边扒着向洋的裤子一边哭诉：看看，向北京，我才离开家几天，你就疯成这样了。他是你的儿子，是你老婆十月怀胎生下来的孩子，你怎么下得了手啊，向北京？

看来小孩子的屁股是不经打，才打了几下就成这个样子了。向北京看着儿子的屁股，不知如何解释。向洋就在母亲的诉说之下，越发地号啕起来，害得夏虹搂着儿子眼泪像断了线的珠子。以前向北京也不是没打过向洋，有时候比现在还重。在夏虹看来，以前向北京打儿子是出于责任，现在打儿子，就和责任无关了。好像向北京算计好了夏虹的到来，而揪住向洋杀鸡给猴看。

想到这儿，夏虹想和向北京和解的念头突地一下子缩了回去，她开始在屋子里收拾向洋的东西。向洋毕竟是小孩子，好像平静的生活过久了，巴不得发生什么事情一样。他一边帮母亲收拾自己的书包，一边把向北京的事说了出来。

夏虹一下子蒙住了，什么？

向洋扭着脖子往窗外看，我爸没车开了。

向北京！夏虹大叫着冲了出来，向北京正在厨房里抽烟。

夏虹说谁让你辞职了？向北京说我辞职还要打报告吗？夏虹说你怎么着也得给我商量一下吧？向北京说我自己还做不了主吗？夏虹说我是你老婆！向北京说老婆？老婆能嫌老公挣不了钱吗？老婆能逼着老公不买房子就离婚吗？老婆能一甩手走这么多天不问不管吗？夏虹一下子被向北京一连串的问号给击倒了，良久她才结结巴巴地吐出三个字：你自私！

向北京说谁自私？夏虹说你心里明白！向北京说我不明白！我明白的是，一个男人没有钱，不仅被社会上的人看不起，就连自己的老婆也看不起！夏虹说屁话，我看不起你？我看不起你我与你结婚吗？我看不起你，我能从一个黄花大姑娘变成一个半老徐娘吗？我不说你也知道，想当年，追我的人也不少，我费尽心思地跟了你，你摸着良心说，我什么时候嫌过你？

向北京冷笑一声，别提当初了，别把自己搞得像万人迷一样！你是黄花大姑娘，难道我是糟老头吗？你自己也明白，当年要不是为了你，我也不会和父母的关系搞得这么僵，我也不会窝囊到这种地步！

夏虹说是呀是呀，你当初怎么瞎了眼！人家许佳死活要跟着你，你怎么不要她？如果要了许佳，你向北京还用窝在这儿么？人家不是答应给你好工作给你100多平方米的大房子么？

向北京说你提许佳干嘛？

夏虹说你不叫我提，我偏提！你也管不住我的嘴，我想说什么就说什么。这些天，我也想了很多。天要下雨，娘要嫁人！命中没有的抢也抢不来，你愿意怎么着就怎么着吧。反正也给你生了儿子，你可以趁着年轻找一个。听说许佳还是老处女呢，你可以趁热打铁啊。

向北京再也忍无可忍，一巴掌把夏虹扇了个踉跄！向北京这一巴掌扇得过重，夏虹白皙的脸上马上由青变红，五个清清楚楚的指印张牙舞爪地印在脸上。

向洋哇哇地哭着向母亲扑来！

向北京说，你以为我愿意和父母住在一起么？你以为我愿意辞职么？你以为我不愿意过衣食无忧的生活么？夏虹，我是什么样的人，你心里该清清楚楚明明白白，要是我是你想的那样，当初我为什么绝食我为什么不娶许佳！你和你父母逼着我买房子，你……

向北京说不下去了！

夏虹含着泪，那也不是我的真心话！

向北京转过身来，但是我当真！这些年来，我不是没想过房子，可是你知道，像我们这样没有文凭没有一技之长的人，别说挣大钱了，找工作都很困难。我之所以去销售部推销饮料，不就是想像你一样，希望有一天通过自己的努力，让你们过上幸福的生活么！

向北京的工作关系一家子的生活来源，夏虹的心思不得不从委屈中扭转过来。她看到向北京因为推销而肿胀的双脚，心里不由自主地疼痛起来。向北京能转换工作，说明向北京已经意识到钱的重要，说明那个得过且过自愿平庸的向北京已经一去而不复返了。通过几天像孙子一样的奔跑，向北京已经意识到了，就凭他的死工资，一辈子也不可能住上自己的房子。向北京的思想在希望和失望中发生了意想不到的转变。向北京已经意识到金钱的重要，他像当年发誓要娶夏虹那样发誓一定要把销售做好，一定要有钱。

有钱，有了钱是多么的好啊，有了钱他们马上可以买房子买车；他们可以马上送儿子上最好的学校；他们可以给向北京的爸爸妈妈或者夏虹的爸爸妈妈送房子送车送脑白金；他们可以风光自由地请客做东尽朋友情谊。

在儿子睡熟的时间里，向北京很详细地向夏虹描述了一幅未来的蓝图。夏虹感到欣喜的同时，也为向北京的前途忧郁起来。在向北京的手摸上来时，夏虹还是忧郁地说，你可想好了，你不开车，你不开车不仅意味着你没有固定收入了！万一搞不好，你一点儿退路都没有。李总肯定不会让你回去开车，不，就算人家让你回去你也不好意思嘛。

向北京已经急不可耐，夫妇俩好久没在一起，现在又是风雨过后的初次亲密，向北京跃跃欲试，根本不管在黑暗中正支起耳朵听他们说话的向洋。

夏虹在关键时刻还在扫兴，你想想该怎么办？

向北京想也没想地说，我开出租！我同学有辆车正好没有夜班司机！夏虹热起来的心马上又冷了下来，现在的出租车钱也不好赚，别到时候没挣到钱，被别人捅了刀子。上次我有个客户，就是开出租车的，上午交的房款，晚上就被人捅死了！

向洋突然说，我同学的爸也是出租车司机，也被捅伤了！

向北京夫妇吓了一跳，刚刚燃起来的激情一下子消失掉了。两个人缩在被子里，像冻僵了一样好久没有反应。隔了很久，夏虹恶狠狠地掐了一把向北京，转身睡去。

许佳正带着几个朋友参观投资的影子大酒店。影子大酒店集吃住玩为一体，从客房到餐厅，然后是健身房，游泳馆，咖啡厅等等。每一个客户到了这儿，可以足不出户地享受各种饮食与娱乐。

许佳自从当了商人，她的脑子总是呈现高速运转状态。在客人抱怨没有网球场时，许佳马上把生意冷清的咖啡厅去掉一半，另一半用来建造网球场。来影子大酒店住的客人大部分是朋友熟人介绍来的，因为设施齐全，不管什么季节都处于爆满的状态。许佳和许显达有共同之处，那就是善于打造自己的私人产业。许显达手里有几处不为人知的房产，影子大酒店的投资许佳也没有和许显达商量。

网球场已经按照许佳的意思装修完毕，旁边也放了水吧和休闲椅，服务员着装整齐地准备迎接客人。这些日子来，为了网球场，许佳严重睡眠不足。她以前会因为工作的事情而频繁失眠，现在她却开着车都想睡觉。眼皮像抹了强力胶似的，一有机会闭眼就再也不想睁开。有一次，许佳拉着许显达出去采购，在等红灯的时候，许佳竟然睡着了。

许显达吓坏了！他别的不怕，就害怕女儿过于劳累出车祸。车祸多可怕啊，一分钟之前还好好的一个活人，也许因为车祸一分钟之后就没有了。身为传媒的头儿，许显达每大都会接触不同的车祸。许显达坚决让许佳找一个司机，不，两个，开车是不能缺觉的，两个司机足有充分的睡眠以保证女儿的安全。

这是许显达的一厢情愿，许佳不愿意也不可能招两个司机来。不是心疼钱也不是不方便，而是许佳不敢把自己和自己的爱车交给陌生人。自从

有了钱,许佳就像所有的有钱人一样,对每一个接近她的人都抱有怀疑和猜测。男司机万万不能找的,她不仅怕男司机劫财,也害怕男司机会因为她的成就而对她有所想法。她有个姐们,就是掉到男司机设计好的情爱陷阱,损失了金钱不说,还把自己折腾得千疮百孔。女司机呢,也不行,女人嫉妒起来比男人厉害多了。许佳宁可一个人挺着,也不愿意惹火烧身。

有了钱的许佳,在做每一件事之前,都会把利害关系摆在前面。影子大酒店的经理宋平,是她从公司内部经过严格考验后选拔过来的。宋平是一个年近 40 的女人,她出身高知,为人稳重,因为初恋受伤而抱定独身主义。许佳从自己身上已经认定,感情上不幸福的女人往往把事业视为生命。

许佳坐在办公室忙碌的时候,向北京正挎着资料在楼群与公司之间走动。向北京栖身的销售部,人员不多,经理不少。从总经理到副经理到执行经理,大大小小的封了四个。办公室里的销售员,也是在单位里摸爬滚打之后留下来的钉子户。他们可以足不出户,他们可以打打电话,一个月就可以拿到几千元的工资。这些人对于向北京的加盟,反应极为不屑极为平淡。业务部每年招收那么多人,最终能呆在这儿的还不就是他们几个人么?做业务,最重要的就是信心和耐心,一个人跑了三个月没有客户,假若跑了六个月呢?所以那些冲着业务员高薪而来的人们,都在时间的流逝中绝望地自毙了。

向北京来了销售部不到一个月,就已经完成了三个月之后的任务。那笔小小的,不屑一顾的合同订单,已经巩固了向北京在销售部的地位。市场能占的份额基本上已经被别人捷足先登,向北京只能盯着那些刚开业或者被他们不屑一顾的小客户。超市,酒楼,娱乐城,只要有饮料的地方,就有希望。

向北京搜索了几十家即将开业或者刚刚开业的客户名单,抱着蚂蚁啃骨头的理想想把这几十家客户啃下来。谁知道这几十家客户,除了一家搞定签了小单之外,其他的都属于长期的等待之中。该说的也说了,该喝的也喝了,就是没有一个准确答复。某某酒楼的开业时间已经不到一周,但经理仍然处于考虑之中。向北京不明白了,难道开业那天,酒楼不销饮料么?向北京光想着自己的饮料了,早就忘了,任何一家酒楼也不会只卖一种饮料,著名的,非著名的,本地的,外地的。只要有人喝饮料的地方,关于饮料的牌子和价格是千姿百态,决不类同。

向北京为了能让自己的饮料稳坐江山而频频努力时,别人也没闲着啊,礼品促销,小姐促销,服务员推销一瓶饮料,还可以得开瓶费呢。向北京以前没做业务的时候,没有发现这里面的弯弯道道。他光想着做业务辛苦,挣钱,谁能想到这里面的条条框框还不少。要把饮料送到一家酒楼,光找经理不行,还得落实具体的负责人,比如餐厅酒吧主管,比如服务员。对了,还有一个仓库保管员,可别小看了这个职位,要是他不高兴,以某种质量为由拒绝饮料进库,前面所做的努力就付之东流。

一家叫黑夜的饮料,销售模式别出心裁,不光饮料卖完后付款,而且销一瓶有一毛的提成。厂家印制了很多打火机,钥匙扣,还有化妆盒,服务员们甩着黑夜的钥匙扣,穿着黑夜提供的工作服,仓库里堆着黑夜饮料,傻瓜才会拿着现钱进饮料呢。

向北京整理好了一份调查报告及市场行情给了销售部经理,他本以为会得到重视或者按自己提出的有所改进,谁知报告一递上去就泥牛入海了。销售部经理和业务员一样,这几年一直处于闭门造车的状态,一双双势利眼根本看不到潜在的市场。

这时,向北京看到了金碧辉煌的影子大酒店。

向北京进来的原因,不是推销他的饮料,而是因为吃的不好坏了肚子,向北京迫切需要一个卫生间。他弯腰提气地走进影子大酒店时,却被门口的保安给拦住了。那个瘦得像猴子一样的保安,好像看出了向北京的意图,他放着进进出出的人群不管,伸手一下子拦住了向北京,你做什么的？

向北京当然看不上瘦猴一样的保安，说我做什么还需要向你请示吗？保安说你是我们的客人？向北京说当然。保安说先生住几楼？向北京说三楼。三楼？保安心里冷笑一声，三楼根本没有客房。

保安说对不起先生，能出示一下你的房间牌吗？向北京说凭什么？保安说因为，保安狡猾地一笑，因为我看你不像我们酒店的客人！向北京说妈的，像不像我脸上写着吗？妈的，我找你们经理去，太不像话了！向北京快忍不住了，一边虚声张势，一边企图躲开保安往酒店里面闯去。

卫生间，影子大酒店的卫生间，缩在大堂的左边，向北京已经看到卫生间的蓝白标志了。他想只要闯进卫生间，出来再和保安扯皮也不晚。

保安因为职业的原因，早就养成了一双锐利的势利眼。只要客人一进门，他就能根据客人的衣着，举止，以及气质而快速地作出判断。比如向北京！此时的向北京衣着整洁，模样周正，和来酒店住宿吃饭消费的人没有什么两样。但仔细一看就不行了，向北京的眼神是怯懦的，迷茫的，底气不足的，尤其他右边挎的那个像笔记本电脑一样的黑包，里面鼓鼓囊囊地塞满了宣传资料。保安一眼断定，向北京不是推销酒水就是推销保险的。

保安不是看不起推销员，而是他们的职责注定了不能和推销员并为一类。保安阻拦向北京的最初意图，无非想向和自己差不多的小人物示权威。假若向北京实话实说，可能保安早就挥手让他通行了。不就是卫生间吗，该怎么上就怎么上吧。可是向北京却不说实话，明明是冲着卫生间来的，非得强调自己是影子大酒店的客人。强调是也没关系，但也用不着态度恶劣地骂人啊。当下，瘦猴儿保安揪住向北京的两只胳膊，像拧麻花一样拧在了背后。向北京虽然个头威武，但身上没有力量。保安这么一拧，向北京疼得吱哇乱叫，呻吟不已。

向北京没有想到会在这个时候碰到许佳！

在没有碰到许佳之前，向北京和保安刚刚经过了一场恶战，他的身上，脸上，头发上，都有搏斗带来的痕迹。嘴角淌了血，衣服被撕破了，头发被揪得像个鸡窝。当然，保安也没占多少便宜，要不是其他保安来得及时，腿间的玩意早被向北京给揪下来了。

保安和向北京就像两只被激怒的公牛，不分场合和地点就撕扯起来。保安凭着自己在部队时的本领，以为能把向北京制得服服帖帖然后拉出酒店，没想到向北京急了，他像一只疯狗一样乱抓乱咬。

战斗完毕，处理的结果当然是保安理亏。影子大酒店的大堂经理是一个比较正派的小姐。她认为向北京虽然不是酒店的客人，保安也不能这样动手。她为了安慰向北京，把保安当场炒掉，并代表酒店欢迎向北京的光临。在他们的厮打中，早就有店里的客人过来看热闹，大堂经理炒了一个保安，但为酒店及自己赢得了声誉。向北京在众目睽睽之下，理直气壮地去进了卫生间。

影子大酒店的卫生间真好啊，真他妈的好啊。卫生间全部用乳白色的大理石铺起来，卫生间的隔断是通透的大镜子。向北京坐在马桶上，可以根据自己的意愿看电视，听音乐。向北京进的酒店不少，见的卫生间不少，但从来没见过如此别致另类的卫生间。

像这乳白色的大理石，铺在卫生间里多不耐脏啊，像这通透的大镜子，怎么一点儿也不显脏呢？

通过隔断的大镜子，向北京一下子看到了自己狼狈无比的形象。他在心里怨恨地想，早知到要来如此高档的酒店上厕所，自己应该穿得上档次一点。看看自己穿的，也不怪人家狗眼看人低。向北京这一次真的相信了那句老话，树靠皮人靠衣，奶奶的！

向北京上完了厕所，准备在乳白色的洗脸台收拾自己的时候，一个像大款一样的男人进来上厕所，他一边掏着自己的东西一边对向北京说，这事可不能完，你一没偷二没抢，凭什么挨打啊？

向北京伸到水龙头下面的手像被烫着了一样缩了回来。对呀，他不能就这样白挨打了呀！

大款为向北京打抱不平，他坚持让向北京去讨个说法。向北京也不收拾了，带着原生态的狼狈来到了顶楼的办公室。没想到，楼层的保安和服务员，不仅没有阻拦向北京，还面带微笑热情万分地给向北京指路。向北京的心里马上暖和和的，他竟然想到，假若楼下的保安也像这些人一样，什么事也不会发生了。

当向北京来到那块“办公禁地，闲人免进”的牌子前时，终于有一个保安拦住了他。向北京早就从大款嘴里得知，影子大酒楼的执行经理是宋平，最大的经理姓许。向北京的指名点姓，让保安觉得来者不善，马上打电话通报上去，宋平经理却不在办公室。向北京当然不肯这样回去，就说许经理呢？宋经理不在，就找小许！

你找许经理什么事情呢？

这下向北京学精明了，私事！

你和许经理预约了吗？

我还用预约？真是搞笑！说完，向北京趁保安不注意，一下子闯进自动门了。闯进自动门的向北京，不顾保安的喊叫与威胁，一边跑一边看门上的牌子。当他站到总经理办公室的时候，紧闭的房门像欢迎他一样突然弹开，一个衣着华丽，气质不凡的女人走了出来。

保安气喘吁吁，他为了逃脱责任，编造说，许经理，他说是你的亲戚，我拦不住！

许佳一下子认出了向北京。

同时，向北京也认出了这个气质不凡的许经理就是当年被自己拒绝的许佳。

一时，向北京百感交集，假若能有一双翅膀，他恨不得自己马上飞走。许佳虽然被向北京的样子吓了一跳，但她很快镇定下来，冲保安挥了挥

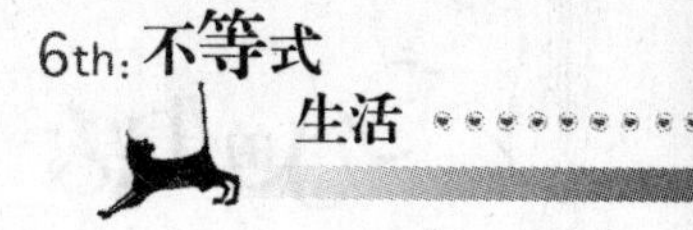

手，把向北京让进自己的办公室。

向北京不会告诉许佳来酒店的真实目的，也不会告诉许佳自己在推销饮料，虽然只要许佳动动嘴，向北京就可能与影子大酒店达成合作协议。向北京是一个爷们儿，他就是穷死都不会向许佳低头的。

许佳呢，一眼就从向北京的外表看出了他生活的落魄。向北京不说，她也不想问。积聚在心中的怨恨与失落已经随着向北京的到来而消失了。她可以在心里咒骂他一万次，但看到他目前的样子，许佳的心里也难过得要命。

人与人之间的关系就是这样奇特又微妙，许佳一心一意想证明向北京的失误，一心一意想报一拒之仇。但当这个男人像她希望的，不，比她希望的还要倒霉的时候，许佳的心里又怀疑当初的审美标准及眼光。如果她的朋友们知道，她守了这么多年就是为了这样一个男人时，他们会怎么样看她？

好在，向北京拒绝了她。向北京和她没有任何关系，他辉煌也好，落魄也罢，与她又有什么关系呢？

向北京紧张的心情在舒缓的钢琴声中松弛下来，他在得到许佳的允许后，坐在沙发上点起了香烟。向北京自从跑业务之后，就在口袋里装两种牌子的香烟，一种是自己抽的，最贵也不过块儿八毛；一种是给客户抽的，价格都高于10元以上。向北京的手准确无误地摸到了玉溪，市面上卖到二十几元的香烟。点了一支之后，还把烟盒向许佳甩了甩说，抽一支？许佳摇摇头。向北京说你不抽烟？许佳说抽，我抽这个。说着许佳拿起桌子上一盒包装精良的香烟。香烟呈灰色，细长。不用问向北京也明白，许佳抽的是女士香烟。以前跟着经理跑的时候，经常有女强人在饭桌上抽这种细长的香烟。

向北京说许佳你变漂亮了。许佳说谢谢。向北京说真的，我真没想到能碰到你。这酒店你开了多久了？许佳说也没多久，你还在那儿开车吗？向

北京说早不开了，一个月拿那点死工资多累啊，还是自己干。许佳说自己干也累。向北京说那是，不过累得值啊。你结婚了没有许佳？许佳说，没有。向北京欠了欠身抱歉地说，对不起许佳。许佳说你什么事对不起我啊？我没结婚不代表没有男朋友！向北京说那是那是，现在流行单身贵族。等到你想结婚了一定得告诉我，不管怎么说我们也算一起长大的朋友嘛。许佳弹了一下烟灰，笑了笑。

其实，对于各自的状况，不用说也了解得差不多了。只是向北京不愿意也不想认输。当他接过许佳那张淡蓝色名片时，他也想到了自己的名片。为了更好地开展工作，向北京的名片上特地印上了销售部经理的字样。这张名片向北京掏了一半还是放弃了，一个销售部的经理能和实业公司的董事长相提并论么？向北京模棱两可的态度，像一把扫帚把许佳心中的那点同情和不忍一下子扫光了。

穷不怕，要穷得有志气，许佳最烦又穷又不承认自己穷的人了。当下，在向北京走出办公室之前，许佳突然做了一个决定，请向北京吃饭，不，请向北京一家吃饭！

向北京不会拒绝，不过自己的老婆和儿子就没必要了。先不说向北京和许佳曾经有过故事，就算许佳是一个普通的朋友，向北京也不会把老婆和儿子带上来。不是自己混得不好，也不是老婆和儿子拿不出门来，是向北京不愿意！

在单位工作这么多年，夏虹和儿子出现在厂子的几率为零，而夏虹的单位，向北京也从来不去。有时候接送夏虹，向北京宁可在楼下顶风冒雪地站着，也不会像别的男人一样动不动就钻进妻子的单位。

说不清为什么，就是不愿意！

对于这次请客，许佳铁定了心要破费的，铁定了心要看向北京的笑话要让向北京后悔的。所以酒菜以及服务都向非常奢侈的方向推进。只是让许佳没有想到的是，她精心准备的宴请只候来了向北京。向北京比那天精神多了，磨白的牛仔裤，红黑格子的衬衫，头发理过了，短短的，很清爽。皮鞋锃亮，一个鱼皮的黑色公文包悄悄地放在桌子的一角。向北京坐在桌子前的时候，许佳仿佛又回到了 10 年前的那个晚上。她为了看到向北京，而装出路过的样子守在寒冷的马路边。

许佳费尽心机的晚餐，伴着向北京费尽心机的应对。两个人坐在硕大的桌子前，像谈判一样说了很多废话和客套话。当许佳说出感谢向北京当年拒绝了她时，向北京竟然把讽刺当成了真诚。他想看来今天的宴请并不是鸿门宴！人家女人这样不计前嫌，作为男人也得表示表示么！

向北京喝了太多的酒，喝得他不知道自己怎么回到家的。许佳拖着向北京上楼的时候，夏虹正穿着肥大的睡衣在客厅里喝蜂蜜。单位的小丫头为了保养自己天天喝花粉和蜂王浆，夏虹不舍得，只好喝玫瑰花加蜂蜜。玫瑰花几十块钱可以用一年，槐花蜂蜜也不过十几块钱。

许佳看到了一个神情倦怠，皮肤微黄的中年妇女。夏虹看到了一个衣着光鲜，气质不凡的富家小姐。门拉开的那一瞬间，两个年龄相仿却有天壤之别的女人撞在了一起。向北京根本不知道自己已经回到了家里，他一只手拉着许佳一只手搭在夏虹的肩膀上喊着，我没醉，我还能喝，我没醉，你，你不信啊许佳！

许佳？夏虹心里一惊，抓住向北京的手马上软了下来。许佳不知道夏虹的心思，手忙脚乱地把向北京放倒在床上。向洋却在小铁床上揉着眼睛坐了起来，一边叫着妈妈一边向许佳看去。许佳摸着向洋的脑袋，心里酸楚了一番。

夏虹也没有想留许佳的意思，哪怕是客套几句。从卫生间出来的夏虹，头脸上还有收拾过的痕迹，她站在门口，嘴里不说，其实已经是送客了。许佳理解地笑笑，礼貌周全地告别。看着那辆法拉利缓缓开出自己的视线，夏虹忍了许久的泪水终于啪嗒啪嗒地砸了下来。

这些年来，许佳没有忘记向北京。

恨是有的，但更多的是一种因为得不到某种东西而产生的思念。在相当长的一段日子，许佳脑海里总是停留着向北京10年前的模样，他喜欢穿乳白色的休闲裤，喜欢穿蓝格子的衬衫。他站在那儿，眼睛似笑非笑地望着自己。

许佳为了忘记向北京，拼命地上学，拼命地出国。她从国外回来的时候，走在他们曾经走过的一条马路上，向北京像电影镜头那样哗啦一下涌到了她的眼前。当她和形形色色的男人交往的时候，她也会因为某个男人的言语和动作和向北京有所关联而产生遐想。当她看着自己的事业如旭日东升的时候，许佳想见向北京的想法越来越强烈。许佳曾经虚拟了许多和向北京见面的场景，但没有一种是和现实相符合的。

10年的时间，向北京已经从一个阳光的，朝气的，干净的大男孩变成了一个地地道道的中年男人。他的衣服，他的举止，他略略发福的肚腩，伴着他慢慢变松弛的皮肤，像一把匕首无情地穿透了许佳。

许佳在回家的路上，突然感觉到心里空了。对，曾经被向北京填满的一块地方突然空了起来。许佳用车载电话，拨通了唐小杰的手机。唐小杰是她众多男朋友中的一个，做电梯生意，毕业于斯坦福大学。他追求许佳好久了，许佳因为不满意他的相貌和身高，所以迟迟拖着不见结果。

自从有了钱，许佳身边的男人像走马灯一样，做生意也好，打高尔夫也好，哪怕去泡泡温泉，都可以碰到讨好她的男人。许佳算不上漂亮，不过没关系啊，人家气质好。气质从某些方面比漂亮略胜一筹，漂亮好像穷人阳台上的大白菜，气质就是小资的哈根达斯。

一个男人有了钱，身边肯定有若干个势利的女人，而一个女人有了钱呢，她的身边也会有若干个精明的男人。现在不同于旧社会，男女平等，恋爱自由，灰姑娘撞上白马王子或者落难公子碰到富家千金的童话已经成为明日黄花。没钱的想找有钱人，有钱人也想更有钱。许佳不会傻得把金钱和感情混在一起，她拖到现在还没有结婚的原因，就是不想找一个低于自己或者和自己差不多的。

围在许佳身边的男人，也有比她略高一点的，比如做电梯生意的唐小杰。唐小杰做的是家族生意，还是独子一个，老头在商界也算数得着的人物，许佳要是嫁了他，肯定是锦上添花。可是，唐小杰长得不太好看，不足一米七三的个头，皮肤黑黑的，因为在国外太久的原因，普通话说得特别别扭。与唐小杰在一起的时候，许佳不由自主地想念10年前的向北京，他高高的个头，细长略带忧郁的眼睛，还有像主持人一样很有磁性的普通话。

现在的向北京，已经把10年前的那个向北京击碎了。许佳用现在的向北京来比唐小杰，结果就不用说了。唐小杰也奇怪，身边靓女如云，他却对长相平平的许佳情有独钟。在受到多次拒绝在他心灰意冷的时候，事情却向着他希望的发展了。

唐小杰已经年过不惑，许佳也是30好儿，他们不能像年轻人一样慢慢恋爱慢慢结婚。年龄只能让他们先结婚后恋爱，许佳从唐小杰怀里起来时，他们就商量好了结婚的日子。

结婚的时间离他们确定关系的日子仅有七天。唐小杰开的是宝马，房子是位于黄金位置的别墅。三年前这儿的房价是15 000元均价，现在已经长到了38 000元。许佳站在装修豪华的别墅里，不由得想到了向北京家的二室一厅。拥挤的空间，狭窄的过道，卧室里双人床旁边的小铁床。想想，许佳不由得为向北京拒绝了自己而深感荣幸。可是没有当年的拒绝，那个站在客厅里穿着睡衣，神情倦怠，皮肤微黄的中年妇女就是自己。

唐家老爷子心疼宝贝儿子，发话要筹办最风光最体面的婚礼。许显达惊于女儿的转变，在女儿为婚礼忙碌的时候，许显达还像在做梦一样。这个唐小杰到他们家里不止一次，好像在昨天还对人家冷若冰霜的女儿，怎么一转眼就要嫁进唐家。不管怎么说吧，女儿能结婚，而且找了一个不错的女婿，许显达心中的石头终于落地了。

向北京夫妇在为梦想奔波的时候，西山别墅也已经完工了。老向看着装修得像宫殿一样的别墅，表面上笑着，可心里都快哭出来了。什么是差别？这就是差别！自己三世同堂挤在二室一厅里，许显达一个人就住这么大的房子。这房子上上下下12个房间，电视全是液晶的，冰箱是海尔的，配套设施就像宾馆一样，吃的，用的，铺的，一应俱全。

许显达为了感谢老向，特地包了2 000元的红包。当然，考虑到老向的面子，许显达的名义是送给向洋的。老向当然不要，两个人撕把了一番，老向还是把钱塞到了许显达的笔记本底下。

既然穷，就要穷得一清二白，穷得有志有骨。

他们吃饭的时候，西山别墅的经理上来敬酒。因为许显达的面子，人家特把老向夫妇恭维了一番。所谓恭维，也不过是走个过场，当不得真。可是在经理提到老向可以来他们这儿指点指点时，老向竟然像真的一样表态可以过来，退休了，也要发挥余热嘛。

经理后悔得恨不得打自己嘴巴，老向这个状态能做什么？看门吗？现在都是清一色的保安；修花吗？老向能拎动修剪工具吗？一时，经理嘴里的鸡块好像卡在那儿了。

向夫人马上表态，他哪行啊，都是半身入土的人了。

许显达却说，怎么不行？我看向哥的身体不错！我的这个别墅就是他一人操持的。说着转向经理，给安排一下呗，我来的时候也有个伴！

既然推脱不掉，那只有装出全身欢喜的样子了。好啊好啊，向老师不是还会摄影吗？我们这个别墅区，需要宣传图片。

向老师也懂装修印刷啊！许显达又补充一句。

当下，老向的工作就在饭桌上敲定了，也没有什么职务，就是负责西山别墅的摄影宣传。包吃包住一个月800块。向夫人感觉少了，绷着脸以老向老了为由不肯妥协。而老向显得满心欢喜的样子。包吃包住一个月

800,一年就是 8 000,10 年呢? 这样一算,老向的眼前就涌现了大把子钞票,他用眼神暗示向夫人,有 800 块总比没有强嘛。

因为许显达的面子,老向终于在退休之后有了一份收入。为了表示自己的诚心,吃完饭老向就要求去看看住处。他说西山别墅环境好,适合老年人居住。经理碍于面子,只好带他们去看了职工宿舍。在别墅的后面,有一排白色的小平房,面积也就是十几平方米的样子,公用的厨房和卫生间。

想到老向从此要和工人住在一起,向夫人的心里难免酸楚。不过她也没有更好的办法。说实话,假若不怕许显达笑话,她都不想回家住了。

第二天,老向就和向夫人把东西搬了过来。反正早晚都要过来,还不如早点呢。老向夫妇很精心地把房间布置了一番,那小小的空间里显得温馨极了。老向终于有了一个不回家住、不见儿媳的正当理由。向夫人也时常借看望老向的机会来到这里。

向北京对父亲去西山别墅工作的事,从起初的反对到后来的认同。尤其老向不停地把单位发的东西往家里带时,向北京和夏虹的心情一样,充满了感激与喜悦。老头儿挣钱,为了什么? 到后来还不是归了他们。有这样一个能挣钱的老头儿,总比拖一个生病在床需要人民币的老头儿好吧。

向北京推销饮料和夏虹推销房子一样,虽然等待把他折磨得疲惫不堪,但平时零零星星的收获也让他们有了足够的信心。向北京每天坐着公车跑客户的时候,总是学会想象自己有钱的时候来鼓励自己。他一天跑 10 家,不可能 10 家都没有结果吧。就算这 10 家都没有结果,但他也跑出了经验,摸出了窍门。慢慢地,向北京的手机里有了一大串的联络名单;慢慢地,向北京开始像以前那样出入娱乐场所;慢慢地,向北京的肚子装满了各种啤酒。

有一天,向北京跑了很久的一个客户,终于被向北京的热情向北京的饮料和金钱感动,大笔一挥签了供货合同。数目不多,但也挺高兴的,积沙成塔嘛。

夏虹拿着计算器，一边听向北京描述一边啪啪地摁着。向北京的状态不错，她也没闲着。上半年大单没来，小单也来了不少。她又利用工作之便，增加了租房的业务。北京的外来人口过多，找房子和出租房子的人像走马灯一样。夏虹在跑业务的时候，有个老太太要出租自己的一室一厅，夏虹把信息贴进去，马上有人租了下来。一室一厅，什么也没有的空房子竟然租得了 1 300 元的价格。按照规定，夏虹得到 300 块钱的中介费。夏虹感激的心态还没有消失，就从内行中知道了，像这样的房子，要双方通吃，还有的要收一个月的租金。夏虹跑来跑去，发现这租房子的业务竟然比卖房子好做，虽然这钱不多，但属于细水长流。夏虹打算好了，假若租房的业务跑熟了，自己就踢开老板单干。

向洋看出父母比以前有钱了，所以也敢把自己的要求提出来了。向洋在晚饭后很明确地向父母宣布，他准备学古筝。向洋学古筝的想法由来已久，他之所以没说，是因为家里一连串的事情让他没有机会可说。向洋是一个特别会看眼色的孩子，他知道什么时候说什么事情。

向北京想也没想就答应了。

夏虹却不愿意，不仅是因为钱，而是她觉得古筝都是女孩子弹的玩意。向洋要学也应该学钢琴，学小提琴，哪怕学个二胡也比古筝强。夏虹寄予向洋的希望并不比老向夫妇少多少，她像一个无头苍蝇在报纸电视上寻找改变儿子命运的机会。比如她知道某个当红的演员，父母也是普通工人，她就萌生了把儿子培养成演员的念头。比如她知道某位钢琴王子，也是三练秋冬九练酷暑终于成名时，她又想着把儿子培养成钢琴王子。做不了肖邦，做个李云迪嘛。

向洋相貌虽然继承了父亲的优势，但因为身材过胖的原因，根本找不到父亲年轻时的帅气和挺拔。向洋是一个爱好广泛的孩子，喜欢随波逐流，看人家孩子画出了苹果，他也得拿起画笔，还没等苹果画出来，向洋早就兴趣不在了。

关于孩子的培养问题，他们曾经认真地商讨过。因为意见不同，孩子又小，他们就把这事给放在那儿了。夏虹不允许向洋学古筝，老向夫妇却表现得非常支持。不过这支持可不能嘴上说说，是需要金钱支持的。一台普通的古筝加上培训费已不是一两千就可以解决的。老向因为有了工作，这点钱就算不了什么了。更何况，可以利用给向洋买古筝的机会缓和一下关系。不管怎么说，血浓于水嘛。

老向夫妇怀着喜悦、和好的心情在没和向北京夫妇打招呼的情况下就回来了。要是夏虹知道他们回来，拼上命也得把家里收拾一番。向夫人刚去西山别墅的时候，夏虹对于婆婆的归来把握不准，每次都要在任性之后回归原位，以便落得向夫人数落。后来，夏虹慢慢地掌握了向夫人的行动的日期，在算准她不回来的日子就任意挥霍。

比如向夫人在家的时候，从来不用洗衣机的，家里那台老得不行的洗衣机的作用就是甩干，以免往地板上滴水。比如向夫人在家的时候，总是把家里的各个水龙头都拧开一点点，以便在水表不转的情况下接水。比如向夫人在家的时候，就算菜盘子里只有菜汤了，她仍然可以热了当盘菜。向夫人一生算计，日子过得精明，倒符合勤俭持家的传统美德。夏虹感觉不爽的是，自己一回到家里，老是感觉向夫人的眼睛就长在她的背后，她做什么事情向夫人都清清楚楚明明白白。

进门得脱鞋，脱了鞋要放到鞋架上。如果鞋臭的话放点茶叶，如果下雨鞋上有泥的话就提前裹个塑料袋。洗碗时要先用洗菜的水冲一遍，然后再把洗菜的水倒到桶里留着冲马桶，如果没有洗菜的水可以用清水，但洗一次后一定留在桶里，等着下次洗东西。洗衣服不要用洗衣机，不干净也绞得走型，也不要戴手套洗，就用手拿肥皂搓，搓一遍不行，得搓二遍，尤其领子。洗完后的衣服薄的在卫生间控水，厚的衣服用洗衣机甩干。对对，还有那台洗衣机，岁数大了，经不住折腾，不要把它当成自动，扭动的时候要轻，衣服要放平，不然转动坏了机子就完了。晾衣服也有讲究，晾的时候一定要用双手甩开衣服，不是敷衍地甩，要用力地甩，不然显得不平。由此种种，全是一些鸡毛蒜皮，绿豆芝麻大的小事，却把向夫人和夏虹之间的关系弄得无比僵硬。

现在好了，向夫人不在了。夏虹可以把许多衣服放在那架破洗衣机里拼命地摇晃；夏虹可以哗啦啦地任着性子用水；夏虹可以衣衫不整地跑进卫生间，如果高兴，她可以一边上马桶一边唱歌。反正家里除了老公就是儿子，没有人说她没有人嫌她也没有人打扰她。这个二室一厅她是一家之主，她说什么就是什么，做的饭再不好吃儿子老公也吃了，洗的衣服平不平整也没有人埋怨她。夏虹觉得结婚后就不应该和婆婆挤在一起，她们根本不是一条绳子上的蚂蚱，表面上再客套，表面上再和睦，心里也想的不是一回事儿。

这一天早上，因为睡过头了，一家三口急急忙忙地收拾自己。夏虹披头散发地煮了方便面，向北京手忙脚乱地整理合同，向洋可能是吃的不好，长久地坐在卫生间里稀里哗啦。

这时，夏虹发现停水了，她刚把三只油乎乎的碗放到洗碗池里，扭下去的水龙头一点反应也没有。停水了？向北京停水了，夏虹一边说着一边又拧其他地方的水龙头。

向北京说，停就停呗，也不是第一次停水。夏虹说我还没洗脸啊，还有碗也没洗。向北京说去单位洗吧，谁让你不先洗脸了。我今天有个重要的客户，我先走了。夏虹说你得想想办法啊，碗可以不洗，我的脸也可以不洗，厕所不能不冲吧？向北京说你没存水啊？我妈以前都存水的！夏虹说我要是存了水还用找你吗？向北京说你找我有什么用？我有水啊？夏虹说，你怎么全是废话？向北京说你才是废话呢，你给我说这些耽搁我的时间不说，我也找不到水！我又不是神仙我可以变水，我也不是自来水局局长，可以特权一下。行了行了，别瞪眼睛了，厕所一天不冲也没关系，我来不及

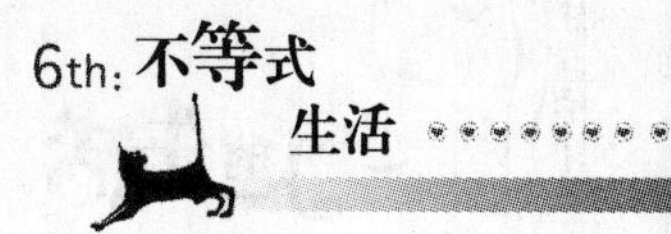

了,我得先走了。

“啪”的一声,向北京随着防盗门的碰撞而消失了。

如果在以前,向夫人会节约很多水出来的,随便在哪个地方,都可以找到不同的水。现在好了,夏虹光顾着自由了,根本没有节约,几只桶里全是干干的。物业正在修自来水管道,不到晚上是来不了水的。人家早把停水通知贴到了楼道里,自己没注意只好自认倒霉。向洋拉完了肚子摁不出水来,在厕所里急得叫唤。这时,单位又打电话催夏虹开会。她把散发着臭味的马桶一下子盖上,脸也顾不得洗就上班了。

老向夫妇怀着惊喜推开房门的时候,向夫人的笑容像被电击了一下子凝固了。她并没有闻到卫生间的臭味,而是被家里的状态给吓住了。鞋架已经成了摆设,过道里堆着乱七八糟的鞋子。地板已经脏得没了光泽,随着阳光的反射明的暗的油污全部呈现在眼前。自己的房间被向洋睡过了,小子把衣服臭袜子散了一地,桌子上像摆摊一样摆着他的玩具和书本。洗衣机里塞着他们换下来没洗的衣服,棉的,单的,内衣,短裤。向北京夫妇的屋子更是像遭劫一样,被子不叠没关系,别叠得张牙舞爪,乱七八糟。

卫生间里,因为做饭灶具上粘了点点滴滴的油污,被谁三心二意地抹了一把,不仅没把油污抹干净,反而显得灶台更加脏乱了。洗碗池里的水龙头堆着三只粘着方便面的碗,看来是他们一家三口匆忙战后的结果。衣服不洗,地板不擦,碗呢?碗怎么可以不刷?向夫人站在厨房里泪都要下来了。

老向来的时候看到楼口还没被撕掉的停水通知,马上替他们解脱。向夫人的手马上去拧水龙头,水像和夏虹过不去一样淌了出来。向夫人说这不是水吗?老向说可能是刚来了,刚才真的停水了,你没看到停水通知吗?向夫人说这不是停不停水的问题,以前我们家也停过水,也没有搞得这样乱七八糟。老向说她就这样的人,能和你一样吗?向夫人说怎么不能和我

一样？我是人，她也是人，我是女人她也是女人，我有手脚，她也没少一样，啥也别说了，一句话，就是懒，都懒到骨头里去了！

埋怨归埋怨，房子还得收拾，要不一分钟也待不下去。在收拾房间的时候，向夫人的委屈和愤怒像海浪一样一次又一次涨上来，向夫人一边收拾一边想，要是儿子再年轻一点，再出息一点，真的让夏虹滚出家去，高攀不上许佳，也找一个教养好让人省心的人儿。向夫人在厨房埋怨的时候，老向也没闲着。自从出了那件事情，家好像成了一个虚拟的东西，他好像不认识自己的家了一样。他站在这儿看看，那儿摸摸，后来不由自主地走进了卫生间。

卫生间里挂着夏虹的内裤和乳罩，内裤是黑色，乳罩是大红，已经被风吹透了。看来，他们不在家的日子，的确放任了他们的自由。在以前，卫生间里从来没有出现这些东西，向夫人的内衣裤都是拧干放在房间里晾，他们的房子是背着太阳，内衣裤穿在身上总是有点儿潮气。而他们的屋子里，不仅有充足的阳光，还有自动晒衣架，从卫生间到他们房间能有多大的距离，夏虹能把内衣乳罩放在卫生间也不晒到阳台上，足以看出这个女人是多么的懒惰了。

老向夫妇像个清洁工，把家里里里外外地打扫了一番。当向夫人把他们收拾的脏衣服放进洗衣机时，才发现洗衣机坏掉了。这个洗衣机是向夫人的陪嫁，老是老了点，但向夫人用得仔细，根本没坏过。怎么几天不在家，洗衣机就坏了？向夫人对夏虹的恨因为洗衣机一下子膨胀起来，肚子里像翻了船一样疼痛难忍，而这时，向夫人发现马桶里竟有没冲掉的大便。

老向的手刚伸过来，向夫人的身体便像没有了骨头一样，软在了老向的怀里。

向夫人这一软，就软成了脑溢血。

向北京夫妇不知道向夫人晕倒的真相，老向也不愿意提。事情已经发

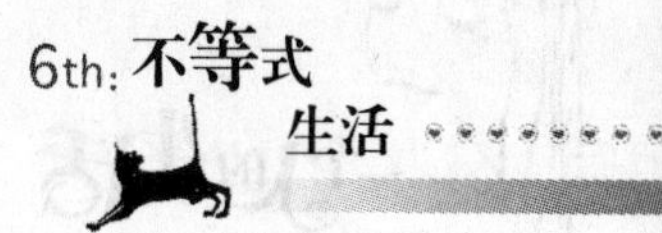

生了，还能怎么样呢？

作为儿子，向北京从来没有关心过母亲的身体，每年的例行体检都是老爸陪她去的。不过向夫人身体一向不错，体检结果总要强于老爸。老向不仅有高血压，还有胃病。这些都是慢性病，一时半会儿死不了人。向北京想不通母亲得了什么病，在接到电话的时候客户正准备往合同上签字，电话一来，别说合不合同了，向北京一边拦的士一边给夏虹打电话。

夏虹接了电话，很不高兴地说干嘛干嘛？像个催命鬼一样！向北京说我妈得了脑溢血，你快带上存折到人民医院来。夏虹说怎么可能？你妈身体一直很好啊。向北京说别他妈的废话了，医院让交押金。夏虹说多少啊？我们家里没有多少钱！向北京说一万。夏虹说怎么这么多？我们家没有这么多钱！穷人就是不能进医院！向北京说人命关天的时候，你一点儿也不急。你摸着良心说，要是你妈你急不？夏虹说你咒我妈是不是？向北京说谁咒你妈了？夏虹说你妈也不是因为我才脑溢血！向北京说你以为呢？我妈身体好好的，怎么就脑溢血了？夏虹说我怎么知道？是我让她脑溢血的吗？向北京说我不想和你吵架！夏虹说我想和你吵啊？向北京说，我不和你废话，夏虹说我和你废话了？

吵架归吵架，钱还得凑呀。夏虹现在不怕别的，就害怕向夫人得了偏瘫，到时她哭都找不到门去。可是钱是什么东西呢？对于有钱人来说，几万的衣服，几十万的车子，几百万的房子，像玩儿一样就消费掉了。但对于没钱人来说，别说几千，就是一分钱也能难倒英雄汉。朋友，同事，七大姑八大姨，能找的人全部找了，能想的办法也都想了，可是手中的钱还是不够。

向北京看着好不容易凑来的钱，觉得自己活得真他妈的窝囊。夏虹嘴上抱怨，还是去家里要了 5 000 块钱。向北京接过钱，心中的窝囊感又增加了一层。要不是老婆，要不是有了贩菜为生的岳父岳母，谁给他 5 000 块钱？没钱的就不说了，那些平时看起来很有钱的哥们，一听到借钱，个个都成了穷光蛋！

他妈的，我一定要有钱！他妈的，我什么时候才有钱呢？向北京把1万块钱摔到柜台上，收银小姐头也不抬地说，交过了。向北京说谁交的？收银小姐说一位小姐。向北京说哪个小姐？收银小姐说我怎么知道？向北京问她长的什么样子？收银小姐用下巴往病房的方向抬了抬，你自己看啊，在病房呢。

远远地，向北京就听到了许佳的笑声。那笑声像一把刀子，恶狠狠地捅进了向北京的心脏。向北京把钱揣到怀里，悄悄地溜出了医院。不知为什么，他现在不想或者说害怕见到许佳，是他后悔了吗？还是他害怕许佳看不起他？

回到家里，夏虹正在电话里和谁争得面红耳赤。见向北京回来，马上说我不想干了，他妈的，在这个破单位干不仅挣不了钱还净受窝囊气。我在外面租房子的事被人打了小报告，单位要处理我呢。其实这班上不上都无所谓，现在要是有钱，我他妈的自己当老板！夏虹发泄似的说了一大串，见向北京像个木头人似的没有反应。夏虹说向北京？向北京说干嘛？夏虹说你刚才听到我的话了吗？向北京烦恼地说我哪有心思听你的话！夏虹说怎么了？钱不够？向北京说许佳把钱交了。夏虹说什么？你说许佳帮你交了钱？向北京说对呀！夏虹高兴地说，没想到啊！看不出来啊！这点小钱借了六七家，早知道应该先找她就是了！

向夫人在医院里住了半个多月，能用的药全部用了，能打的针全部打了，但还是没有像夏虹希望的那样从病床上站起来。向夫人像所有的脑溢血患者一样——瘫了。身子一瘫，脑子也好像瘫掉了似的。吃喝拉撒像小孩不说，还一天到晚的哭哭啼啼。不管谁来，都像一个饱受委屈的孩子，嘴一咧，泪就下来了。

向夫人这一倒，医药费是小事，大事是向夫人以后的生活。身子瘫了，人不能动了，身边就离不开人了。虽然老向一直用沉默来抵触夏虹照顾向夫人，虽然向夫人见到夏虹总是又哭又抓，但作为儿媳，夏虹照顾婆婆已

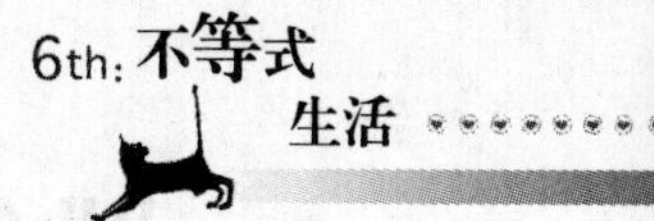

是天经地义的事情。夏虹辞去工作时，老向就返回了西山别墅，日子过成了这样，总得有人想法挣钱吧？向夫人花的这点钱已经触疼了他们，要是家里人再有个三长两短，活都不用活了。

向夫人起初的时候还像一个小孩，除了吃喝拉撒就躺在床上。后来，她就不躺了，每天早上，向洋起床的时候，她就在屋子里喊着起床。夏虹像哄小孩一样帮向夫人穿衣洗脸，然后把她抱到阳台上晒太阳。向夫人好像故意折磨夏虹一样，每隔几分钟，她就会支使夏虹一下。比如喝水，比如上厕所，比如肚子疼，比如害怕。向夫人已经不是以前的那个向夫人了，因为得了脑溢血，她就完完全全变成了另外一个人。她不心疼夏虹不要紧，连儿子和孙子也不知道疼了。向北京好心好意地帮她按摩，她不是揪向北京的头发就是打向北京的耳光，向夫人虽然瘫了，但手上的力气丝毫不少，啪的一下又啪的一下，打完了还冲着向北京咯咯地笑。

7th: 跳舞

TIAO WU

蒋卫没有想到会在那种地方，碰到一个让自己心跳加速的女孩，他们离得那么近，他搂着处长向左转的时候就碰到了女孩子的肩，但女孩子没有回头。

和她跳舞的是一个非常有味道的男孩子，他高高的个，宽宽的肩，裤子是专业的舞裤，上身是黑色的短袖衫，他眼睛明亮，鼻子挺直，属于那种第一眼的帅哥。

这是处长说的，这个快50岁了还搞独身主义的老女人，一进舞厅就发现了这个男人，她搭在蒋卫胳膊上的左手动了动，处长个头太矮，她使出了吃奶的力气也没有把手搭在蒋卫的肩膀上，而是像个小孩子一样扯住了他的胳膊。

他们俩自从来到这个舞厅，就成了舞厅里的焦点。有一个妇女还当着处长的面夸蒋卫，说现在的年轻人没有几个能像他们这样的了，妇女的话没有说完，但她的潜台词就是把处长当成了蒋卫的妈妈。

蒋卫又看到了那个女孩子。

她一身乳白衣的舞裙，一头黑发如云般盘在脑后，她的身材纤细轻柔，尤其那个男孩子托着她向后弯折的时候，蒋卫很想搂一搂她的腰，她的腰太纤细了，太柔软了。

他们跳的是伦巴，很快的速度，处长是跳不了伦巴的，但她却要跳，两个人别别扭扭地在舞厅里跳。蒋卫搂着处长的腰，天啊，那还算腰吗？水桶一样，硬邦邦的，全是肉。蒋卫痛苦地闭上了眼睛，如果她不是处长，蒋卫一辈子都不可能搂住这样的腰跳舞。在没有和处长来跳舞之前，他还幻想着，在舞厅里，搂着自己心爱的女孩跳舞，可能是世界上最浪漫的事情。

那个时候蒋卫还不会跳舞，而且那个时候他也没有想留在这个城市的念头。

后来，蒋卫就被处长调过去了，然后她就带着他来这儿跳舞。处长说跳舞能够健身，而且能够陶冶人的情操，年轻人就要跳跳舞。蒋卫说我不会跳舞。处长说现在的人哪有不会跳舞的？要是不会就要跟我去学，宣传部门的人必须会跳舞。

是的，宣传部门，这是蒋卫最理想的部门，他之所以在这个无亲无故的小城里呆了两年，就是想混到单位宣传处去。单位是一个很知名的大集团，大大小小的部门30多个。这里面最吃香也最清闲的就是宣传处，他们不用打卡而且每天都会有各大媒体的人来找他们，他们风光地坐着小车，与集团的董事长一起陪客人吃喝玩乐。

蒋卫在行政部呆得够够的，他认为宣传部门是最适合自己的，毕竟自己以前还发过一些凑版面的小文章。这些小文章被蒋卫收集起来，放到一个文件夹里。

蒋卫已经打听清楚了，宣传处的处长是一个女的，而且她是写诗的，单位里的内部报纸天天都有她的诗。说实话蒋卫不喜欢她的诗也看不懂她的诗，看看吧，这是一个宣传处长写的诗，诗的名字记不得了，她在诗里面写道：我，的心，沉了，窗外，雨，哗啦啦，中餐，一杯奶，一个面包包。

蒋卫用了一周的时间研究处长的诗,后来又根据她的喜好写了一首,处长当天就把他要到了办公室。

这是一支华尔兹的曲子,舞池里的男男女女随着音乐翩翩起舞。蒋卫一边搂着处长的水桶腰,一边拿眼睛四处乱看。虽然处长再三强调跳舞的时候不能分神,但蒋卫还是不能看着处长的眼睛,然后沉浸在美好的舞曲里。这不是舞厅的毛病,也不是曲子的毛病,而是因为人,蒋卫一直认为在什么地方并不重要,重要的是和谁在一起。

那个女孩子还在跳舞,与那个男孩子。他们每天都是这个时间来跳,他们每天都穿着相同的衣服,他们跳得很投入,也跳得很漂亮。每一次舞终都能听到热情的有些过分的掌声。

蒋卫一点儿也高兴不起来, 在没有见到女孩子之前, 他虽然讨厌跳舞,他虽然一百个不愿意搂着处长的水桶腰,但他还是每天例行公事一样来,然后装出非常愿意跳舞的样子搂着处长跳,他们跳恰恰,国标,快三,慢三,桑巴,有一次处长还和他跳起了牛仔舞。牛仔舞的动作幅度较大,而且非常激烈,蒋卫没有想到处长还能跳这种舞,而且跳得那么认真。

现在蒋卫看到了那个女孩子,那个让自己看了一眼就喜欢的女孩子,蒋卫心里就像长满了乱麻,即希望每天早早的来看她,但看到她自己又没有勇气走出去,哪怕请她跳一支舞。

想法早有了,蒋卫在搂处长跳舞的时候就想好了,一定要寻找一切可能的机会,请那个女孩子跳舞。然后两个人就认识,可是认识了怎么办呢?那个男的好像就是她的男朋友,两个人跳舞的时候贴得那么紧,表情那么快乐,他们俩看起来就像王子与公主,多么般配的一对儿,多么协调的一对儿啊!如果自己是这个男人,相信舞终的时候,响起来的掌声肯定会比以前更要热烈。

舞厅里的人不多,稀稀拉拉的有十几个人的样子。

这些人大部分都是闲着时间没地方打发的人们，他们才会交了钱来这儿跳交际舞。那个理着板刷的男人是一家修理厂的经理，刚离了婚，他好像不是来跳舞，而是找爱人一样，挨个地请这儿的女人跳舞。他在跳舞的过程中手一点儿也不安分，有一次竟然把一个女人的裙子给掀了起来。还有那个穿得整整齐齐的女人，她的老公找了二奶，她每次来跳舞的时候都要找人哭诉一番，然后专挑长的靓的男人跳舞。她一边跳舞一边给人家诉说婚姻的不幸。

蒋卫的眼睛转了一圈，还是把目光落到了那个女孩子的身上，他们现在跳的是国标，两个人的姿势优雅，面部与眼神做得非常到位。蒋卫看见那个男人的手已经移位了，刚才看他的手在腰部附近，现在已经转到了背部了。

而这个时候，舞厅里的灯光一下子暗了下来，暗得已经看不清处长的脸了。舞厅里一下子被黑暗打破了，人们都融入黑夜之中，眼前晃动的人变成了皮影戏。蒋卫分明感觉到处长抖动了一下子，然后她的手在自己的胳膊上用了力气。

他妈的，这个破舞厅，每隔一个小时就会把灯全部关掉，让不是情人的人们过一把情人的味道。就像他和处长之间，本来没有什么的，可是灯光一黑下来，心里就觉得分外别扭，好像已经有了什么不可告人的事情一样。

蒋卫的眼睛因为黑暗而失去了女孩子的影子，他知道刚才的时候他们就在他的左边，他就搂着处长往左边的地方移动，可是移来移去竟然碰到别人的身上，蒋卫一边说对不起一边痛苦地闭上眼睛。

这时候灯却一下子亮了起来，然后就是一个女孩子的尖叫：我的脚。舞厅里的人们都停了下来，蒋卫起初以为是跳舞的女孩子，定睛一看发现是那个坐在角落里的女孩子，她是一个很时尚的女孩，留着非常有个性的短发，大夏天的穿了一双乳白色的高腰靴，上面是黑色的短裙，上衣是黑色的紧身衣。

蒋卫是注意过她的，而且知道她是跟那个女孩子一起来的，她好像并不跳舞，而且对交际舞也不感兴趣，她好像是一个秘书，每天坐在那儿看着包，那里面装着跳舞的衣服，鞋子。她坐在那儿，很冷酷地看着舞厅里跳舞的男男女女，嘴角不时的划过一丝冷笑。

此时的她好像扭了脚脖子，她一边埋怨老板娘不应该关灯，一边蹲下去摸脚脖子。那个男孩子一边跑一边叫：妮妮，妮妮。妮妮白了脸，生气地说着什么，后来她就扑进了男孩子的怀里，哭得分外伤心。

舞厅里的女孩子一声不吭地去更衣室换了衣服走了。

蒋卫不止一次在心里猜测过他们的关系，他起初以为那个酷女孩子是那个女孩子的妹妹，或者说是女朋友，可现在看来不是的，这个男孩子应该是酷女孩的男朋友，既然是自己的男朋友，她为什么不与自己的男朋友跳舞呢？而是让他与另一个女孩子跳，自己满怀醋意地看着。

蒋卫这样一想，心里的顾虑就没有了，既然那个男孩子是酷女孩的男朋友，那就说明自己是有机会的，有机会认识那个女孩子。

蒋卫很想找一个机会，请心爱的女孩子跳支舞，可是他却一直找不到机会。处长很珍惜与他在一起的时间，她一曲接一曲地跳着，而且不跳的时候她也会把蒋卫拉到身边讨论，各种各样的舞步，各种各样的曲子，她还不厌其烦地纠正蒋卫的姿势。

那对舞伴也一曲接一曲地跳着，而且他们也在讨论舞步的姿势，有一次他们滑到蒋卫身边的时候，他听到了什么赛，他们好像要参加什么比赛一样。

有一次，蒋卫趁处长去洗手间的机会，来到了酷女孩的身边，此时的她正坐在沙发里翻看手机的短消息。蒋卫非常礼貌非常热情地与她打招呼，好像没有见过你们啊？是不是本地的？酷女孩好像没有听见，旁若无人地翻看短消息。蒋卫又问了一句：你怎么不跳舞呢？你的身材这么好。

酷女孩看了蒋卫一眼说，我知道你心里在想什么？蒋卫就坐在酷女孩的身边，装出什么也不知道的样子说我想什么呢？酷女孩正想回答，那个男的就跑过来了，他一边跑一边叫：妮妮，我们走吧？酷女孩冲蒋卫挤了挤嘴角说，你明天去大剧院。

酷女孩的话让蒋卫想了好久，以至于跳舞的时候他踩了处长的脚，处长已经看见蒋卫与酷女孩在一起了，她的脸上有了那种恋人中间才有的醋味，蒋卫一边与处长解释，一边想天啊，这个老女人不会喜欢上我吧？

蒋卫很想结婚，尤其过了27岁生日以后，他想结婚的念头就像雨后春笋一样，不经意地钻出地面，然后像疯狂的草一样飞快生长。

蒋卫的同室搞来了一个女朋友，他们每天晚上都要做爱，女孩子发出很幸福也很恐怖的喊叫。蒋卫的耳朵里每天被女人的声音刺激着，他站在洗手间里照着镜子，想自己长得也不差，收入也不低，为什么就没有一个女朋友呢？同室长得像个癞蛤蟆一样，竟然也有一个女朋友，他们根本不顾及蒋卫的感觉，天天粘在一起，把同室的那张小床搞得叽哇乱叫。

没有人相信蒋卫没有女朋友，每次他说起来人家就会瞪大眼睛：你没有女朋友？是不是挑花眼了？蒋卫想不是自己挑花眼了，而是自己没有放下婚姻的条条框框，自从与女朋友分手之后，竟然没有一个女孩子能走进蒋卫的心里。

不是他不讨女孩子喜欢，而是女孩子不能让他喜欢。

想到女朋友蒋卫的心里就会痛上一阵子，他们很相爱，但是蒋卫却没有能力给女朋友带来物质上的幸福。蒋卫只好装出不在意的样子离开。

蒋卫回到家里，准备换套衣服去大剧院，他猜不懂酷女孩的意思，但他潜意识里觉得自己一定要去的。蒋卫洗了澡，然后又刮了胡子，在他正准备出门的时候，就听到同室回来了，而且他们一回来就抱在一起了，好像是在客厅的沙发上，蒋卫听到了女孩子控制不住的呻吟。

蒋卫轻手轻脚地退到了床上，他躺在床上却睡过去了，等到他醒来的时候已经是12点了，蒋卫发现自己哭了，枕头边上湿了一片。他想起刚才的梦境，好像是他以前的女朋友，她好像死了，蒋卫抱着她没有温度的身体，泪水就涌出来了。

蒋卫发现自己还会哭，还会像小时候一样涌出泪水。

头有些痛，蒋卫使劲地摇了摇头，怎么会是这样一个梦境，好久没有做女朋友的梦了，做一次还是她死了。蒋卫的手不由自主地摸到手机，他很想听听女朋友的声音，尤其在做过噩梦之后。

蒋卫拿着手机，折腾了好半天也没有把电话打出去，他不知道自己该不该打这个电话，打通之后说些什么呢？已经两年没有联系了，女朋友还记着他吗？

舞曲又响起来了，蒋卫又在搂着处长跳舞。

因为下雨的原因，舞厅里来的人不多。那个女孩子没有来，那个男的也没有来。蒋卫心里就多多少少地涌出些许失落，精神也不如以前好了，他脚步凌乱地搂着处长跳舞。处长大着声音说：昨天晚上没有睡好？蒋卫胡乱地点了点头。处长说为什么呢？蒋卫说也不知道，反正睡不着。

处长的手掐了蒋卫的胳膊一下子说，我知道你在想什么？你还没有女朋友吧？蒋卫说有了，她在国外。处长有些不相信地说在哪个国家？做什么？蒋卫漫不经心地说读研呢。处长长长地出了一口气说怪不得呢。这么远？当心喔。

蒋卫自己也不明白为什么要说谎，这个谎言不知道什么时候开始形成的，他就给自己编造了一个女友在国外的事实。蒋卫后来发现自己错了，他不应该把女友编在国外，好像因为女友出国而抛弃了他一样，就像处长刚才的口气。

蒋卫的胳膊已经因为跳舞而变得僵硬，处长的手背上已经泛出了老

年斑，它们密密麻麻地出现在她的胳膊上，手背上，让人联想到衰老、死亡。想到死亡蒋卫一阵子恶心，他马上把头转过去，不能再看了，再看他真的要坚持不住了。

从和处长一跳舞，心中那种烦躁的情愫就涌上来了，而且随着处长的晃动而日渐茁壮，好几次蒋卫都想甩掉处长的手，也有好几次蒋卫想找不来跳舞的理由。

蒋卫无法控制自己的行动，好像陪处长跳舞成了他工作上的一部分。跳就跳吧，闭上眼睛不行，转过头还是可以去幻想一些美好的东西，比如他想想自己以前的女朋友，想想那个想了很久都没有说过话的女同学，还有一直想请她跳舞让自己心动的女孩子。

舞步在移动，舞厅里的暧昧灯光从天花板上投射下来。蒋卫搂着处长跳舞，他们跳恰恰，跳三步，跳伦巴，舞厅里的人们也跳，随着那两只庞大的音箱迸发出来的音乐，大家搂在一起跳舞。

因为没有看到那个女孩子，蒋卫的心情一整天都没有好起来，处长分明感觉到了，第二天她没有叫蒋卫去跳舞，蒋卫去问她的时候，她正一手摸索着肚子，脸上呈现出痛苦不堪的表情来。

处长说她不舒服，今天就不去了。

蒋卫傻乎乎地说要不要去看医生，我看你好像很痛的样子。

处长的脸突然红了一下子说没事没事，女人的小毛病。

蒋卫的脸“刷”的一下子红了。

因为没有去跳舞，蒋卫觉得时间就没处打发了。他好像已经适应了每天晚上，吃完饭跟着处长跳舞，这晚上六点到八点的时间就被舞厅，被处长给消磨掉了。

而现在，蒋卫从职工食堂里吃了饭，那种无处可去的感觉就一下子涌了上来。他回到住处同室和女朋友正在丁丁当当地做饭，女孩子好像在为室友做红烧鱼，整个屋子里弥漫着鱼的腥味。同室没有想到蒋卫会在这个

时间回来,他们也好像适应了蒋卫这个时间不回来的事实。

愣了一会儿,同室就张罗着让女朋友多加饭,说好久没和蒋兄喝一杯了。蒋卫说自己只是来取个东西,饭他已经吃过了。

蒋卫在自己的小屋子里磨蹭了一会儿,然后装出很急的样子跑出来。跑到楼下的蒋卫觉得身心极为疲惫,他在楼梯口一边抽烟一边想,他妈的,一定尽快找个女人结婚,哪怕自己不喜欢她。

无所事事的蒋卫晃到了酒吧里,酒吧门口站了一排的小姐,好像今天晚上有什么乐队的专场演出。所以今天的门票就比平时贵了N倍。蒋卫坐在高脚椅子上的时候,才发现酒吧已经不是原来的酒吧了,这里面招了好多小姐,原来弹钢琴的地方改成了一个舞台,有一个长得很妖冶的女人在唱软绵绵的情歌。

他才想起来自己已经两个月没有来酒吧了,在这两个月里,他就是搂着处长在舞厅里跳舞。

小姐们已经花枝招展地向蒋卫走来,一个女孩子还极为俗气地对蒋卫说,他很像自己以前的男朋友。蒋卫没有理她,任她们一个又一个的前来,任她们对他说着无比露骨的语言。

有一个女孩子竟然一下子坐到蒋卫的腿上。蒋卫一下子跳了起来。小姐差点没有扑倒在地上,她扶住了旁边的高脚椅背,挣扎了好几下才重新站了起来。

酒吧里的人"轰"的一下子笑了,像一群苍蝇一样。蒋卫就觉得非常的无聊,非常的没有意思,他冷着脸向外走的时候,竟然与一个女孩子撞了个满怀。

在这里他碰到了舞厅里的那个酷女孩。

酷女孩双手抱肩说帅哥,今天怎么没有去跳舞?

蒋卫愣怔了一下子说你在这儿吗?

酷女孩高兴地说是啊,今天有我的演出,我在这个城市里没有一个朋友，你今天就算我的朋友啦。酷女孩不由分说地拉着蒋卫的手，在人们的尖叫声中把蒋卫拉进了后台的化妆间。

化妆间里有两个女孩子在化妆，她们看到蒋卫就笑起来了，一个化了半个脸的女孩子对酷女孩说，就是他啊？还不错嘛。

蒋卫从化妆间里退了出来，他非常不满地对酷女孩说，怎么回事？好像我是你男朋友一样？

酷女孩笑着耸了耸肩膀说，不愿意做我男朋友吗？

蒋卫说我合适吗？

酷女孩说当然不合适，你还以为我真看上你了？你比我男朋友差多了。

蒋卫说我不明白你的意思。

酷女孩说我男朋友你见过的嘛。

蒋卫一下子笑了起来说，你男朋友搂着别的女孩子跳舞，你当观众？

酷女孩推了蒋卫一把说狗屁啊，我男朋友是教练，那个女的是他的学生。

蒋卫说明白了，你害怕你男朋友被她抢走，所以就天天跟在他们后面当秘书。

酷女孩叹息了一声说我爱他，因为我太爱他了。但是我们却学了两个不同的专业。

蒋卫说交际舞很好学的，像你这么好的身材，你为什么不去学交际舞呢？

酷女孩说我不喜欢。

蒋卫说可是你这样子很累的。

酷女孩突然间哭了起来说，我不知道，反正我爱他。

蒋卫抱着鲜花走向舞台的瞬间，他突然明白自己就是被酷女孩子给感动了，不然他不会演得这样逼真。酷女孩的现代舞跳的棒极了，她的身子就像弹簧一样，弯下去折起来，折起来再弯下去。

她的身体就像充满了音符，每动一下就呈现出动听的音乐来。

台下的人被酷女孩的表演搞得分外兴奋，他们一边尖叫着妮妮我爱你，一边疯狂地吹响了手中的小喇叭。

酷女孩沉迷于自己的舞蹈之中，她跳的是自己独创的《苦恋》，这是一个高难度的舞蹈，酷女孩说是送给自己的男朋友的，她用一只脚支撑着整个身体的重量，一次又一次做出高难度的动作来。

如果她不停地跳下去，蒋卫很担心她会累死的。

她不停的主要原因就是她的男朋友没有来参加她的演出，而是和那个学生正在交际舞厅里搂着跳舞。因为那个有钱家的女孩子要参加什么比赛。

酷女孩跌倒在蒋卫的怀里。

舞厅还是那个舞厅，时间也是那个时间，蒋卫还是搂着处长跳舞。处长已经适应了快三的节奏，她能拖着笨重的身体随着蒋卫一起飞转，要在平时处长转不到两圈就会扑进蒋卫的怀里。

女孩子仍然在跳舞，只是舞伴不是那个男孩子了，现在搂着她跳舞的是一个中年人，好像是这个舞厅里的教练。他们练的是女孩子要参赛的伦巴，虽然双方跳得非常卖力，但还是找不到以前的那种感觉。

蒋卫发现女孩子的脸上写满了失落。

蒋卫也会跳伦巴的，虽然刚学了不久，但他能带动笨重的处长跳，肯定也能与女孩子跳伦巴。

女孩子不时地变换着舞伴，但没有一个人可以让她满意。好像在舞厅里的男人都和她跳过舞了，蒋卫却没有，女孩子根本没有看他，蒋卫也没有那个勇气。

他们跳舞，在明明暗暗的音乐里跳舞。蒋卫的眼睛一直没有离开女孩

美丽但不聪慧的女人，
就像没有香味的花朵，
像无法点燃的华灯。

子，女孩子好像也在看着蒋卫，两个人各自搂着舞伴，在双方的视线内跳舞。有一次，蒋卫的脚已经踩到了女孩子的脚，女孩子的背也已经贴到了蒋卫的背，可是她却没有回头，倒是那个男舞伴恶狠狠地瞪了蒋卫一眼。

舞厅里的男人都想与女孩子跳舞，虽然他们都跳得不怎么样，但他们比蒋卫有勇气，他们一个又一个地伸出手去，姿势优雅或粗鲁地拉着女孩子跳舞。

后来，女孩子就不和别人跳了，那个男人在女孩子身边站了好久，因为他曾经与女孩子跳过舞的。

现在他却被女孩子拒绝了。

男人的失落把蒋卫心里的那点小勇气给打击回去了。

处长坐在沙发里，身体与蒋卫只有一厘米的距离，处长擦了名贵的女人香，那是一种让人非常舒服的香水，像黄瓜的清香，淡淡的，爽爽的。

她的身体不时的因为言谈举止与蒋卫亲密地接触着，处长开始注意那个女孩子，那个站在舞厅里一个人跳舞的女孩子。处长的手已经放到了蒋卫的大腿上，她与蒋卫分析那个女孩子与舞伴的关系，她不断地强调人都是有感情的，处得长久了没有感情的人也都处出感情来了。

蒋卫突然发现了那个女孩子在看他，那种眼神忧忧的不时从周围飘过来。蒋卫借着去洗手间的机会走了出去，走出去的时候他分明听到有人在议论他与处长的关系。

别人一定把蒋卫当成了傍富婆的男人。

从洗手间出来，处长正在楼道里通电话。蒋卫看见那个女孩子正在沙发上坐着，他无比兴奋地走了过去，但女孩子却扭了头，蒋卫的自尊心马上受了打击，她分明看到他过来了，她分明明白他眼里的意思。

可是她却像没有看见他一样。

蒋卫从女孩子面前走了一趟，然后就到了回去的时间。他和女孩子肩并肩地从舞厅里走出来，蒋卫上了处长的车，女孩子上了一个中年男人

的车。

这期间他们完全有机会说话的,虽然蒋卫已经在心里想好了台词,比如他可以说小姐,你的舞跳得不错,或者说小姐,你是本地人吗?再或者大胆一点,他完全可以约请女孩子共进晚餐。

想法早有了,但蒋卫一次也没有实现。

两个人每天还是跳舞,女孩子一个人跳,蒋卫搂着处长跳。蒋卫发现处长的腰部比以前柔和了许多,而且她也穿上那种很高的高跟鞋,她现在已经完全可以把左手搭在蒋卫的肩膀上了。

舞厅里的人还是那些人,音乐还是那些音乐,大家还是搂着不同的舞伴,奔走在阳光灿烂的大道上。跳舞跳舞吧,男女老少,大家都来跳舞,女的主动地拉着男人的手,男人随手搂了女人的腰。角落里还有一对舞伴在吵,那个女的说男的姿势过于僵硬,那个男的说如果自己手里软一点,女的就会摔倒了。

处长好像有些疲劳,她坐在沙发上不停地摸索着太阳穴。

蒋卫的心里再次涌出了请那个女孩子跳舞的想法。

蒋卫走过去的时候,那个女孩子已经被人拉进了舞池。

她一个人跳了那么多天的舞,今天竟然又不拒绝别人了。

那个男的很兴奋,他搂着女孩子的腰,脸上全是征服了的幸福。男人的成功吸引了许多男人过来,他们都想搂一搂女孩子的纤腰,都想实现自己能够与女孩子跳下去的梦想。

女孩子不拒绝任何男人,他们一曲接一曲地跳了下去。蒋卫站在那儿,心里的痛一点一点地随着音乐钻了出来。有好几次他都想冲过去,推开那个搂女孩子跳舞的某一个男人。

蒋卫没有毛病,所以他只能想想。

机会在两个男人争吵的时候挤出来了,胖男人说自己排了好久的队,现在该轮到自己了。瘦男人说自己也排了很久。胖男人指点着瘦男人的鼻

子说你他妈的要不要脸？你已经与她跳过了。

蒋卫穿过人群，走到女孩子的面前，终于说出了很久以来他都想说的那句话：小姐，可以请你跳支舞吗？

泪水就在那个时候涌出了她的眼睛。女孩子把手放在蒋卫的手里，她的手好柔好软，蒋卫揽过女孩子的纤腰，发觉女孩子竟然抖动得厉害。

舞厅里的人都在看着他们，他们摆好了跳舞的姿势，舞曲是蒋卫最喜欢的快三，他会在熟悉的舞曲里带着想念已久的女孩子跳舞，飞转。

现在，他们离得那么近，近得能听到双方的气息，女孩子比蒋卫矮一头，他们正站在舞厅里，深情地注视着对方，等待着舞曲响起来。

他们等待了半天，舞曲却始终没有响起来。

音响在这个时候坏掉了。

处长抱怨那家舞厅的地板不好，她的高跟鞋还没有穿两个月就坏掉了。

所以处长要换一家舞厅。

舞厅在城南，离原先跳舞的地方有两公里的路程。蒋卫虽然和往常一样搂着处长跳舞，但他的心却飞到了以前的那个舞厅里。而且他的脾气开始暴躁起来，有好几次他都想把处长带倒在地板上。蒋卫一边搂着她的水桶腰一边在心里咒骂。

后来他就骂自己，他觉得自己太不像个男人了，自己是不喜欢与这个女人跳舞的，为什么自己还要来？而且还要做出非常高兴的样子来？蒋卫搂着处长跳舞，跳得灰心丧气，跳得舞步凌乱。

终于有一天，处长终于忍不住了，她对蒋卫说你想跳就好好跳，不跳就滚。

蒋卫说是的，我不想跳，我不是不想跳舞，我是不想陪你跳。

舞厅里还是那些人，虽然一个多月没有来了，可是舞厅还是那个样子，坐在柜台边的老板娘见到蒋卫非常高兴，说小靓仔是不是出差了？好久没有见你来跳舞了。

蒋卫在舞厅里泡了一个晚上，但他却没有看见那个女孩子。

他以为第二天或者说第三天她会来，可是没有。蒋卫在舞厅里泡了半个多月，却没有见到他想见的女孩。老板娘想了好半天才说你是问那个在这儿练舞的女孩子吗？穿着乳白色的舞裙？好像不是我们本地人吧？小靓仔，你是不是看上她啦？看上她你早说话啊？现在人家走了你让大姐上哪儿帮你打捞去？老板娘说着就轻佻地在蒋卫的屁股上摸了一把。

8th：忧郁的葡萄

YOUYU DE PUTAO

老太太刚把葡萄泡到水盆里，门铃就响了。老太太以为是女儿或者儿子来了，一边在围裙上抹手一边喊：来了来了，是不是妞妞呀？奶奶……奶字后面的话还没有说出口，老太太就发现白高兴了，外面站的不是女儿也不是儿子，而是她的房客胡静静。

胡静静向老太太咧了咧嘴，对不起阿姨，我把钥匙忘到家里了。

胡静静穿了刚过膝盖的红色皮裙，下面是一双黑色镶了花的高筒皮靴。胡静静进门的一瞬间，很浓的香气涌进了老太太的鼻子。老太太有些厌恶地挥着手，好像这一挥，就能把香气挥走似的。

胡静静进了屋子，站在梳妆镜前抹抹擦擦，她的眉毛画得太重，胡静静拿着湿纸巾正小心万分地修理。胡静静从镜子中看到站在门口的老太太，挤了一下眼睛，阿姨，大哥还没来啊？

老太太盘算着胡静静是回来拿钥匙的，就算站在梳妆镜前抹抹擦擦也是暂时性的，所以她忍着过道里的冷风，站在那儿。

胡静静见老太太没有应声，连忙找台阶给自己下，也许是怕冷吧，外面可冷了！为了表示寒冷，胡静静还轻轻缩了一下肩膀。

老太太有些不悦地，可能是堵车吧，说着，老太太把门当成了马路，伸头看了几眼。

胡静静马上讨好老太太说，对呀对呀，堵车，全堵在三环了，黑压压的一片。说着，胡静静已经修理完毕，拿起湿纸巾在脸上抹了一下就躺在床上。胡静静没有脱皮靴，她本来是想穿着皮靴躺在床上的，但突然看到站在过道里的老太太，才把穿了皮靴的双脚在床面上悬了一阵，像在做健身操，然后顺其自然地把它们放到床沿上。

老太太不由得有些心疼，胡静静的双脚下面，铺着女儿未婚时的粉色绣花床单。胡静静来的时候，老太太没撤床单的原因有两个，一是胡静静自己没有，二是老太太看着胡静静打扮洋气。她以为这个打扮洋气的女孩会像女儿一样爱干净，谁知道她住进来一个月不到，别说床单显脏，整个房间里就像狗窝一样，胡静静成堆的化妆品，香水，衣服，书本，光皮靴就有六双，高矮不齐地排在过道上。

每次看到这些靴子，老太太就很想把胡静静赶出去。可是在租房子的时候，因为对胡静静的喜欢，也为了胡静静的大方，老太太特意把房租签了半年，白纸黑字的合同，怎么能说反悔就反悔？

更主要的是，老太太说不出口！

不是你朋友请你吃饭吗？怎么又回来了？老太太套胡静静的话，如果她不出去，老太太就得改变计划。她不愿意在过生日的时候家里有这么一个外人，尤其有像小狐狸精一样的外人。

等一会儿去，我朋友的车堵在路上，我站在外面挺冷的。胡静静从床上一跃而起，一边做舞蹈动作一边向厨房走来。胡静静看到厨房里摆了那么多好吃的，很夸张地“哇”了一声，阿姨，你怎么做这么多菜啊？

老太太当然不好意思说今天是自己的生日，只好站在胡静静后面洗葡萄。葡萄是老太太起大早去批发市场抢来的，这葡萄粒大无籽，比市场上要便宜两毛钱。想到自己的生日,老太太狠狠心买了 10 多斤葡萄。想着生日的时候吃一点,让女儿和儿子带走一点。

胡静静也不管老太太的眼色,捞了两粒放在嘴里,不过她马上就把葡萄吐了出来,哎呀,这么酸啊!老太太心里暗暗高兴,这葡萄她买的时候亲自尝了的,一点儿也不酸。胡静静吃了两粒葡萄竟然是酸得,说明她活该!

阿姨,你肯定上当了,这葡萄酸得不能吃!说着胡静静从盆里又捞出一粒葡萄,准备往老太太嘴里送。老太太头一扭,拒绝了那粒葡萄。胡静静有些难堪地拿着葡萄,怎么了?没等老太太回答,胡静静马上说,我明白了,太冷,你怕胃疼。

老太太扯了一下嘴角,算作回答。

我的胃很好,冷热不怕。再冷的天我也敢吃冰淇淋。阿姨,等一会儿我朋友来的时候就会带一包冰淇淋。太爽了,从里到外地冒寒气!

胡静静说的朋友是她女朋友的老公,一个有了老婆和儿子的中年男人。胡静静来北京的时候,住在女朋友家里,就和人家老公勾搭上了。男人隔三差五地带胡静静去宾馆过夜。后来,男人激情过后变得实惠起来,把偷情的地点改为胡静静的房间。虽然偷偷摸摸,但还是被老太太知道了。

如果不知道事情的真相,老太太也就睁只眼闭只眼了,不管怎么说,胡静静也是二十六七的大姑娘,有个男朋友,并留男朋友回来过夜很正常。可是有一次晚上起夜,中年男人在阳台上打电话,他的电话被蹲厕所的老太太听了个一清二楚。

我在办公室呢,真的,你要相信我。我这么爱你,我怎么可能做对不起你的事情呢。你一天到晚的怀疑我,你总是不相信我,我都不知道你怎么想的,胡静静是你的朋友啊,好朋友,我怎么可能和她在一起?好啦,我亲爱的老婆,我们领导还在等着我开会呢。

男人挂断电话的时候,胡静静从房间里跑出来。他们根本没有想到老太太蹲在厕所里,所以说话和动作都无所顾忌。听着外面的声音,老太太的腿都软了。

什么胡静静，分明是一个狐狸精嘛。

从此，老太太对胡静静的好感一下子消失殆尽，她没有想到胡静静会是这样一个人，自己有男朋友，还勾搭别人的男人。而这个男人竟然是她贴心贴肺的女朋友的老公！

胡静静的男朋友，老太太见过一次。小伙子高高瘦瘦的，在一家外企做翻译。因为工作的原因，全世界跑。胡静静好像很喜欢他，每一次提到他脸上充满了幸福和骄傲。老太太想不通，胡静静既然如此喜欢自己的男朋友，为什么还要勾搭别的男人呢？

客厅里的电话响了，胡静静和老太太都想挤出厨房，但因为胡静静身体比老太太灵活，所以已经抢先一步把电话拿到了手里。老太太有些怨恨地看着胡静静，看着她的眼睛，她的下巴，她的衣服和光溜溜的小腿，越看越生气，越看越觉得胡静静真像一个狐狸精！

胡静静以为是自己的电话，接了却是老太太女儿的，老太太的女儿说现在有点事，请老太太等一会儿。胡静静转述完毕，就把电话扣上了。

看她那神情，好像不是老太太的电话，也不是老太太的家啦！

怎么回事？老太太好像不相信或者说想问得再清楚一些，可是电话却被胡静静抢去了，我得等电话！看到老太太拉下脸来，胡静静连忙拿出自己的手机，要不你用我的手机打，我的朋友会打这个电话，可是占线他就打不通了！

听听，自己明明有手机，偏要留家里的电话。一股火猛地涌上来，直冲老太太的胸口。

我是没办法，阿姨！我的事你也知道的，我没办法。

老太太一下子明白了，胡静静不是心疼手机，是怕被女朋友查到。想到这儿，她又有些可怜胡静静。老太太拿住胡静静递过来的手机，可是却没有通。胡静静自己拨了一遍，然后说，信号不好。要不打一下大哥的吧。

胡静静拨完号码，并没有把手机递给老太太，而是用软绵绵的声音说，大哥呀，我是小胡，你还没有来呀？啊，这样啊，好的，好的。

胡静静刚想向老太太转述，桌子上的电话就响了。胡静静拿起电话，小脸马上变了，什么？还得一个小时？真有这么堵吗？我告诉你呀，你要是骗我，哼哼！胡静静扔了电话，也没理站在一边的老太太，一步三摇地摇回房间去了。

鸡洗净，抹干水，老太太拿着生抽在鸡身上擦着。因为天冷，老太太抹一会儿就要把手放在暖气片的边上暖一暖。暖气片有些漏水，不分白天黑夜的滴滴答答。老太太在滴水的地方放了一个水桶，用桶里的水冲厕所拖地。

抹好了生抽，老太太往鸡膛内撒了盐，用酒腌上10分钟，然后再放进烤箱。老太太切冬菇的时候，算了一下时间，再有50分钟，儿子女儿肯定能到了。到时候烤箱里的鸡也差不多了。这烤鸡是女儿最喜欢吃的，每次一来，光她自己就可以吃掉半只烤鸡。老太太为了给女儿做烤鸡，特地买了老孙家淘汰下来的烤箱。

儿子不吃烤鸡，但也有特喜欢的牛肉卷。自从在某饭店吃了之后，儿子好像被牛肉卷给迷惑住了。为了让儿子常来常往，老太太就厚着脸皮向饭店的厨师讨教。厨师起初是以为老太太偷艺，后来听说为了让儿子常回家时，厨师的泪都快掉下来了。

牛肉卷吃起来好吃，做起来麻烦极了。老太太为了做儿子爱吃的牛肉卷，从中午就开始忙活。她把牛肉切成0.3公分厚的连刀片，然后把洋芹切成和牛肉长度相同的段状。在切段的时候，因为要求精细，差一点没把老太太的手指切去。现在，经过千辛万苦做好的牛肉卷已经好了。牛肉卷色味俱全盛在蓝花瓷盘里，等待着它的主人。

儿子和女儿的菜忙得差不多了，就得张罗妞妞的菜了。小家伙比爸爸和姑姑的口味档次高,喜欢吃螃蟹。只是小家伙和爸爸姑姑不一样,不喜欢老吃一种做法的螃蟹,一只螃蟹得变着法儿做,不然她一口也不吃。

所有的做法都试验完毕后,老太太为了孙女的螃蟹,特地跑了一趟书店。只是每一本菜谱里没有专门介绍螃蟹的,这些菜谱又贵得要命。老太太在书店里徘徊了好久,才捡了一本有两款螃蟹而且价格便宜的菜谱。

可是,等到老太太回家试做的时候,发现这是一本关于微波炉的菜谱。里面介绍的螃蟹没办法做,老太太没舍得买微波炉。走投无路的时候,老太太决定选中其中一款做法用烤箱来做。老太太从买的螃蟹中挑了两只最小的,进行操作了一次,没想到味道极为鲜美。

不过那两只螃蟹老太太只是尝了尝,并没有舍得吃完。老太太把两只螃蟹留起来,准备让女儿带走。

女儿在服装厂当出纳,嫁了一个拿老实工资的普通工人。日子过得要多紧巴有多紧巴,老太太没把房子租出去的时候,女儿基本上天天赖在娘家,光吃不说还得往回拿。为此,老太太除了为女儿的命苦感叹之外,还为自己没有金钱没有权力不能改变女儿的命运而揪心如焚。

紧巴的日子过着,再有老太太周济着,也许过不了几年,他们的日子也就好起来了。可是命运不济,光想好却老出坏事,先是女儿得了急肠炎,把家里的积蓄都花光了,然后又是女婿单位倒闭下岗,后来好不容易在一家单位找了一个值夜班的事做,工资还经常拖着不发。日子难过也就罢了,可是两个人还经常打架。

女儿才30岁,因为生活的艰难而像一个40岁的家庭妇女。同住一个楼,相同年龄的老李家的女儿,正像一株生机勃勃的向日葵,衣着时尚,收入丰厚,还傍了一个英国佬。每次回来,大包小包的不说了,光钱一扔就是几千几千的。害得老李拿着女儿在楼前楼后炫耀,骄傲。

人是不能比的,人比人一定没有活头。这个道理老太太明白,可是她就是说服不了自己。女儿长得也不差,也不呆不傻呀,为什么嫁了这么一个窝囊废!

说到女儿,老太太总喜欢拿自己来比试一番。当初老太太嫁过来的时候,家里也是一穷二白,可是老头子能干呀,在老头子没去世的时候,老太太吃的喝的穿的哪一样比人家差。老头子不仅心疼老太太,还变着法儿挣钱。老头子去世的时候,已经是棉纺厂的车间主任,有着固定的工资还有数不清的礼钱。只是老太太没有想到,老头子会这样命短,40 岁不到就一命呜呼了。

出于对老头子的爱,老太太一个人拉扯两个孩子生活着。年轻的时候也经常有男人对老太太讨好,可是她硬给拒绝了。现在看来,她当初的做法是多么的不明智呀,要是能看到将来,说什么她也再嫁一次。像三楼的星星妈,50 多岁了还找了一个离休干部,人家不仅有高额的退休金,还住着 150 平方米的大房子。女儿孙子都跟着老太太沾光。

就算自己和女儿都没有这个好运,那么儿子呢? 儿子也没有人家的儿子争气。在老太太的打骂之下勉强读了一个职业中专,上班后马上谈恋爱娶了老婆。儿子长得英俊,和老头子年轻时特别像。从十几岁就有女孩子跟在他的后面。可是英俊有个屁用呀,代替不了钱。孙女妞妞已经上三年级了,喜欢画画,有一幅画曾经得过市里的二等奖。儿媳在老师的鼓动下发誓要把妞妞培养成画家, 所以才逼着儿子辞职, 跳到一家企业当业务员,力拼了三年,现在可以拿到比以前多两倍的工资,而且还扣着一个销售经理的帽子。

儿媳也争气,男人再有钱,也抠巴巴地过日子。衣服不舍得穿,化妆品不舍得买,不停地向婆家娘家讨便宜。对于老太太的房子出租,最支持的莫过于儿媳了,这个房子一个月 1 000 块,空着上哪儿找 1 000 块?!

说到出租房子,也是为了女儿。女儿呆在这儿吃喝不说,还一分钱没有。老太太租了房子想把这点钱补贴给女儿。可是半年的房租一拿到手,儿媳马上跑过来讨要,说妞妞要上专业课,给她找了一个有名的画家当老

师，一张口就要了3 000。

女儿心疼老太太，拒绝了母亲的2 000块。自己再苦也有年轻的身体，而老太太已经这么老了，万一有个病，动一动就得多少钱哪。说到病，老太太一肚子的委屈，年轻的时候不在乎，造就了现在的病身体，不仅胃疼，还有高血压、糖尿病。胃疼能忍则忍，而高血压和糖尿病不能忍，贵的药不敢买，只好到小药店讨点便宜。对面的老太太有一个当医生的儿子，她也有高血压，儿子为她买了很多关于高血压的药品，等她心情好了，老太太可以讨点便宜。

在老太太眼里，自己的疼呀累呀都无所谓，只要女儿儿子能过得好，能常来看看自己就行了。自己这老胳膊老腿，活一天算一天，实在不行了，吃点安眠药完事。现在医院可不能进，一进没有万儿八千的出不来。像楼下的林老头，得了脑血栓，把女儿折腾穷了不说，现在还是植物人让人伺候。

老太太早就想好了，假若自己得了病，只要花大钱的，她就不治，能瞒就瞒，实在瞒不过就吃点安眠药见老头子得了。这阵子，老太太心疼，好像谁在心里揪了一把，疼得整夜整夜睡不着。胡静静天天叫她上医院，老太太表面上答应着，心里并不准备去。她想的是钱，这一去医院得多少钱哪。

老头子死得突然，老太太没有积蓄。要不是老头子留下了房子，上哪儿挣1 000块去。房子二室一厅，随着岁月的流逝，墙皮已经脱落得不成样子。当初租房子的时候，为了把价格租高，老太太去街上买了白灰，和女儿一起把房子粗抹了一下。要不，依照房子的现状，能租800块已经不错了。

除了房租，胡静静每个月还给老太太300块钱，以做水电费和晚餐费。老太太周一到周五给胡静静做晚餐，周六周日她基本上见不到影儿。

老太太做完了孙女的螃蟹，又做了一个萝卜排骨汤，这个汤是老头子在世的时候喜欢的，他不在了，老太太并没有把这道汤省掉。在她看来，有了这道汤就像老头子在身边一样。

门铃响起的时候，老太太正因为胃疼而缩在沙发里捂着肚子。等老太太弯着腰过去的时候，中年男人已经走进了胡静静的屋子。他手里拎了一包东西，方方正正的，看不清里面的内容。见老太太出来，男人笑了笑，阿姨好呀。

老太太没答理他！

胡静静也不太高兴，她一边在屋子里翻来翻去，一边低声埋怨着什么。老太太看出他们的不愉快，但也不想让他们在家里争吵下去。老太太觉得有必要和胡静静谈一次，正儿八经地谈。以一个房东，加母亲以及过来人的身份。因为，老太太非常担心，万一有一天人家的老婆打上门来，她怎么办？

见老太太站在门口，胡静静只好披了大衣和男人出来。临走的时候，男人又笑着向老太太告别，阿姨，我走了啊。

老太太看都没看他一眼，用力地关了房门。

这叫什么事呀，还经理呢，看来纯粹讨便宜的主儿。胡静静也是，如果真喜欢这个男人，就让他离婚呀，离不了婚就让他给自己买房子。隔壁的二小姐不是也做了人家的二奶嘛，可是人家得了一套复式房子。胡静静不呆不傻，跟着男人为了什么呢？

胡静静的房门从来不关，对于这点老太太感觉舒服。像楼上的林家也出租了一个房间，那女孩出门时总把门锁了。老房子过道窄，又没有灯，全图房间里的光亮了。可是门一关，过道里黑黑的，害得上次老太太在林家差点摔了一跤。

对于出租和被租者的关系，老太太分得很清。人家锁门有锁门的好处，不锁门呢，一来信任自己，二来人一走也感觉不到房子租出去了。

算了吧，让了吧，放了吧，要原谅，要潇洒……

胡静静房间里的电视开着，一个男歌手穿得花里胡哨的站在台上唱。老太太过去关电视的时候，突然看到胡静静的手机忘在桌子上了。那款手机呈黑色，宽屏幕，好像还带摄像头。老太太拿起手机，恋恋不舍地抚摸着，要不是怕人家笑话，老太太想有这么一个手机啦。

这时，黑色的手机响了起来，不知为什么，老太太就接了，一个男人也不管对方是不是胡静静，就说对不起静静，我想了一晚上，觉得我们还是分手好。因为我现在一时半会儿回不了国，也不能耽搁你的青春。

老太太一下子听出来了，是胡静静的男朋友，虽然只见了一次，但他的声音特别好听，像播音员一样。老太太没等对方说话，一下子把翻盖合上了。

在胡静静和别的男人乱搞的时候，老太太曾经一万次地在心里咒骂他们，可怜那个远在国外的男朋友。可是等到她所希望的成了现实，老太太又心软了。

冬季的日子越缩越短，四点不到的功夫，天都快黑透了。站在阳台上，老太太伸着脖子看楼下。儿子开的白色面包，单位给他的部门配的，很远就可以看到了。女儿可能会坐公车或者骑自行车来。不过女儿的身影也好认的，瘦瘦的，小小的。

无数次，没事的时候，老太太就站在阳台上张望。人老了，就喜欢膝下儿孙缠绕。当儿子和女儿守在身边的时候，老太太觉得特别幸福。

孙女妞妞是一个小精灵，小小的年纪就特会讨人喜欢。来了又唱歌又跳舞，还搂着老太太撒娇。只是妞妞学习任务繁重，除了完成作业还要成为一个大画家，所以她不能像以前一样，一周来看望老太太一次了。

孙女不来，儿子也不能来，儿子不来更不敢指望儿媳了。女儿倒是隔三差五的来，但女儿来了除了诉苦还是诉苦。有一次，女儿还对老太太说到离婚的事情。

老太太不希望女儿这样过下去,但提到离婚老太太还是不太愿意。虽然现在是新社会了,离婚就像脱衣服一样随便。但想到女儿从已婚回到未婚,再跟在老太太的身边重新选择人生的时候,她的心里就乱成了一团麻。女婿千不好万不好,要是现在甩了人家,老太太还是于心不忍。

葡萄已经泡了半个小时,它们在清水里显得清脆碧绿,老太太捡了一颗葡萄放进嘴里,酸得老太太一个激灵。怎么酸呢?明明尝了的。老太太不信邪,又挑了一颗放在嘴里,还是酸的。再尝,再尝七八颗了,还是酸的。

老太太傻了,怎么是酸的呢?她站在葡萄前百思不解。后来,她把留给女儿的葡萄也拿了出来,也顾不得洗了,尝了尝竟然是甜的。老太太一下子明白了,自己给女儿留的这些就是自己尝的那些,敢情没尝过的葡萄全是酸的!

老太太不相信是运气不好,而是觉得是小贩捣蛋了。他把不酸的拿出来给人家品尝,在称的时候再把酸的加进来。想到这儿,老太太马上把留给儿子的也拿来尝尝,果然是酸的,老太太气得差点没晕过去。她看着相同却不同味的两包葡萄,心里难过死了。不过现在发现也好,假若现在不发现,等儿子和女儿把葡萄拿回家时,女儿吃的葡萄是甜的,儿子吃的是酸的,如果有一天不经意说出来呢?儿子可能不会说什么,那儿媳呢?

如果真是这样,那跳到黄河也洗不清了。

当即,老太太决定找小贩去。走到门口时,她才为自己的想法感到可笑,别说天黑,就是不黑自己也不能去呀,今天是自己的生日,儿女都要来呢。

对于生日,老太太看得不是太重。以前老头子在的时候,经常张罗她的生日。老头子去了之后,就没正儿八经地过了。大多时候是女儿先记得,再提醒哥哥。不管儿女记不记得,她都不在乎。她只是想趁这个日子聚一下,反正是星期六,按平时也该来了。算一算,她已经有一个月没见到妞妞了。每当看到人家的孙女,老太太就想得慌!

电话的声音把沉入遐想的老太太吓了一跳，拿起电话的时候她马上联想到儿子不能来了。儿子当个销售经理，就忙得像个总统一样。经常在半路的时候来个电话，妈，单位有什么什么事，我不能来了。电话里却是女儿的哭声，妈，我不和他过了，我得离婚！

什么？

妈呀！我……女儿哭得说不出话来。老太太不知道女儿发生了什么事，但从女儿的哭声中她感觉一定出了大事。老太太听着女儿的哭声一时不知所措，只能用力地抓住电话！

电话里传来争夺的声音，不用说老太太也猜到了，是女婿在争电话。老太太刚想说什么，电话已经被女婿抢到手，成功地挂掉了！

眼前黑了黑，老太太及时地抓住桌子。

老太太拨着儿子的手机，越急越不通。在挂电话的时候，窝在眼里的泪终于涌了出来，像河水一样抹也抹不住。老太太窝在沙发里为女儿的不幸号啕的时候，房门却被人拍的山响。

老太太以为儿子来了，可是出现在眼前的却是三个凶神恶煞的男人。没等老太太回过神来，三个男人冲进屋子，像疯了一样见啥砸啥。电视，冰箱，饭桌，连厨房里的那些饭菜也无能幸免。

怎么了？你们为什么砸我家的东西？你们不怕犯罪啊？我，我我报警！信不信！老太太收回去的眼泪又淌了下来。

还报警？报呀？快报呀？我好怕呀！你家的狐狸精抢人家男人，破坏人家家庭，让她破，让她骚！说着，瘦子把一个好看的青瓷花碗摔在了地上！

狐狸精呢？让她出来！

就是，别以为我们找不到你的家，妈的，今天逮不着算你幸运！老太太，你心疼吧？谁让你管不了自己的闺女！他们砸够了，在走出门的时候还让老太太给狐狸精带话，要是她再不离开王涛，你这个家就别想要了！

女人的聪明就像她的爱情——
不是太少，便是太多。

王涛是谁？老太太不知道。她的脑子成了一团乱麻，她想到女儿，想到刚才女儿的电话。难道是女儿偷了人家的男人，因为这个才和女婿打起来了。可是不对呀，女儿好久不在家住了，人家怎么可能就找到娘家来了？

如果不是女儿，刚才女儿的电话又是怎么回事？虽然他们俩打架已经成了家常便饭，但在今天，打架显得与众不同起来。

屋子里像遭劫了一样，老太太突然想到胡静静的手机，她一进屋子就看到胡静静的大幅黑白照片被撕了下来，上面还用红笔画了一个X！

老太太后悔死了，她后悔自己把房子租给了胡静静，她后悔刚才没对三个男人说清楚。如果刚才说清楚，他们肯定不会砸东西的，毕竟胡静静所做的一切与她这个房东无关！

老太太去拿电话的时候，脚下一滑，整个身体像皮球一样摔在地板上。所触之处全是刚才洗干净没有来得及吃的葡萄，它们被撒在了地板上。

有的葡萄被脚蹂躏得烂了一地，还有些葡萄一半碎了另一半张着，另外几颗幸免于难的葡萄挣扎着往沙发、桌子下面滚去。一粒、二粒、三四粒……

9th：寂寞时期的爱情

JIMO SHIQI DE AIQING

李正认识然然的时候，然然的第四个男朋友刚刚离开了她。然然一天到晚就像丢了魂一样，坐在办公室里老是自言自语。唉！这世上根本没有爱情的。看来还是老于说得对，女人还是找个对自己好的人嫁了最好。此时的然然已经 26 岁了，这样的年龄在江城就算大龄姑娘了，这样大的女人还没有嫁在封闭的江城就意味着失嫁。失嫁？多可怕的一件事情。记得张爱玲曾经就女人失嫁做过文章，好像是说一个女人要是没才也没有事业，还是快快的找个人嫁了的好，因为这样的女人再等几年也不会增加她的智慧与才华。

热情的老于大姐怕然然会想不开，就费心的从哪本书上找来这么一些话来安慰然然。然然心里就有点舒服，按照此话，她就有理由现在不嫁，然然在小小的江城也算个优秀的女孩子，虽然然然已经 26 岁了，但她仍然称自己为女孩子，在然然的心中女人和女孩子是不一样的，只有结了婚的才叫女人，没结婚不管多大都是女孩子。这是规则。

然然在电台上班，虽然只是个小小的导播，但在小小的江城已经足够显摆的了。然然所有在江城的朋友同学中只有她自己一个人在媒体工作。电台的班车每次路过然然家门口的时候，就会有邻居羡慕的目光远远地射过来。有个爱和然然开玩笑的大婶每次见到然然就说：这不是大记者吗？上哪儿去？然然就脸色红红地说又瞎说，我是导播。大婶就笑着对旁边的人说，然然这孩子在电台上班呢。然然就感到心里很受用，她想有一天我会成为记者的。只不过是时间的问题罢了。

在电台里然然是为数不多的本地人之一，因为在这之前，江城所有的新闻单位都是外地人的天下。光新闻部里 10 个人中就有 9 个是外地人。最近的来自山东，最远的来自黑龙江。那一个叫刀子的是地地道道的江城人，在北京上的大学，回来后就分到了新闻部。刀子的普通话说得还算可以，就是长得太不像那么回事了。又胖又矮的，让人联想到肉球。文艺部的安由由常拿这个来涮江城的男人。她用细细的小嗓子说：然然，你们江城的男人都是刀子这样的吗？然然和安由由在一个办公室，然然每天都坐在导播室里为安由由服务。这倒没有什么，最让然然不高兴的是她老拿这句话来涮江城人，每天想起来都说那么一两次。然然就有点不高兴，地域的歧视让然然忍无可忍了，在安由由再一次说出这句话时，然然就猛烈反击：再不好也比河南人好啊，坑蒙拐骗样样俱全。安由由也不示弱地说我是山东人，从我爸那辈就在山东了。然然不屑地一笑说怪不得呢，骨子里还留着河南人的本性。安由由就变了脸，两个人正争得脸红脖子粗的时候，桌子上的电话就响了。

电话放在前面的桌子上，平时都是安由由接的，现在她一生气就不接了，低着头专心致志地看一封读者来信。然然就扯了一个嘴角，跑过去接了。一个厚重的男中音说：是电台吗？然然说是，请问你有什么事？此时的安由由就抬起头来，按照常规一定是热心听众找安由由的，不是想来见见她就是给她寄了一封信问她收到了没有。安由由最有成就感的就是接到听众的来信或者说电话了。有一次安由由感冒了，细心的男听众就把感冒药和一束鲜花放到传达室里，让电台的同仁羡慕了好一阵子。

对方沉默了好半天，才说我也不知道找谁，然然就有点儿上火，在她要摔电话的时候，男人才吭吭哧哧地说这儿有条新闻线索。然然一下子来了精神，她说你说说具体情况？男人说二马路这头上有一个小女孩，好像有10岁吧，她在三马路上碰到我说家里受灾了，交不起学费，我就给了她50块。可是一个月以后，她又到二马路上来了，又向我伸手了。然然当时脑子里一激灵，这个小女孩可能是个骗子，或者说是以此为生有老板在后面操纵她。或者说她有难言之隐。然然二话没说，就咚咚地跑下楼了。然然去新闻部找刀子，虽然安由由也是记者，虽然电台有好多然然认识的记者，但她执意跑下楼去找刀子就是因为他们都是江城人，然然身不由己地想做出一些事证明江城人的能力。可是刀子却不在，然然就一个人跑到现场来了。在她一本正经地掏出本子的时候，然然想也许，改变她命运的时机来了。

二马路距电台有七八站的距离，然然坐的士赶到现场时，那个小女孩已经被人们围住了。然然跑到公用电话亭里挂通了报信人的传呼，刚放下电话，一个男人就从一辆桑塔纳里钻出来了。他一边和然然握手一边自我介绍：李正，木子李，正大光明的正。然然点了一下头说你还通知别的媒体了吗？李正说没有。然然说太好了，我们要的就是独家报道。李正和然然挤进去时，一个警察已经在里面干涉了，小女孩哭得一塌糊涂。李正就大着声音说：让让，让让，电台的记者来了。

然然就在众多羡慕的目光里，蹲在了小女孩的身边。然然说你不要哭了，能告诉我你的家在哪儿吗？小女孩拼命地摇着头。然然又说你不要怕，我是电台的，我们来的意思就是要帮助你。小女孩更加拼命地摇头拼命地哭。这时警察就不耐烦了，他对然然说你不要和她费话了，她在这儿也不是一天两天的了，我们也不是遣送一次两次的了。然然看了他一眼说：你看问题能不能客观一点？你怎么知道她就是甘心情愿的？你敢说她不是被人操纵或者说被拐骗来的么？我是记者，我有责任把这件事情搞清楚。警察看了她一眼说你是记者？电台的记者吗？你们怎么没带录音机呢？然然愣了一下，就在她愣的过程中警察又说了一句：你的记者证呢？

这是然然所没有想到的后果，尽管费了九牛二虎之力找到了刀子找到了台里，尽管已经证明了然然是电台里的人，而且是文艺部的导播；而且警察也当着大伙的面给然然道了歉，但然然的故事在很短的时间内就已经家喻户晓了。然然就像蔫了的小草一样，好长时间恢复不过来。而这时候，她第四个男朋友，一个让然然一直引以骄傲的男朋友却倒在了别的女人的怀里。

就算事情已经过去很久了，然然仍然记得那天的情景。然然本来打电话是想让男朋友来家里吃饭的，然然的妈炖了一大锅的鸡汤。一开始的时候没有人接，后来男朋友就接了，他好像在登山一样显得有些气喘吁吁的。然然说你在做什么？男朋友想了一会才吭吭牙牙地说我在工作呢，你没事吧？没事先挂了，我忙得要死。然然就在这个时候听到了好像猫儿被挤压的哼哼，急急的两声就没有了。然然说你那儿是什么声音？男朋友说是猫打架呢。然然刚想问哪儿来的猫，男朋友就把电话给挂了，再打就占线了。

然然就躺在床上想，想来想去她终于明白了。她记得有一次和男朋友看录像时，就有这么一种声音，那是做爱的声音。还说猫打架？他们在做爱？然然的脸就"呼"的一下子燃烧起来了，他？他妈的！他妈的！然然感到一种从来没有的屈辱，她本来应该到男朋友那儿去堵的，后来她又想自己算什么东西？然然就哭泣着冲下了楼。

然然的心情也就非常的灰暗。她在最悲观的时候想得最多的是赶快找个人嫁了吧，什么身高啊，什么长相啊，都无所谓了。你看办公室的老于大姐不也就找了个开的士的吗？人家的小日子过得比谁都幸福。每当老于大姐下班，人家那位总会开着车在门口等她。电台里这么多的人，尤其是那些优秀的人，谁能像老于大姐那样天天有车接送。虽然是一辆的士。然然自从第四个男朋友背叛她后，她的心情就始终不能明朗起来，她想找一个人嫁掉，又想不出除了男朋友哪一个人能够和她携手一生。想找一个人结婚并不难，难的是能不能达到她所要的效果，能不能对男朋友起到报复的作用。女人一旦受伤，想得最多的就是快快找一个比他各方面都要好的男朋友，快快的结婚。

安由由主持的是一档谈心节目，这档节目每天晚上10点半开始，到11点结束。这半个小时的时间，安由由就接听一些电话，读几封听众来信。大多是一些失恋或者说家里出现危机的事情。然然作为这档节目的导播，有时候她觉得很没有意思。尤其是近一些日子，只要一坐在那儿，然然就会想起男朋友的事来，想到男朋友她的心情自然就不会太好。所以，接听听众的电话声音也不如以前好听了。

又是11点了，然然看到直播室里的安由由对她做了一个OK的手势。然然就像从梦中醒来一样，她以最快的速度收拾自己的东西。她不想和安由由一起走，她承受不了安由由跳上摩托车时对她说的客套话。然然看不到开车的是一个什么样的男人，他每天晚上都会准时骑着那辆马哈哈摩托车在电台门口等安由由。安由由就从推自行车的同事们中间，像鸟儿一样蹦出来。在上了车后安由由会对着同事包括然然说一句，要不要带你们？好像她坐的不是摩托车而是一个大奔驰一样。

安由由从直播室里走出来，她在等电话，每天这个时候那个男人就会打电话上来。当电话响起来的时候，然然已经走到了门口。她只有走，难道她要停下来听安由由酸吗？可是安由由却叫住了她，说你的电话。口气有很明显的失望，又有明显的惊奇。因为然然的电话是办公室里最少的，而且还是在这个时候。安由由小声地说是个男的。

然然说你好？李正就笑了起来，他说我是李正。下班了吗？然然说是你啊，这么晚了你有什么事吗？李正说没事，我现在正好转到你们电台下面。就想起你了。要不要我送你回家?李正又得意地说我今天开的是宝马。然然看了安由由一眼没有拒绝,她说好吧,你在电台门口等我。你开的是什么样的“宝马”? 然然特意在宝马上加重了语气。

一辆白色的宝马停在电台的门口,让推着自行车回家的同事一个又一个的回头再回头。然然上了车。她唯一觉得遗憾的就是安由由没有下来,她还在楼上等电话呢,要是她能看见就好了。宝马和摩托车怎么能比呢?!

李正是一个司机,他在外贸公司开车。李正说外贸公司的车在整个江城是最好的。什么奔驰、什么别克,李正给副局长开车,他开的是一辆桑塔纳。今天正局长的司机病了,所以李正就开起了宝马。开了好车的他就想显摆显摆,就开到电台来找然然了。李正说你们天天都这么晚吗? 然然说是啊,你听不听我们的节目?李正说不太听,我不太喜欢听收音机。然然说是,我们电台的节目办得不太好,尤其我们这个节目很差的。李正说我有一个哥们儿是你们电台的老听众了,应该说是最忠实的听众。他对你们的节目一天不拉的听。他还给你们那个叫安由由的写过信呢。然然说是不是他挺喜欢她的? 李正说那我就不知道了。

在街上转了一会儿,转的然然就有了困意。送她回家的时候,李正说我可能要到正局长那儿开车了。然然说好啊,祝贺你高升了。李正说就凭你这句话我天天接你也行。然然心里就很受用,加上她这些日子心情不好,身边有个对自己好的人也是很不错的事情,所以然然就没有像以前那样把李正和自己以前的男朋友比来比去,她觉得李正人还是挺可爱的。她笑了说好啊,你要是不接我怎么办? 李正傻傻地一笑说不接就是王八蛋!

就这样,李正走进了然然的生活,每天晚上李正就会准时开着车在电台门口等然然,然然就在一片羡慕的眼神中和李正说笑着离去。有一次,李正和接安由由的摩托车手一块到了,两个男人就在那儿说起了话。安由由看到然然上了李正的车后,安由由就对身边的男友说:你什么时候也换

车啊？男友不以为然地一笑：不就是一辆桑塔纳吗？以后我们是奔驰。

在李正的生活圈子内，这是第一次认识在电台工作的朋友，而且是个很不错的女孩子。李正的虚荣心就和然然一样得到了满足。只要和哥们儿一起吹牛，李正就自然地把话题转到然然身上，他添油加醋地描绘他和然然八字还没有一撇的爱情故事，他还说和电台的所有主持人都很哥们儿。尤其是那个安由由，李正得意地说她和我女朋友在一个办公室。哥们中有很喜欢安由由的，缠着李正要认识一下安由由，那个有点小钱的哥们儿说，你把安由由请来，我带你们到王子酒楼吃饭。王子酒楼是江城最为上档次的酒店，一般的人是消费不起的。李正说你以为你是谁啊？安由由架子大着呢。哥们儿就激他说是不是你请不来呀。李正把桌子一拍说：操！我请不来，等我女朋友过生日时你们都来看看。安由由和我女朋友好得和一个人似的。哥们儿就问你女朋友什么时候过生日啊？李正说这可不能说，等到了的时候你们自然会知道了。

李正天天来接然然，天天想方设法的打听然然的生日和爱好。在他第三次约请然然去看电影的时候，然然就笑了，她说李正你是不是没有女朋友？李正摸了摸头说操！我有女朋友还能这样对你吗？然然说怪不得，要是我男朋友有你一半就好了。李正的心里一凉，说你都有男朋友了？然然就说那当然。不过已经是很久以前的事情了，他躺在了别的女人的床上。李正说操！这种男人。然然说李正你的口头语还真多。李正不好意思地一笑说，对不起，和哥们儿说习惯了。以后我再也不说这个字了。

两个人就进了电影院，李正买的是情侣座。他对然然说普通票没有了。你不会介意吧？然然的眼睛专注地看着电影，有心没心的和李正说着。这是一部国产言情片，男女主人公在一次旅游中相识，两个人经过了种种考验终于走到了一起了。然然的眼泪被剧情感动得涌了出来，李正却在自言自语地发着牢骚：这破电影，一点儿也不恐怖，没劲！她不自觉地想起了第四个男朋友，每次她一这样，他总会用宽大温暖的手掌轻轻地拍一下然然的头，刮刮她的小鼻子说：还哭了？傻瓜！李正自顾自地说着，他没有看见然然已经泪流满面了。他走出门来说：下个星期天我带你去看鬼谷，很好看的。然然没吱声，她想下个星期？谁知道会怎么样呢。

两个人正要上车，就碰上了李正的一个朋友，那小子开了一辆别克。他跑过来拍打着李正的肩说：你女朋友啊？然然红了脸说李正我先走了。那人就一把拉住李正对然然说，我和他是从小光屁股长大的哥们儿，走，走，走，我请你们吃饭。然然小姐，我们都很喜欢听你们的节目，你不会拒绝一个忠实听众的约请吧？然然为难地看了一眼李正，见他正满怀期待地看着自己就点了点头。

他们找了一家酒店，李正点菜的时候，他的那位朋友就拿出手机来打，他边打边对然然笑着说：我们几个哥们儿特喜欢你们的节目，不叫他们会把我吃了的。然然小姐，你们节目的热线不好打。然然说主要是打的人太多了，你经常听我们的节目吗？李正的朋友说那可不，我还经常参与呢。李正在一边笑道：你经常打电话参与？你知道她是做什么的？李正看了一下然然说，她就是那个节目的导播。李正的朋友一下子瞪大了眼睛说是吗？你就是那个导播？然然说你看着不像吗？李正的朋友一下子跳起来了，天！是你呀？我还经常说接电话的导播和主持人是一个人呢，你没有发现吗？你和安由由的声音有点儿像。正说着，李正的那帮朋友们都过来了，他们像众星捧月一样把然然围了起来。

然然起初有点拘束，看着他们围着她问这问那的，除了必要的回答然然就安安静静地坐在那儿。这让李正的朋友们好不失望，他们在然然去洗手间的时候对李正说：这个女孩子有点儿傲。他们又说李正你和她不是一路人。李正脸色就有点儿难看，他一个人到总台那儿买烟的时候，哥们儿一齐商量：灌她。谁让她傲了。然然毕竟不是个傻瓜，她再次进屋就感觉到了气氛的不对。为了平息众人的不平为了和老百姓打成一片，然然就豁出去了，在酒杯的撞击中，在饭菜的咕嘟中，他们把气氛调起来了。然然和他们就像多年没有见的老朋友一样了，满嘴的肉香满脸的微笑。这里面还有一对，女孩子染着时髦的黄发，她和李正划拳，她的男朋友就拉着然然，然然盛情难却之下也挽起了袖子。他们说：周润发啊周润发，强盗啊强盗，喝一杯啊喝一杯。后来他们就说成了李正啊李正，或者说然然啊然然。然然输后端起酒刚喝一口就被呛了出来，在一边看着的李正就把然然的那杯酒给喝了下去，那杯酒里还被然然吐过了。

你好，收音机前的听众朋友，很高兴又在这个时间与你们见面了。我是主持人安由由。此时已经是深夜了，听众朋友们还好吗？是不是仍然守候在收音机旁与安由由共同度过这美好的时光。好了，现在我们来接听几位听众朋友的电话。你好？这位朋友。请问你拨通我们的电话有什么话要说吗？里面一个男人说我想点一首歌。送给你们的导播然然小姐，我觉得她也挺辛苦的。安由由说是的，我们的导播每天都要接好多的电话，是我们幕后工作者。我看到导播笑了，我替她先谢谢你了。请问还有什么要表达的吗？按照以前，这位听众还应该说把这首歌也送给安由由小姐之类的话，可是这位听众却没有说，这让安由由脸上有了些失落。然然看着心里就有点高兴，自从认识了李正的那帮朋友，他们一想起来就给她点歌，搞得然然心里十分的欢喜，安由由一肚子的意见。

安由由说你在谈恋爱？然然停下脚步说你听谁说的？安由由说你的眼睛在告诉我。然然干笑了一下说天！我自己怎么不知道呢？安由由就笑了说承不承认是你的事。我是过来的人了，是那个天天来接你的小伙子吗？然然说你怎么突然关心起了我了？安由由说我一直都在关心你呀，只不过你没有感觉到而已。我给你说我要调走了，我请你吃饭好吗？然然心里一愣说你要走了？去哪儿？安由由说北京。我已经给台长说了你。然然说你在帮我还是在可怜我？安由由说没有，我只是觉得你对我们的节目比较熟悉。没有人告诉你吗？我们俩的声音很像。然然从心里有些感动，可是安由由又说以后你最好不要让你的朋友天天给你点歌,影响不好。

然然一下子误会了安由由的用意，她本来在心里已经答应了和安由由一块吃饭的，被她这一句话给说得没有了心情。然然冷冷地说我还有事,先走了。安由由和然然在一个办公室工作了一年多了,然然和她在工作上配合得还算可以,可就是在私下里谈不到一块儿。老是唇枪舌剑的,但生完气两个人还得工作。用主任的话说她们是唇齿相依的关系。至于为什么不能和平相处是因为两个人都太要强了。比如去年安由由得了一个全省金话筒奖,然然就努力搞了个全国的最佳导播奖。工作上两个人不分上下,生活上两个人也都较着劲。可是,自从然然出了那件事后,自从然然的男朋友背叛她后,然然自己就觉得比安由由少了一点什么？在她面前总是显得底气不足。听了她刚才的话,然然的心里就更不平静了,前几天听说安由由要到北京了,没想到真的要走了。北京是个什么地方？安由由这一步走得好大呀。而她然然不仅还在原地踏步,而且还要别人的同情。然然心里一下子接受不了。

刀子来找然然,刀子本来已经从然然的办公室前走过去了,他却又转了回来,刀子说然然你要请客啊？然然正在忙着写一星期的总结,就头也不抬地问为什么要请客?刀子说你高升了难道不请客?刀子说安由由对你多好啊，她一走你就上去了，文艺部的这块风水宝地还是流不了我们的田。然然说你想来文艺部?刀子说那还用说,你们这个节目在全台收听率可是第二的呀。然然说那你来吧。刀子说这话说的,人家安由由提的是你我去台长能让吗?真的,你得感谢安由由。然然一下子恼了,她说刀子你不要说这种无聊的话好不好？我愿不愿意去还是个问题呢,谁稀罕!

然然打李正的电话时已经是12点半了,没有夜生活的江城已经进入了沉睡的状态。然然和女朋友在酒吧里喝了酒,两个人就把对自己有意思的男人的电话全翻出来了,她们俩站在路边挨个的打电话,女朋友说谁能在这个时候来接她就嫁给谁。然然觉得这个方法可以一试,打了半天只有李正的手机是开着的。李正听说然然要去海边,就抓了一件衣服把车开出来了。在一边等待的女朋友说然然,你比我幸福。女朋友执意上了一辆的士。然然从心里就有点儿感动。看来李正是真的喜欢自己了。

李正看到已经喝得醉醺醺的然然就生气了。李正说谁又灌你酒了?李正话音刚落然然的泪就流下来了。李正一下子慌了,他追上来问然然是谁欺负你了?然然没理他,好久好久,她才说没事,我只是想看看海,看看晚上的海和白天的有什么不一样。然然最初把李正叫出来的目的是想证明女朋友所说的话,她见到李正真的来了的时候她就想扑在他的怀里哭一会,在心灵最脆弱的时候,在心灵最感动的时候,然然希望李正能像她以前的第四个男朋友一样把她抱在怀里,或者说像她第四个男朋友一样说一些动听的足以让她忘记不快的言语。可是,李正却坐在那儿讲一些毫不相干事情,比如哪个人又贪赃枉法了,哪个车在路上出事了,搞得然然一下子没了情调。

然然说我有点冷,她以为李正会脱下衣服或者说借此抱一下她的,就像电影上演的那样,可是李正却站了起来,他说是有点冷,我们还是回去吧?要不坐到车里也行。要是感冒了就不好了,你知道最近的感冒特别的多。然然,你们做这行的就怕的是感冒,一感冒嗓子就不行了。然然突然有些烦了,她觉得李正很老娘们样,一点儿男人味也没有。然然把刚才的感动收了回去,这样的男人不能做她的爱人的,他们根本没有共同语言。何况他只不过是一个司机。然然难道要嫁给一个司机吗?要是嫁给了他,也许李正会真心对她的,可是她该怎么向朋友们介绍李正呢?安由由还找了一个公务员呢,然然却看上了一个司机。没劲!没劲!然然一往深处思考,越来越觉得她真的和李正不适合的。在分手的时候,李正握了一下她的手说:然然,你的手好凉。你一定是个心很软的女孩子。然然漫不经心地说为什么?李正说因为你的手软,我妈说了手软的女孩子心就软。然然说也许吧,我这人就看不得别人求我。李正说那如果有一天我求你了呢?然然说只要能办到就行。李正想了一会儿说我想求你做我老婆。然然一下子大笑起来了,她说那就下辈子吧。因为我男朋友马上要回来了。

7月的时候,安由由真的去了北京。她临走之前和老于大姐一起叫然然吃了饭。两个人工作了那么久第一次面对面地坐在桌子上吃饭,第一次掏心掏肺地说了许多知己的话。然然再一次谢绝了安由由的好意,她说我也马上要走了,到我们市有线台做主持。安由由惊讶得不知所措,她说你真行啊,不声不响地就搞定了。虽然平时我们经常磕磕碰碰的,但我从心里真的很欣赏你,然然,以后到北京可要找我。然然举了举杯说一定。你这一去不知道什么时候回江城呢?语气里有了些伤感。一边的老于大姐说很快的很快的,人家男朋友还在我们江城呢。安由由笑着打了一把老于大姐说我什么时候有男朋友了?然然,你的那位不错呀,一定是个优秀的男人吧?然然摇了摇头说你瞎说什么?我什么时候有男朋友了?两人会意地一笑。

李正呼然然的时候,然然正在和同事在街上采访。然然手持话筒正在摄影机的前面向观众报道新闻。李正说你什么时候走了?然然说一个月了,你有事吗李正?李正说没事,我昨天在电视上看到你了。然然说我现在很忙,有时间再给你电话吧。

说着话日子就一天一天的过去了,然然在这期间曾经给李正打过电话,却没有找到他。后来,李正在商场看到然然和一个男人,他们正在那儿买戒指,好像要结婚了的样子。李正心里一酸,默默地走开了。从此,两个人就再也没有联系过。李正每次坐在电视机旁看电视的时候,看到然然就会想到以前的日子。真是让朋友们说对了,他和然然不是一路人,只不过在生活中,他有缘和然然相识并走了一段路罢了。

然然再见到李正的时候,李正已经下岗了,他和妻子在路边乱摆摊的时候,正赶上然然在现场采访,然然没有看见李正,当她习惯性地把话筒伸到李正夫妇的面前时,她才一下子愣住了。后来,她迅速恢复了常态,对着摄影机很平静地说:观众朋友们晚上好……

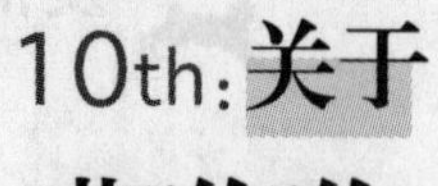

10th: 关于 哎哟哟

GUANYU AI YO YO

女人坐在沙发的这一头，男人坐在沙发的那一头。两个人的眼睛都盯着电视，好像演的电视特别好看特别能吸引他们一样。男人不时地笑两声，女人也跟着笑。只是男人笑得比较响亮，女人笑得比较含蓄。

此时夜幕低垂，屋子的大灯开着，客厅里的台灯也开着。这两种不同的灯光伴着明明暗暗的电视一下子撕破了夜晚的黑，闪闪烁烁地呈现在两个人的身上。

女人穿了一件米黄色的套裙，脚上穿着一双尖尖的带有扣带的高跟皮鞋。她的脚并在一起，感觉好像是在会议室里谈判一样。男人穿了一件棉布白衫，一条纯黑的长裤，脖子里的领带已经被男人扯松了，像蛇一样挂在他的脖子上。他穿着拖鞋，两只腿松松地展开，一条向左一条向右地摆动着。

男人说这电视挺好看的。

女人答还行吧。

男人看到女人的杯子空了，就过来说我再给你来点水？

女人一把捂住了杯子说不用了,喝得太多了。

男人笑着说也是,要不光跑厕所。

在他们看电视的期间,男人跑了三次厕所,女人跑了一次。男人又一次跑向厕所的时候,女人也感到自己的肚子坠得要死,尤其听到一阵哗啦啦的声音从关闭的洗手间里传出来,女人更觉得自己忍不住了。

她挪了挪脚想,走吧,马上走吧,等到回到宾馆再上厕所也不迟。

男人在女人还没有提出来的时候,突然对她说我们不看电视了吧?电视越来越没有意思了。

女人说行啊。

男人说要不我给你讲个笑话?

女人说你还会讲笑话?

男人坐近了女人一点说当然,我讲的笑话保证你笑。

女人说如果我笑不出来呢?

男人说如果你笑不出来,我就输了,如果你笑出来你就输了。

女人说输又怎样?

男人说谁输了谁就要为对方做一件事情。

女人说那要看什么事情。

男人说放心,绝对在可以的范围之内。

女人说好,你讲吧。

女人在男人没讲的时候,就坐正了身子,做出一副苦大仇深的样子。她还把牙齿咬得紧紧的,以便自己控制不住笑出声来。

男人开始讲他的笑话:我有一个哥们儿开了一辆特别酷的小车,车号是:AUU001。

女人说个性化车牌。

男人说对,他的车其实买了好久了,没有挂牌的原因就是等个性化车牌。

女人没有吱声。男人继续往下讲:我这个哥们儿喝醉酒后与人相撞。他竟然没管伤者,开起车就跑了。结果被撞的人马上拿出手机报警。对话如下:

你好,这里是122紧急热线,请问您有什么事?

我,我,我被车撞了,哎唷,疼死我了,骨头都快断了。

请问您看清车牌号了吗?

看看,看清了,哎唷,疼死了。

您别急,先赶紧把车号告诉我们,我们这就派人去现场。

好,车号是,是,A,U,U。

请您赶紧把车号告诉我们,要不然就抓不住人了!

好,好,A,U,U。

我说请您先把车号告诉我们!

我这不是在说吗? A,U。

你能不能别老哼哼唧唧? 赶紧说!

我,我没哼唧,真的是A,U,U。

靠! 你Y欠揍吧?! 撞死活该!

哈,男人讲完就笑倒在沙发上了,他倒在沙发上的时候头向着女人这一头,而且倒下去的距离离女人非常近了。他捂着肚子好像快要笑死了的样子。男人讲的这个故事,女人已经在网上看到过了。起初的时候她没有笑,后来看到男人捂着肚子拼命凑合的样子心就软了下来,她就咧了咧嘴。

男人马上跳起来了,他说你笑了你笑了。

女人说那又怎样?

男人说你输啦。

女人说我知道输啦,你说你的条件吧。

男人没想到女人这么爽快,一时不知道提什么条件才好。女人笑了笑

和有情人，做快乐事，
莫问是缘还是劫。

说没事,慢慢想。我去一下洗手间。

女人连蹦带跳地跑进洗手间,再晚一会她感觉自己都要尿裤子啦。

洗手间里也和屋子里的感觉一样, 乱乱的。脸盆里泡着没有洗的衣服,洗衣机盖打开了,里面盛着撒了洗衣粉的水。看来男人还没有把搓好的衣服放到洗衣机里去。那个洁白的洗手盆和旁边的浴盆一样,上面布满了灰灰点点,看样子没有几包去污粉很难让它们恢复以前的面目。

两只不同色彩的牙刷插在一个缸子里,一个向外一个向里。女人认出这两只牙刷已经用了好长时间了,周边的毛已经翘起了尾巴。她起初想不明白男人为什么要用两只牙刷, 后来她看到有一只牙刷的磨损程度明显高于另一只牙刷时,她才舒展了一下额头。

有没有女人生活的家是一眼就可以判断出来的,尤其在洗手间里。女人对洗手间的干净程度一点也不次于自己的衣服, 有女人的洗手间绝对要比这个洗手间干净一些。

洗漱台上还有半块用过的香皂,因为日子太久已经干得透透的了。女人还看到一瓶用过不久的沐浴液,还有男人用的刮胡刀、润肤露,她在最角落里还发现了一支吸了半截的香烟。

女人已经不是第一次打量洗手间了, 每进来一次她都会重新打量一遍。从上到下,从里到外。她觉得自己在打量洗手间的时候心中总被一种力量促使着,她好想伸出手去,把盆子里泡的衣服洗出来,盆子里的衣服她翻看过了,一条内裤,一个背心,还有男人穿的一件衬衫。衬衫是白色的,质量和做工都非常好的那种。女人抚摸了一会儿湿乎乎的衬衫,还是打消了涌出的念头。

她整理一下自己的头发,就往唇上抹了点口红,然后没事一样走了出来。

男人在沙发上等得太久,女人出来的时候他正盯着洗手间的门。女人倒不好意思了，她本来想找一个理由但嘴里却吐出来的是：衣服不能泡太久。

男人趁机说我不会洗衣服，所以就泡。

女人说学啊。没有人生下来就会洗衣服。

男人说你教我好不好？要不你帮我洗得了。

女人说我不会洗衣服。

男人说真的？

女人说真的，不仅不会洗衣服还不会做饭，我是一个什么也不会做的女孩子！

男人不相信地摆着头说，少来，我才不相信呢。平时你的衣服谁给你洗的？谁给你做的饭？

女人说有人帮我洗啊，有人给我做饭啊。

男人说不会是男人吧？这样子我会吃醋的。

女人哈哈地笑了起来，她说你吃我妈的醋啊？

男人站起来提议，要不，我们出去走走？

女人拎了包说我想回去了，太晚了。

男人看了一眼表说晚什么啊？还不到11点呢？北京的夜生活刚刚开始。我带你去三里屯怎么样？那儿的酒吧在全国都非常有名呢！

女人说我想去看天安门。我来北京最大的愿望就是看天安门。

男人说明天早上去啊，还可以看升国旗。男人说着就往外走，下楼梯的时候因为黑暗他还拉了女人一把。女人的手握在他的手里还不到一分钟，女人就挣开了。

女人发现男人的个头和自己差不多高，因为穿了高跟鞋，猛一看她还比男人要高一点儿。女人想起他们没有见面的时候，男人曾经在电话里告诉她自己一米七五。现在与男人走在路上，她越来越觉得男人最多也就一米七三,而且还是穿鞋的。

三里屯是女人的一个梦想。在认识男人的时候,他曾经在电话里给女人无数次提到三里屯,而且据他说如果开车的话也就五分钟的时间。男人带着女人下了楼,然后走到路边拦的士。他好像是无意地对女人说车坏了,在修理厂呢。

女人笑了笑,男人坐在了前面,她坐在了后面。她觉得男人很绅士,他懂得帮女人拉开车门,并在女人坐好后才坐到前面去。女人坐在后面一直趁着灯光打量男人。从心里来说,这一个男人长得不算帅,也不算太有气质,但这个人有风度。男人从最初吃饭的时候帮她拉开椅子,再到他家的时候帮女人洗好水果,再到现在他要求司机关上车窗,因为此时的晚上还是挺凉的,男人害怕女人会感冒。

女人笑着说我也是北方人呢。

男人说女孩子都怕冷,尤其像你这样苗条的女孩子。像我就不怕冷,身上全是肉,再冻也冻不到骨头。女人细想感到不高兴了,什么意思嘛,你以为我身上全是骨头?

女人是一个不会掩饰自己感情的女人。男人发现女人脸上涌出不高兴的样子来的时候,他们已经坐在了酒吧里。酒吧里全是人,挨挨挤挤的。他们在服务生的带领下,坐到一个角落里。男人坐下去显得椅子太小了,他自嘲地冲女人一笑说该减肥了。

这时候,他才发现女人的脸色不好,她的眼睛低垂着,抿着嘴唇。男人感觉女人的嘴唇生得厚实,又润泽,看起来很性感的样子。男人用手在空中摇了摇说怎么了?是不是太吵了?

女人慌忙抬起头来说没事啊,对了,我突然想起你以前说过的话。

男人说什么话?

女人说你那天晚上给我打电话,说自己真的要减肥了。因为你刷牙的时候牙膏掉下来,却落在了肚子上。

男人下意识地摸了一把肚子说这是真的，我以前特别瘦，可能是在外面老吃吃喝喝的原因吧。一个人吃了全家不饿！

台上有一帮人在敲敲打打地唱歌。一个穿着花衬衫的男青年一边晃动长发一边唱歌。女人觉得左边那个敲大鼓的男青年特别帅，他的手用力地在空中挥舞着，脸上的一缕长发随着身子摇来摆去。女人想不明白搞音乐的男人为什么喜欢留长发，而且还扎了一个耳朵眼。女人不喜欢男人留长头发，她喜欢男人留板刷，平头，那样子显得干净利落。

这些男人都记着呢，他还记着女人不喜欢男人留长指甲。她自己的手指也是修得整整齐齐的。男人发现女人的手指纤细而修长，和那个在台上弹钢琴的女人差不多。男人突然想握一下女人的手，他装出无意的样子伸出自己的手说，你看你看。

女人回过神来，一下子明白了男人的意思。她认真地抓起他的手看了看，然后把目光落到男人的无名指上。无名指留了指甲，而且看起来也很长。男人缩回了手解释说这个手指甲有用，挠挠痒，掏掏耳朵。男人本来还想说挖挖鼻孔，一想不对就把话收回来了。

他伸出自己的手说我们俩比比，看谁的手长？

两只手合在一起，女人的手纤细修长，男人的手宽厚粗犷。后来那只宽大的手一用力就握住了女人的手。女人挣了几下没挣出来，也就任男人握着了。

台上的歌手换了一拨又换了一拨。男人握着女人的手，一时不肯松开。

这时候，有一个推销玫瑰花的小女孩转到了他们的桌子前。女人马上把手从男人的手里挣脱开来，以客为主地表示自己不要玫瑰。小女孩看来推销玫瑰已经有了太多经验。她也不看女人的眼色，拿着花就往男人手里塞：先生买一束玫瑰花吧？你的女朋友好漂亮呢。

男人摊开钱包，女人认出了那只钱包是花花公子的钱包，那里面鼓鼓囊囊地放了很多现金,外层是人民币,里层是美元。男人哗啦啦地拿出一张美元,后来又抽出一张人民币。他不仅大方地买了鲜花,还给了小女孩100元的小费。

女人感觉男人掏钱的动作比较潇洒,小女孩把一大束玫瑰花放在他的面前,他只挑了一枝就让女孩子把花拿走了。

起初女人有点生气,后来她发现这一枝玫瑰花的价钱已经可以买一束玫瑰花了。这意思就是这男人不是小气鬼,而是把他认为最好的玫瑰花送给她了。女人脸上笑了笑,并没有伸手去接那枝玫瑰,男人只好把它插到了已经喝完的酒瓶里。

女人说我不喜欢花。

男人说我知道,所以我没有送你一束,而是一枝。

女人说喜欢和数量没有关系。

男人说你知道,我长这么大第一次买花,给我一次机会好吗?

台上的人在模仿崔健的摇滚,所以说起话来比以前费劲很多。有时候男人还把嘴巴凑到了女人的耳朵上,女人有一次还碰到了男人的鼻子。男人的鼻子凉凉的,像冰。

两个人不再说话。

女人接了两次手机,去了两次洗手间。男人也接了一个电话,也去了两次洗手间。

女人的两次手机都是未婚夫打过来的,他不放心她,他说广州的非典很严重,可能北京也会有了。女人笑嘻嘻地说没事,北京一点事也没有,街上连一个戴口罩的也没有。

未婚夫说你现在在三里屯吗?

女人说是,和几个朋友在一起玩呢。

男人的电话是以前的一个女友打过来的,说白了也不是什么女朋友,

就是有过性关系的伙伴。她今天晚上想到了男人,就表示自己要到他家里来。男人拒绝了,他说我这儿有朋友呢,改天我约你好了。

女人打电话回来男人看了她一眼问男朋友啊?

男人打电话回来,女人却没有问,虽然男人想好了刺激她的理由。

他们喝酒。

他们喝的酒是来自瑞士的一种洋酒。那个洋酒的瓶子和正常的两只啤酒瓶子差不多大,上面写满了英文字母。女人因为约会把眼镜摘了,所以她不知道这瓶酒的名字。

这一瓶酒的人民币是680元,当看到男人掏钱的时候女人心里有些不忍。但她也觉得自己不好阻拦。他们在网上聊了一年的时间,然后煲了半年的电话粥,后来他们就决定见面。当时男人准备去上海,准确地说男人去过一次上海,他是在上海机场转机的时候给女人打的电话,女人不敢就找理由推了。

然后女人答应男人,如果有机会到北京去,她一定去找他。

话这样说的时候,女人已经有了自己的男朋友,是自己大学时的同学,虽然谈不上太喜欢,但也不反感。女人感到男人是她生活中的一场梦,有快乐但却是虚幻的。她之所以马上答应同学的求婚,是因为她感觉男人不是认真的,如果是认真的,他不会只在北京等她来。他应该去上海,不管找任何理由都能去上海看她。

北京离上海的路程并不远,可是却阻隔了他们两年。

两年前他们通过网络认识,写信,打电话,交换照片。有时候半夜睡不着还说一些让人脸红心跳的情话,但他们却无缘见面。

女人如果不是自己找了一个不太喜欢的人,她这一辈子都不会到北京来找他。其实在这两年里,她有很多来北京的机会,但被她自己放弃了。

她以为自己能等,现在看来她终于等不急了,在自己结婚的前一个星期里,她像做梦一样坐上了飞向北京的飞机,虽然这时候全国正处于非典的恐怖中。女人在坐飞机的时候已经想好了,如果男人能够留她,她就不回上海了。

酒喝得有些多了,女人和男人都多了。他们俩摇摇晃晃地从酒吧里出来。女人果断地拦了一辆的士说我送你回去,然后回酒店。男人也不说话,他好像已经站不稳了一样靠在女人的身上。

女人开始有些反感男人,他怎么能喝多了呢?他怎么能靠在她的身上?本来她应该醉了,然后靠在男人的身上。现在角色反过来了。女人的脸又阴了起来,她甚至想好送男人到家后马上回酒店,明天一早就飞回上海。

下车后男人已经站不稳了,女人扶着他上了楼,在给他倒开水的时候,男人一把搂住了她。

女人没有挣扎,后来她转身搂住了男人的肩膀。男人的肩膀特别宽厚,靠上去的感觉特有安全感。

男人搂着女人,手却不停地四处游走,好像他抚摸的不是一具身体,而是一个埋藏了宝石的河滩。他的胳膊强壮有力,女人感觉自己被他搂得几乎喘不过气来了。

男人不想说话,女人却有说话的欲望。

女人说不要这样!

女人说不要乱动。

男人说我爱你。

女人说你爱我什么?

女人说见一面就爱我了?

男人说我相信一见钟情。

女人说可是我不会洗衣服。

男人说嗯,那就不洗好了。

女人说我也不会做饭。

男人说嗯，我们不吃好了。

男人一边说，一边加剧了手中的力量。女人觉得自己已经快被他揉化了，他的双手从她的腰，到她的背，然后是胸。他的手上上下下左左右右地游走，后来就停了下来。女人刚想喘口气，却感觉男人的手已经解开了胸罩带子。

啊，女人心里吓了一跳，她拼上命地推开男人，因为推的角度不对，男人搂着她滚到了地上。

女人已经没有了原先的幸福，她心中充满了恐惧。

事情变成了这样，这是她想不到的。男人怎么一点儿铺垫都没有，他的手已经接近了两个禁区。女人起初的挣扎有点儿装腔作势，但现在的挣扎好像变成了垂死挣扎一样。面前的这个男人好像是一个强奸犯，她要与这个强奸犯搏斗，然后想办法逃跑。

男人也感觉到了女人的异样，他借着要喝水的理由松开了女人。男人从冰箱里拿出了两只冰淇淋，一只给女人，一只给自己。女人拒绝了，她现在想的是怎么样逃走，她怎么有心思吃冰淇淋呢？再说如果这冰淇淋下了毒药呢？

女人发现自己一点儿也不了解眼前的男人，虽然他们柏拉图式地恋爱了两年。她突然想到一句电视里的台词，她对男人说我们俩就像天上的星星，看起来很近，其实很远。

因为挣扎男人已经出一身的汗水。他吃了一只冰淇淋又吃了一只。所以他根本没有留意女人的话，他脑子里想得最多的就是女人怎么这样善变？是他没有魅力吗？以他的经验来看，凡是答应来他家坐坐的女人，都会让他达到目的的，而且在他还没有抚摸完整的时候，那些女人就躺在了他的床上。

男人表面上在吃冰淇淋，内心里却在游走与女人共度的整个过程，他不知道自己哪一个环节做错了,在紧要关头女人却垂死挣扎。他妈的,什么事啊？男人一边想一边埋怨。

女人心里也展开了激烈的斗争。她想男人是不是根本不爱她,他只是把她当成了一夜情人,或者说是性伙伴。女人承认性在某一方面是爱情的最高境界，但男人也过于匆忙了吧？他们呆在一起的时间还不到6个小时,他就想脱了她的裤子。他妈的,什么事啊？女人开始后悔自己来找男人了。

两个人僵持了一会儿,后来还是男人主动起来,他用胳膊环住女人的肩膀说对不起,我不是故意的。

此时男人的眼睛看着女人，女人感觉到男人身上的热量又哗啦啦地涌上来。女人把头靠在男人肩上,两个人静静地搂抱了一会儿,女人突然问:经常有女人来你家玩吧？

男人愣了一下但马上恢复了常态，他用手拧了一下女人的脸蛋说有啊,一天好几个。你真相信啊？你看我是那种男人吗？茵茵,你难道不相信我是爱你的吗？

好了,我们终于知道了眼前这个女人叫茵茵。至于姓什么我们就不要管她了,正如男人所说的名字只是一种符号而已。

女人说茵茵？好肉麻哟。

男人厚着脸皮说我本来不肉麻的,但在你面前是情不自禁。我说你他妈的长这么漂亮做什么？我可害怕绿帽子。

女人一下子揪住了男人的耳朵说你敢骂我？你小子不想活啦。

男人的胳膊又用了八分的力,他准备把女人抱起来,然后按照自己设想的那样,转啊转啊转到床上。男人已经看出来了,不是他没有魅力,而是女人有些矜持而已。如果她不爱他,她肯定不会来他家,她也不会让他抱着。看看这个女人在他的怀里多温顺啊,像一只可爱的小羊羔。

女人推开男人说你给我讲个故事吧，我爱听故事，要不笑话也行。男人无趣地说讲什么故事啊？就这样抱着就好了。女人显出不高兴的样子。男人也不理她，而是把嘴转向了女人的耳朵。女人以为男人想给她讲笑话，就主动把耳朵贴上去。结果男人一下子咬住了女人的耳朵。

女人把头迎上去的时候，突然开玩笑地说非典，我现在是潜伏期啊。男人伸了一半的嘴"刷"的一下子缩了回去，他说你怎么有非典呢？是不是真的？

女人挑衅地看着男人说真的，你看我都不主动吻你吧？你摸摸我的身上，多热啊？发烧呢？男人早已感觉到女人身上热量，他没想到是非典，因为女人在男人面前就像火一样会烧起来的。

男人笑了笑，主动吻了一下女人，但吻的程度也就是蜻蜓点水而已。

女人的心哗啦一下子摔了下来。

她又去了一次洗手间，这一次她的眼睛却盯在了垃圾桶里，那里面有用过的纸巾，而且她的眼睛还捕捉到了两只她不愿意看到的东西。

女人出来就拎起包，男人一把抱住她说茵茵，你到哪儿去？现在已经是三点钟了。女人转头一看，真的是三点了啊，时间在他们的磨蹭中已经飞走了。

男人说你不喜欢我是吗？我不会勉强你的，30 多年都等了，也不差这么一天。你睡吧，你睡这屋，我睡那屋。

男人说着来拿女人的包，女人搂着男人的脖子说你不爱我，你知道我是喜欢你的啊。我们的感情不是一天两天了，我们思想上已经谈了两年的恋爱。你都忘记了么？

戏本来就要收场了，虽然有些遗憾，但我们的女主人公却不想这么收场，她主动搂了男人的脖子，她只希望他能抱着她，紧紧的。男人毕竟受不了如此的引诱。他一边快速地脱女人的衣服一边想去他妈的非典吧，就算是死他也心甘情愿。眼前的女人像一只狐狸精，他无法让自己理智起来。

床上铺着方格子的套件，黑白二色。女人躺上去的时候，她的眼睛就被眼前的黑白给刺激住了。她不喜欢黑白，尤其是方格子的床上用品。她在电话中早已经给男人说过的了。男人还信誓旦旦地答应，等她来的那一天，床上全是女人喜欢的大红。

女人要洗澡。男人很不情愿地松开了女人说，完了再洗好不好？女人推开男人，把裙子拉上去，男人的裤子已经退了一半，他也不拉上，而是一头倒在床上。

女人躺在床上的时候，本来已经打定了主意与男人温存，哪怕明天各奔东西。但当她真正地躺在床上，尤其是接触到格子的床单，她的委屈就如潮水般涌了出来。

以后的情景她闭上眼睛就可以想象得到。他们俩滚在一起，然后各自睡去。等到天亮的时候，她必须在男人上班之前离开这个家，然后飞回上海。

男人没有把她当成未来的妻子。

虽然她还记得，男人在电话里不止一次地承诺，如果她来北京，他会养着她，并会与她结婚。男人还知道女人喜欢吃一道胡萝卜炒肉丝的菜，他说自己为了这道菜而苦练了好久的刀工。

洗手间的水哗啦啦地开着，但女人没有洗，她的衣服已经脱下来了，后来她的手停留在内裤上面。女人在欣赏镜子中的身体，她觉得年轻真是一件好事啊，青春动感，富有活力。女人突然想到，自己与未婚夫还没有过亲密接触，尤其像今天晚上这样，她与这个男人拥抱，接吻，还抚摸。

未婚夫拉过她的手，只是拉过手而已。

女人想我真是坏啊，你们看看我多坏啊，明知道这个男人不能娶自己为妻，还想与他发生关系。

男人见女人在里面呆得太长，就以为出了什么事情。他一头撞进来的

时候,女人才发现她没有锁上洗手间的门。男人好像疯掉了一样,女人都不知道他什么时候把自己的裤子扒掉了。

女人说我要结婚了。

男人没有理她。

女人说我们只能是情人。

男人笑嘻嘻地咬了一下她的耳朵说我知道。一夜就够了。人活得本来就很累了,想这么多干嘛啊。

女人的身体一下子僵硬起来,她开始推动男人。男人说行了行了,我的姑奶奶。女人还是推动。男人就愤愤地说你刚才输了,你要答应我一件事情呢。女人说你讲的那个AUU我早就听过了,我本来不想笑的,是怕你没有面子。

女人主动搂了一下男人说行吧,我就答应你,但你也要答应我一件事情。男人着急地说哪怕10件都行。女人冷冷地看了看男人充满欲望的裸体说你洗澡去,你有套子吗?男人欢快地跳起来说当然有了,男人说着就从桌子上扔了一只盒子过来,那一只盒子里有十只的数量,却已经用了四只了。

洗手间的门没关,男人哗啦啦地在冲澡。因为心情高兴,他一边冲一边哼哼:对你爱爱爱不完……

女人的心缩了一下,慢慢地起来,然后套上裙子。

她觉得自己就像一个女特务,她要在男人冲完澡的这个时间内让自己消失,就像从来没有来过一样。

女人有些紧张,不然她就不会碰到防盗门。防盗门被女人的肩膀撞了一下,在黑夜中发出沉闷的声音。女人慌里慌张地奔出去,高跟皮鞋踩出了一连串的脆响。

咯噔、咯噔、咯噔噔……

11th: Z 小姐

我们的生活被 Z 小姐完完全全地打乱了。

在 Z 小姐没出现以前,我和柳志正在澳大利亚的布里斯班度蜜月。澳大利亚是一个很漂亮的国家,而我们居住的布里斯班就更漂亮了。这个拥有海景和乳白色沙滩的城市,让全世界的游人流连忘返。我们住的宾馆,离海边只有 300 米的距离,每天推开窗户,我都可以看到乳白色的沙滩和蔚蓝的大海。

我和柳志已经在这儿呆了半个月了。那些天,我和柳志经常在下午两点的时候,到酒店对面的一处沙滩上晒太阳。柳志觉得自己太白了,我也觉得自己太白了,我们决定利用太阳的光线,把我们的皮肤晒成国外流行的古铜色。

那一天,我和柳志再次躺在沙滩上,一边晒太阳一边计划回国的事情时,我的左眼突然跳了一下,还没等我反应过来,我的右眼又跳了两下。当下,我突然迷信起来,我觉得在度蜜月的时候,眼皮跳不是一件好事情。起初的时候,我以为是我们家里有什么事情,马上打电话把能想到的家人都

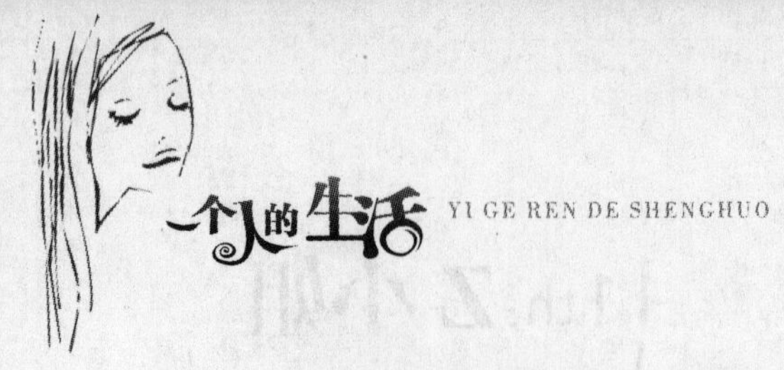

问了一遍。得到确切的答复之后，我马上问柳志，宾馆里的门锁好了吗？我们带的钱放在哪个保险柜里？还有我们的回程机票放在哪个包里？

柳志躺在沙滩上，懒洋洋地瞅了我一眼说，老婆，你没发烧吧？

我说我的眼皮跳了，好好的，左眼跳了一下，接着，右眼又跳了两下。

柳志有些烦，他瞪大眼睛正要和我辩论的时候，突然他以迅雷不及掩耳之势伸出胳膊，硬把我的头按在他的怀里说，唉，你个小丫头，又在胡思乱想了吧？

我想抬起头，但柳志又把我按下去，好像我不是一个人，而是他怀里的一件东西。我的脸贴在他的胸大肌上，语言因为肉体的干扰显得嗡嗡作响，我说柳志，我的眼皮真跳了。

柳志仍然按着我的头说，你不仅眼皮跳了，你还整夜做噩梦，你还整夜磨牙。

我为自己辩解，那是没休息好的缘故。

柳志说，我们出国快半个月了，这半个月你都没休息好吗？在我的怀里你又叫又磨牙的，我还以为你怎么了，我还以为你要咬死我呢。

我受伤地叫了一声说，你要是再花心，我就咬死你。

柳志叹息着说，老婆，我们都结婚了，你还胡思乱想什么呀？我都是你的老公了，我们都领结婚证了。我的心真的不再花了，为了老婆也不再花了。说到这儿，柳志的手一松，我的脑袋终于从他的肚皮上抬了起来，抬起头的时候，我被眼角的东西吓了一跳。

柳志又按下我的头说，老婆，相信我吧，虽然在你之前，我有过很多女人，但是我自从认识你之后，我真的不再花心了。我有这样的一个老婆，知疼知热，温柔淑贤，更何况，还是一个著名的诗人，你说我还求什么呢？说到这儿，柳志的双手捧住了我的脸，我以为他要吻我，但是没有，他的手沿着我的脸抚摸了一下，后来快速地捂住了我的耳朵。

来不及了，我分明听到一种特别的声音。

这种声音很特别，又联想到刚才眼角的余光，我突然产生了一种强烈的好奇心。我拼尽全力地想从柳志怀里挣开，但是他更紧地抱住了我。抱着我的同时，柳志说，老婆，你虽然没有我的前女友们漂亮，但是我实话告诉你，我很爱你。漂亮是什么呢？漂亮是稍纵即逝的东西，再漂亮的姑娘也会老去。你虽然不漂亮，但是我喜欢。

我的心猛地被人揪了一把，已经结婚了，我认为他不会和我说这些话了，但是我错了。

他仍然承认我的不漂亮。

说实话，在他之前，我也被一些男人追求过，但是他们都不会像柳志这样，他们说我可爱，说我漂亮，说我有气质。虽然我知道，依我的长相和相貌，我算不上美女，但也没有难看到无人可追的地步。柳志从认识我的那天起，他就不停地打击我，他说，落落你真的不漂亮，你的眼睛太大，你的脸太长，还有你的腿太细，虽然显得修长，但够不上丰满。说完了这些，柳志又往我嘴里塞了一块糖，不过我喜欢，自从第一眼看到你，我就知道，你是能陪伴我一生的女孩，所以我要和你结婚，我要和你相守到老。

柳志是一个真诚的男人，他说每句话的时候，根本不经过大脑。明明一句话可以把别人说笑，但他一说别人肯定要哭。真诚从某些方面来说是优点，但又是一个致命的缺点。柳志觉得我不漂亮也就算了，但他别用话打击我啊，在他面前，我觉得所有的骄傲，自尊，自信，全部被他打击掉了。我强烈地感觉到，我成了一个被他包容，被他同情又拿他无可奈何的丑小鸭。

认识我之前，柳志的确是一个名副其实的花花公子，他整日周旋在女人群里，他周旋的时候，倒没有打着结婚的名义欺骗，他总是坦然地告诉女人们，他不想结婚，他只想恋爱。有一些女人被柳志的坦诚给吓走了，有一些勇敢的女人留下来了。她们留下来的时候，总是一厢情愿地认为，她们一定会成为柳志的最后一个，她们一定会让不想结婚的柳志和她结婚。

但结果呢,往往相处了不到三个月,她们就伤心地和柳志拜拜了。

柳志认识我的时候,他也坦然地承认了他的花心,不过他告诉我,那都是过去式了,我不仅是他的现在式,还是将来式。柳志还说,他见过这么多女人,只有我让他产生了结婚的念头。

我是一个诗人,一个为了诗歌而抱定单身的女诗人落落。虽然在我的笔下,产生过很多让读者流泪的爱情,但是现实中的我,从来不相信爱情。我觉得爱情就像气球,看着美丽,一旦破碎就完蛋了。

可是,我碰到了柳志。

我的脸终于从柳志胸大肌上挪开的时候,我看到旁边的那对男女正在接吻,女人的短裤和乳罩还没有完完全全地拉好。我突然明白了,刚才的镜头和声音就来自于这对男女。这太让我奇怪了,虽然我来之前就听说,国外的男女很开放,不仅裸泳还当众做爱。来到澳大利亚后,我一直想找机会目睹一下,谁知道在今天碰上了。更为可贵的是,这对男女并不是什么老外,而是地地道道的黄皮肤黑眼睛,男人40开外,女人20出头。他们扣着硕大的墨镜,穿着内衣躺在沙滩上晒太阳。

这时,柳志的手又伸了过来,看什么呀?都是中国人。

我再次趴在柳志的胸大肌上,心里突然涌出一阵温暖。我知道柳志为什么要把我死命地按在他的胸大肌上,我也知道从来没有说过爱我的柳志,其实是爱我的。

这时候,柳志的手机突然响了。

柳志"喂"了一声,然后就推开我,一边接一边向海边走去。他走得那样匆忙,走得那样慌乱,以至不得不让我联想,这是一个他不想让我知道的电话。

旁边的那对男女,仍然旁若无人地亲吻。看着他们,我突然想到以前,想到我和柳志刚认识的时候,想到他总在送我回家的时候,把我揽进他的

婚姻的枷鎖
是如此沉重，
以致常常需要三个人
才能够承担。

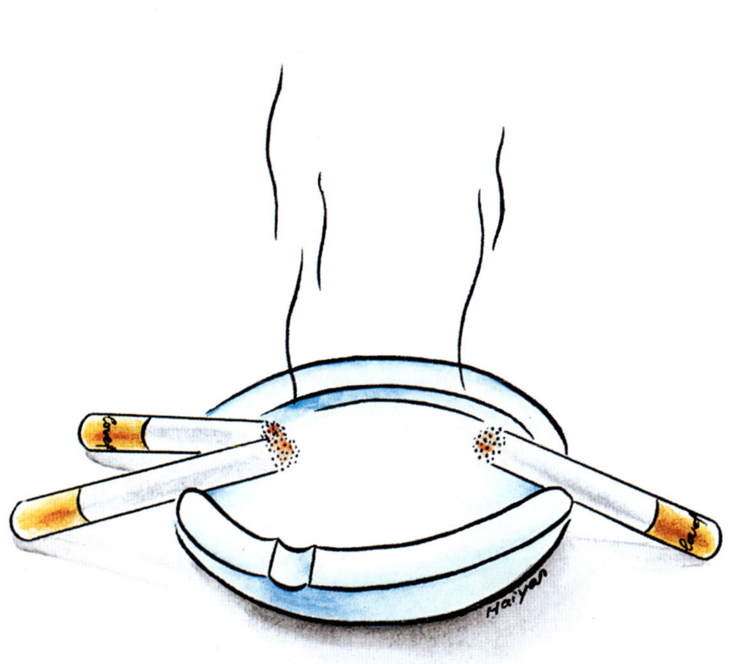

怀里,像小鸡啄米一样吻一口再吻一口。

柳志回来了。

我没问谁的电话,他也没说。

虽然我像所有的女人一样,我想知道是谁的电话。

睡觉的时候,柳志把我抱得紧紧的,柳志说,Z很可怜,她病得不行了。

我抬起头,柳志的眼里有泪,她真的快不行了。

柳志再次把我抱在怀里,你可以吃任何女人的醋,但你不能吃Z的醋。

我的心里又痛了起来,Z小姐是柳志的初恋,为了Z小姐柳志和同学打架,为了Z小姐柳志和父母闹僵了,为了Z小姐柳志开始辍学打工。但是,Z小姐还是离开了他,离开他的原因就是,Z小姐家庭条件不好,所以Z小姐要嫁一个有经济基础的男人。而柳志呢,那时候的柳志是一个一无所有的傻小子,虽然他爱Z小姐,爱得贴心贴肺,但是她还是一脚踢开了他。

为此,柳志变坏了,柳志开始玩世不恭,他喝酒,打架,泡女人。只是在堕落的时候,柳志还在努力挣钱。他一定要让自己富起来,富给同学看,富给父母看,更要富给Z小姐看。

后来,柳志凭着聪明和勤奋,终于成了一名著名的设计师。他设计的房子得到现代人的空前喜欢。

柳志有了钱,漂亮女人就围着他转了。不过柳志已经被Z小姐伤透了心,他不想谈恋爱,也不想结婚,但是他可以和很多女人周旋。泡吧,跳舞,出游,吃饭。

我不知道Z小姐是谁,但对于她的名字我做梦都会记起来。在我和柳志第一次约会的时候,柳志就和我谈起了Z小姐,谈到Z小姐的时候,柳志的话显得特别多。看到我穿的衣服,柳志马上提到了Z小姐,看到我喜欢吃冰淇淋,柳志也马上提到Z小姐。起初的时候,我以为是他的不经意,后来提多了,我就有些愤怒了,我说柳志,你不停地提Z小姐,你看来还是想着她吧?既然你想着她,你就不要和我在一起!

柳志马上解释,解释的原因无非是他是无意的,他是一个有什么想法就要说出来的人。

后来,柳志为了我高兴,不再提 Z 小姐了。但不提不等于不和她联系,尤其 Z 小姐知道柳志飞黄腾达之后,尤其 Z 小姐的老公对她不好之后,Z 小姐做梦一样想到了柳志。她给柳志打第一个电话的时候,柳志马上告诉了我,并以玩笑的口气说,Z 小姐终于来找他了,Z 小姐终于知道他的重要了。

我得承认,我是一个小气的女人,尤其在感情方面,虽然我说过男人如衣服这句话,我也曾经把这句话引到诗里,但是自从碰到柳志,我就知道了衣服的重要。我有自己的一件衣服,这件衣服温暖,安全,并能在我最需要的时候来到我的身边。所以我认为,这件衣服是我的,我不想,也不能和别的女人分享这件衣服。

我对柳志说,她为什么来找你?还不是因为你过得比以前好。如果你现在在街上讨饭,她会来找你吗?

柳志并不这样认为,他认为 Z 小姐找他,就应该像朋友一样。再说了,如果他是 Z 小姐,他也会和 Z 小姐一样。说到这儿,柳志又说,如果我当年像现在这样,Z 也不会离开我。

我一下子蹦起来了,我说那好,既然你这样想,那么你就去找 Z 小姐吧?你快把 Z 小姐接到家里来吧!

柳志也有些激动了,有什么不可以?如果没有你,我马上把她接过来,马上让她过上幸福日子。说着,柳志过来抱我,他一边帮我擦眼泪一边说,哎呀,我是开玩笑的,我是爱你的。

柳志又说,如果我不爱你,我怎么会和你在一起呢?我平时又不缺女人!

我的心一下子碎了,虽然在这之前我知道柳志花心,虽然我尽力地让自己忘记以前的一切事情。我拼命地说服自己,柳志就是现在的柳志,他是我的,他是一张白纸,他所说的一切我都要相信。但是我的心里像被人掏了一块,别说提Z了,就连看到Z这个字母我就会隐隐地心痛。

我太在乎柳志了。我不能没有柳志。

在我们结婚前的一个多星期,我第一次接到了Z小姐的电话。

Z小姐来电话的原因,是向柳志表示感谢的,正因为她的感谢,我才知道柳志已经瞒着我给她邮了10 000块钱。

她现在过得不好,她需要柳志的帮助。但是我想不明白,她为什么偏偏想到了柳志?因为柳志是她的前男友吗?因为柳志现在有钱了吗?她难道忘了,柳志是因为她才没有考上大学的啊?柳志是因为她才和父母至今不和啊?我脑子里一团模糊,我觉得柳志不该骗我,我更觉得Z小姐不要脸!

柳志还在呼呼大睡。

我喜欢看柳志睡觉的样子,屁股向上,身体自由地趴在床上。他睡得很香,睡得很天真。我和他在一起的时候,每天晚上醒来,我都会帮他盖被子,帮他把已经冰冷的胳膊拿进被子里,并在他睡意朦胧中,轻轻地吻他一下。

如果没有Z小姐,我们的生活很幸福。

每天晚上,我们都要搂着对方睡觉,每天早上,我们都要在拥抱中吻别。柳志上班,我在家里写诗。等到晚上回来的时候,我们一起扎在厨房里。柳志不会做饭,我也不会做饭,但为了柳志,我扎着围裙,看着菜谱,努力让自己成为 个称职的家庭主妇。

柳志说,老婆,你真好。

柳志说,老婆,我不能没有你。

柳志还搂着我的腰,老婆,我们结婚好不好?

柳志说这些的时候,我从心里感动。但是我为什么没有答应他呢,是因为我觉得幸福来得过于突然,我还没有从幸福中清醒过来。我不知道现在的柳志是不是永远的柳志,他会不会永远对我好。

就像我的朋友娜娜，恋爱的时候两个人好得不得了，后来刚结婚一年,娜娜的老公就出轨了。娜娜为此头发白了一半,娜娜每次见到我,都劝我不要结婚,不要真心真意地爱一个男人。娜娜说,男人就是一条狗,你对他越好,他就越不在乎你。说到这儿,我总是替我的朋友娜娜伤心,那么一个冰雪聪明的女子,竟然沦落到这个地步。现在的娜娜,不仅没有了工作,还得了强迫症,她每天醒来的第一件事情,就得打电话向我诉苦,诉完了,她才会开心一些,才能像正常人一样。

所以,我已经习惯了每天早上七点钟的时候准时醒来,我已经习惯了抱着电话听娜娜诉苦。

我站在床前,一动不动地看着熟睡中的柳志,我不想叫醒他,我想让他自然地醒来。有好几次,我看到柳志的眼皮动了,我还看到柳志翻了翻身子,他一边伸出手一边叫着老婆,过来亲亲。

如果在以前,我会在他胳膊刚伸过来的时候,就滚到他的怀里,然后搂着他,吻吻他,看着他再次入睡。但是现在不行了,我心里窝着气,对于他伸出来的胳膊拍了一下,柳志睁开眼睛,又迷糊过去了。

终于,柳志睡够了,柳志醒了。醒来后的他一边向我做鬼脸一边说,真好,昨天晚上一夜无梦,睡得香极了。说完,就拿手捏了我一把,你睡得好吧,老婆!

我的眼泪"哗"的一下子淌了下来。

这真是一件奇怪的事情,在没有认识柳志之前,我是一个不怎么淌泪的女人,就算我的诗写得再煽情,就算我的读者一边读一边哭,我都不会淌泪。我觉得自己的思想呈麻木状态,我觉得我的感觉已经游离了我的身体。

但是,认识柳志后,我竟然不停地淌泪。为他的一个动作,为他的一句话。虽然我拼命地忍着，但泪水却如排山倒海一样。

柳志一下子抱住我，怎么了，老婆？

我一边抹眼泪一边说，没事。

柳志说，没事为什么会哭？说完，柳志突然一拍脑袋说，老婆，有件事我想告诉你，你听完千万不要生气。

说吧，我不会生气。

我给 Z 邮了 10 000 块钱，她现在经济比较困难。

我的脸"刷"的一下子青了，你邮之前为什么不告诉我？你以为我不会邮给她吗？

要不是柳志抱着我，我恨不得一下子冲出去，不和他说了，离开这个家，和他分手。他明明答应不管 Z 小姐的事情，明明我们结婚还没有钱。而且为了这 10 000 块钱，我连结婚戒指都没有要。而他呢，人家一个电话，他就邮去了 10 000 块钱。

娜娜打来电话的时候，我已经哭得喘不上气来了。

这个晚上，大家吵了，也争了，争的最后结果是柳志躺在床上装睡，我躺在床上伤心。

柳志第一次背对着我，我也第一次背对着他。

我觉得柳志根本不爱我，如果他爱我就不会私自和 Z 小姐来往。想到 Z 小姐，我的心里又痛了一把。她现在分明是看着柳志发达了，分明是看着柳志有了我，她才会后悔，才会把自己的不幸加在别人的身上。如果是我，就算我和柳志吵架，就算我流落街头，我都不会找我的前男友，也不会找任何一个有家的男性朋友。

以前是娜娜向我倾诉，现在是我向她倾诉了。

一个晚上，光说不生气，我的肚子里已经窝成了一个大疙瘩。这块大疙瘩堵在我的心里，难受得不行。我像一个失去理智的病人，我迫切需要心理医生。娜娜听后，马上从沙发上跳了起来，她说Z小姐太不要脸了！人家好马不吃回头草，她现在不仅仅吃了，看样子还想把你赶走。不行，不行，绝对不能让她得逞！落落，你把那个Z小姐的电话要过来，我给她说！我替你出气！

我想了好几天，终于和Z小姐打了一个电话。

我心平气和语调温柔地给Z小姐打了电话。

既然Z小姐是柳志的朋友，那么我也可以把她看成朋友。虽然她给我的印象不好，但作为女人，我也能理解她的难处。10 000块就10 000块吧，我们节衣缩食就出来了。为了和她成为朋友，我还主动把我的手机号给了她，我说柳志比较忙，又很粗心，以后有什么事情就给我打电话吧，反正我天天呆在家里，没有什么大事。

按说，这事也就算过去了，但让我万万没有想到的是，10 000块借出去没一周，Z小姐的电话又来了，Z小姐说自己不仅眼睛不好，还有强性脊髓炎，急需用钱救治。

Z小姐很可怜，她没有工作，老公又不管她，更为可怕的是，婆婆对她也不好。

Z小姐希望柳志再给她邮20 000块钱。

柳志给我看这条短信的时候，我的脑子马上一片空白。

这怎么像一个无底洞啊，怎么填都填不完哪。再说了，她怎么光指望着我们的钱啊，别说我们有钱，就算我们的钱是大风刮起来的，也不能这样不停地给她吧？

难道，除了柳志，她就没有朋友吗？她身边就没有一个可以帮助她的人吗？就算朋友不借，她还有父母啊？她是不是把柳志当成了银行？

而且我们现在刚刚供了房，又购了一辆车，每个月的工资根本存不了多少。我觉得Z小姐太得寸进尺了，我觉得Z小姐是一个极度自私的女人，她看着钱来得容易，她就不停地变着花样向柳志借钱。如果她的病治

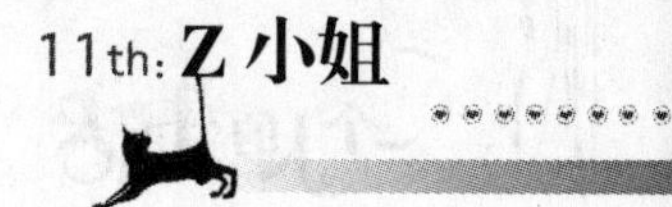

不好呢？如果她的身体不停地得病呢？如果她的病需要不停地花钱呢？难道我们要卖房子卖车，把钱全部拿给她治病吗？

再说了，她明明知道柳志有了女朋友，她明明知道柳志快要结婚了，她也明明有我的手机号，她为什么还要把电话打给柳志？难道她忘记了，柳志的工资全部在我的手里吗？

我无法控制自己，我再次打通了Z小姐的电话。

你好Z小姐，我是落落。

你好。

你的病怎么样了？

Z小姐没有提她的病，而是避重就轻地说，就那样，一时半会儿好不了。

什么病啊？

唉，一身毛病。

你老公不管你吗？

不管。

你父母呢？

我不想让他们替我担心。

你朋友呢？

Z小姐急了，我有很多朋友，但我不想让他们知道我得病。

我张着嘴，好久没有说出话来。你不想让你的父母操心，你就天天让我们为了你节衣缩食吗？你不想让你的朋友知道，你为什么偏偏让柳志知道啊？因为他是你的前男友吗？因为我们上辈子欠了你的吗？

忍了几忍，我还是把想说的话咽了下去。我说Z小姐，你的病再有两万块钱能治好吗？

不知道，这是一个长期病，一时半会儿好不了，但如果不治又不行。

这样吧，Z小姐，反正我在家里呆着没事，你把地址告诉我，我去看看你好不好？

你打我手机好了。

不方便是吗？那你家的电话呢？

有，但也不方便。

为什么不方便？

因为我和我婆婆一起住着。

我知道你和你婆婆关系不好，但我找你她也不会冲我骂吧？

Z小姐急了，你什么意思？你想调查吗？再说了，我借的是柳志的钱，根本没借你的钱！

但是柳志是我的男朋友！

那又怎么样？以前还是我男朋友呢。

那后来为什么不是了呢？Z小姐，关于你们的过去我不想知道，我只是觉得你没有必要总把自己的痛苦强加在别人的头上。你有老公，你也有父母，你为什么总是盯着我们不放呢？你要一万我们给了，你现在又要两万？以后你会不会还要10万？20万？

"啪"，Z小姐把电话挂了。

在柳志没回来之前，我已经完完全全地想好了，我要和他分手。

收拾东西的时候，我仍然没有控制住自己的泪水。从认识到现在，我们一起走了两年的时间。两年来，我们没有因为什么事情红过脸，没有因为什么事情吵过架。我们说好要一辈子相亲相爱，一辈子永不分开的，没想到，这次我们竟然为了一个Z小姐，要分开了。

衣柜里放着我的衣服，衣柜里也放着他的衣服。我拿一件衣服就想起一件往事，我想到以前我们刚认识的时候，柳志为了不让我等他，把车甩了跑了三站地来见我；我想到以前我们刚生活在一起的时候，柳志每天都要背我上楼；我还想到有一次我手机没电了，柳志为了找我几乎跑遍了整个城市。

有句话说得好，男女在恋爱时，脚步往往不一致的。男人是为了得到女人才会和她恋爱，女人是在得到男人之后才会和他恋爱。所以，女人往往会受伤，女人往往陷入往事的回忆中而不能自拔。

这些我都懂，这些我都在诗歌里表达过，我还为此劝过很多伤心的女性朋友。但轮到我自己，我不行了，我想不通了，我自己开始折磨自己了。

我收拾东西的时候，柳志回来了。

他扑过来就抢我的东西，怎么了，老婆，你为什么要收拾东西？

我推开他，我不想和他谈什么了。

柳志抱着我，老婆，我知道你生气了，但是你得听我解释，我主要觉得她可怜！

可怜？天下可怜的女人多了去了，你是不是每一个都要可怜？

就这一次好不好？人家都病了？

她病了只好找你对不对？

唉，我也没办法，人家都张口了。

所以，你可以更完全地可怜她，把她接到家里来。

我哭了。

虽然我也觉得自己有些计较，虽然我也知道 Z 小姐生活得不好，但是她不能把她的痛苦强加在我们的身上，而且她知不知道，为了挣钱，柳志总是通宵达旦地加班。

她真的把柳志当成朋友吗？她真的心疼柳志吗？

她在幸福的时候想过柳志吗？

我并不是心疼钱，我在心疼我的柳志。我在心疼我们的感情。

柳志抱着我，紧紧的，突然他哭了起来，柳志说，老婆，我们结婚吧。我们马上结婚好不好？

我和柳志准备结婚了。

我和柳志每天都在为结婚的事情忙忙碌碌，我们装修新房，购买家具，我们还得计划办什么样的婚礼。对于婚礼，我是一个比较没有概念的人，我觉得结婚是两个人的事情，只要两个人幸福就行了。我不喜欢把自己打扮得像个鬼一样，我也不喜欢为了婚礼让自己站在众人面前，给他们点烟，陪他们喝酒。

我希望和柳志静静地呆在某一个地方，只有我们两个。

最初，柳志不太同意我的建议，他虽然外表看起来时尚，但骨子里却是一个特别传统的男人。尤其在我们恋爱后，柳志和家里竟然有了联系。有一次，我在卫生间，我听见柳志高兴地对他妈说，妈，我有女朋友了，妈，我想结婚了，妈，用不了多久你就能抱上孙子了。

柳志的父母在 X 城开了好几家水果专卖店，虽然是小本生意，但也认识了很多同行或者朋友。柳志认识我之后，曾经提到，他如果不结婚，他父母就会愁死了，不是愁他没媳妇，是心疼那一笔笔为了别人结婚而凑份子的钱。所以，柳志和他的父母一致认为，我们的婚礼不仅要排场，而且还要大操大办。柳志的妈妈曾经在电话里对我说，落落，婚礼的事情不用你们操心，我们全办了。我想好了，结婚是你们一辈子的事情，不能太在乎钱。我们要最好的车，我们要最好的酒店，我们还要请记者，我们还要请主持人。婚纱也不要租，别人都穿过了，太脏。我们要订做婚纱，一套不够，得两套。以后不用了还能当传家宝，你们想想啊，等到我的孙子结婚的时候，儿媳妇竟然穿着婆婆的婚纱。想想都幸福啊，唉，我那个时候结婚，别说婚纱了，酒席都办不起。不过现在好了，我们日子好过了，我们可以完完全全由着自己办婚礼了。

柳志妈妈又说，我们请了 200 人，阳光酒楼被我们包下来了。落落，200 多人啊，一个人给 500，你算算是多少钱？

我的头“嗡”了一下子，我说，阿姨，这样太累人了，还是旅行结婚吧。

电话那头愣了半天,柳志妈妈特别失落地说,为什么要旅行呢?落落,是你结婚啊,女人一辈子就这么一次。人家……后面的话没说,但我也知道她要说什么,现在的女孩做梦都想把自己的婚礼办得排场一些,办得特别一些,办得与众不同一些。比如海洋婚礼,空中婚礼,还有什么沙漠婚礼等等。而我呢,却想旅行结婚。看起来是为了省钱,但分明是不给婆婆面子啊。

为此,我和柳志争执了好几天。这好几天,我们俩一直围着婚礼的事情吵来吵去。吵到激烈处,柳志表情痛苦地问我,你现在是不是还不爱我?人家说女人不愿意举行婚礼的主要原因, 就是不想和新郎携手出现在众人面前!

我捂着脑袋,不是,我害怕,200 多人。

害怕什么?有老公在呢。再说了,200 多人也不是挨个地敬酒,一桌一桌地敬啊,一桌 10 个人,200 多人才二十几桌啊?我有一个同学结婚,请了 500 多人呢。

不,我不。

为什么? 你能告诉我为什么吗?

其实我也不知道为什么,但是我从心里不想办那样的婚礼。不是我的柳志配不上我,也不是我不想和他携手一同接受别人的祝福,而是在我的内心深处,隐隐约约地感觉到,我们现在的幸福,其实就是不久的离别。

柳志对我越好,或者我对柳志越好,这种感觉就越强烈。有时候从梦里醒来,我紧紧地搂着柳志,好像一松手,柳志就从我的怀里飞走了。

娜娜告诉我,这是结婚恐惧症。她说她结婚的时候,也是这样想的,但是他们不是结婚了吗,不是过得好好的吗?

我说,是过得好好的,但你的老公不是出轨了吗? 你们俩现在不是貌合神离同床异梦了吗?

娜娜说,如果能想到现在,打死我也不结婚啊。但是落落,谁能看到未来呢？既然看不到未来，我们还得恋爱还得结婚啊？你这么爱柳志，柳志这么爱你，你们有什么理由不结婚呢？

我没说不结婚，我只是说不举办婚礼。

娜娜大叫起来，傻妹妹，人家都巴不得这样，你为什么不喜欢呢？我知道你是诗人，我知道你清高，但是我的妹妹啊，我亲爱的落落小姐，生活是离不开面包的啊！

我不知道，我就是不喜欢。

那这样好了，先去旅行，再举办婚礼。这样花钱虽然多些，但是也能两全其美。

这个想法对柳志一说，他也很高兴，只是他的妈妈有些想不开。不过既然事已成为定局，也只好举办两次婚礼了。为此，柳志妈妈对我的印象开始不好了，她对柳志说，我以为你找了一个不食烟火的女孩，现在看来，并不是这样嘛，光举行婚礼还不行，还要去澳大利亚旅行。

柳志连忙替我解释，妈，不是的，是我提议去澳大利亚的，因为我喜欢那儿。

柳志说的是实话，我并没有想去澳大利亚，我只是想找一个安静的地方呆几天，哪怕是山村，只要是陌生的，只要是属于我们两个人的。

自从来到澳大利亚，我没有一天不做梦的。我不仅做梦，我还会说梦话，我还会磨牙。我的梦做得千奇百怪，像一场场没有演完的电影，每次我只看到一个开头，梦就突然地结束了。刚来澳大利亚的第一天，我梦到了两条蛇，它们被放在一个玻璃柜子里，一条蛇睡着，另一条蛇焦急地寻找出口。第二天我梦见了两只兔子，在一个很漂亮的园子里，两只兔子伸着通红的长耳朵，在我们的眼前蹦来蹦去。接下来的几天，我都不停地梦到各种动物，每一种动物都是一对，它们出现的时间和背景都不完全相同，它们出现的时候，我总是在为它们的离开伤心地醒来，我醒来的第一件事就是摸身边的柳志，他睡得很香，睡得很沉稳。我拉柳志的手，我拉柳志的胳膊，我一次又一次地推动着柳志，我说老公，我做了一个梦。

柳志迷迷糊糊地伸过胳膊，睡吧睡吧。

有一天晚上，我不再做动物的梦了，我梦见了Z小姐，她躺在我们家的床上，一边哭一边撕我的睡衣。我好像被绑在了一处柱子上，我伤心，我绝望，我不停地寻找柳志，但是没有，柳志不知道到哪儿去了。我看到Z小姐的笑容，她笑着对我说，柳志是我的，她拍拍圆鼓鼓的肚皮，他完完全全地属于我了；我把他吃下去了。

我的叫声不仅惊醒了柳志，还惊醒了楼层的服务员。那个墨西哥女人慌慌张张地按我们的门铃，确认我们平安无事时，她才紧张地说，Gosh! What a nightmare!

柳志捧着我的脸，眼睛盯着我的眼睛，老婆，你到底怎么了？为什么每天都在做噩梦？

我也不知道为什么做噩梦。

你有什么心事吧？

没有。

真的没有吗？

真的没有。

柳志搂着我，长长地叹息了一声，老婆，我不应该瞒你，我放不下Z，她现在生活得不好，身体又有病，我很想去看看她。行吗？

我的身子从柳志怀里挣开，你怎么知道她生活得不好？你亲眼看到了吗？

她打电话说的。她还哭了。老婆，你知道我是见不得女人哭的。别人一哭，我就难受。

我呢？我哭呢？

我也难受。

我跳下床，一边穿衣服一边说，好吧，你现在可以去看她，我自己回国了。

柳志再次搂住我，老婆，你不要吃醋好不好？我这不是跟你商量吗？

那一天，我的心里被愤怒灌得满满当当的，我再也忍受不了啦，我再也不能让Z小姐打乱我们的生活。她如果病入膏肓也就算了，她现在又没有死，为什么频繁地打扰我们？她没有老公吗？就算她老公对她不好，就算生活真的像她所说的一样，她也没有必要频繁地打扰我们吧？难道仅仅因为柳志是她的前男友？难道仅仅因为柳志现在生活得比她好？

她太自私了！她明明知道我们结婚了，她明明知道我们正在澳大利亚度蜜月。

我的电话Z小姐已经不肯接了。

我执著地让电话响着，每五分钟就打一次，看你接还是不接！

终于，Z小姐接了电话，她软弱无力地“喂”了一声。

我说你的病好点了吗？

我说是不是我们再给你邮两万块你的病就好了呢？

我说是不是离了柳志你就活不下去了呢？

Z小姐哭了，她一边哭一边说，我真的没有办法，目前能帮我的也只有柳志了。

你的意思我们要把每个月的钱都用来帮助你吗？我们要把你接到我们的家里来治病吗？既然这样，我让位好了，你可以再回头，再把柳志据为己有，这样，柳志的钱就会源源不断地给你，你也会天天看到柳志了。

我并没有这样想，我并没有想破坏你们的感情。

是吗？那你不停地给柳志打电话算怎么回事？你真的把柳志当成朋友来看了吗？如果你真的把他当成朋友，你有没有替他想过？他的生活过得真的好吗？他真的可以动不动就邮几万块钱给你吗？

钱我会还的。

Z,我理解你的心情,我也深深地同情你。但是我不喜欢你这样频繁地打扰我们的生活。你知道吗, 你打扰了我们的生活。说到这儿,我也哭了起来。

我没别的意思,我是真的想见到柳志,也许这是最后一面了。

你得了什么病?那你告诉我你的地址好不好,我去看看你。

不用了。

为什么?只想见到柳志吗?

我不想麻烦你,我也不想再听到你的声音。再见。

两张机票放在桌子上。

它们离我很近, 我一伸手就可以够到。这两张机票是服务生送过来的,如果一切顺利,我们将在三天后起飞,飞到 X 城,那儿正有 200 多人盼望着我们回去。

关于婚礼和酒会的排场,柳志妈妈早就在越洋电话里描述过了。她因为兴奋,早就忘了打向国外的电话是多么的昂贵。柳志妈妈一边说一边比画,给你们订了 10 层的蛋糕,底层就这么大。她在电话那头伸出胳膊比画了一下。去飞机场接机的婚车全部缀满了粉红的玫瑰花,每一朵花都这么大,她又在电话那边比画了一下。还有,最让人羡慕的是,我们请了最著名的摄影记者,从你们一下飞机就开始录,一直录到你们睡觉……

在讲电话的过程中,柳志好几次拿着手机出去,不过他都在我能忍受的时间回来了。回来后的柳志一脸平静,坐在那儿,好像无视他妈的电话。急得他妈不停地在电话里嚷,生个儿子有什么好啊?我为他忙成这样,他连句话都没有?落落,柳志呢,让小志子接电话!

柳志好像听到了,但他没动。他的眼睛有些失神地看着窗外。窗外是海,海边有沙滩,是我们每天必须要光顾的地方。我不知道他为什么看得如此关注,关注得连他妈的电话也不接了。终于,柳志妈妈叹息着挂了电话，挂电话的时候，她突然无比担忧地问我，落落，你们俩没闹别扭吧？不管发生了什么事，你们都不能吵架，结婚和别的日子不一样，能忍的就忍。

我的声音很小，小得连自己都听不见了，因为从那一刻起，我就知道我们不能一起回去了。

好长时间，柳志不说话，我也不想说了。虽然我有很多话想对他说，但是我知道现在说什么都不行了。柳志嘴里说着不去看Z，Z现在和他没有关系，但是在他的内心深处，他还是想看望Z的。

睡不着的时候，我背过身子，突然看到柳志正瞪大眼睛看着我。

睡不着吗？我伸出了手，搂过他的脖子。我无比痛苦却故作轻松地说，其实Z是够不幸的，作为一个女人我能理解。你去看Z吧。

不，柳志断然拒绝。

过了好一会儿他才说，要去也得等到我们办完了婚礼去，200多人等着我们呢。

但是，Z能等得急吗？她不是病得不行了吗？

柳志又不说话了，恶狠狠地盯着某一个角落。

你去吧，婚礼可以改天。

不行。我不能对不起你。

没关系。

我有关系啊。柳志爆发了，对不起，落落，我对不起你，我其实不应该在你面前老提起Z的，我不应该在我们结婚的时候还产生要去看她的想法。但是你知道吗，如果Z真的走了，我会后悔一辈子的。她现在已经快不行了，她现在就想看到我，落落，如果换了你，你也会去的对不对？

难道我们俩不能一起去看Z么？话到嘴边我还是吞了下去。

要不，我现在就去，我看她一眼就回来。说到这儿，柳志兴奋起来，好，就这样办，我马上飞过去，看了她之后马上飞过来。我算算时间，看看机票。柳志说着，就开始找号码打电话。然后，他有些兴奋地跳起来，抱着我的腰,话却和表情不一样,算了,落落,我真是弱智,这怎么可能呢?时间根本来不及。

三天的时间,足可以飞个来回。

柳志“噢”了一声,搂过我,紧紧地,你没有不高兴吧?落落,你是知书达理的女人,你不会和一个生病的女人争风吃醋吧?

不会,你走了我正好享受一下单身生活。

啊,你不会背着我要泡老外吧?不行,我不许。说着,柳志捧起我的脸,落落,我的老婆,我爱你。永远永远。你是我生活的一部分,离了你我活不下去的。

不是吧?Z离了你才活不了。终于,我忍不住了。

啊,老婆,你生气了,你真的生气了,我给你开玩笑呢,我哪能扔下你去看她呢?再说了来回的机票多贵啊。我不会这么傻的。好了好了,老婆,你想继续睡还是去沙滩?

想睡。

柳志把我放在床上,一边帮我盖被一边吻我,老婆,你好好睡一会儿,我下去转转。因为我们要走了,还没有给家人买东西,对了,转完了我再去看一个我以前的同事,就是我给你常提到的大胖子,他现在蒙特甘比工作,我想去看看他。我记得我给你说过的,你要不要去啊?唉,我这脑子,好像进了水,忘了告诉你,他那地方特简陋,你去了也没地方住。这样吧,我去去就回。柳志一边说一边翻腾,外衣,钱包,后来他翻腾完了,他走到我的床前,习惯性地吻吻我,老婆,睡一会儿吧,我很快就会回来。

柳志走了。

像以前那样,轻装上阵,买完东西就回来了。

门被撞上的时候,我的心里突然撕心裂肺地疼痛。说不清为什么,反正是疼,疼得深,疼得无边无沿。侧过头,泪水哗啦啦地淌下来,止也止不住。

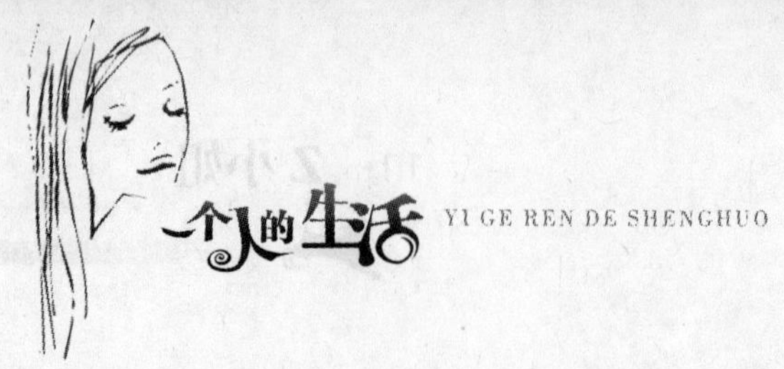

我的脑子里只有一个念头，那就是柳志看Z去了，他肯定算好了时间，然后借着购物的机会飞回国内，然后又快速地飞回来，和我一起坐上回国的飞机。

他第一次撒谎了，其实他没有必要这样撒谎。

我躺在床上。像梦游一样，把我们认识的情景放了又放，我想到我们一起过马路，我想到我们一起做饭，我还想到他背着我在公园里跑。

他不停地在我的耳边，老婆我不能没有你。

他还不停地摸着我的耳垂，老婆，我越来越喜欢你，自从有了你我发现世界是这样的美好……

一切恍如昨天。

一切那么的幸福。

但是现在呢，他还是奔了Z去了，人家一个电话，就能让他把钱汇去，人家一个电话，就能让他不度蜜月，人家一个电话，他拼了命也要赶回去。

我躺着，我一点儿也不想起来。只要柳志不回来，我就这样躺下去算了。服务生好心送来的饭菜，已经摆满了整个桌子，我的胃里塞得满满的，什么东西都不想吃。

我又做梦了，我梦见自己站在海水里，柳志坐着的船正快速地向远方驶去。海水很冷，也很深，我拼命地游着，我拼命地喊着，可是没有用，我游不动，也喊不出来。

好几次，我感觉柳志回来了，但是没有，每一次睁开眼睛都是服务生，那个墨西哥女人，她有些怜爱地看着我，摸我的头，问我是不是需要医生？

我摇头。

一天过去了，二天过去了，三天也过去了。

三天之后，我以为柳志会回来。为了节省时间，我一大早就爬起来了，收拾行李，退房，联系去机场的汽车。只要他一回来，我们马上可以拎起行李直奔机场。

但是他没有回来。柳志好像变成了一件东西,突然地从这个世界上消失掉了。

我的心一下子被揪了起来，我觉得柳志不会回来了，他去看了Z小姐,Z小姐没有死,她的眼泪感动了他,他决定放弃婚约守在她的身边。想到这儿,我的心都碎了。

突然地,我的手机响了。

接手机的时候,我的手抖动得厉害。我知道柳志不爱我了,我知道Z小姐胜利了。

没等我答话,Z小姐的声音就爆响起来，你为什么不能让柳志看我一眼？哪怕就一眼,我都快死的人了……

12th: 当森林开满了鲜花

依依最大的心愿是开一家鲜花店,她把鲜花店的名字都起好了。

依依说鲜花店名字的时候神采奕奕，好像她已经不是东城电台的主持人,而是一家鲜花店的老板娘。

依依是东城电台的主持人,她每天晚上九点钟的时候主持一档叫“心灵鸡汤”的聊天节目。在节目里她像一个无所不能的美丽女妖,无论是小孩还是老人都喜欢听她的节目,喜欢把心里话说给依依听。

依依肯定不是她的真名,这陈小新知道。他想名字只是一个符号,就像自己以前也不叫陈小新,这个名字是他来东城以后改的。

依依住在东城有名的美丽小区，离陈小新住的地方有 10 站的距离。依依没事的时候经常打电话让陈小新到她家里去聊天，依依每天的上班时间就是晚上九点到九点半,其他的时间依依都是自由打发。

陈小新也是一个有大把时间挥霍的男人。他自从来到东城,自己就成了一个绝对自由的男人。他经常把自己严严实实地包裹起来了,然后缩手缩脚地往二路公共汽车站走去。

二路公共汽车是通往依依住的小区，陈小新经常坐着这路公共汽车在自己家与依依家中间来来往往。

这天，依依在电话里的声音突然有些低落，她说陈小新，我真的不想活了。

陈小新不知道发生了什么事情，但肯定不是什么小事。依依在陈小新的眼里一直是一个坚强的女人，她一百次的在她的节目中鼓动女人要坚强。

依依说在一千个男人里面，只有一个男人可以看见她的哭泣，而这个男人就是她要等的，要爱的，要厮守一辈子的爱人。

关于和依依认识的过程，陈小新闭上眼睛就能想起来。

那个时候陈小新刚来东城，在这个城市里他不认识一个人，也不知道一个叫依依的女人会走进自己的生活，而且他们还会保持着时下非常流行的关系，比情人远一点，比朋友近一点。

陈小新拎了一大捆书，艰难地从书城的电梯上下来。陈小新并不是一个爱读书的人，而且长这么大他几乎没有买过书，尤其是这种文艺小说。他现在之所以来买书就是想给自己找点事做。

依依拿着录音机走向陈小新的原因是因为他手里的书，在她的潜意识里能拎这么多的书，肯定是一个好学上进的男人。所以她有必要采访陈小新一番。

对话是这样开始的，依依和一个摄影记者站在陈小新的面前，她把一个小小的录音机放到陈小新的嘴巴底下，用非常好听的普通话说，你好，这位先生，我是东城电台的主持人依依，能否采访一下你？我看到你一大早就跑到书城买了这么多的书，想必你是一个爱读书的人，请问你平时喜欢读谁的书？

陈小新说我不读书。

依依说那你买书是为了家人吗？或者买来送人的？

陈小新说我没有毛病。

依依说这位先生真会说笑,那你不会说自己买书是好玩吧?

陈小新说我钱多了没有地方花行吧?

依依说我这是正式采访,请你配合好吗?你要知道我们是现场采访,你的谈话不仅仅自己听到,现在整个东城的人民都在关注着哪!

陈小新冷笑起来。

依依说,先生,能问您的姓名和职业吗?

陈小新说陈小新,失业,年龄30,未婚。不知道我回答得如何?接下来你是不是要问身高和三围啊?

依依的脸一下子沉了下来,她身边的那个摄影记者挤上来说,陈小新先生,你好像受了什么打击,我建议你听一下我们的心灵鸡汤。

周围一片哗然。

他们一开始是因为依依的采访而围了过来,后来那些人迟迟不肯离去的原因就是,他们听到了陈小新回答。

一个穿着得体,长相和身材都没有什么毛病,总体感觉很不错的男人,竟然说出了那么混账的话来。

依依后来告诉陈小新,如果他那天像所有的人一样按照她想的模式去回答,她可能就不会记住陈小新,也不可能成为什么朋友了。

陈小新不是弱智,也不是因为没有见过世面被记者吓怕了。他之所以那样刻薄,是因为那些日子他状态不好,他还没有从巨大的失落中恢复过来。

那个时候陈小新一味地跌落在自己的失败里,事业没有了,家也没有了。好像在做梦,一场让他不敢相信的噩梦。

按照正常的思维方式,依依会把陈小新当成一个疯子或者说一个心理有毛病的人,她会一边采访别人一边在心里骂陈小新,如果软弱一点也许她会当着陈小新的面哭出来。

可是她没有，她丢下正常的工作不管，特意跟了陈小新三站路，一直跟到了他的家里。

说是家就夸张了。那个家其实也是一个临时的落脚点，那个时候陈小新还不知道自己是不是该在东城留下来，

陈小新住一晚上 10 元钱的招待所。

10 元钱，要是在以前，不够陈小新吃一顿早餐的。那时候他的早餐多丰富啊，有鸡蛋、牛奶，还有沙拉，他的妻子和他的情人每天早早地起来，争先恐后地为他买牛奶，做三明治，还有水果沙拉。

那是一段幸福得有点过分的日子。

陈小新一转身就看到依依小姐了。

她站在那儿，穿了一件乳白色的高领衬衫，一条磨蓝色的牛仔裤，头发是黄色的，披在肩膀上。她站在那儿，因为走路的原因而显得出气不匀。

陈小新说你是不是也有毛病啊？

依依说我想和你聊聊。

聊什么？我没有闲钱给你小费的。陈小新的口气有点儿恶毒。

我给你好了，依依不甘示弱地说。

滚，滚开！陈小新一下子愤怒了。

依依一点也不害怕，而是把她那张粉脸靠上来，一本正经地说你没有必要这样，陈小新先生，我很想和你谈谈。

为什么？你可怜我吗？

我为什么可怜你，陈小新先生。这可是货真价实的虎头西服，最低的价格也要 2 000 元一套。依依看着陈小新的西服说。

哈哈哈，天大的玩笑，虎头西服，2 000 元？有 2 000 元我还住 10 元钱一晚上的招待所？小姐，不，记者小姐，你找新闻找疯了吧？我这是假虎头，地摊上 20 元一套。你要真的感兴趣，50 元拿去吧！

陈小新先生，你为什么要自欺欺人，我想这可能是有原因的，喔，这是

我的名片,你有事可以找我。人,毕竟在什么时候都需要朋友的。依依往陈小新手里塞了一张名片,然后就走了。

陈小新的心情被她搞得乱七八糟的,陈小新想她肯定是想采访我,挖掘新闻线索。自从自己出了事后,有多少新闻记者像苍蝇一样追赶着陈小新,他们多么渴望能从他的嘴里得到他们想要的东西。

可惜陈小新让他们失望了。

陈小新觉得眼前这个女孩子很厉害，她竟然从他的衣服上看出自己的与众不同来。是的,这套西服是虎头牌的,价格也是像她说的那么多,她一定是从这套西服里面看出了点什么，看出了他过去的辉煌与现在的落魄?

陈小新想到这儿就怒从心中来,脱下那套衣服扔到窗外去了。

陈小新买的书被他丢在床底下,他才不会看呢,他哪有心情看书啊。他之所以去买书,就是为了发泄,他以前有钱的时候一碰到不开心的事就是花钱,把口袋里的钱全部花光他的心情就会好了。

陈小新的妻子说他这一点很像女人,可惜他不是女人,如果他是女人就好了,他会选择没有办法的办法,找一个喜欢自己的男人结婚。

陈小新买了这些书,花掉了口袋里的 100 元钱。而这 100 元钱的东西被他丢到了床底下,等会儿街上有收破烂的来了,他再把这些书卖了,也许能卖 10 元钱吧。

陈小新前几天把刚买的几十盘 CD 都卖了，几百元的东西卖了 30 元钱。把那收破烂的老头高兴得像个小孩子一样手舞足蹈。

依依的名片在陈小新的手里揉搓了一阵子就扔掉了。他才不会去找她呢,他的痛苦只有自己知道,他打算这辈子都不会说了,如果他没有死就埋在肚子里,如果他死了就带到棺材里去吧。

依依没有想到陈小新会不理她,她一直以为他会去找她,依她的名气多少人想认识她,多少人为了得到她的名片而费尽心机啊！所以,刚开始的时候,依依一直坐在办公室里等陈小新,用她后来的话就是他应该去找她。

一天,两天,十天,那个叫陈小新的男人没有打电话,也没有像她想的那样出现在电台的门口。这个叫依依的女孩子坐不住了,依她的话就是陈小新打击了她的面子,她长这么大第一次没有面子!

依依再一次来找陈小新的时候,他正指挥着收破烂的老头搬东西,他在东城的中环路租到了一套房子。

陈小新准备让自己在东城住下来,也许是一辈子。

陈小新从西城带来的东西一件也不想要了,从皮包到衣服,还有那块劳力士的手表,这些东西在他的眼前不住地晃悠,他想忘也忘不掉。收破烂的老头已经断定陈小新是一个精神有了毛病的人, 他从他再三的超常行为中已经感觉到了。从第一次的 CD 让他赚了很多钱以后,他就觉得陈小新是他的大恩人,有事没事总要跑下来找他,有时候他还给他带一瓶白酒和几两猪头肉。

陈小新下了车,浑身哆嗦着一路小跑,跑到依依的小区门口,那个长着鹰钩鼻的保安说什么也不让他上去。他的理由是最近小区里发生了很多案件,他只能打电话让依依下来接。

陈小新来这个小区不下 20 次了, 以前他来的时候这家伙管都不管,有一次他还嬉皮笑脸地问陈小新,依依是不是他的女朋友,他说自己是她的忠实听众。

陈小新递了一支烟给保安,毕竟不是第一次打交道了,不管如何也要通融一下嘛。那个保安好像不认识陈小新一样,他不接他的烟,他还让他出示有效证件。

他装腔作势地说最近上面来了文件,小区里的治安要加强,你不知道现在有很多不法分子打扮得就像好人一样么?

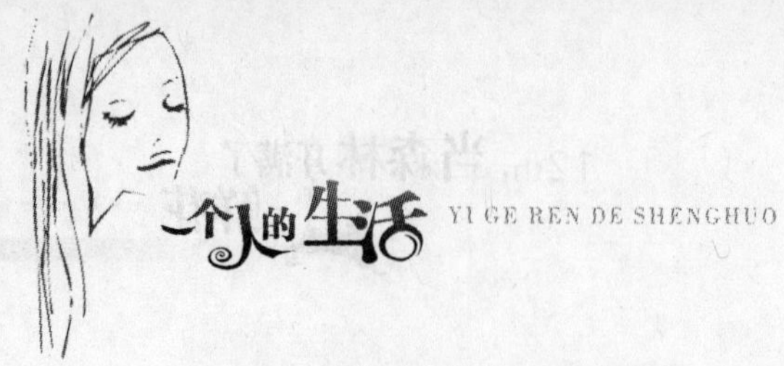

陈小新的拳头利落地落到保安的脸上，他本来是想打他的鼻子的，只是拳头打偏了，落到了他的左脸上。

那个保安根本没有想到陈小新会出手，他被他一拳头打得愣在那儿，等到他的同伙赶来的时候，陈小新已经跑得无影无踪了。

陈小新好久没有这么跑动了，他以为自己没跑几步就会趴下来的，可是事实超越了他的能力，他像一个绷紧了弦的箭，"嗖"的一下子蹦出去，然后就没有影了。

因为天冷，路上的行人都把自己包得严严实实的，只露出两只眼睛。他们缩手缩脚地走在路上，根本没有理会跑得上气不接下气的陈小新。

路边有一家咖啡厅，因为天冷，店里的生意很冷淡。几个服务员坐在大堂里一边嗑瓜子一边聊天。陈小新进去的时候她们都面无表情，他搓手搓脚地坐了半天，才有一个脸很长的服务员给陈小新倒了一杯茶水，然后把菜单"啪"的一声扔到桌子上。

陈小新打电话给依依，过了好久她才接了。

陈小新说你下来吧，我请你喝咖啡。

依依说不去，我不想喝咖啡。

陈小新说我现在不能到你家里去了，我和门口的保安打架了。

依依有些吃惊地说你来我家做什么？你还和保安打架了？陈小新啊陈小新，你想做什么啊？

陈小新说你不是刚才想不开吗？

陈小新说依依，不管你碰到什么样的困难，我都会支持你的。

依依好像忘了她曾经打电话给陈小新说过要死的事情，她没好气地说你才想不开呢！我现在要去台里了，改天再聊吧。

陈小新觉得今天真是出了鬼了，明明是她先打电话到自己的家里，说她想死了，要他去她家里安慰她。可是现在的情况好像是陈小新无事生非一样。

自从离开西城，陈小新像一个刚来到这个世界上的新生儿，一切的一切都没有了。

陈小新很想知道自己离开西城后，有多少人找过他，有多少人在想着他。但陈小新没有特异功能，他无法让自己变成蚊子飞到西城，飞到那些与自己有关系的人们那儿，看一看他们的影集里还有没有他的照片，看一看他们家里是不是还用着他送的健身器械，看一看他们是不是在某一天里还会提到陈小新这个名字。

陈小新更要去郑大同家里看一看，看一看郑大同死了之后，他的家人会不会难过？他的家人会不会提到自己？他的妻子他的儿子都应该知道，自己是因为郑大同才倾家荡产的。

原来他们的关系多好啊，好得就像一家人一样。郑大同的妻子叫陈小新的妻子姐姐，郑大同的女儿叫陈小新的儿子为哥哥。那时候陈小新和郑大同好得就像一个人一样，他的衣服就是陈小新的衣服，他俩的西服全是一个牌子，他们开的车也是一个厂家生产的。

陈小新还记得那一个夜晚，他和郑大同从西城酒店出来，那时候他们俩已经喝得差不多了，摇摇晃晃地在西城的马路上走动。郑大同说这次操作如果成功了我们俩就会稳赚300万，到时候我们五五分成，你可以给情人买套房子，我可以给二老婆买辆好车。

陈小新打了郑大同一下，说谁有情人？

郑大同笑得上气不接下气，他翻着死鱼眼说，没有我不知道的事情，妈妈的。

不过你还算个好男人，不像我这么乱，我他妈的太花心了，几乎见一个喜欢一个。呵呵，我老婆比你老婆想得开，只要不休她，无论我怎么搞她都不在意的。男人嘛，就是喜欢征服。呵呵！

郑大同一边笑一边推陈小新。

郑大同说的是实话，他这个人在女人方面没有条件，在他的情人里面即使有档次比较高的女人，也是街边一晚上40元钱的劣质货。有一次，那一个长得肥肥的在天桥上摆地摊的女人找到他们的公司，说郑大同强奸了她。

一切都像梦一样，在那个周三的中午在陈小新的眼前突然展开。

郑大同的老婆像鬼一样打通陈小新的电话说，陈小新，郑大同死了！

陈小新以为她开玩笑，她经常打电话找不到郑大同的时候就问郑大同是不是死了，如果真死了她要过来收尸。

电话那边终于有了哭声，她一边哭一边说真的，郑大同真的死了，他自己喝醉酒把车开到山沟里去了。

陈小新一下子傻掉了。

郑大同早不死晚不死，偏偏在这个时候死了，如果他早一个星期死掉，陈小新也不会在担保书上签字。当陈小新揣着美好的希望在担保书上签下自己的名字的时候，他怎么也没有想到，这两个曾经很风光的字体一下子把自己从天堂拉到了地狱。

那个电话没有来的时候，陈小新还坐在办公室里一边泡着绿茶一边给艾小米煲电话粥。艾小米中午的时间较长，她睡不着的时候就要拉他煲电话粥。陈小新正兴高采烈地告诉艾小米，在她25岁生日那天，他将给她一个意想不到的惊喜。

陈小新一直想给艾小米买一套复式的房子，她不止一次地告诉他喜欢那套海景复式套房，那儿的房间那么漂亮，天蓝色的栏杆配上白色的墙壁，还有红色带有灰度边的房顶。二楼的中间带了一个空中花园，米色的老藤椅上缀满了绿色的植物。

售楼小姐在艾小米闭着眼睛坐在老藤椅上享受的时候就问她：小姐，这房子你喜欢吗？

喜欢，太喜欢了，艾小米想也没有想地回答。

艾小米喜欢交朋友，她说很希望自己将来有这么一套房子，她可以把孩子们和朋友们带进来玩。她是一个聪明的女孩子，她在提到这套房子的时候从来没有暗示过陈小新，让他帮她搞定这套房子。

她只是说希望自己有了钱，会买一套这样的房子。

陈小新现在回想起来，自己所以敢冒险担保那笔贷款，是因为他太需要钱了，太想给艾小米买那套房子了。

陈小新虽然也是个身价不菲的经理，但因为妻子的直接参与，他很难把几百万从公司里的账户里挪用出来。陈小新的妻子是一个特别聪明的女人，她与公司的每个员工的关系都挺好，她经常把自己不穿的衣服收拾收拾带给公司做清洁的女工。

陈小新与艾小米在电话里缠绵的时候，他的手机就响了。

陈小新把手机拿在手里的时候，与艾小米的电话也没有挂断，陈小新没有想到会发生这样的事儿，他本想敷衍两句再继续给艾小米煲粥。

艾小米不知道他这边发生了什么事情，她也想不通郑大同死了陈小新为什么那么悲伤，他悲伤得把在电话那端等待的艾小米给忘了。

电话就那么扔在桌子上，一直到陈小新处理完所有的事情，来办公室收拾东西走人的时候，他才看到电话还扔在桌子上。而艾小米不听陈小新的任何解释，他打了N次电话她都不接，后来干脆让他们学校里的人告诉陈小新，她走了，她离开西城回家结婚去了。

陈小新从来没有想到自己会离开西城，离开自己生活了这么多年的城市，一个人隐姓埋名地来到东城，过着别人不知道自己也不太明白的生活。

这一切，可能与陈小新的心理素质有极大的关系，虽然他现在也不承认，但事实就是这样子的，如果陈小新的命运挫折一点，他可能还会能像他们希望的那样从零开始。

在没有这件事之前，陈小新像一个被上帝过分宠爱的孩子，从小到大都过着一帆风顺的生活。他出生在一个高级知识分子家庭，从小就受到良好的教育和富足的生活，他从来没有为钱发过愁，也没有过过郑大同那种困难的生活。

郑大同光着脚在田里劳动的时候，陈小新正坐在宽大的沙发里吃着泡泡糖。那种泡泡糖是父亲的手下送的，西城买不到，人家为了讨好父亲就专买西城没有的东西送给他们。

郑大同就是因为交不起学费而被大学拒之门外的。

郑大同喝醉了酒就会给陈小新讲他为什么想挣钱的故事。

他说放弃上大学的那一天，自己躲在河滩上哭了一夜，他把泪水哭干的时候，就发誓自己一定要有钱，自己的将来一定要风风光光。所以郑大同才这么拼命地挣钱，他挣到了100万他还想200万，或者说1 000万。

郑大同和陈小新不一样，陈小新是在不经意的状态下就赚到了钱，而郑大同是拼着命想方设法地才赚到了钱。所以郑大同觉得上帝对他太不公平，如果他有陈小新的条件，他早成亿万富翁了。

可能因为陈小新生活得太顺利了，他才经受不了一无所有的日子。陈小新知道自己离开西城就是为了逃避，他无法做到一个英雄，也无法在西城从零开始。

陈小新离40岁还差那么几年，可是他觉得自己已经老了。处理完郑大同的事情后，自己就一下子老了好多，连儿子都说自己越来越像一个小老头。

那个单纯的孩子根本不知道陈小新碰到了什么，他还以为陈小新真的抛弃他们了，他有一次很生气地揪着他的头发说，你是一个大坏蛋，你忘恩负义，你觉得妈妈老了你就不喜欢她了？

陈小新从来没有看到那样一双眼睛，那眼神里掺杂了与他年龄不相称的成熟，他好像一个小小的男子汉，全力保护着妻子。

陈小新是一个软弱的男人，虽然他也很想扑在妻子怀里痛痛快快地哭上一场，也很希望妻子能够把自己搂在怀里，对他说上小说里才有的台词：不怕，我们重新开始。

妻子从来没有这么说过，那些日子好像他真的伤害了她一样，每天抱着儿子到另一个房间去睡，她与儿子在房间里又是唱歌又是讲故事，她从来没有关注到陈小新。

陈小新把自己关在书房里，放着很强烈的迪斯科音乐，一个人陷在悲伤与后悔里。

邓爱国叫陈小新去他家喝酒。

他打电话的时候陈小新刚刚吃完方便面。他觉得自己一点儿也不想吃饭，就算有时候做了饭也吃不了几口。他就去商场里扛了两箱方便面，饿了的时候就泡上一包，心情好了还会往方便面里打个鸡蛋。

邓爱国就是这个样子，他每次叫陈小新就像发神经一样，他根本不问他有没有空，想不想去，就把电话挂过来说，陈小新，来喝酒！

陈小新知道此时的他一定不开心了，开心的时候他不会想到自己的。陈小新活动了一下手臂，套上大衣出门的时候，他看到对面的女人一下子把头伸出来说，你出门啊？你好几天没有出来了，我还以为你出了什么事。

陈小新说在搞一个项目。

女人说你是科学家吗？研究什么的啊？我们住了这么久了一直不知道你是做什么的。

陈小新笑了笑说一个设计，你也天天呆在家里啊？

女人说是啊是啊，我下岗了，唉，陈先生，你天天在家里就是上班了？就能挣钱了？你能不能教教我啊？

陈小新觉得女人真厉害，虽然他俩这是第一次说话但她却知道自己姓陈，而且对自己几天不出门的情况了解得一清二楚。说实话，他自己都

忘记已经有几天没有出门了。

想到女人一天到晚地呆在猫眼后面窥视自己，陈小新的脸色就不好看起来。咣咣当当地锁了门出来了，根本不管后面还有一个怀着好奇心的女人。

邓爱国住的地方离陈小新不远，要不他们俩也不会成为朋友。

他们两家中间隔着一条马路，穿过那条马路就到了东城一加一商场。邓爱国的家就住在一加一商场的后面。

一加一商场是东城较有规模的一家商场，一到四楼，大到电器小到百货应有尽有，而且商场的前面还有一些撑了广告伞的休息桌椅，那儿常常坐着一些无聊的，或者说在商场里买了东西出来，等不及回家就坐在那儿撕开了包装，一边聊天一边朵颐的人们。

这种情景总让陈小新想到西城，他也只有在这儿坐下来的时候，才会感觉自己就在西城了。西城大大小小的商场都会像一加一商场这样，只是那广告伞下面坐的人不同，口音也不同。陈小新以前有空的时候总是开着车带着老婆孩子去大商场采购，西城有一家专为有钱人设的商场，采用会员制的方法来售卖物品，那家商场坐落在西城最偏僻的地方，商场的外形也建造的无比丑陋，但能来这儿买东西的人一定是有钱的有车的，因为根本没有公车跑到这地方来。

那时候，陈小新天天来吃一加一商场做的一种炒蛋饭，五元钱一份，口味炒得和西城人一样淡。东城人喜欢吃盐，他们做什么东西都会放很多的盐，他不习惯。

如果你经常去一加一商场，如果你也恰巧喜欢坐在广告伞下，那么你肯定会注意到这么一个男人，他左手拿着一份蛋炒饭，右手拿着一叠报纸，他吃完饭就坐在那儿看报，有时候看一会儿就走，有时候会看一个下午。

邓爱国就是这样子注意到陈小新的，那些日子他盯了很久的一个大

求爱之于婚姻，
犹如动听的片首曲，
之于一部冗长沉闷的
电视连续剧……

单被人抢了，邓爱国就像小孩子一样给自己的身体开起了玩笑，他不吃饭不上班，每天来一加一商场的广告伞下发呆。

有一天，邓爱国忍不住对那个吃蛋炒饭的男人说，嘿，哥们儿，来支烟吧？

吃蛋炒饭的男人冷冰冰地说我不抽烟。

邓爱国说我也不抽烟，是女朋友逼的，她说男人不抽烟没有男人味道。

那个吃蛋炒饭的男人"喔"了一声说，我以前抽，现在不抽了。

邓爱国说是啊是啊，抽烟有害身体健康。你的报纸分给我一张看看，真他妈的无聊啊。

陈小新和邓爱国就这样说起了话。第二天陈小新再去的时候，远远地就看到邓爱国正坐在广告伞下，他的面前摆了两份蛋炒饭。

邓爱国住的房子是他父母的房子，旧得已经不行了。楼梯里的灯泡还是那种绳子拴的，人走过去就伸手拉一下，"咔哒"、"咔哒"。灯泡好像是15瓦的，拉灯的绳子也因为日子的流逝而变得黑不溜秋的，每次拉开之后都会在手上留下一片油污。

陈小新宁可在楼道里摸索着走，也不愿意伸手拉一下灯。

陈小新的眼睛已经适应了黑暗，他已经无数次在黑暗中吃饭，发呆，也无数次从一楼摸索到五楼，然后往左一转第二个门就是邓爱国的家了。

陈小新摸索到四楼的时候，突然与一个同样摸索着下来的人撞到了一块儿，从惊叫的声音里他知道对方是一个女人，而且很年轻的女人，她好像在哭泣，陈小新一边说着对不起一边去摸索楼道里的灯绳。

灯泡亮的时候，陈小新看到邓爱国正伸着头站在楼梯里往下看。

邓爱国好像刚从被窝里起来，他只穿了秋衣秋裤，站在楼梯口全身不由自主地抖动。邓爱国看到陈小新愣了一下子说，我还以为发生了什么事呢？

陈小新说撞到了一个女人。

邓爱国说你不会拉灯啊，幸亏是女人啊，如果撞到一条蛇呢？

陈小新神经质地抖动了一下说哪有蛇啊，蛇能跑到楼房里来么？

邓爱国把身子扔到被子里说，真有。我们楼上的前几天装修，结果发现了一窝蛇。你不知道多可怕，有条蛇顺着下水道钻下去了，现在整幢楼的人都不敢上厕所。

陈小新说我不怕。

邓爱国有些恶毒地说，拿一条蛇缠到你脖子上试试？陈小新以为邓爱国开玩笑，没有想到他真的从被窝里搞出一条蛇来，只是那是一条假蛇，街头有卖的，两块钱一个。

陈小新冷笑着把蛇扔在地上说，这东西吓吓女孩还行，别说假的，真的我也不怕。我还吃蛇呢，你不知道西城以吃蛇为荣么？

邓爱国一下子笑了起来，他说是啊是啊，我发现男人就是不怕这些玩意，女的都快吓死了。我这儿有好多好玩的东西，邓爱国从他的床头柜里又拿出了一包黄色的东西说，你看这是什么？哈哈，屎，这是一堆人屎。陈小新，有意思吧？

这堆人屎在陈小新的手里就像真的一样，陈小新有些恶心地说你在哪儿买的这些破玩意儿？

邓爱国说别人送的啊，今年是我的本命年，人家说家里有这些东西运气就会好。外面太冷了，你上来坐坐，邓爱国把被子拉开一角说。陈小新把双腿放到被子里的时候，竟然发现了一条短裤，那是一种女人穿的镂空短裤，粉色的，带着镂空的花边。

陈小新皱了皱眉说这东西肯定不是你女朋友的吧？想必她的屁股可没有这么小。

邓爱国坏笑着说陈小新你他妈的眼睛太毒了啊，应该叫毒眼吧？你知道哥们儿今天叫你来有什么事情？

陈小新说能有什么好事情？你他妈的有好事情能想到我？

陈小新发现自己变了，自从来到东城，就一句一个他妈的，有时候还骂他妈妈的，他奶奶的，他姥姥的。这些东西自己从小都会，但从来没有试验过。来到东城之后就无师自通了。

邓爱国“哈”的一下子笑了起来，他说当然是好事，但这好事是我自己的。你想啊，我们是朋友啊，朋友有了好事你也算有了好事啊，你说这样的好事我肯定要先告诉你啊。虽然我在东城呆了这么多年，但我发现你才是我的朋友，我的哥们儿，其他的那些都是狗屎！

你女朋友呢？她也是狗屎？

是狗屎，当然是，她长得也不靓，凭什么我一直不抛弃她？陈小新，原因就是因为她不是靓女，男人虽然不喜欢像我女朋友这样的女人，但如果从过日子方面来说还是找她比较合适。

像你那个依依，是好看不好用啊。我说兄弟，找一个漂亮的老婆男人要少活10年呐。陈小新，你记着哥哥的话吧，找一个你喜欢的谈谈恋爱，做做情人，找一个喜欢你的女人做老婆。

邓爱国像一个爱情军师，在陈小新面前滔滔不绝起来。陈小新觉得邓爱国肯定被什么好事蒙了头脑，要不他也不会在自己面前如此趾高气扬的。

邓爱国说他最近搞了一个大单，像他们跑广告的这些人，最大的梦想就是能跑上一个大单，光提成拿上一个几十万或者更梦想一点说几百万，他就可以光光鲜鲜地炒掉老板，光光鲜鲜地过上幸福无比的生活。

邓爱国觉得这一天迟早会到来，他经常无比愤怒地说他们单位有一个狗屁不是的老女人，为了强调这个女人的丑陋，邓爱国说就是天下的女人死光了，他也不会正眼看这个女人一眼。但你知道吗陈小新，这个狗屁不是的女人一下子搞到了1 000万，她用提成买了房买了车，每天在单位里张扬得不得了。老板都要看她的脸色说话，像她这么难看的一个女人凭什么搞到了1 000万？肯定是人家看着她太难看了，不想让自己的眼睛委屈，所以才给了她。

邓爱国自己没有拿张镜子照照,他以为自己长得很靓仔很阳光呢,要是陈小新是女人,也会说出同邓爱国一样的版本,就算天下的男人死光了,他也不会看邓爱国一眼。

邓爱国长得像一只长毛猴,胳膊和腿一样瘦长,要不是他自己的眼睛长得有点儿好看,要不是他那张做广告练出来的嘴皮子厉害,想必私生活也不会这么丰富多彩。

现在,邓爱国和陈小新已经坐到了酒桌上,他俩就着一碟花生米在喝二锅头。陈小新发现这廉价的二锅头还挺好喝的,一点儿也不比五粮液和人头马差,喝起来不仅身体舒服,而且还有一种纯香。

他俩坐在酒桌前,各自捧着酒杯,哧溜一杯又哧溜一杯。陈小新在喝酒的过程中一边听邓爱国滔滔不绝一边回想自己在西城的日子,陈小新想到自己坐在金碧辉煌的五星级酒店,身边站着如花似玉的小姐们,面前是那种钢化的玻璃长餐桌,他西装革履地坐在那儿,也是这样子喝酒,只是那时候他喝的是人头马,那种有一股羊膻味的酒。

郑大同不知道为什么喝了那么多的酒,而且还在醉意朦胧中把自己送进了天堂。陈小新知道郑大同的酒量,他最大的酒量能喝两瓶啤酒外加半斤白酒,而且喝完酒后开车开得非常清醒。

在他们所有的应酬之中,郑大同从来没有因为喝酒而被交警撕过罚款,倒是自己不时的被他们一分二分地扣去,扣到他不得不走路子找门子再把扣分给补回来。

陈小新到车祸现场的时候,虽然已经看到郑大同血肉模糊的身体,他还是不能相信他真的死了,而且还是因为酒后开车死的。这多么不可思议啊,像他这么能喝酒的人怎么也会出这样的事情呢?

郑大同的车与他的身体一样,在那个傍晚翻进了西城的某一处山沟,这个山沟是事故多发区,在拐弯的地方就有明显的提示标志,他们曾经好多次开着车从这地方驶过。

陈小新清楚地记得每一次从这儿驶过的时候，郑大同总是很小心的把速度减到40迈，而且他还不止一次地提醒陈小新要小心小心。他说无论什么事情都不能拿自己的生命开玩笑。

郑大同的老婆没有来现场，一直到郑大同火化之后，陈小新才看到她。那时的她披着一头的散发，一下子扑在他的怀里号啕大哭。她一边哭一边揪着陈小新的衣领说：不叫他喝酒不叫他喝酒，他偏偏不听，现在出事了吧？出事了他就安心了？他就好过了？他就可以丢下我们孤儿寡母，到天堂享受泰式按摩去了。

从郑大同的老婆的诉说声中，读者们可以看到郑大同是去享受泰式按摩的路上出的事情。他离开家的时候因为某一个女人而和老婆吵了一小架。老婆埋怨他天天在外面拈花惹草，儿子生病了他也不管，一心想着和小姐们风流快活。

郑大同的老婆说如果按照以前，郑大同会对她的话一笑了之，他会一边搂着老婆一边叫：亲爱的，我在外面再花，也没有抛弃你啊，亲爱的，你放心在家里照顾儿子吧，那些女人也就是玩玩而已。我会一辈子对你好，在我的心中虽然有很多女人，但只有你能够做我的老婆。

郑大同的老婆说如果郑大同像以前那样说也许他们就不会吵了，可是郑大同听她揭发自己档次不高，连街头卖菜的女人都要搞的时候他一下子愤怒了，他恶狠狠地揪着老婆的头发说：你要是再提这事，我他妈的休了你！

提到卖菜的女人，陈小新就想起了那天的事情。

那个女人进来的时候，已经到吃午饭的时间，陈小新正准备叫郑大同去西城宾馆去应酬一个饭局，就看见一个胖胖的女人不顾前台文员的阻拦冲进办公室里。

这个女人有一米七的个头，身宽体胖，剪了一头的碎发，因为丰满胸前的乳房快吊到了腰部,她穿着一双拖鞋,眼睛描成了大熊猫,她一进来就吸引了所有人的目光。陈小新听到秘书在叫:哇,好肥也。

她要找郑副总经理,前台文员看见陈小新就慌乱地解释,她说是郑副总经理的老婆,我拦不住她。

郑大同的老婆?办公室里一片哗然,因为大家都没有见过郑大同的老婆,所以对这么一个女人大家就当起了真。

郑大同正从洗手间里出来,他一边打着哈哈一边说谁找我?那个女人看到郑大同一下子扑了上去,没等他反应过来两声清脆的耳光就落在了他的脸上。

关于这件事情郑大同是这样对陈小新解释的,他说有一天他的车子撞到了女人的菜摊,结果女人就缠上了他。郑大同闷着头说,你知道我这个人的弱点就是见不得女人,尤其是对我好的女人,她们一对我好我就软下来了。

可是,你怎么把办公室的地址告诉她呢?你知道这样一来办公室里的人该如何看你呢?你时刻要记着,你是我们公司的郑副经理,你的一举一动不仅代表你自己也代表着公司的形象!陈小新非常生气地说。

我知道,我也不知道她怎么知道我们的办公地址。我很害怕,我觉得这个女人在跟踪我。陈总,你说我怎么办呢?郑大同捂着脑袋第一次在陈小新面前淌下了泪水。

因为郑大同的泪水,陈小新特地找到了那个女人。那个女人正拖着一个孩子在路边卖菜,当她听陈小新问她需要多少钱时,那个女人在他的面前失声痛哭。她情绪激动地说自己不要钱,她只想与郑大同结婚。

这是一个麻烦,像郑大同这样的男人,怎么会谈到结婚的事情呢?就像陈小新,他虽然喜欢别的女人,但他从来没有想到要与老婆离婚。陈小新唯一能做的就是把自己的爱与钱多给艾小米一点,让她过上快乐幸福的日子。

正因为这样，陈小新才特别想给艾小米买那套房子，他才很干脆地答应担保郑大同的那笔货款。

郑大同死的时候，陈小新和妻子还没有吵翻，他也没有发现郑大同死后自己有什么麻烦。可能是与郑大同的关系太好了，这么大的一件事情陈小新竟然没有向律师咨询，也没有征求妻子的同意，就自作主张地把章盖了。

这一切主要因为他们俩挣的这笔钱都是不光明的，郑大同想赚钱给小老婆买车，陈小新想给艾小米买房。正因为有了这两点不能见阳光的秘密，陈小新才会在事实面前手足无措。

那一天晚上，陈小新正想告诉妻子郑大同的死可能会带来致命的打击的时候，艾小米的电话就打过来了，打电话的人不是艾小米，而是她的一个同事，那个女人愤怒地告诉陈小新说，艾小米自杀了。

妻子正把头枕在陈小新的肩膀上，陈小新知道电话里的一字一句都会被妻子听到，所以他就甩开妻子，装出公事的样子有什么事情你慢点说，我会为你们做主的。谁自杀，好好的为什么自杀呢？

那个女人说你他妈的别装了，艾小米怀了你的孩子。你要是不管的话我们法院见吧。女人的声音像一把刀子，一下子捅进了陈小新最脆弱的部位。他一边穿衣服一边对妻子说，公司出了点事，有一个女工自杀了，我要去看一看。

这样的谎言绝对不是聪明人撒出来的，陈小新千不该万不该把自杀的女工说成他们公司里的人。要不妻子也不会对陈小新产生怀疑。当他搂着艾小米伤心的时候，妻子却一脸冷笑地出现在眼前。

陈小新从来没有想到在一个陌生的城市里生活会这么艰难。

在没有来东城的时候，陈小新的心中被美好的想法鼓动得满满当当的。他想自己到了东城可以忘记一切，可以重新开始，可以任着自己与各种各样的人交朋友。

他们不知道自己是谁,也不了解自己的过去。他们会把自己当成普通人。这样他在他们的面前会活得轻松自在,说不定还能与一个东城的女孩子恋爱结婚白头偕老。

怀着这种想法,陈小新让自己从西城快速消失。

陈小新像一个收拾后事的老人,沿着生活过的地方不断地游走。他回了一次家,那是他从小到大生活过的地方,父母已经不年轻了,他们各自坐在沙发的一头,还在为一点小事吵闹着。他们就这样,在陈小新的记忆里他们没有一天不吵闹的,但吵了快一辈子了但他们也没有离婚。

他们不知道陈小新的生活发生了那么大的变故,他们以为儿子真的要出国,他们已经为他的远行准备了太多的东西,那个父亲当兵用过的军用背包,被他们塞得鼓鼓囊囊的,里面从内衣到牙刷。他们一个人拎一个背包的带子,跟在陈小新的身后叮嘱他到了国外要怎么样怎么样。

从父母家里走出来,陈小新又拐到以前上学的地方呆了一会儿,在那个幼稚园的滑梯前他终于忍不住哭了起来。那一天是周六,幼稚园里静悄悄的。

要走了,也许是永远地离开这个城市,他公文包里放着那张飞往东城的机票,那是一个月前订的飞机票,这张票在包里被揉搓得不行了,像一张布满皱纹的老头脸。

陈小新在学校里转的时候,有一个朋友打他的电话。

这个朋友是陈小新以前朋友中的一个,他的名字差不多都记不起来了。

他们俩已经两年多都没有联系了。两年前这个朋友想把他的弟弟安排在陈小新的公司里做事,被他拒绝了。

陈小新认为工作就是工作,关系和能力他更看重后者。

陈小新开着宝马车经常路过朋友的书店,看到他手里拿着一本书,坐在门前的阳光里。

他问陈小新最近好吗？

陈小新的心里一下子酸了起来，但本能的自尊让他的声音恢复了以前的冷漠，他说自己很好，就是有些忙，请问他有什么事？

他沉默了一下说没有事，只是有点儿想你。

陈小新说自己马上要出国了，星期天的飞机，有事等他回来再说吧。

陈小新想让自己体体面面地离开西城，所以他不会把自己的心里话告诉别人。

自从他出了事后，有一些人曾经忙着打电话，忙着安慰并窥视陈小新失败的原因。

后来，他们不再来了，因为他们忙碌和好奇得不到满足，在他们面前，陈小新像一只包裹得极好的箱子，他们不论用什么方法，没有自己的钥匙，谁也无法看到箱子里装的是什么东西。

陈小新家里什么东西都没有了，他一进门就看到了那只箱子，它孤零零地站在客厅的角落里。明天的时候它将随着陈小新飞往东城。

房子里一片零乱，客厅里的沙发，电视，地毯，以及所有属于陈小新的东西都被妻子搬走了。他还记得他们来搬家的时候，男男女女来了一大帮人，他们无视自己的存在，在妻子的指挥下咣里咣当地搬东西。

陈小新的妻子披着凌乱的长发，一边搬东西一边大声地哭泣。因为每搬动一样东西都能勾起她的美好回忆。当她看到一个小伙子正在搬她的梳妆台的时候，妻子一下子扑了上去，像疯子一样叫着别动别动，让我再看一会儿。

妻子一直不相信陈小新会离婚，就像陈小新不相信自己真的一无所有一样。那些天里他们不住地争吵，陈小新妻子最初因为艾小米，她恨不得把艾小米一口吞下去。后来她又恨郑大同，她恨不得把郑大同从墓地里揪出来。

自从她发现了艾小米的存在后，她就像疯了一样，她那双曾经温柔的眼睛像刀子一样切割着陈小新。而且她拒绝与他说话，拒绝让儿子接近他，好像他是一个患了艾滋病的患者。

她好像得了神经病，她在半夜三更不止一次跑到陈小新的面前，冷冰冰地说，你说你从来没有爱过我对吗？你一点儿也没有爱过我对吗？那你以前说的话全是假的？你一点不爱我为什么还要和我结婚呢？还要给我留个儿子？

陈小新承认对不起妻子，如果只是艾小米这件事情，陈小新相信自己不会与妻子离婚的。因为艾小米的事情还不至于把自己打倒。可能他会像所有的男人一样，想方设法维护风雨飘摇的家庭，尽可能不会让艾小米的事情影响他们正常的生活。

可是他的事业在一夜之间垮掉了，如果这个时候陈小新还请求妻子原谅，说自己多么爱她爱这个家，这一切显得那么的虚伪那么的苍白。所以他不知道自己该说什么，也不知道该怎么说。

陈小新的亲朋好友因为妻子的诉说而觉得他是一个很差劲的男人，这个男人竟然为了情人抛妇别子，他们无视陈小新事业垮掉的事实，而是把艾小米的事情当做最重要的事情来折磨陈小新。

这么好的一个男人竟然也会变心？看起来他多么的道貌岸然啊，多么的有风度有修养啊？这样的男人其实最不可靠了，谁也猜不透他心里想的到底是什么？

那些日子，天天有人跑到陈小新的家里来，他们一边安慰妻子一边盘问他为什么要离婚？他们好像觉得他离婚是做了最见不得人的事情一样，原先在他面前点头哈腰的人都把腰挺起来了，他们说你为什么要离婚？为什么？

陈小新觉得这些人太可笑了，他懒得与他们解释为什么离婚。离不离婚是他和妻子的事情，凭什么让他们一二三地盘问？

陈小新一次一次绝望地想：这是妻子吗？这是他希望的结果吗？

依依在做她的节目，她在节目中读一封读者的来信，那个女孩子说自己有一个很花心的男朋友，她不知道该不该与他分手。

陈小新把收音机放到被窝里，缩着身子听依依的节目。东城的冬天实在太冻了，睡一晚上都暖和不过来。他的被子是从来不叠起来的，每天睡够了就往床里面一掀，等到想睡的时候再拉过来。

陈小新用不着叠被子，因为他不知道这被子叠给谁看。

女孩子打进电话好像很激动，她说着说着就哭了起来。依依一点儿也没有被女孩子的泪水吓倒，她有些冷漠地问女孩子哭什么？为什么哭？

陈小新虽然看不到依依的表情，但他足可以想象，此时的依依正坐在直播间里，对着她的话筒表情冷漠地问人家为什么哭？就是为了一个不爱自己的男人吗？他既然不在乎你，你为他死了又怎么样呢？

陈小新发现最近依依主持节目的风格与以前大不一样，以前她碰到这样的事情总是很温柔很有耐心地安慰别人，想方设法地帮他们分析问题解决问题。现在她的语气呈现出一种冷酷与不耐烦，像一个站在圈外看别人笑话的老妖精。

她在节目里不停地问人家为什么？为什么？

女孩子抽抽搭搭地说他会伤心，我要死给他看，实在不行我就杀了他。

依依说杀了他你以为你就没有事了么？杀人要偿命的，傻子也知道的啊？你还这么年轻，你以后的日子还长着呢！为了这么一点感情就想不开了么？再说你怎么知道他会伤心？你如果死了他高兴还来不及呢？

女孩子声音嘶哑地辩解：不会的不会的，他对我是有感情的。我们同居了五年啊，在这五年里他不断地说只爱我一个。

依依说如果你相信他只爱你一个人你还这么伤心干什么呢？

女孩子说可是我受不了他与别的女孩子约会。

依依说既然他爱你，他为什么还与别的女人约会呢？既然他与别的女

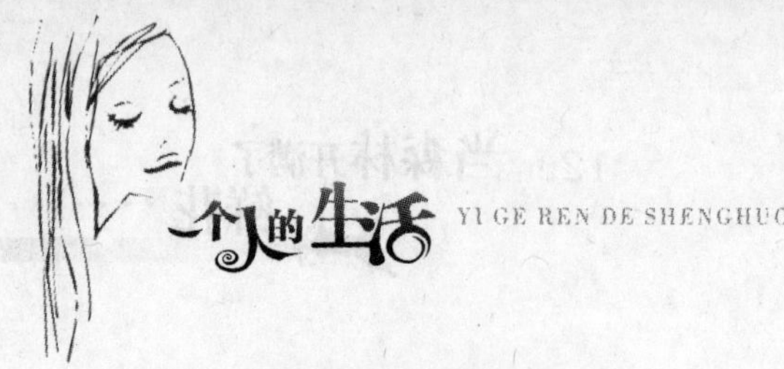

人约会说明他不爱你嘛。

女孩子说不是的不是的，他爱我的，他说过要与我结婚的。他对我说那些女孩子老缠着他，他自己也没有办法。他说男人多多少少都会花心。他说如果男人不花心是不正常。但花心只是花心，他与她们不来真的。他发誓只对我一个人好。

依依说可笑，太可笑的理由了。他拿着男人花心的理由来欺骗你，这种男人还有什么留恋的嘛。早分早好。你离了他也不是不能生活。

女孩子说我尝试着与他分手，可是我又不忍心看到他伤心，他曾经在我面前跪了一个多小时，他说他不能没有我，如果没有了我他会活不下去。

依依说这种男人可能不仅仅在你面前下跪吧？男人膝下有黄金呢？跪一次和跪一百次意义就不一样了。你现在不工作了？全靠他养你吗？

女孩子说他没有钱，我用的是以前做生意的钱。

依依说 AA 制？

女孩子说也没有明确的，他的钱根本不够他自己花的。

依依说你养这个男人？

女孩子说可是我离不开他，我爱他，我不能没有他。

依依冷笑了一声说，那你想怎么办？杀了他？

依依放了一段音乐说，花心是一个很广义的词，这个词不仅仅针对男人，其实女人也会花心。花心的含义是这个男人或者说女人不专一，爱看美丽的东西。那么如果对于一个正常人来说，拒绝美丽是不可能的。男人花心吗？花心是不是有一个度呢？好了，听众朋友，我们现在就要谈论一下男人的花心问题，欢迎收音机前的听众朋友拨打我们的热线电话积极参与。

但陈小新发现参与依依节目的人越来越少，从最初的打不进去到现在的冷场。不知道是不是听众接受不了依依突然的转变，还是已经厌倦了打电话这种无聊的游戏？

而依依越来越不愿意去迎合听众，尤其不愿意用虚假与动听的语言让受伤者在节目中找到安慰。她的理由是这样的，安慰是解决不了根本问题，她的节目解决不了听众的根本问题，那还有什么意思？所以依依学会了撒盐，她拼命地在人家的伤口上撒一把盐，这样伤口才会在剧痛之后快速愈合。

如果人家对她说我想自杀，依依就会冷淡地说那你就去自杀好了，你还打我的电话做什么？

正因为这样，依依失去了一些听众，也得罪了不少的听众，所以在她的节目中才会出现冷场。对于这种现象依依自有她的理由，她对自己的听众突然挑衅起来，大有宁缺毋滥的架势。

为了不让自己的节目冷场，依依总是鼓动她的亲朋好友参与她的节目，然后还能得到一份某厂家提供的奖品。陈小新的电话就放在床头上，他时刻准备着自己进入角色。只要依依的音乐声还没有响完，他就要拿起电话。如果依依的音乐戛然而止，那就是已经有人拨通了热线。

音乐停止的时候陈小新还听到依依开心的笑声，她对所有的听众朋友说爱和不爱都是双方的权力，没有什么大不了的。依依并不是一个冷血动物，依依也会有自己的痛苦与快乐，但依依不愿意去做锦上添花或者说安眠药，依依给你的是一把盐，虽然当时疼，但对你的伤可以起到快速愈合的作用。好了，我们来接听一位听友的电话，你好，这位朋友，欢迎你拨通我们的电话，请问你要说什么呢？

电话里是一个男人粗重的喘息声。

依依说这位朋友，请说话好吗？

男人说我操你妈！

男人的这句粗话骂得太快太突然，以至让依依好一阵子没有反应过来。陈小新不知道此时的依依是什么反应，但从那突然响起的音乐他就感觉到了。依依放的是那种杂乱无章又很狂暴的音乐，听起来好像有好几面

破锣在敲。

酒桌上摆了几个小菜，桌子下面有暖和的火炉。两个扎着辫子红着脸蛋的女孩子在周围走来走去，她们操着东城的本地方言，一个上菜一个倒酒。

这个地方陈小新从来没有来过，如果不是依依，他也找不到这个地方。他们坐了近三个小时的的士，那的士随着依依的指挥从这个胡同里出来再拐到那个胡同去，转了几个胡同陈小新也记不清楚了。东城这破地方就是胡同多，一个连着一个，有点像北京的四合院。

他们来的这一家酒店是一家奇怪的酒店，这儿的菜千奇百怪，这儿的价格也是千奇百怪，从1 000多一根的老黄瓜到1块钱1公斤的九节虾。好像老板是一个疯子，他不按照市场的常规来叫价，而是任着心意想要多少就要多少。

这么一个四面漏风的破地方，每天只经营三桌，酒店的名字好像就叫三桌饭。无论你是多大的官，无论你有多少的钱，老板从来不破自己的规矩。听依依意思，她给这家的老板做了一期节目，然后排了一个多星期，老板才为他们腾出一张桌子。

陈小新不是第一次与依依吃饭了，他俩以前没有事的时候经常在一起吃饭，他们不仅在一起吃饭，还在一起逛街。有时候他们还去打打羽毛球。场子是依依家里的小区，那地方有一个专门打羽毛球的场子。依依的羽毛球打得比陈小新好多了，每次打球的时候他只有捡球的分儿。

依依感冒了，她穿着厚厚的羽绒服，脖子上还套着一条厚厚的马海毛围巾。她说一句话就咳嗽一声。陈小新想依依不应该来这个地方喝酒的，感冒了应该坐在家里喝点姜汤然后睡上一觉。

依依点了四个菜，那些菜都有着非常奇怪的名字，反正服务小姐说的是东城方言，陈小新也听不懂。他端起老板特制的免费的米酒，一杯又一杯地与依依碰撞。

这米酒虽然是特制的，但后劲特别大，喝过之后他们的脸上都已经像红透的苹果了。依依好像挺能喝的样子，虽然他俩经常在一起吃饭，但酒却是头一次喝。陈小新拿不准她能喝多少酒，就夺过她的酒杯说，不要喝了，依依，我们还是说说话吧？

你以为我会喝醉么？陈小新，你错了，我是我们电台里面最能喝酒的主持人。依依得意地向他挤了挤眼睛。

为什么要喝酒呢？你是不是有什么心事？女孩子不要喝这么多酒，当然男人是没有办法。陈小新说。

心事？哈哈？我没有。陈小新，你有吗？今天有酒今天醉，来，干一杯。依依来夺陈小新的酒杯。

他们的手在争夺中碰到了一起，依依的手冰冰的，像刚从冰箱里捞出来一样。陈小新的手因为碰到了依依的手，本能地抖动了一下缩了回来。感觉有些麻麻的。

依依说我不想做了。

为什么？

没有意思。

是不是因为上次那个男人？

不是，陈小新，像这种事真的是太多了，刚主持节目那阵不仅有人骂啊还有人威胁我呢。

不会吧？他们为什么恨你？

因为我的语言击中了他们的弱点。人嘛，都是这个样子，虽然明知道自己是脆弱的，明知道别人的好话根本解决不了问题，但他们还是愿意听好话。而我说的正是他们不愿意听的，虽然心里承认是对的，但他们却不愿意听，尤其在电波里面，因为我打击了他们的自尊。陈小新，人就这么回事，如果自己钻了牛角尖，一般的人是无法把这个人拉回来的，除非他自己能够回头。

那个男人是谁你知道吗？真想揍他一顿，我当时都快气疯了，这种男人怎么能这样子呢？你们做主持的也不容易，表面上看着风光，其实难着呢。

你才知道啊？你知道我们新闻部的记者为什么被人绑架吗？原因就是因为他说了实话，得罪了一些人。我办这个栏目并没有别的意思，就希望自己做一枚指南针，让那些痛苦的人重新面对自己。现在我发现错了。

要不你调一个栏目吧？你毕竟在电台呆了这么久。

调哪儿去？其实，陈小新，告诉你吧，这不是我愿意不愿意的问题，这个栏目从这个周三就停播了。

真的？为什么？

能为什么呢？停了栏目，我也就不会在电台做了。做了好几年，够了，累了，倦了。陈小新，来，我们喝酒，酒逢知己千杯少啊，难得你能坐下来听我说话，难得我能把自己的心里话说给你听。我做节目做了快三年的时间了吧？总是听别人的，别人的快乐与痛苦，我却从来没有说过自己的。你知道我也是一个普通人，也会有自己的快乐与不快乐，但我从来没有说过。

谢谢，有些事给朋友说说也许好受一点。

那你呢？陈小新，你会不会把心里话给别人说呢？依依突然把目光转向了陈小新。

陈小新想不会，虽然他心里一百个想说，但他知道自己不会说出来的。比如依依，陈小新不说给她听的原因是因为害怕，他害怕她听到后会为自己曾经的辉煌与现在的落魄感叹，然后再涌出无数个的为什么来。

他已经解释够了！

依依沉默了一阵子说我想开鲜花店，你知道这是我的梦想，我想坐在一间开满鲜花的屋子里，看着那些鲜花，看着它们的色；闻着它们的香，尤其来我花店的人们一定是最有爱心的，没有爱心的人是不会到鲜花店来的。

陈小新说很好啊，以后你就是鲜花店的老板啦，我为你打工怎么样？

依依说我们俩合伙怎么样？

陈小新喝了一口酒说，行，听你的。

那个穿着红色衣服的布娃娃，像吊死鬼一样在陈小新的眼睛里摇晃。那个布娃娃已经很破了，左边的手和右边的脚已经被水洗得发白了，胸前的那个小铃铛被风吹得发出呜呜拉拉的声音。陈小新起初看到它的时候吓了一跳，他还以为是谁家的孩子吊到了阳台上，后来他推开窗子才发现是一个破烂的布娃娃。

那个布娃娃和三岁多的孩子一般高大，那如皮肤一样的小手和小腿让陈小新不止一次地想到儿子。他已经习惯每天晚上都要看看那个吊在窗子外的布娃娃，让自己一边看布娃娃一边想象儿子的模样儿。

陈小新的钱包里有一张儿子五岁时的照片，他坐在家中的地毯上，手里拿着一支玩具枪，右眼眯着，左腿跪着，胖乎乎的小手扣动扳机，黑洞洞的枪口对准了镜头。

那个时候的他过着非常幸福的生活，身上的衣服全是从国外带来的牌子，那种丑宝宝的一套服装是东城人一个月的平均收入。

现在儿子长高了吧？他过得幸福吗？不知道妻子是不是还会给他买丑宝宝的衣服。还有他会不会恨自己？会不会想到自己呢？

陈小新坐在那儿想儿子，他很想很想给他打个电话，很想很想听听他的声音。可是陈小新不敢，他记得刚出来的时候打过一次电话，但儿子已经忘记了他的声音。话筒里面一个稚嫩的声音问陈小新找谁？后来那个声音就尖叫起来妈妈妈妈，他说他是爸爸。

不是你爸爸，你爸爸已经死了！陈小新的耳朵被这一句冰冷的怨恨的回答所击倒，手一软电话就摔到了地上。

厨房里还有几瓶啤酒，陈小新拧了好几圈啤酒盖子仍然紧紧地扣在

那儿,他心里一急,两只手一用力啤酒瓶子就在两掌之间碎开了。随着清香的酒味还有迸出来的鲜血。

那些血跟在陈小新后面淌,从阳台到厨房,后来又跟到了卧室里。他感觉不到痛,虽然两只手血淋淋的。

陈小新觉得人有时候很奇怪,比如在依依没有告诉自己她要结婚之前,他一点儿也感觉不到自己在乎她。当他知道她要结婚了的消息后,他的第一个反应就是痛苦,心酸,失落。

在陈小新去咖啡厅等依依之前,他的心情还是非常激动非常兴奋的。陈小新去楼下的理发店洗了洗头发,然后又让小姐刮了刮胡子。他的胡子已经很长了,头发也乱的像个鸡窝一样。

他们去的地方还是那家老咖啡屋,陈小新走进去发现这儿的服务员已经换光了,那些熟悉的面孔一个也没有了。

咖啡厅还是原来的那家咖啡厅,却找不到原来的人了。

依依的长发已经剪了,剪成了很短的发型。陈小新叫不出来这种发型的名字,但他知道东城最近很流行这种头。

依依笑嘻嘻地说这叫板刷。漂亮吗?她站起来,像模特儿那样在陈小新面前拧了好几圈子,然后她突然收起笑意说,陈小新,我今天叫你过来,有非常重要的事情给你说。

陈小新被她的庄重给吓住了,他在心里胡乱地猜测她会告诉自己什么,当他听她说要结婚了的时候,陈小新还是"腾"的一下子站了起来,他在激动的时候竟然冒出一句很傻瓜的话来:你和谁结婚?为什么要结婚?

你这个傻瓜,你说我和谁结婚?你说我为什么要结婚?依依突然间笑了起来。

陈小新说那是谁呢?

依依想了想说你不认识。

陈小新酸酸地说,恭喜你啊?没想到你这么快就结婚了。

再不结婚就真的嫁不出去了,女人不经老啊,依依沧桑地说。

他对你一定很好吧?陈小新问。

你说呢?两个人过日子哪有谈恋爱浪漫啊。依依摇了一下头。

那你爱他吗?陈小新不知道自己为什么要这么问,但这句话他不说出来心里堵得难受。

当然。这是一句陈小新早已经想到却不愿意接受的话。

那么,他爱你吗?陈小新仍然穷追不舍。

依依说你说呢?你会和一个不爱的人结婚吗?

陈小新说那要看情况。有时候结婚并不一定是为了爱情,有时候不结婚也并不代表不爱。比如像前几年分房末班车的时候,多少夫妻只是为了一套房子而草草地结婚了呢。陈小新怕依依不明白,就举例给她听。

我现在也不分房子,也不缺钱。怎么了?我结婚你不高兴啊?依依向陈小新挤了挤眼睛。

没,没有啊,我只是觉得有些突然而已。以前你好像没有提过他。陈小新极力掩饰自己的失态。

你不知道并不代表没有嘛,看你这么聪明的人也犯傻了。你最近的生活有什么改变没有?依依说。

陈小新叹息了一声说,能有什么改变呢?还是老样子。你呢?

在搞鲜花店的事啊,等到我把头绪理出来,你可要出来做事了,要不然我自己就会累死。依依笑嘻嘻地说。

嫁了一个有钱的老公还这么辛苦干嘛?陈小新刺激她。

他有钱不关我的事,陈小新,你知道我不靠男人生活的。

行,改天叫他一起过来吃饭吧?

谁啊?依依明知故问。

你说呢?你们都要结婚了还不带给我见见?太过分了吧?再说了婚姻

大事可不能太着急,万一有一天你发现他不适合你了怎么办呢?

咦,怎么这么多醋啊?酸死了。依依故意把鼻子伸过来,在咖啡里闻着。

陈小新从来没有找过小姐,这是真的。

陈小新知道自己为什么不找小姐,也知道为什么总有一些男人喜欢找小姐。他们的安全意识与欣赏水平与他不是一个档次,而且他还知道小姐从某一方面代表着男人的能力与魅力。

陈小新起初只是想跟着邓爱国去唱唱歌,根本没有想到要去找小姐。邓爱国说他哥们儿刚开了一个歌厅,所以他要去捧捧场。

要了房间后,邓爱国就忙着打电话约人,他一边打电话一边冲陈小新挤眼睛,他说今天晚上来的两个小姐绝对养眼。

服务生送了大号的果盘,然后又来了一打加十啤酒,这种啤酒是西城生产的,以前陈小新在西城的时候还和加十的老总吃了几次饭。陈小新与他吃饭的时候,加十啤酒还只能在西城销售,而现在加十啤酒已经风靡全国了。只要有酒的地方就有加十,只要有广告的地方就有加十广告。

想想真他妈的不公平,以前与他吃饭的时候陈小新还是一个什么都高于他的行业大哥,现在他知道这个坐在包房里,胡子拉碴的男人是谁啊。

邓爱国唱歌的水平真的不敢恭维,他不仅跑调而且嗓子嘶哑,一个高音调上不去的时候陈小新就听到了邓爱国的愤怒的阿阿声。陈小新坐在那儿,一边看邓爱国的笑话一边耐心地等待着佳人的到来。

陈小新以为邓爱国叫来的女孩子不是小姐,而且看她们的装扮也不像小姐,这两个女孩子也就是十七八的年龄,穿着很平常的衣服,坐在他们俩的身边,样子纯洁得像在校的女学生。

可是当邓爱国的手突然搂住那个女孩子的腰,当女孩子的头靠到陈小新的肩膀上,他就明白了。

包房里灯光阴暗,倩影成双。邓爱国那公鸭嗓一样的声音强奸着人们的耳朵,他一会儿男声一会儿女声地唱歌。陈小新实在受不了就和邓爱国玩剪子包袱,谁输了谁喝酒。

这样的夜晚与别的夜晚有什么不同呢?这样的包房与别的包房有什么不同呢?现在随便让我们推开一间包房,看看里面的情景吧,每一个包房里都有人,男人和女人,每一个包房里都有酒,啤酒和红酒,每一个包房里都有扯着嗓子表现唱歌的男人女人,只是唱得好与不好而已。

我们看到包房里因为喝了酒,而显得暧昧、热情、冲动起来。小姐们穿着短短的皮裙,长长的靴子,有的还在嘴边叼了一支烟,她们坐在男人的身边或者大腿上,发嗲、撒娇、轻笑,而男人因为有了佳人的相伴,而显得精神焕发,兴奋异常。邓爱国已经搂了其中一位小姐的腰,唱着酸得掉牙的情歌:等到太阳落了西山头,让你亲个够……

包房里的对话虽不精彩,但却像毒瘾一样从这个角落传染到那个角落。那个叫邓爱国和陈小新的男人,他们一人搂了一个女人,坐在包房里热情万分地唱歌,喝酒,然后说着自己都不知道的谎话。

老板是哪儿人啊?

黄城,就是黄色的黄。

老乡呢,我家住在离黄城不远的地方。

真的啊?

真的,不骗老乡。来,老乡,我们干一杯吧,不是说了么,老乡见老乡两眼泪汪汪么。

你的口音不像黄城人呢?

来东城时间久了,就入乡随俗了。

老板在哪儿高就啊?

打工啊,和你们一样。

不会的,一看老板就不是打工的,看看这像弹琴一样的手,怕是动动脑子就挣钱的吧?来来,我给老板看看手相。

看什么手相啊?是不是看看今年有没有桃花运啊?都这么大岁数了还没有女朋友呢?

老板真没有女朋友啊?像你这么帅的男人怎么会没有女朋友呢?怕是多得数不过来了吧?

真的没有啊,你愿意做我女朋友吗?陈小新听到邓爱国一边握着小姐的腰一边厚着脸皮说。

老板,不要开玩笑啦,我会当真的。老板!小姐好像只会这个称呼,来的人不管是不是真的有钱真的是老板,小姐都会叫他们老板,然后再按照老板的喜好说一些动听的话,唱唱歌,跳跳舞。

看邓爱国又搂又亲的样子,他以为这一切都可以免单一样。

陈小新去洗手间回来,发现邓爱国和那个小姐不见了。留在包房里的那位正拿着陈小新放在桌子上的手机看。见陈小新突然回来那个小姐用怀疑的口气问你有女朋友吧?

陈小新说什么意思?

刚才有一个女人找你呢, 我一接她火气大得不行了, 一个劲地问我是谁。

陈小新一把从小姐手里夺过手机说谁让你帮我接电话了?

因为它老是在响, 我就帮你接了一下。小姐好像很习惯帮男人接电话,而且她也没有想到帮别人接电话的后果是什么。

陈小新气愤地翻了一下电话号码,见是依依的手机。他拿着手机拨过去,依依说鲜花店里的资金有些紧张,问他能不能先拿点钱过来。

陈小新走进依依的小区的时候,心里还一直害怕,生怕上次被自己打了的保安在岗,那样子陈小新今天就完蛋了。

陈小新把羽绒服的帽子戴在头上,只露出两只眼睛,然后一路小跑从小区里进去了。陈小新看到保安正坐在值班室里,他见陈小新跑进去的时候还笑了一下。

陈小新把那厚厚的人民币扔在桌子上的时候，依依一下子扑进陈小新的怀里，快速地在他脸上亲了一下，谢谢啊，陈小新，还是你好。

陈小新装作生气地打了她一巴掌说我什么时候不好啦？

依依穿着淡蓝色的棉袍，拖了一双绣花软拖，她坐在地毯上兴奋地向陈小新介绍她的想法。她一边说一边拿出一个笔记本，介绍她中意的几个位置。

陈小新喝着依依泡的玫瑰花茶，架着腿坐在沙发里。他突然有一种感觉，感觉这就是自己的家，依依就是他的妻子。

依依一边兴致勃勃地说你没有想到吧？像我这样的人也做起生意来了。我12岁的时候是想当一名演员，16岁的时候想做一名老师，考上大学的时候我就想做一名主持人，现在主持人当够了，我就想开一家鲜花店。

你想想啊，当鲜花开在了森林里，森林的定义是冷的，而鲜花是暖的，我起这个名字可不是一时半会儿想起来的，我自从有了开店的念头就开始寻思店名了。依依滔滔不绝了一阵子突然问道：陈小新，你最大的愿望是什么？

愿望？依依竟然给陈小新谈起了愿望。说实话陈小新好像没有什么愿望，更别谈什么理想了。从小到大他走的路都是父母安排好的，他们在选择学校的时候根本没有征求陈小新的意见就让他报了理科，后来等到陈小新毕业之后他们又安排他做了管理，然后自己有了公司，就连陈小新结婚，生儿子的时间都是父母安排好的。

陈小新有过自己的愿望吗？他摇了摇头。

不会吧？陈小新，你从来没有自己的愿望？比如你最想做的事情是什么？说吧说吧，你没有看出来我对自己的男朋友还没有对你这样推心置腹的呢。

真的吗？

你自己知道。

我不知道,行了,我们去转转花市吧,光想着开花店,我们还要调查一下市场行情啊,东城的鲜花都是从南方运过来的,价格上肯定要高很多。你啊做什么事不能太冲动,要好好想一想。

我才不冲动呢,我这人理智着呢。依依突然笑了起来。

他俩挤公车的时候,陈小新突然产生了一种冲动,他要从现在开始努力挣钱,如果像以前那样有钱的话,他就不会带着喜欢的女人坐公车了。

陈小新开始做事情。

装修队是依依找来了,属于地下游击队的性质。他们买好材料,让工人们按照设计好的图纸来施工。

陈小新看到那些木料,地板,白灰,钉,铁条,玻璃像展览一样,堆在那间不大的小屋子里,他还看到穿着工衣的粉刷工正站在架子上,把原来的墙皮铲掉,然后再刷上新买来的材料。

屋子里的装修风格有点儿像原始森林。依依说东城那么多鲜花店没有见到这种装修风格的,她是从南方出差的时候看到的。依依的想象力无比丰富,她摇晃着陈小新的胳膊说你想想看啊,当鲜花开在了森林里。

陈小新的思想随着胳膊的摇动变得清醒,他仿佛听到鲜血正顺着自己的血管哗啦啦地流动。陈小新像一个背起书包上学的孩子,高兴地跟在工人后面,问他们要不要喝水,问什么样的水泥质量更坚固一些。

陈小新每天天不亮就起来,跑到没有装修好的房子里去看。陈小新觉得这个小店就像自己的骨头,每一点轻微的变化他都能第一时间感觉到。他要看着这小店慢慢地在自己的眼皮子下面长大,成形,然后怒放。

鲜花店不仅是装修独特,而且还具备了别的鲜花店没有的服务。他们有一个 24 小时的鲜花热线,依依利用她的优势已经向社会招了一批兼职学生做员工,还写了部分新闻通稿来表明他们鲜花店的与众不同。陈小新看到依依的新闻稿上的副标题这样写着：当鲜花开在了森林里，鲜花旗舰店将在东城横空出世。

陈小新在忙着做事，依依在忙着结婚。

她气喘吁吁地说，陈小新，我真的不知道结婚这么累，早知道这么累我他妈的不结婚了。

她从来不问陈小新店里装修的事情，好像这家店与她无关一样。她每次打电话来或者说急匆匆地出现在陈小新面前的时候，她带给陈小新的第一个印象就是她的幸福。

依依穿着每天都不同的衣服，擦着每天都不同的香水，她站在陈小新的面前说她的男朋友，她的婆妈，她的房子等等。有一天，依依还开来了一辆富康，那辆乳白色的富康车后面摇晃着好几个布娃娃。

这车是依依的男朋友给她买的，是送给她的生日礼物。

失落就从那时开始有了，陈小新感觉依依的这些幸福完全是建立在自己的痛苦上，这些代表着她幸福的语言与东西像扎入陈小新手中的刺，因为扎得太深了，他已经无法用肉眼看到刺的存在，也无法把这根刺从自己的手中拔出来。

陈小新只能忍着，忍着刺给自己带来的疼痛。

依依不应该幸福吗？她太应该幸福了。像她这么好的一个女孩儿，为什么不能找一个什么都有的男人结婚呢。

像陈小新这样的男人还能奢望什么？

好在，陈小新身边还有鲜花店，他们俩共同努力起来的鲜花店。他可以有充分的理由走到她的身边接近她，并借以工作的机会与她光明正大地呆在一起。

也许这就是爱情中最好的结局，虽然得不到所爱的人，但陈小新可以在最近的距离内看着她，想着她。

东城的冬天还没有过去，但陈小新已经不觉得冷了。他脱掉羽绒服，

只穿了一件薄薄的毛衣站在一堆木头前。他准备跟着木匠一起学做那个花架。木匠按照依依设计的来打造一个独特的花架，那个花架能够装水，装花，而且可以移动。

他们在白天的时候把花架移到橱窗前，晚上的时候可以把花架翻出来移到屋子里做隔板。依依还为陈小新设计了一个可以休息的小屋子，那个里面有一张吊床，晚上的时候放下来，白天的时候就收起来，那张吊床是网状的，收起来的时候就像一张蜘蛛网。

陈小新觉得依依像一个天才，她很多东西都是无师自通。

陈小新根据木匠的意思把木头用电锯锯成小条，然后再打洞，安装。陈小新在锯木条的过程中，突然想起海子的一首诗来。

从明天起，做一个幸福的人
喂马，劈柴，周游世界
从明天起，关心粮食和蔬菜
我有一所房子，面朝大海，春暖花开
从明天起，和每一个亲人通信
告诉他们我的幸福
那幸福的闪电告诉我的
我将告诉每一个人
给每一条河每一座山取一个温暖的名字
陌生人，我也为你祝福
愿你有一个灿烂的前程
愿你有情人终成眷属
愿你在尘世获得幸福
我也愿面朝大海，春暖花开

那是一套虎头牌的高档男式西装，它们做工考究，缝纫均匀，就算你用放大镜看，在这套西装里也找不到一个跳线或者说漏针的地方。它们就像一件完美的艺术品，套上通明的包装袋，安静地躺在纸盒子里。

陈小新知道这套西装的价格，也知道这套西装穿在一个男人身上的效果。

陈小新在帮依依试这套衣服，虽然试这套衣服的理由相当充分，这个男人工作太忙了，连结婚的衣服都来不及试。

陈小新站在试衣间里，看着自己穿上这套西装的效果，他感觉一下子回到了从前，回到了以前在西城的日子。但后来他一下子想到将有一个男人穿着它，挽着依依的纤手踏向婚姻的红地毯的时候，陈小新的心里就像扎满了仙人掌。

服务小姐以为陈小新就是依依的未婚夫，所以从一进来她就用非常美丽的字眼来恭维他们。那些字眼像暗箭一样"嗖嗖"地从她的嘴里射出来，感觉不在这儿买衣服真的走不出去大门了。

服务小姐说你们俩真是天生的一对儿。

这套西装就像给这位先生专门订做的一样。

小姐，你的眼光好好喔。

先生，你好有福气啊。

你们什么时候结婚一定要分块喜糖给我们啊。

可能在东城能消费起虎头牌西装的客人不多，所以他们一进来才会受到那么多人的欢迎。四五个小姐围着他们如众星捧月，那些西装一套一套地从衣架上拿下来，然后一套又一套地套在陈小新的身上。

陈小新一开始就想解释的，但依依却不给他这个机会。她悄悄地趴在陈小新的肩膀上说，反正不是真的，你怕什么？

陈小新怕什么呢？他心里应该为这次机会感到高兴。

依依就像真的一样，在陈小新每试一套衣服出来，她就会看他的领

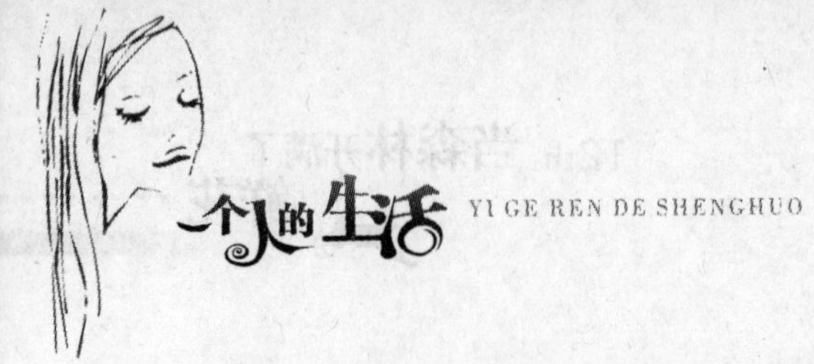

子，袖子，然后还摸他的肩膀，看看那儿够不够宽阔，垫肩够不够挺刮。

在试那一套淡灰色的西装的时候，依依把那条淡红色的格子领带亲自给陈小新戴上，然后拥了一下他的双肩说不错，就要这套了。

这一切是梦吗？是梦就不要这么快醒来了。

小姐们坚持不让陈小新把西装脱下来，她们说陈小新穿这套西装实在太好看了，一定要走出去给他们做做广告，要不是看着这套西装这么适合陈小新，他们也不会九折的价格给他们。

你知道小姐，虎头公司的产品就算老款的卖不出去，也不会打一分钱的折扣。那小姐的嘴巴太会说了，依依一激动就要了两套，她挽着陈小新的胳膊说，这一套你要穿着，算我送给你的啦。

陈小新手里拎着一套衣服，身上穿着一套衣服。他挣开依依的手说不行，坚决不行，我怎么能要你的衣服呢？

陈小新，你把我当朋友吗？我是说那种无猜的朋友？

是。

陈小新，你觉得与我在一起感觉到难过吗？

不。

陈小新，那好，今天你就穿着这套西装，就算你心里一点儿也不喜欢这套西装，也要穿着，就算为了我穿一天行吗？

依依，你今天是不是有什么事儿啊？

陈小新，你要陪我玩一天，你要听我的话。因为我以后结婚后就不能这样子随心所欲了。

行，只要你高兴。

你不高兴？

高兴。

好吧，你从现在起就属于我啦，我说什么你就听什么行吗？

行。

我们去看电影好不好？我已经有好几年没有看电影了。

行，我请客。

当然你请客了。依依一边笑一边自然地挽住了陈小新的胳膊。

既然人家说我们俩那么般配，不如我们就做一天的情侣算了，看看能羡慕死多少人呢。不过，我不会喜欢你的，因为在我眼里我的男朋友是最好的。依依笑嘻嘻地看着他。

陈小新像在梦游一样，跟着依依看了场电影，去了一趟心愿湖，然后又与她去吃了一套情侣套餐。他们吃套餐的时候，陈小新发现烛光里的依依美丽非常，她的眼、她的眉、她的唇、她的一举一动都牵扯着他眼睛，心灵。

陈小新想自己太想抱她了，哪怕只抱一会儿。所以他才在吃完情侣餐的时候，打开包房里的音乐，然后约请依依跳舞。

依依的身子如水一样靠在陈小新的怀里，她的脸微仰着，眼睛好像被音乐陶醉了一样微眯着。陈小新好几次都想低下头去，去吻一吻那花朵一样的嘴唇。

可是陈小新没有。

如果在三年前，陈小新会的。他会不顾一切地把依依留在身边，呵护她一生一世。

陈小新跑到了鲜花店里的时候，店里已经摆满了鲜花，那些鲜花被几个员工分门别类地编了号，起了好听的名字，摆在花架子上。

他们的年龄都处于花朵一样的季节，他们叽叽喳喳地被陈小新从人才市场招来，然后成为鲜花店的员工。依依因为开了这家鲜花店而变得野心勃勃，她说不用三年，他们的鲜花店会走出东城，面向全国。

陈小新背着双手在店里面走动。

那一个特大的花篮已经做好了骨架，两个小女孩按照陈小新设计的

方案来插花。

可能因为鲜花店位于市中心，他们的门面刚装起来就有好多人来店里看花。店里面就像开业了一样喜庆而且忙碌。

陈小新坐在那儿,突然想到要送依依一个花船,他要把花船做成三角形的,里面有一个特制的小瀑布,只要插上电,堆在花船里的鲜花就会散开,然后美丽的花朵随着上面的瀑布淌下来。

最好在瀑布下面装一个音乐盒子，可以在瀑布淌下来的时候发出动听的音乐来。陈小新想依依喜欢什么音乐呢?

她在咖啡厅里最喜欢听的是《回家》,还有“Yesterday once more”。

陈小新坐在那儿冥思苦想的时候,依依的电话就打了过来。

陈小新好像等不及了一样,霸道地打断依依的话,快速而简洁地向依依报告这儿的情况,他的声音里掩饰不住内心的兴奋。

依依说好,很好。

陈小新说用不了几年啊,你的愿望就能实现了。依依,你高兴吗?如果你高兴我们就去喝两杯去。嘿嘿,等到你结婚了我就不能找你喝酒了。

好,你来吧,我给你做饭吃。

陈小新听到依依要给他做饭吃,心里高兴得不行了。他们认识这么久他还没有吃过依依的饭菜呢。但陈小新高兴了一阵子,心中还是被依依要嫁为人妇的事实给哽住了。

不过没有关系的,依依虽然出嫁了,但他们还是朋友啊,还有一个共同的鲜花店,一个共同的理想。陈小新一路安慰着自己。

在快到依依小区门口的时候,陈小新就去买了一只水果篮。鲜花是不好送的,那就送只水果篮好了。只是他不知道依依喜欢吃什么水果,不知道自己买的水果依依是不是喜欢。

依依已经在等他了。

屋子里收拾的一尘不染,音箱里正放着依依最喜欢的“Yesterday once

more”：

When I was young，

I’d listen to the radio，

Waiting for my favorite songs

When they played I’d sing along，

这首歌由卡伦·卡彭特(Karen Carpenter)首唱，现已传唱于全球，依依非常喜欢这首歌，她以前做节目的时候曾经把这首歌放到了开头。她的声音准时在Every shad-la-la-la之后涌现出来：收音机前的听众朋友晚上好……

声音百转，飞流直下，满屋里全是音乐的回响。

陈小新一边脱鞋一边说天啊，你这么喜欢这首歌吗？你放这首歌的时候总让我想起你以前做节目的时候。

依依穿着一套纯蓝色的棉袍，吸着一双绣花的拖鞋。她接过陈小新的水果篮笑道，你什么时候学会这么客套了？

陈小新不好意思地搓了一下手说，来你这儿嘛。

依依说你也不是第一次来我家，咦，这水晶梨是我最爱吃的水果啊？你知道我爱吃水晶梨啊？

陈小新本来想说实话，但看依依幸福的样子就把嘴边的话改成当然喽，我了解你就像了解我自己。

依依背着手在陈小新面前转了几圈子说那好，既然你这么了解我，我就让你猜个谜语吧。我今天找你来呢有两件事情，现在你要猜一猜具体是什么事情。

陈小新摇摇头说我这人笨，你就不要为难我了。

依依像小孩子一样摇晃着陈小新的胳膊撒娇说，猜嘛猜嘛。

陈小新扶正依依说,行了行了,这样子哪像一个主持人嘛。

依依笑着说我在你面前早就不是主持人啦。算了,我也不为难你了。告诉你算了。依依一下子坐到沙发上,一边摇晃着腿一边说,这两件事情嘛一件是好事一件是坏事,陈小新同志你是先听好事呢还是坏事呢?

陈小新为难地说我不想有什么坏事。那如果真要选择的话就先说坏事吧。这样子听了坏事之后还有好事情给我希望。

依依倒了两杯红酒,一边递给陈小新一边说,这坏事嘛就是以后我们可能要见不到面了,所以我今天请你来的原因就是向我们曾经的日子告别。

陈小新一下子跳了起来说为什么?发生了什么事情吗?

依依看着陈小新的样子心里突然感到难过起来。她握着那杯红酒,轻轻地摇了摇然后仰头喝了,说没有什么事情,结婚后我老公要去新加坡工作。

陈小新突然感觉自己没有了力量,他像一个老年人那样慢慢地坐在沙发上说好啊,这是好事啊,你老公为什么要去新加坡工作呢?在这儿工作不好吗?

依依笑着说他有自己的打算,他们总公司让他去的。再说我也不是不回来了,只是一两年内可能回不来。你想想啊,我到新加坡之后要面临着很多问题,生活啊,工作啊,等等。这些生活是我预想不到的,也不知道将来是好是坏,但路已经走到这儿了,回头是不可能的。

陈小新结结巴巴地问花店怎么办?不开了?

依依耸了耸肩膀说,当然开了,我走了不是还有你吗?所以这第二件事情就摆出来了,以后我走了,花店的事情你要全面负责。陈小新,不管我在不在,我都希望你能把鲜花店做下去,不仅要做得很好,还要按照我的梦想开 101 家鲜花店。

依依说到兴处就伸出双手,在地毯上转着圈子说陈小新,你想想啊,当每一个城市里,都有我们的鲜花店,每一个城市里的恋人都要来购买我们的鲜花。嘿,我说哥儿们,你幻想一下这是多么美丽的事业啊!

陈小新说我怕不行,我不是做商人的料子。

依依装出生气的样子说,甭说那么多没有用的话了,事情已经到了现在,我们是一条绳上的蚂蚱,你和我一样没有退路。所以从今天开始,你就是鲜花店的老板啦。来,为我们各自将要来的生活干杯。

陈小新心不甘情不愿地举起杯,他觉得自己还有很多话想说,但一到了关键时候,他却不知道说什么才好。

算了,要去的谁也拦不住,要来的挡也挡不住。陈小新在心里叹息了一声,然后与依依的酒杯碰了碰。

两只高脚杯碰撞在一起的声音,像音乐那样悦耳动听。

陈小新看到鲜花店里摆满了各种各样的鲜花。

有玫瑰、菊花、郁金香、蝴蝶兰、满天星、勿忘我、天堂鸟等等,它们色彩缤纷,香气浓郁,它们插在陈小新特制的花架子上,在温柔的灯光下闪烁着独有的色泽与光芒。

那些青青的爬山虎,配上常青藤,围绕着陈小新特意配制的 999 朵玫瑰,把店铺装饰得像一座缀满鲜花的木房子,盛开在 2 月 14 日的第一缕阳光里。

你远远地看,站在城里东路上往这边看,你会发现装饰房子的不是鲜花,而是五个大字,那五个大字由各种色彩的玫瑰花组成,吸引了所有人的目光。

这一天,是情人节,也是鲜花店隆重开业的日子。

陈小新没有想到一家鲜花店的生意会如此兴隆。

从早上六点开始,员工们就穿着白色的制服,捧着不同的鲜花,骑着特配的电动送花车,喜气洋洋地奔波在东城的大街小巷。

服务台前的电话铃声彼此起伏,要订鲜花的电话像扔炮弹一样扔了过来。陈小新指挥着员工们把不同的鲜花摆在一起，剪去多余的叶子，用带暗花的透明纸包装起来，然后用花洒喷上清水，交给跑单的小伙子们。

这一天，陈小新看到一个女孩子来选一束黄郁金香，她说要送给一个不再喜欢的男人。但店里的黄郁金香不多了，女孩子就拿一束包扎精美的黄玫瑰来顶替。她慢悠悠地站在那儿对服务员说反正都是黄啦，意思都是一样的。小姐啊，今天都是送的红玫瑰，只有我一个人选了黄玫瑰，那么得给我的这束花打五五折，要不是我，你们店里的黄玫瑰就要浪费掉了。

这一天里，陈小新看到有一个中年男人走进来，他很不好意思地说这是第一次在情人节的时候送花，不知道送什么鲜花才好。他还强调收花的是自己的妻子，他前几天和她闹别扭了。

这一天里，陈小新还看到有一个年轻的小伙子，他到陈小新的店里不是来买玫瑰花，而是要买一束康乃馨送给母亲。他说自己已经有好几年没有回去看母亲了，他从小没有父亲，母亲为了拉扯他就一直独身。

这个小伙子的花陈小新没有收钱，因为他是第一个买花送给母亲的人。陈小新与小伙子拉拉扯扯地走到门外，陈小新告诉他这花不是送给他的，是送给他的母亲的，因为他是第一个送花给母亲的人。

小伙子显得很激动，他问陈小新是不是也曾经对不起母亲？如果是马上订束花送给妈妈，要不打个电话也行。

后来，陈小新又在电视里看到了他，他还是穿着那套衣服，还是捧着陈小新送给他的鲜花，只是他身边多了一个女孩子。他们俩坐在电视台的演播厅里，针对情人节接受主持人的采访。

小伙子说我认为情人节未必是情人的节日，我们也可以借这个机会表达友情与亲情。我想我的女朋友会理解我的，因为我妈这辈子可能都没有收到过鲜花。

陈小新抹了一把眼睛。

我不是一个浪漫的男人，所以从来不知道有些事情可以用鲜花表达。

那个人说这句话的时候正站在店铺门口，那上面有一张关于情人节和鲜花部分含义的喷绘。

那是助手小刘从网上找来并编辑之后贴上去的。

情人节的来历：

在古罗马时期，2月14日是为表示对约娜的尊敬而设的节日。约娜是罗马众神的皇后，罗马人同时将她尊奉为妇女和婚姻之神。接下来的2月15日则为“卢帕撒拉节”，是用来对约娜治下的其他众神表示尊敬的节日。

在古罗马，年轻人和少女的生活是被严格分开的。然而，在卢帕撒拉节，小伙子们可以选择一个自己心爱的姑娘的名字刻在花瓶上。这样，过节的时候，小伙子就可以与自己选择的姑娘一起跳舞，庆祝节日。如果被选中的姑娘也对小伙子有意的话，他们便可一直配对，而且最终他们会坠入爱河并一起步入教堂结婚。后人为此而将每年的2月14日定为情人节。

鲜花的名称与部分含义：

红玫瑰：火热的爱情

黄玫瑰：幸福吉祥

白玫瑰：纯洁

一枝：一见钟情

二枝：喜结良缘

三枝：我爱你

九枝：爱情长久

十一枝：一心一意

九九枝：天长地久

鲜花热线：1238889999 二十四小时服务，欢迎光临！

地址：当森林里开满了鲜花鲜花总店

如果男人的浪漫与鲜花有关，那么我也不是一个浪漫的男人。长这么大我也从来没有买过鲜花，也从来没有过过情人节。

电视里一个男人在对着镜头说。

据说男人的浪漫与女人有密不可分的关系，男人的浪漫程度是根据女人的浪漫来决定的，越浪漫的男人他身边一定有着大把的浪漫女人。

电视台的主持人说。

一个男人浪不浪漫从某一个角度可以体现出来，比如他是不是喜欢拉着女友的手到海边看远去的帆船；比如他是不是能在一个特定的日子制造出与众不同的求婚方式；再比如，他是不是不用报纸电视或者说任何人的提醒，他就知道2月14日是情人节。

电视里一位德高望重的女学者说。

这一个日子很重要，尤其对于热恋中的男人来说更为重要。他可以忘记妈妈的生日爸爸的生日姐姐妹妹以及自己的生日，他也可以忘记青年节五一劳动节父亲节母亲节等众多节日，但他就是不能忘记情人节。

商场门口有一位男人在对着话筒说。

你看看吧，在离这个日子很远的时候，人们就通过各种途径知道了情人节，媒介与商家一起联手来鼓动人们在那一天，要去某某地方买一盒巧克力，去某某地方买一束鲜花。

有关报刊上还把关于情人节的来历及鲜花的含义很大方很不惜版面地刊登出来，以便让人们了解并关注这一个对中国人来说无关紧要的日子；以便人们对照鲜花的不同含义，确定自己在那个日子里送什么花给什么人。

报纸上说。

我觉得鲜花店的名字非常特别，不知道有什么具体的含义？

请问你把鲜花店开业的日子选在情人节，仅仅是一种巧合吗？

屋顶上的字是什么意思呢？

再问一个小问题，鲜花店里为什么只放“Yesterday once more”？

陈小新面前摆放着各种各样的采访工具，恍惚中他觉得自己在做节目，像依依希望的那样，坐在森林里，面对着各种各样的鲜花，他的声音准时在 Every shad-la-la-la 之后涌现出来……

后记

HOUJI

从写小说到现在，实话实说，我已经写了不少后记，也写了不少关于创作谈的东西。现在，只要不是特别的需要，我是懒得写后记之类的东西。所以，在《相亲相爱》出版的时候，我没写后记，也没找人写什么序言，觉得没意思。

有一段时间，我像一个老太太一样，经常陷入往事的回忆之中。比如回忆一下我小的时候，因为性格内向而得不到亲友的喜欢，每次有聚会表现的机会，我都会缩在一个小小的角落里；再比如，回忆我从什么时候开始暗恋那个干净又帅气的男孩，只是那时候我不敢表现，面对他的热情，显得特别不耐烦和冷漠。于是，我的性格造就了我是这样一个女人，一个骨子里狂热外表却冷漠的女人。

从童年到少年，在很长的一段时间里，我都陷入自己的内心世界，找一个透明的房子把自己关起来，以至我的家人有一段时间很为我担心，他们害怕我是一个傻子，害怕我能否像正常孩子那样生活。

相对语言，我更热衷写作，热衷于用文字表达一切。

后记

如果从18岁开始在报纸上发表豆腐块算起，至今我已经在写作的路上走了10多年；如果从我发表第一篇小说开始，我写小说也写了整整10年。这10年来，我发表过的小说已经装满了两只大箱子，书也出版了好几本，每一次看到这些宝贝的时候，我的内心却充满了不安和惶恐。总觉得自己写得不好，自己还要努力。

这本书里收录了我写作以来发表过的一些小说，它们写得可能并不一定很精彩，但代表了我写作路上的部分历程，也烙上了时间和写作的印记，所以我很看重这本书，我也很想为这本书写点什么。

童　仝

2006年8月2日于北京

女人经常把男人的调情当成爱情。如今爱情殉悼者太多，据某种权威引论，大抵是说爱情中女子的低微本就奇异特定，是很容易自伤及被伤。我个人是赞同这观点的，女子由古至今都扮演如水般细腻的心态和纹路，她们甚至可以没有任何东西，却不能丧失爱的凭证。必须爱，用力爱，尽情爱，放纵爱。

而我想，当一个女子沦入社会的染坊，自一开始激情燃烧，渐缓消退的过程里所发生的任何一件事都非常值得考究、记录。这样讲不是为了警示世象如何暗黑，幻觉易被毁灭。绝对不是要说这个。只是，女子都如此渴望；任何种类的女子都是如此。

有时我们只看爱情单纯的光亮，带给人炫目极光。便会为之奔赴甚至扑火，光年以后的华丽转身，也来一句想当年。有的庆幸今时今日感慨唏嘘，有的悔恨抱憾最初的抉择错误。环这一个爱字混乱地旋转。

年华的转身，倏忽的错觉。不断进化中的女子的确在强大了，有自己坚固的事业做基础，感情世界的密不透风，受过伤的内心独自舔舐着伤。

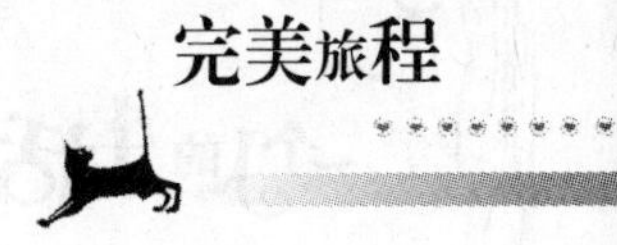

而那疼，唯有心知道。

都是女子——于是懂得。

《一个人的生活》就在这些纷乱念头之中浮映于眼，本是不想买的。去书店的目的很明确，不想买些无病呻吟、过眼便淡忘掉的书。那是非常奢侈的事。我经常买书，时常会在书店门口告诫自己，一定不要被书的外表和某些华丽字句蛊惑。真正的阅读者是要用心去体悟，而一本书的外貌如何作者简历如何前言后记如何却是断不能代表书本质的分量的。更不要提附加的艺术照。记忆里某些书上会附录许多作者个人的生活照，妖冶或扮清纯，犀利与深邃之中摇晃着。大量的照片之中仿佛赫然写着：我不光是作家，我还是美女！

如今盛行美女作家。任何行当都希望有美貌出现，写作亦不例外。但那种出书模式很让本人反胃。就算有心安静阅读的书，也会因过分的自我包装推介显得寡味无趣了。每那时我就在想，若我出书，是一定不要加入太多花里胡哨的东西。过分的营造显得很没意思，真正的文学作品是靠文字本身说话的。若是要看美女何不买一本写真集看个痛快呢？当然，我并是在否定美女作家就没有实力。

黑色烫金封皮，白色藤蔓植物透露芬芳花朵，有静谧的女子低垂着眼睑侧着身悠然翻阅一本书，她在思考，抑或是这一本书的灵魂在呼吸。真正的名著都是敞开无数条射线冲击你破向你，你会措手不及，感到来势汹涌。被感染被打动被覆灭，终成了文字之中纠结的情绪的俘虏。我乐意做这种俘虏，那将是非常愉快的一次旅程。

书的封面很讨巧，素雅的姿态，一副初入人世的不谙深邃之道。略感新鲜的蒙昧，也有神秘的高深，它在引诱你打开这座神秘园。

封面的前勒口有作者一张生活照片和简单介绍。这张照片不同凡响，与那些在书中夹杂太多艺术照的作风跟格调有本质不同。在最初阶段，我

以为这是遮人耳目的幌子，时代造就的人，都是喜欢酷的有性格的。这名女子倔强骄傲的轮廓就给我耳目一新的感觉自也不算罕见。背景是苍茫河流，也许仅仅是一处风景，看不太清楚，毕竟仅一枚叶片的造型设计，背景显得概念模糊。不过并不重要，这并非我关注的问题。善于观察细节的我这次又萌发极大的好奇心，别人眼里不是一件的事在我眼中会散发出奇异引诱的光。她向右方侧着身体，脖颈有悬挂饰物，仿若一种祈祷安和的玉石。双手插袋，是散漫而跋扈的射线刺激我的某一处神经。并不清晰的容貌，不是那种艺术相片上刻意拿捏的动作，恰好的神情扮演的极度忧郁。我看见坚韧倔强跟不羁，总之，我喜欢她！

一眼之缘。我冲动得想买下这本书。转念又想，千万不要被迷惑，看看文字怎么样才能说明问题。而凭感觉是很容易造成误差的。在这样的想法里，我打开了这本书——

没前言的单刀直入是我喜欢的。有后记但我没看。一个读者若对作者的文章感兴趣自是会在阅读完整本书后去寻觅各种线索。我通常是看过这本书以后才会思考这个作者是抱一种什么生活态度间或日常生活中的他（她）是怎么样的？当一切充满着谜一样的吸引，则是乐趣无穷。

站在新书推荐的架子上看了几个片段。直入主题的开端，语言上游刃有余潦草几句会构架出属于作者本身的特定氛围。感情故事并不算如何曲折，婚姻生活千篇一律的常态毕竟人人都会觉得烦躁，年轻女子辗转情路与现实之间的差距磨砺坎坷。这些不算什么新奇的事，这样的故事已经太多，多到平庸。她却不同，平实的语言结构，没有复杂深刻地试图下出什么定义，发散性的结尾或许又是另外的开始。谁说生活不就是这样的不断环环相扣之中显得相得益彰。她不会主动对你说什么自己的独特见地，她不会对你喋喋不休大道理人生感悟，她不会抒发矫情的幻觉和高空坠落的飞鸟带给人如何忧愁的琐碎。她什么也不说，她沉默叙说，她说的故事是我们每个人。生活之现状有时会使人产生人格走向的分裂，精神的错乱。爱情是扰乱心智的迷信。她把这种迷信推向极至，却并未如何纷扰地讲述一个女子如何颓废地眼戴墨镜如何抽烟喝酒蹦迪放纵不堪的破败生活。这样的描述太多，多到乏味。她只是讲滴水不露的周围小事，感情里面的一枚沙砾，婆媳之间的一次对峙或暗战。

然后，就看见退居后线的女子淡定地望向我。仿佛笃信，我会买这本书。

看惯太多都市伤情故事的我们已修得金身不破，难被打动。很多书在拿起放下之间轮回数次，有的可以坚定地告诉自己不喜欢这本书，有的却是难以定夺，困惑地做决定。但是它却令我没做任何犹豫便走向结款台。

那次就买了这么一本书。我知道我的决定不会令我后悔，它即将为我展开全新的世界，是从没遇见的风景。于是决定在一次旅行的路上携上它。

四个小时的火车旅行显得很近，周围的山水花草不再吸引我，日光变换角度演绎各种美丽神韵。我捧着书长久阅读，不发一声。一颗心渐渐沉浸，透彻，直至明晰。

中途有许多描写惟妙惟肖，令人捧腹却又辛酸。无可奈何的痛，莫名其妙的一段段爱如云烟。不想加诸书中的语言，那是很不明智的评论。只是在某个时候会在内心里面流淌出寂静的河流，某些字句情节缓缓注射入我的血脉肌理。它能够代表现在的我，一个人的生活。

一个人的生活，纠结寂寞冷漠淡然冷眼旁观。

我以为，一个优秀的作者，文笔清新与故事性强都是尤其重要的基本功。这名女子显得突出，突出重围，物欲横流的大时代，能有这样清白如水的文字慢慢地渗透，扎入某些人的灵魂，是非常值得欣幸的事。

下了火车做的第一件事情就是找网吧，查询关于这女子的一切。才知道她是出过许多书的著名作家，呵呵，我也太小窥了人家嘛。她属于70后，与安一个时代，但各有自己稳妥的文风。倏然眼中闪过的是这名女子倔强的侧脸，真的很想亲眼目睹她真实的样子。是神秘的，是莫名的一种想念。对的，是想念！我开始想念这名女子，她的花园我曾来过，芬芳馥郁。勤劳耕作的人会得好的果效。

网上看见她的博，将些日间片段——某些姿态辗转，寥寥数语给人清新的气氛。更给我感觉她的率性真纯。

在这个时候翻开末页，后记很短，却留下更多的线索供读者思考。她说：相对语言，我更热衷写作，热衷于用文字表达一切。

是的，真实如她。不会避讳表达任何的事，真实的她就是这样。一如热爱文字的任何女子，抱有赤子诚心。走在漫漫的路上，不断行走不断记录不断遗忘也不断转折。

她说它们写得可能并不一定很精彩，但代表了写作路上的历程。烙印着青春和时光的年华，能在这个烦嚣时代手执着笔书写内心色彩的人已日益退减。我羡慕她，由衷地佩服她。热爱她，因她给了我一段完美的旅程。若要揭开这段旅程，有缘者自会开启。

我习惯性地称呼为她，仿佛熟悉得不能再熟悉，事实上她对于我也是遥远的模糊的抽象的。却不能影响我的热爱。她是童仝。我喜欢她的名字，两个童字的发音，显得幼小而纯真。

她不光是倔强的，偶尔忧郁也使人无法错转过神——

“他们的爱情是建立情人的角度上，虽然彼此爱着，可是只要碰到现实的东西，就会像从来没有发生过一样，干净利落，没有痕迹。”

犀利深沉的，老练辛辣的，芬芳妖冶着，不露痕迹的。

我也只能如是说。我的文字如此薄弱，相形之下显得拙劣不堪。若可代表我的一份有心，也是好的了。

河北秦皇岛　叶昊林

感 动

一直以来，总是悄悄叮嘱自己，不管现实中有多少的不如意，不管人家如何伤害自己，要怀着感恩的心态生活。哭就哭了，只是哭过之后让自己更加坚强。但是我深深知道，坚强只是我的外壳，内心深处我仍然是一个感性的女子，经常为一件小事激动，或者辗转难眠。

写作近 10 年，不敢说成功，但也收过不少读者来信，尝过被人喜欢的滋味。不敢说每一封信都回得让读者满意，也不敢说每一次感动之后我就会铭记，但我会在不经意的时候想起，想到给我写信的读者，心里瞬间温暖灿烂。

今年春季的某一天，我拎着笔记本电脑去咖啡厅泡着。不经意看见一个女孩手里竟然拿着《一个人的生活》。她有着长长的头发，穿着白棉布的长裙，身边的男孩也很帅，正在专心地看一本杂志。欣喜过后心里却忐忑不安起来，因为我怕人家不喜欢，怕听到自己不想听到的东西。

虽然，我已经习惯了恭维，也已经习惯了挑衅，但从内心里来说，我还是希望人家能喜欢我的小说，能够让人家读后思考些什么，不然人家会觉

得不值,觉得钱白花了。巧合似的,服务员把我安排在人家的侧面,不用刻意,人家的话就钻到耳朵里了。

她不认识我,我也不认识她,这是最真实的最难得的。

漂亮好像穷人阳台上的大白菜,气质就是小资的哈根达斯。哈哈,你听听,说的真好。

唉,小资的东西! 男孩低着头说。

才不是小资呢,你看看书里哪有小资的味道?都很生活化,你听着。老太太早就想好了,要是有了病,只要花大钱的,她一定不治……知道吗?这就是生活。

我之所以把这件事写出来,不是说我写的多好,而是缘于一份未知的感动。虽然在离开咖啡厅之前,我很想和她打个招呼,或者去拥抱她一下。不过我还是悄悄地离开了。

相逢何必曾相识,有些人和有些事适于放在心里,在雨后或者阳光灿烂的日子,想起,并感动。

借此《一个人的生活》第四次印刷之际,写下这些文字,算做感谢吧。感谢重庆出版集团,感谢江萍女士,感谢读过我小说的朋友们,更感谢那些喜欢我的读者们。

我会努力,并希望写的好一些,再好一些。

童　仝

写于该书第四次印刷之际

偶然

认识童仝缘于她的《相亲相爱》。

和她相知缘于《一个人的生活》。

写这篇文字因为《一个人的生活》第四次印刷。

一本书上市不到一年,竟然有如此好的成绩,足以让我喜之又喜。索性在此,写点什么,当做品书中的小料,博取读者一笑。

回想这本书的历程,真的难以用几句话说清楚。不过,我喜欢童仝的文字,缘于内心。当然,那时候我向她约的不是一本小说集,而是一部新的长篇。而那时,她手中的长篇已经名花有主,除了遗憾外还有一些不甘。后来,她发来了写过的一些中短篇,一看之后,我便立刻深深地陷了进去。我觉得她是那种用心来写作的作家,一个自然脱俗的作家,从文字里便可看出。

先不说小说集,现在就是长篇小说的市场也不敢乐观。当时约到这本书稿,并最后决定要出的时候,我一个做同行的同学很为我捏了一把汗,但我很坦然,我相信我的直觉,同时我也相信童仝的文字,此外我更相信读者的慧眼。从书稿内容，到设计，再到印刷，我都是用心在做，所以童仝拿到书后才会兴奋，并夸我是一个用心和努力的编辑。

做了这么多书，说实话，有名的或者没名的都经历过，一本书畅不畅销心里大体有数。所以在这本书上市之前，我是出奇地自信和冷静。我喜欢这本书，我喜欢童仝的文字，所以我渴望有人分享我的感受，并且我也深信会有一部分人会像我那样喜欢它。尽管读童仝小说的大多数为女人，不过当我在书店看着一个男人捧着这本书的时候，我也一点儿不感到惊讶，因为这本书里所叙述的家长里短、生活琐事让我们看到了身边真实的生活。童仝用她的笔，向我们描绘了一幅现代都市画卷。

所以，对于这本书的热销，是在我的意料之中。

只是我和童仝现在还没有缘分见面，曾经有过的一次机会却意外错过。我热过的酒，放在现在已经凉了，不过我相信，肯定会有那么一天，我和童仝坐在洒满阳光的某个地方，喝酒或者品茶。

在这里我要真诚地感谢童仝，感谢她为我们带来了引发心灵共鸣的作品，同时还要把最特别的感谢送给最特别的你——喜欢和关注这本书的读者——因为你们的爱给了它生命。

江　萍

写于该书第四次印刷之际